2019 春夏卷

陈思和　王德威　主编

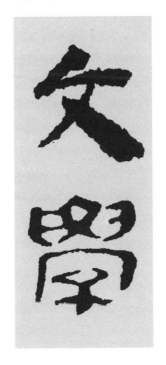

 复旦大学出版社

目录

声音
伦理自由,小说艺术,与均衡的结构:读张惠雯作品所想到　文／宋明炜　…3

评论
·现代中国的诗朗诵与朗诵诗·　主持／康　凌　…17

论"杭育杭育":20世纪30年代左翼诗歌中的象声词、劳动呼声与身体政治　文／康　凌　…19

"有声"的新诗与"有生"的大众:战时延安朗诵诗学中的生命话语
　文／刘欣玥　…31

朱自清与情境诗学:发出另一种解读　文／江克平(John Crespi)
　译／王越凡　刘　莉　校／黄福海　…42

战火中的文学声音:战争时代的"诗朗诵"与"朗诵诗"　文／梅家玲　…55

·动画、技术媒介与民族国家·　主持／吴　航　…80

《铁扇公主》(1941):民国时期"儿童教育"话语与中国早期动画　文／陈　莹　…82

20世纪50年代中国的木偶动画、生命感与现实主义　文／吴　航　…97

从《黑塔利亚》到《大圣归来》:中文网络"二次元民族主义"的身份焦虑　文／郑熙青　…112

I

对话
以林语堂为"棋子"探究中国现代知识思想　对话／钱锁桥　燕　舞　…131

谈艺录
命运·尾声
——《洋麻将》札记两则　文／陈思和　…149
《亨利五世》：英格兰一代圣君英主　文／傅光明　…155

著述
《孟子·离娄》读法　文／张定浩　…217

书评与回应
社会主义世界主义的世界有多大？
——评傅朗 Socialist Cosmopolitanism　文／黄　琨　…267
作为世界文学的中国文学
——评傅朗 Socialist Cosmopolitanism　文／张德旭　…277
世界主义视野下的社会主义中国文学：谁的世界，哪个主义？
——评傅朗 Socialist Cosmopolitanism　文／王思维、曾健德、洪华
（Benjamin Joseph Kindler）、许大小（David Xu Borgonjon）、宝根　…283
现代中国文学及其世界主义传统　文／傅朗（Nicolai Volland）　…288

作者简介　…297

声音

伦理自由,小说艺术,与均衡的结构:
读张惠雯作品所想到

伦理自由,小说艺术,与均衡的结构:
读张惠雯作品所想到

■ 文/宋明炜

一、美的还是美的,这也是幸福

张惠雯是最近十几年引起我注意的一位小说家。我时常在杂志上读到张惠雯的短篇小说。每一次阅读,都没有失望过,甚至时有惊喜,感到她写得越来越好。她先后出版四部作品集:《两次相遇》(2013)、《一瞬的光线、色彩和阴影》(2015)、非虚构作品《惘然少年间》(2017)和她写美国南方生活的小说集《在南方》(2018)。没有收入以上作品集的小说,包括她的成名作《水晶孩童》,她的近作《母亲的花园》《雪从南方来》《昨天》《双份儿》等。在过去十多年中,张惠雯已经逐渐成长为中国短篇小说作者里最为优秀、罕有失手的一位,她有非常自觉的伦理意识与诗学追求,并且是当代少见的一位有古典主义气质、却仍对现代人物心理洞若观火的作家。她直接从古典小说大师学习,如她对亨利·詹姆斯、契诃夫的钻研与吸收,都已经化在她自己的文字、情节与结构之中。张惠雯另一个在当代显得罕见的才能,是在无论多么凄凉、卑微、阴暗、邋遢的环境与人心里,她仍能发现或者想象"善"或"向善"的倾向,在此基础上小说达到升华在庸常生活之上的"美"的境界,这使她的小说往往具有均匀、平衡、精心构造以烘托关键一瞬的结构,以此对应伦理学意义上自由、幸福给人的内部和外部生活带来的和谐。这种"和谐"的难能可贵,在于它在主流话语之外,是发自于作为自由、有自主意识和选择能力的个人,与之相反的是大多数文学作品呈现给当代读者的那种种缺少意志力、没有勇气选择、以失败为娱乐、以理想坍塌为借口而变得犬儒的庸常世相。

张惠雯的写作生涯在新加坡开始,她读大学时最初的小说习作,有意识模仿沈从文的《边城》,因此写成的《古柳官河》,全篇文字不失清新与自然,故事娓娓道来,情节的流动轻重缓急都拿捏得恰到好处,可以说作者第一次出手就达到了相当的高度。张惠雯广泛阅读中西文学经典,她在此后的写作中灌注了一个作家理应做到恪守职业道德的那种努力,而这种努力是有自由选择,也是非常自律的。比如张惠雯没有走畅销书路线,在十几年写作历程中从没有通过技巧或题材哗众取宠,她持续不断用心学习、磨炼小说的艺术,也从中呈现向善向美的伦理追求——这种理想的追求并不总能实现,生活中充满了因为算计、欺骗、愚蠢、盲目带来的困住人心的窘境;对理想与现实的冲突,张惠雯并不逃避,但看得出来,在最难的窘境里,她也不轻易放弃对"善"和"美"的信念。

在张惠雯的创作历程中,大致可以分出三个不同、但彼此相联的阶段(或不如说是倾向):第一种倾向,是张惠雯追求寓言式的写作,文字如梦如幻,现实与想象的边界模糊,细腻的描写中有许多繁复的隐喻,人物常常经历内心深处的忧伤、幻灭、怀疑、绝望,这是张惠雯的"蓝色时期",《蓝色时代》《岛上的苏珊娜》《在屋顶上散步》都是这一时期的作品,《水晶孩童》则是这"蓝色时期"最有代表性的一篇小说。那个宛若天使一般来到人间的孩童是如此与众不同,"他只是坐在一团如水雾般轻柔的水晶光晕中,陷于他所描绘给自己的那个世界。在他身上笼罩着一股似乎可将一切沉淀的安静,这安静说明他还不曾恨过任何人"。最终这孩童被残忍地伤害,死去了,冷酷、贪婪、懦弱的人们,永远也不知道水晶孩童为何来到人间,但他的天使一般的美已经照亮了这个平庸的角落,"在无穷无尽的秋雨声中,人们会回忆起一张面孔并发现它渐渐清晰,难道他们真的见过这么美丽的东西吗?"张惠雯这个时期的作品中,世界往往显得是一个谜,无论其中的美与善,或是无止境的恶与忧伤与疯狂,其中的意义都无法被破解。人们生活在荒诞的梦境里,《蓝色时代》中的少年必须藏起一个最私密、而他几乎无法理解的经历,然而即使遗忘,也不能藏起"一切光线、色彩和阴影之中"发生的往事;《在屋顶上散步》中的主人公身处肮脏得让人绝望的环境,他被孤独、猥亵、沉沦困扰,他最后想到遥远的童年,"画面像易散的云彩一样在我眼前飞跑着飘逝";《末日的爱情》真实地展现世界末日的黑暗景象,在绝望与死亡之中,主人公唯有爱情的记忆,"在那些古老的文字里微笑、啜泣,仿佛只有文字才是真正永恒和无限的"。张惠雯的"蓝色时期"或者正对应着她自己在写作上最初的探索,往哪个方向走,似乎还并不清楚。

第二个倾向,是张惠雯写作《两次相遇》中大部分作品时更加明确展现"美"与

"善"的阶段,仿佛在这个阶段里,她坚定了有关美、善、自由和幸福的信念。张惠雯在这个时期最有代表性的几篇小说是:《爱》《路》《两次相遇》。这些作品没有了她"蓝色时期"的寓言和梦幻感,小说变得朴素、写实,人物也兼有内部和外部的描写。有趣的是,张惠雯在《爱》和《路》以及一批气质相近的作品里,将故事背景放在她其实并没有生活经验的远方:新疆的牧场、贫瘠的农村。彻底将故事设置为"他人、他乡的故事",或许给了张惠雯充分自由的想象空间,反而可以排除比较切近的现实的干扰。《爱》的故事,犹如田园牧歌一般,将一个人爱情的萌动,变成所有世间的爱情故事;《路》则是写苦难之中人生道路的艰辛,有信仰的主人公只为一点善念将这难走的路走下去,而她所信仰的"善"在她自己眼中看到的世界里,也施予、唤醒了许多的人。相比之下,《两次相遇》或许代表张惠雯更高的写作技艺,这篇小说直接对话屠格涅夫《三次相遇》、詹姆斯《四次相遇》,以及纳博科夫《菲雅尔塔的春天》——所有这些描述重逢的经典小说,都强调时间的残酷,世事变迁,物是人非的感受。张惠雯的故事在一个人物身上突出了惊人的"美",以及重逢之后所意识到的时间对"美"的摧残。小说里的"美"不仅是形象上的美,也是一个具有完整心灵的从内部发散的"美"。在这个时期的小说里,张惠雯虽然精心塑造一个善与美的世界,但通过《两次相遇》以及更多作品,她也分明写出这样一个世界的脆弱易碎、难以持守。美、善、自由、幸福,这些古典意义上的小说中的美德,在当代文学的视野里显得稀少,张惠雯已经是在尽力放大它们的价值。

张惠雯在完成《路》的时候,已经移居到美国。她在很长一段时间里,住在南方的休斯敦。此后她的作品中第三个倾向,体现了文体和观念的双重转变。《在南方》这本小说集里的每一个故事,都是关于生活在南方的异乡人,他们的弱点或许因为在异乡的孤独、冷漠、孤立无援,变得更加明显。张惠雯在这个阶段中构筑的小说文本达到了前所未有的精雕细琢,人们内心的机关,秘密的眼神,言语和思想的错位,误会,怀疑,因为恐惧而不敢去追求自由和幸福,这种种情形都被生动地描写出来。其实,张惠雯整个写作生涯,都在异乡,她是文字的漂泊者,然而她在新加坡期间的作品,可能都还有一个时隐时现的家园;在美国南方的作品中,人物处在告别故乡与面向未来之间的未明时刻。人物对自己的伦理判断,也变得不自信了。《岁暮》和《醉意》是这个时期两篇最杰出的小说。前者写寡居的妇人有心仪的男子,但她不确定衰老的自己是否还存留足够的魅力,面对一个少女的出现,无论妇人还是男子都有意地去伤害两人之间长久的情感关联,虽然什么都没发生,但岁暮降临,她只有回忆,安慰自己"到时候,美的还是美的,这也是幸福"。这里的"美"是委屈的,难以比得上《两次相遇》中那令人照亮心灵的"美"。《醉意》则是一个堪比詹姆斯的、在心理描写上精巧复杂的小说,长久感到不自信、生活中感到压抑的妻子,趁着有一点醉意,要任性一次,在节日的雪夜要求丈夫带着大家一起去公园,于是这个夜晚她感到爱情降临,丈夫的一位体贴、举止都有魅力的同事,在她的梦里让她觉得"和这个人生活在一起才是幸福"。第二天,丈夫有意告诉她,那位同事是同性恋。她突然明白了自己对美、幸福的那种渴望,其实只不过掩饰了她的自私和空洞,"这一点上,她和丈夫其实并无不同"。

以上概括的张惠雯小说写作的三个阶段或三种倾向,可以看出作者在十几年的写作中经历的变化。从对世界仍感到懵懂的梦幻一般的"蓝色时期",到有勇气做一个幸福、自由的人的"善"与"美"的阶段,再到现实世界隐藏的机关、世故、龌龊都变得难以回避的"异乡"阶段,作者通过几十篇小说刻画出丰富的人物系列。然而,贯穿这三个阶段的,仍是张惠雯对于内心自由、小说艺术的执着追求。对于一位有文体自觉意识的作家而言,伦理和艺术是对称的存在,甚至互为表里,实为一个共同的追求。

二、只有自由的人,才是幸福的

阅读张惠雯的作品,经常让我想到斯宾诺莎的一句话:"假如人们生来就是自由的,只要他们是自由的,则他们将不会形成善与恶的观念。"[①]斯宾诺莎是17世纪影响了古典自由主义思想的哲学家,他的伦理学核心是定义人"自因"的自由和幸福,即一个真正在伦理意义上是自由的人,他不需要任何外部的原因来定义自由,他不会有恶念,因而也不需要区分善与恶,这样的人拥有完整自足的幸福。斯宾诺莎的定义是按照几何学推导的,是抽象的,姑且作为一种理想。张惠雯是在中国跨越世纪经历社会巨变的年代成长的作家,她的小说描写的当代生活距离斯宾诺莎的中世纪善恶剧场相去甚远。但张惠雯描绘的有些人物(特别是第二个阶段的作品中的人物),让我想到斯宾诺莎意义上的自由和幸福的人,这样的人在当代文学世界里并不能常见到。当代读者也许习惯于读到在一地鸡毛中斤斤计较的城市平民,沉湎于乌托邦幻灭后的自哀自怜的知识分子,或是精于算计在生活中杀出一条生死路的既得利益者,又或是小时代里有小确幸的利己主义者。张惠雯笔下的人物,或许和这里提到的那些人物,面对相似的处境、困难,但他们做出的选择,或者按照内心生活的姿态,却总有一刻,哪怕是瞬间,因为善念、内心的自由,成为

---

① 斯宾诺莎:《伦理学》,贺麟译,北京:商务印书馆,1983年,第222页。

超出庸常之辈的人物。

在我们这样的时代,塑造一个好人有什么意义?让一个好人拥有完整、自由的人格,又有何意义?对于绝大多数当代作家,我不会问这个问题。对于张惠雯,这个问题却可能至关重要。首先,张惠雯几乎很少把一个坏人、恶人作为主人公。坏人是谁?这注定是个难以回答的问题。借用张惠雯的故事语境,一个背弃原则、对他人和对自己不再真诚,或者使用暴力或智力去欺骗、攫取不属于自己的事物、感情、地位的个人,这差不多就是一个坏人了。用弗兰妮·奥康纳的小说《好人难寻》这个题目来对照张惠雯的作品,特别是她在2012年之前的小说,却发现好人常在。

当代文学对于"好人"基本上是排斥的,因为"好人"就像水晶孩童那样,是"无用的",甚至可能让茫茫大众感到是一种虚伪的挑衅,是假人、伪人。早在80年代末,王朔就已经把"好人"给解体了,"好人"变成了骂人的话。大约二十多年前,面对市场大潮,中国当代文学整体上发生重要转型,那时南京的作家朱文在小说里塑造一个人物名叫小丁。批评界有人把朱文塑造的这个人物看作一个具有代表意义的利己主义者,是80年代以来文学自由主义倾向之下必然的产物。当时我在为《上海文学》撰写的文章里,为朱文辩护了几句①,我的理由,简单地说:朱文笔下的个人是一个理想破灭、方向失仪的青年,但他宁可与世界为敌也不与之同流合污,其实不容于即将到来的商业世界,他会用恶的名义来玷污美好,用丑陋来损毁明亮的"城市风景"。在斯宾诺莎的世界里,小丁应该是一个坏人,但依然,他是一个自由的人,是一个按照内心情感和信念来生活的个人,他扮演Joker(小丑),变成文坛"刺客",但他并未妥协。

透过朱文的小说,我试图说出整个90年代青年被束缚捆绑的政治寓意,但另一方面,朱文的个人是一个英雄。他是一个在伦理上不及格的人,但他却也是一个生来自由、并捍卫自由的人。朱文与斯宾诺莎的世界距离很远,朱文的小丁是经历过多少现代主义和后现代血雨腥风、没有信仰、不愿意从正面肯定某些价值的人。但朱文的小丁很快就消失了。上海宝贝出现的时候,个人与现实之间的紧张关系没有了,"装酷"代表着早已经做好退却和妥协的姿态,没有真的对抗,没有真的自由。从朱文到张惠雯,这二十年,中国文学发生了多少变化——我无法在此用几句话应付过去。但也确实就在朱文之后涌现的大批作家笔下,我分明看到那个被人们称为"利己主义者"的个人确实越来越突出了,只是他们已经不再是小丁,他们

---

① 宋明炜:《理解朱文——漂流的房子和虚妄的旅程》,《上海文学》,1997年9月。

变得善于夸夸其谈、油滑、世故、满足于小确幸,但不敢爱,也不敢恨,没能力大奸大坏,却也没有一颗赤子之心让他们能在关键时刻做对的选择。这还算不上是知识分子的"沉沦",一百年前,郁达夫的主人公从高蹈的理想折翼坠落到绝望的深渊之中,那是一种"沉沦"。当代小说中的芸芸众生们,他们有自己的苦恼,但很少苦难;有自己的忧郁,但很少悲哀;有自己的挫折,但很少绝望;有自己的成功,但很少救赎。

最近两年我开始阅读新作家的作品,我并不想说张惠雯是唯一让我眼睛一亮、不同凡俗的作家。我认为张惠雯小说最可贵之处,在于她用有诚意的文字来塑造古典意义上在内心和外部生活统一、具有同情心的好人。她是唯一让我想到斯宾诺莎伦理学的作家。她迄今为止所有小说,包括《两次相遇》《在南方》《一瞬的光线、色彩和阴影》中的全部作品,以及之后发表的作品,甚至她自传体的叙事作品《惘然少年间》,我们从中看到的,大多是一个善良、勇敢,可能处于弱势,但在关键时刻坚持原则,从不背叛内心,也不背叛别人的人物。这样的人物不是没有弱点,但他们总有因为内心善良而发光的时刻。

如前所述,张惠雯小说中并不是只有光明。其实不是的,张惠雯笔下写到的忧伤、抑郁、猜疑、凶残,有时候甚至会占据文字的大部分。她的名作《两次相遇》写的是"美"被现实的邋遢和无聊销蚀。她还写过一篇惊人的关于杀人的小说《月圆之夜》,故事发展下去,杀手被在劫难逃的恶念困住:"恶就像一堆淤泥",让他陷入其中。《怜悯》写出的正是汉娜·阿伦特所指出的那种恶的平庸,在中国现实的环境中也许太常见了,也正因此,经由作者写出其中的所有细节,才会显得如此触目惊心。这两个最为凶残的故事依然透露出主人公渴望摆脱恶的愿望。在更多的作品中,张惠雯会为人物寻找一切救赎的可能,哪怕是虚妄的不可靠的,如《岁暮》和《醉意》的结尾。在《绳子》这篇小说的后半部分,人物跨越数十年坚持的善行,并不能挽回此前的罪恶,但在小说结构中,寻求救赎者听从内心之后,终于出现渐缓渐明亮的情节逆转。

张惠雯描写的世界,与大多数其他作家没有太多不同,这个世界并不美好,就像那篇简单得令人心碎的小说《我们埋葬了它》描述的那样:我们(姐弟两人都是孩童)那讨厌的舅舅,一个坏蛋,要把我们的小羊杀了,卖到村子里供给富人享乐的大宅子里。我和姐姐绝望的那一刻,瞬间决定抱着小羊离家出走,我们又快乐,又恐惧,我们经历了阳光下明亮的时刻,小羊美美地喝了几口水,但最终厄运还是降临,小羊死了,我们埋葬了它,被恐惧压得丧失了最后的自由。我哭着,姐姐却没哭,她将承担一切,在狂风中,我们回家去。这个简洁的故事,呈现了一个残酷的现实,金钱和利益取代了道德和伦理,大人们都变得难以理喻的凶残,而孩童虽然保持着善良,却无力抵抗着残破的现实。

然而,《我们埋葬了它》,或者《两次相遇》《怜悯》《垂老别》,这些令人伤感的悲惨故事中,张惠雯时常不忘记让她的人物感悟到善,即便是在无力时候的片刻善念,她让人物守住爱,或回到爱。就像这对无力的姐弟,他们所要做的就是救小羊的命,这个朴素的善良的心愿,让他们开始行动。《两次相遇》中的叙事者,即便面对世事变迁之后美的销蚀,他仍在内心保存着对于"美"的记忆。《怜悯》中那个经历了非正义事件、发现自己变得冷酷的年轻人,忍不住想到自己童年时候为家里死去的狗而痛苦,那个心软的自己还在吗?《垂老别》这个凄凉的故事,讲述被遗弃的老人,不得不在冬天的路上流浪,没有任何希望了,王老汉还是想到春天,想到老伴儿坟头的树到来年返青,"他想了很多,竟然对未来有一点儿向往啦"。张惠雯小说中经常无法为故事的困境找到完美的解决,现实中容不下童话,但她也几乎没有一篇小说的视角是从一个完全恶的位置出发,或者将那种恶坚持到底。张惠雯更多具有现实感的小说,出现在她移居美国之后。《在南方》中,做一个幸福的人的那种感受,开始显得渺茫。但还是有几篇小说中,善念引出内心的和平,如《夜色》中的父亲,虽然女儿与黑人青年恋爱,使他的家庭遭受一次种族主义挑战,他最终还是对女儿表达了爱,对女儿的爱情宽容地接纳;《暮色温柔》这篇极其优秀的作品中,一对同性恋人面对南方的歧视,早已经不再心怀希望,但最终的故事结局却预示美国青年的南方家庭将会接受他们。

张惠雯小说中却有一些真正幸福的人,即便在内心小小的角落里感到片刻的幸福,那是小说文字层面指涉的真实的幸福,不容置疑的幸福,作者没有任何犹豫去描画的幸福。张惠雯笔下最具有斯宾诺莎神性的自由和幸福的好人,是《安娜和我》的主人公。他是一名象夫,总是善待自己的大象安娜:

> 在旅途和庆典中,我也曾见到过狠心的象夫,他们殴打大象的时候,我总会把安娜带走。那些狠心的人注定没有快乐,我替他们惋惜。我不能理解,为什么一个人不爱护自己的象,不爱这忠厚、美丽而又聪明的朋友?他们为何不珍惜那种相伴的快乐?不管是在午后飘满尘土的路上,还是在日落时金黄的光线里,或是在洒满了银子一样的月光的草甸上,一个赶象的人如果肯停一会儿,注视他的朋友的眼睛,体会这种相伴的意义,他就会发现自己能走到另一个世界中去,发现它的秘密,他会相信动物纯净的灵魂。我只是一个人,一个贫穷的象夫,但我却有两个世界。这个秘密,我只对安娜说起过。

象夫有一天遇到一个外国人：

> 他又问了我一个问题，问我是否相信神灵的福佑。我说我相信。他问那么我怎样看待自己的贫穷呢。我说，对我们来说，神灵的福佑不是给予财富，乃是赋予人幸福的经历，使人相信灵魂，即便是一个动物的灵魂。

《安娜和我》是张惠雯较早期的作品，小说用质朴的字句，达到一种近似于寓言的道德神秘感。正是在这位象夫的内心，我们能看到斯宾诺莎所定义的伦理学上的幸福。这个简单的故事，把一个"自因"不需他人劝导的人的自由和幸福，最为充盈地表达出来。象夫正是一个自然意义上的身心完整的自由人。

由于一篇题目是《路》的小说，我一度以为张惠雯小说中的幸福感和道德力量有宗教背景——但事实上我想错了，张惠雯的写作没有宗教背景。《路》这篇小说写的则是一个有信仰的人，大量的篇幅描写女主人公在雪地里走着，那路的描写让我想到哈代经常写的乡间路上人物的游走，游苔莎、苔丝、裘德在路上一直走着，哈代的路往往把人物带向迷途，张惠雯笔下这位老妇人，虽然经历过非同寻常的苦难，她的路却有明确的目标，是为了帮助同样身在苦难中的姊妹。小说结尾，老妇人想着她要把内心的善良发散给同样有信仰的人，也给没有信仰的好人，甚至给了做过恶可能也会变好的人；天地寂寥，空无一人，但此时拥有幸福和自由感受的主人公，她充盈着爱的心境（虽然她生活其实那样艰辛），也升华到自然中，与明净安详的旷野融为一体：

> 风完全闷住了，天暗得像傍晚时候。在田野里觅食的寥寥几只麻雀也都飞走了。大路的尽头模糊了，路上突然静得没有一点声息。她正想着是不是要下雪了，雪片便从厚幕一般的云层中缓缓飘落下来。雪静寂而稀疏地落着，渐渐地，仿佛云层被雪撕开了一个豁口，周遭又放亮了，旷野变得明净、安详。老妇人想，路总是不容易走的，出门行路还有风霜雨雪呢，何况是过一辈子。可她心里却没有一丝忧虑的阴影，她只是这么想着，把松落的头巾紧一紧，在飘落的雪片中依旧缓慢、从容地走着她的路。

张惠雯写出这些常常在内心有刹那幸福感、在苦难中感到片刻快乐的人物，这绝不是符合某些外部要求的有幸福感的正面人物，而是处在卑微、渺小、无名的时刻，在"一瞬的光线、色彩和阴影"转瞬即逝的片刻里，心底里如果一种情感发生，一个信念生长,那一刻就变成文本最核心的位置。至于为什么是张惠雯,会这样不间断、执着地发现这些爱的闪光时刻?对于这个问题我无意提供传记上的解释,也就是说,这个问题不应该针对个人。我们也许应该感到幸运,在当代作家中有一位张惠雯愿意这样坚持不懈地写出善与美的世界。张惠雯笔下的世界,因为发自内心的爱,照亮了各种平凡人物的生活,也照亮我们阅读时的书桌、户外的草坪、我们自己的世界。甚至,我愿意用一个看似夸张的比喻来说明这阅读带给读者的力量——这光明在我们面对的阴霾天空洒下微弱的光,让我们看到若隐若现的天使之翼。

三、小说有自身的生命

在《两次相遇》中,张惠雯写到了"美"。"美"是很难写的,形象、动作、语气,一个人究竟美在哪里?是否需要环境、光线、他人的衬托?小说里的女子先出现在油画里,继而出现在叙事者的视线里。视线可能比形象更能说明"美"的冲击力。这个美丽的女子被反复"透过"叙事者的观看呈现给读者。但在叙述中关键的一瞬,"美"不仅是被观看、描写的,而是突然从人物内心发散出来。因为要申辩自己对于爱情是认真的,她"勇敢地直视着我,用一种少有的镇定态度说……"而我"看到她的样子,心里清楚她并不需要我回答,她早已相信是真的,而且为此幸福。我不禁为刚才的想法而羞耻"。到了这个时刻,小说要精心塑造的"美"自发地呈现出来了,那不仅仅是视觉上可以判断的美感,也关乎一个人物内心自由的敞开。她是勇敢、自信、幸福的,这些与她在形象上的美构成一个具有尊严的个人,她相信自己、不需要别人确认,而且把目光望了回来。由于有了这个时刻,小说中的第二次相遇,只是为了见证"美"的丧失。因为"那个侧面显得冷硬、尖刻。她脸上已经没有过去那种神情了",她仿佛失去了自尊心,反复说心里难受。纯真失落,在时间中美、真诚、勇气都已经销蚀。

《两次相遇》是向亨利·詹姆斯致敬的小说。在詹姆斯《四次相遇》中,女主人公的浪漫理想,几乎一下子就幻灭了,她后来用余生来承担着那理想的后果,甚至甘心被骗。《两次相遇》的故事相对更简单,但在人物内心的塑造上并不简单。张惠雯曾经引用詹姆斯的一段话来说明小说的艺术:"其灵感来自微小的暗示,而这么一点点暗示的种子又落入土中,发芽生长,变得枝繁叶茂,然而它依然可作为一个独立的微粒,隐藏在庞大的整体之中。"[①]张惠雯以此来解释自己的创作观,这里

---

① 詹姆斯:《使节》,成都:天地出版社,2018年,第1页。

她向大师致敬,这个著名的比喻,说明的是一个看似简单、但难以做到的事情:小说有自己的生命。那最具小说艺术自觉精神的"大师"詹姆斯,他那绝美、一字都难改动的《四次相遇》,毫无疑问是张惠雯在艺术形式、艺术精神两方面上的榜样——或者说,是一个熟识的向导,老师,朋友?

张惠雯的小说《路》的结尾,让我想到《药》,甚至乔伊斯的《死者》,或许因为这三篇小说都写了逝者。《路》是否能与《药》和《死者》相提并论,这问题不好轻易回答。张惠雯并没有那样重量级的名目,这样的比较可能徒劳无益。然而,我必须要说,可以清楚看出张惠雯在有意识地向小说艺术大师们学习。这是全方位的学习,不仅小说的技巧,也有小说的伦理,有道德修养的学习,有人格力量的学习。张惠雯今天仍然算是年轻的作家,这种直接从西方文学大师学习的姿态,与过去一个世代中国作家学习西方现代派的经历不同,她在自己的小说中直接建筑道德意识,精心布置的情节明确地体现伦理自觉。

大约在十年前,我最早在《收获》上读到张惠雯的小说《爱》,当时不禁吃惊了,这样一篇有纯净古典主义精神的作品,竟然出自当代年轻作家之手。从《爱》,我想到屠格涅夫。即便说《爱》是模仿屠格涅夫,这也是一篇上乘之作,何况小说中描写的年轻牧区医生,他的羞怯、自尊、向往、快乐,近乎无事的情节,小说那样安静地把一切都呈现出来了。《爱》这篇杰作描写牧区医生,渐渐感到自己被当地的维吾尔族牧民接受,他甚至体验到爱情在心中激起的涟漪。在接下来这个段落中,我们会发现,有关主人公内心的描写,与边疆经验的点点滴滴,最终融化进关于所有时代里所有相爱的故事:

> 不知道为什么,他想起他母亲,想象着她年轻时候的样子,她经历过的那些爱慕、追求、思念……他把这美好的事联想到他认识的每个人身上,正在唱歌的阿里木江,像小孩儿一样轻轻拍着手跟唱的帕尔哈特……他联想到过去和未来,各个年代的人,各个地方的人,死去的、活着的、还未曾来到世间的人,无论窘迫还是安逸,无论生活卑微或是出身高贵,他们都有那精细入微的能力感受爱,他们都会幻想爱、经历爱,他们会和他一样因为爱带来的欢愉和折磨在一些夜晚难以入眠,在白日里却又昏沉恍惚,这种美好的东西从不曾从世间消失过,这是多么不可思议!于是,他觉得那个美梦般的夜晚,还有着月光下的草原、这露珠的湿润、乐器的动人、马儿的忠诚、溪水发出的亮光、人脸上那突然闪过的幸福忧伤表情都不是毫无理由地存在着,这一切,或许就是因为爱,因为它作用于世间的每个角落、发生在每一个人的身上。

这大概是张惠雯小说中最美丽的一段文字,这段文字也透露出作者在小说艺术上的一些自觉追求。这里提到新疆的人名,提到一些特别的事物,在这个主人公的感受中看得出他的心情,然而,这一段文字中依然有一些重要的特征,恰恰是体现在某些缺失上。这段文字缺失描写边疆生活的特殊词语(包括方言),缺失具体的情节起伏,甚至缺失对主人公的特殊描写——虽然提到他想起他母亲,但随即这个情节就轻轻放下。可以说,这段高度抒情化的文字中,却在故事上没有告诉读者太多。叙事则恰好起到相反的作用,即从特殊走向所有,走向普遍,走向每一个人。这种修辞严格来说,属于诗。

由此我真正想说的是,对于张惠雯的作品而言,即便被人们贴上"写实主义"的标签,那也迥然不同于数十年来成规造就的写实主义,如《太阳照在桑乾河上》《平凡的世界》《白鹿原》。张惠雯描写的世界,重要的不是特殊地点、特殊人物、特殊情节。在这一点上,她让我想到王安忆在将近三十年前提出的小说的四个不要。①与王安忆相似的是,张惠雯也非常重视小说形式的诗学自觉,即小说不可以是一种跟随特殊题材、使用特殊话语、追逐情绪、放弃结构的写作。张惠雯的小说都有结构上的自觉意识,在这一基础上来统摄小说中的其他元素。但与王安忆不同的是,张惠雯避免在抽象的逻辑上过多停留,她依旧是通过意象展开故事,最终还是"故事",而非"讲故事",在张惠雯的小说中占据舞台中心。

就张惠雯的创作而言,她大多数最著名的作品都有精心构造的结构,典雅而富有表现力的语言,有内在深度因而具有普遍感染力的人物,更重要的是,这所有的元素因为作者投入作品中的一种生机,而能够变得生机盎然。至于那生机是什么,那却不是可以轻易学来的,也不是张惠雯可以轻易从大师们那里学来的。那是一种真诚面对世界的态度,对于他人的故事的理解,是爱,由己推人的同情,有自尊的独立。在这个意义上,张惠雯小说中,做到了詹姆斯意义上的"小说有自己的生命"。

2019 年 10 月 29 日,马萨诸塞州韦尔斯利镇

---

① 王安忆:《故事和讲故事》自序,杭州:浙江文艺出版社,1991 年,第 2—3 页。

评论

·现代中国的诗朗诵与朗诵诗·

论"杭育杭育":
20世纪30年代左翼诗歌中的象声词、劳动呼声与身体政治

"有声"的新诗与"有生"的大众:
战时延安朗诵诗学中的生命话语

朱自清与情境诗学:
发出另一种解读

战火中的文学声音:
战争时代的"诗朗诵"与"朗诵诗"

·动画、技术媒介与民族国家·

《铁扇公主》(1941):
民国时期"儿童教育"话语与中国早期动画

社会主义初期的木偶动画、生命感与现实主义

从《黑塔利亚》到《大圣归来》:
中文网络"二次元民族主义"的身份焦虑

现代中国的诗朗诵与朗诵诗

■ 主持/康 凌

【主持人按】

当诗歌的表达形式从文字变成声音,当诗歌的物质载体从印刷文本变成身体展演,当诗歌的接受方式由视觉变成听觉,我们应当如何重新理解由此带来的诗歌创作的形式变动,以及由这些变动所激起的对诗歌的文化政治能动性的想象?当这些想象于现代中国的革命与战争历史中逐步展开,转化为诸种新鲜的实践方式时,又打开了哪些空间,遭遇了哪些困难,触发了哪些焦虑?围绕现代中国的诗朗诵与朗诵诗,本辑所收录的四篇文章试图对上述问题给出回答。

以鲁迅笔下著名的"杭育杭育"声为题,本辑第一篇论文《论"杭育杭育":20世纪30年代左翼诗歌中的象声词、劳动呼声与身体政治》借由对20世纪30年代左翼朗诵诗创作中的象声词使用的分析,展现左翼诗人如何以诗歌语言来征用诗朗诵的听众们在日常的声景环境中被形塑的听觉-身体经验。这一过程中,象声词的使用成为一种诗歌动员装置,它以对共享的身体经验的召唤,构造出听众这一"大集团"之间的身体性的连带感,并由此启动了将大众所身历的苦难经验转化为当下的革命潜能的动员进程。内中所涉及的一系列复杂的诗歌语言与形式操作,成为我们打开左翼之"诗学"面向的通道。

20世纪30年代的左翼朗诵诗创作与诗学成为日后影响深远的延安诗朗诵运动的先声。以延安诗朗诵的重要提倡者柯仲平为线索,刘欣玥的《"有声"的新诗与"有生"的大众:战时延安朗诵诗学中的生命话语》勾勒了延安朗诵诗学以"生命话语"为核心而展开的一种自我理解方式。在对朗诵诗所具有的独特的"生命力"反复致意与论析中,诗歌的"有声"与"无声"成为新文学的"死"与"活"的隐喻。更重要的是,在抗战救亡的历史语境中,文学的生死更进一步成为民族存亡的转喻。延安朗诵诗学的历史生成,由此被置于新文学史、左翼文学传统、抗战历史背景的错综时空网络之中。

同处于抗战历史背景之下,朱自清则在延安之外发展出了一套独特的朗诵诗学。来自科尔盖特大学(Colgate University)的江克平(John Crespi)在他的《朱自清与情境诗学:发出另一种解读》一文中,将其命名为"情境诗学"(Situational Poetics)。在朱自清看来,诗歌只有在其具体的情境动态中进入听众的耳朵,直接诉诸紧张的、集中的听众的身体,并鼓励他们采取具体行动的那一刻,才实现了"完整"。相应的,对诗歌的理解也不应指向它"意味着"或"表达了"什么,而是要去理解一首诗的结构,是怎样在一个特定的历史时刻进入受众,并且重新安排由朗诵者与观众所组成的主体间网络关系的。

本辑最后一篇文章是来自台湾大学的梅家岭教授的《战火中的文学声音:战争时代的"诗朗诵"与"朗诵诗"》。在贯穿20世纪30至50年代、跨越海峡两岸的全景扫描中,本文既勾勒了"诗朗诵"如何由个别文人的"活动",逐渐演变为作为一种新兴次文类的"朗诵诗"及其"运动",又通过对具体文本的分析,展现了朗诵诗的修辞策略与内在张力,尤其是它在"诗"与"朗诵"、在"文字"与"表演"之间的摆荡与困境。现代中国的"文艺"如何"战斗"、"声音"如何"政治",正是在这一游移摆荡中呈现出其最为复杂的面向。

从文人沙龙到街头动员,从战时呼告到国家演出,从政治"运动"到社会"活动",现代中国的诗朗诵与朗诵诗有其漫长繁复的历史与实践形式。本辑截取其中与革命、战争与政治动员密切相关的片段,冀图展现声音与文本、个人与大众、身体展演与历史运动间最具紧张感的"情境"之一斑。由此,我们不仅意在引起对现代中国的诗歌朗诵议题的更多讨论,亦希望以更为切实、及物的方式,推进对现代中国的声音政治的历史化的研究与理解。

论"杭育杭育":20世纪30年代左翼诗歌中的象声词、劳动呼声与身体政治

文／康 凌

引言

现代中国的左翼诗朗诵运动肇启于20世纪30年代初,在这一运动中,以中国诗歌会成员为代表的左翼诗人们试图通过对于诗歌的音响结构和发声方式的经营打磨,将"当时差不多已经完全变成了视觉艺术的新诗歌,慢慢地还原为听觉的艺术"①。在他们这里,"视觉"与"听觉"的区分显然不仅是两种感官方式的区分,而是现代诗歌的两种政治意涵的对立,前者所意指的是当时以李金发等人的现代主义诗歌为代表的"神秘的、狭义的,个人主义的小道",而后者则指向了"集团化的,大众诗歌的坦途"。② 对"大众诗歌"的强调表明,左翼朗诵诗的研究与推广从一开始便视自身为以民族救亡与阶级解放为目标的文艺大众化实践的一部分,并自觉地将这一政治使命与意识形态目标作为校验自身成败的标尺。这一方向上的努力当然不仅限于朗诵实践,也渗透到整个左翼诗歌的创作中。或者不如说,左翼在朗诵诗上的实验,与其被视为一种特定的文类创制,毋宁可以理解成一种独特的关于诗歌音响之理念的展开方式之一,而这一理念事实上贯穿其所有创作之中。关于

---

① 任钧:《关于中国诗歌会》,《月刊》,1946年第1卷第4期。
② 《我们底话》,《新诗歌》,1934年6月1日第2卷第1期。

左翼诗歌的这一文化政治背景,学者已论之甚详,值得更进一步追问的是,当这一理念落实到具体的诗歌文本的创作中时,左翼诗人们将以怎样的方式来设计、操作诗歌音响?这些设计背后隐藏着哪些知识论背景,打开了何种诗学理解的可能性?

对于这些问题的讨论,要求我们重视左翼诗歌语言在表意功能之外,作为语音的物质性存在所具有的特征,或者说,要求我们重视诗歌语言的词汇意义与其音响物质性之间的张力与辩证关系。在论及朗诵诗的音律问题时,王冰洋曾指出,为了营造适宜于"群众的听觉"的诗歌音律,诗人有两种策略可以使用。一是批判地采取"歌谣小调评唱鼓书的音响结构"①,二是"尽力摹取抗战中所特有的音响之形象,比如波动、震荡、爆裂、嚎呼、呻唤、汹涌以及诸如斯类的'音象',唯此它才能得到强烈的共鸣"②。在这里,"音象"的"共鸣"这一说法清晰地提示了左翼诗歌语言与人们的现实听觉经验之间的血肉关系。王冰洋的文章写于抗战初期的1939年,当时,他所提及的"波动、震荡、爆裂、嚎呼、呻唤、汹涌"等声音正迅速而全面地侵袭、占据人们的日常生活。江克平(John Crespi)曾以高兰的作品为例,认为这些象声词构成了一种"声音象征主义"③,从而使得书面语词具有了表达战争的能力。唐小兵则认为,现代战争带来了一种"音响的创伤和暴力",在这一历史背景下,中国现代诗歌对"怒吼和放声歌唱"的不断强调,正是意在通过对集体的"喉音"的书写来"召唤并加入一个象征意义上的集体主体",以此对抗战争带来的音响暴力。④

在这些论述的基础上,我试图进一步指出,左翼诗歌对"音象"的使用不仅意

---

① 对于歌谣小调的音律结构的利用,自20世纪30年代初起便被左翼诗人确立为诗歌大众化的不二法门。以"旧瓶装新酒"为口号,他们进行了一系列理论阐述与写作实践,成为左翼新诗歌谣化运动的重要成果。关于这一运动,我在其他地方已经有相关论述。见康凌:《"大众化"的"节奏":左翼新诗歌谣化运动中的身体动员与感官政治》,《文学评论》,2019年第1期;《诗的Montage:左翼朗诵诗的音响与意义》,《文艺研究》,2019年第2期。
② 王冰洋:《朗诵诗论》,收高兰编《诗的朗诵与朗诵的诗》,济南:山东大学出版社,1987年,第75—83页。
③ 参John Crespi, *Voices in Revolution: Poetry and the Auditory Imagination in Modern China*, University of Hawai'i Press, p.81。在我看来,蒲风《茫茫夜》中对风声的反复书写与质询或许可以帮助我们进一步理解乃至质疑"声音象征主义"的运作。在这首诗中,对"风声象征着什么"这一问题的拷问成为驱动诗歌前进的动力。在这一过程中,风声不仅是象征,还提供了对象征关系本身的反思的空间。诗歌由此展现自身重组语言与象征之惯例的可能性——也即将郎西埃所谓的文学/审美之政治化的可能性。《茫茫夜》收王训昭编《一代诗风:中国诗歌会作品及评论选》,上海:华东师范大学出版社,1996年,第40—46页。
④ 唐小兵:《不息的震颤:论二十世纪诗歌的一个主题》,《文学评论》,2007年第5期。

在再现,乃至对抗某种现代声音的暴政,同时也是试图以诗歌语言来征用、转化包括战争在内的现代听觉经验的尝试。为此,我将在本文中集中论述左翼诗歌摹取"音象"的一种特殊方式:对象声词的使用。这类似词汇的特点在于,它们的语汇意义正是其音响表达本身,因而更为鲜明地展现了左翼诗歌的音响操作的特点。左翼诗歌中的象声词的使用远不限于与战争有关的经验,而是指向了更为广泛的、大众的日常经验,尤其是劳动经验。在我看来,在左翼诗歌的音响表达中,象声词的布置可以起到唤醒、调用听众在过去生活中的声音、感官经验的效果。由此,象声词的使用不仅具有表达战争、反抗战争的层面,同时也包含了诉诸、召唤诗朗诵的听众们在日常的声景环境中被形塑的听觉—身体经验的可能性。在这一过程中,象声词的运作总是具有一种双重的时间性:一方面,左翼诗歌的朗诵(或是阅读中所唤起的听觉想象)使得听众/读者能够在此刻的诗歌时间中重新经历战争与劳动(以及与之相伴的暴力与剥削)中的听觉体验;另一方面,以这种共享的身体经验为基础,它将有可能召唤出听众这一"大集团"之间的身体性的连带感,以此作为未来的集体的革命行动的基础。在这个意义上,象声词所内含的双重时间性成功地索回、占据了大众的听觉—身体经验,并启动了将大众过去的苦难经验转化为当下的革命潜能的动员进程。

象声词:"音象"中的双重时间性

象声词的使用源远流长,在某种程度上,整部中国诗歌史正是以一个象声词——《关雎》中的"关关"——开始的。而在左翼诗歌中,象声词的使用具有独特的地位,事实上,象声词的频繁出现,正构成了左翼诗歌的标志性句法。在其中,我们能够读/听到为士兵所熟悉的枪炮声:"拍,拍……拍……拍,拍,拍,拍,/联珠似的步枪声!/轰隆!轰隆!轰隆!……轰隆!……/雷震一般的大炮声"[1];听到苦工推着独轮车的声音:"车轮音不住的'苟…苟…苟…'"[2];听到铁道夫修筑铁道的声音:"当当当!/叮叮叮!/铁锤敲在铁钉上,/铁锹铲上水门汀"[3];听到盐场工人熟悉的:"吱吱吱!/风车转。/哗哗哗!/海水流"[4];听到老乞丐的拐杖敲击地面的

---

[1] 森堡:《回忆之塔》,《新诗歌》,1933年2月21日第1卷第2期。
[2] 蒲风:《外白渡桥》,《新诗歌》,1933年2月21日第1卷第2期。
[3] 亚平:《铁道夫之歌》,《新诗歌》,1934年6月1日第2卷第1期。
[4] 亚平:《塘沽盐歌》,《新诗歌》,1934年6月1日第2卷第1期。

声音:"冚……冚……冚……唉……"①;铁匠的"叮当!叮当!"②;听到工厂工人的"哗隆!哗隆!/机轮怪叫着"③等等。

这样的举例可以无限继续下去,在我看来,象声词在左翼诗歌中的密集使用,意在于诗歌世界中重构出大众在日常现实中所经验的声音环境,由此召唤、激活大众的感官记忆。在这里的"大众"一词显然并不指向广义的听众,而是作为一个政治范畴的"大众"所试图囊括的、受侮辱与受损害的工人、农民与士兵们。是这些特定范畴的人群的听觉经验,构成了左翼诗歌中的"音象"的主要来源。因此,正如上面所举的例子所体现的,左翼诗歌中所使用的象声词尽皆源于为这一特定"大众"所熟悉的、战争与劳动过程中的经验。

在这里,起作用的并非是这些语词的语汇意义,而是它们的物质性音响本身,后者总是试图复现一种特定的音响经验。卡罗琳·莱文(Caroline Levine)曾提到,在诗歌研究中,学者经常将诗歌的各种音响节奏形式视为人们在各种社会体制下的生活节律的镜像反映。④ 而在左翼诗歌中,虽然一首关于铁道工人的诗歌的节奏未必严格地对应着他们的劳动节奏,但"当当当!/叮叮叮!"的象声词使用显然试图捕捉、复现出铁道工人的日常感官经验中最为独特的听觉标记。对于一般听众而言,这些标记或许会激发出他们对于铁道工生活的听觉想象,但对铁道工而言,这些音象则在此时此刻的诗歌时间中唤回了他们在过去的劳动实践中的感官经验。

在这个意义上,象声词在左翼诗歌中的布置总是携带有一种特定的过去的时间性。或者说,这些词汇总是将左翼诗歌置入一种双重的时间性,将过去的感官记忆与当下的诗歌聆听经验凝结到一个特定音响的发声中。需要进一步说明的是,这里的当下的时间性所指的,不仅仅是诗歌的朗诵与聆听总是发生在此刻当下的事件,更重要的问题在于:音象的作用机制总是源自当下的语言与诗学操作之中。换句话说,象声词要起到作用,要被正确地理解,需要一系列诗歌语言的操作的介入。正是这一点,要求我们重视左翼诗歌的语言技艺层面的特点。在讨论语言的声音作为一种模仿机制的运作方式时,德雷克·阿德里奇(Derek Attridge)提醒

---

① 中竖:《老乞者》,《新诗歌》,1934年7月6日第2卷第2期。
② 白杨:《铁匠》,《新诗歌》,1934年10月20日第2卷第3期;又见克拓:《铁匠》,《诗歌》,1933年4月16日创刊号。
③ 王亚平:《南北楼》,《亚平诗集:都市的冬》,上海:国际书店,1935年6月。
④ Caroline Levine, *Forms: Whole, Rhythm, Hierarchy, Network*, Princeton University Press, 2015, p.74.

我们:

> ……另一种危险在于这样一种诱惑,即直接为诗学语言的声音与运动赋予一种它们本身并不独立拥有的语义价值与语义精确性。对语言特质的理解在语义上是中立的,它们只有借由文学陈规的运作才能参与诗歌的表意过程。①

换言之,语言的声音对过去的、外在于语言的(extra-linguistic)声音的模拟,并非仅仅靠两者在物理上的相似性就能实现,对于这种模拟的理解,依赖于将两者联系起来的文学陈规的作用。在阿德里奇看来,某一个语词的声音与某一个外部世界中的声音之间的联系,从来都不是"自然"的;相反,它所指涉的是这样的联系在文学与诗歌传统中被"自然化"的程度。在很多时候,"文本自身必须以某种方式提示读者,将语言的这一方面纳入他们的阐释行为中去"②。也就是说,这样的联系如果要实现,需要诗歌文本为读者提供阐释线索,由此读者才能(1)"将声音作为声音"来理解,即将读者的注意力引向字词的音响特质,而非它们的语汇意义;(2)理解这一声音所模拟的对象为何。

换句话说,不论"拍,拍……拍……拍,拍,拍,拍,拍"与"联珠似的步枪声"之间有多么相似,归根到底,前者**并不是**步枪声,它只是在特定的文学成规和文本线索的作用下,才得以**被理解成**步枪声而已。在左翼诗歌中,这样的线索几乎是一种必须,因为它们的目标听众通常对文学与诗歌传统中关于战争的声音、机器的声音、劳动行为的声音等的再现陈规一无所知。这类线索有时候是诗歌的标题(《铁道夫之歌》多少提示了"当当当!/叮叮叮!"与铁路之间的联系),有时候则是象声词周边的语义提示,譬如,在"拍,拍……拍……拍,拍,拍,拍,/联珠似的步枪声!/轰隆! 轰隆! 轰隆!……轰隆!……/雷震一般的大炮声"这四行中,正是第二、四行提供的语义信息将"拍"和"轰隆"与步枪和大炮的声音联系起来了。(同时也防止了这些象声词被阐释为掌声或雷声等等。)

辛民的《拷刑》为理解类似的诗歌语言操作提供了一个很好的例子。这首诗大量地实验了音象的运用及其感官效果,下面是其中的两节:

---

① Derek Attridge, "The Language of Poetry: Materiality and Meaning," *Essays in Criticism*, Volume XXXI, Issue 3 (1 July 1981), pp.232-233.
② Ibid., p.234.

"为什么不说呢?"
"我说过了——"
"我没有加入!"
"劈!"
"唉哟!"
"劈!
劈!"
"唉哟!
我没有加入!"

"劈!
　　劈!
　　　　劈!"
"唉哟……
我加入了!"
"贱东西!
不打就不说!"①

　　以对话体的方式,这两节诗歌描述了一位学生如何在警察的严刑拷打下终于承认自己曾加入了地下革命组织。进步学生与反动警察之间的冲突当然是左翼文学始终关心的主题,但在这里我们所关注的,则是这首诗如何成功地将"劈"这个词的语音与拷打的声音联系起来。在这里,最明显的线索显然是末句"不打就不说",它提示了读者之前的场景所描述的正是"打"的过程。而除此以外,"劈"字的不断重复本身也凸显出了它的音响特质,引导读者意识到它作为"声音"的面向,而非一个意为"分裂、分开"的动词的词意。换句话说,词汇的重复本身掏空了这个字的惯常"意义"或**所指**,进而打开了**能指**本身的新的理解空间。与此同时,通过将"唉哟"这一表征身体痛感的自然——或高度自然化了的——人声词汇作为对"劈"的反应,这首诗再度提示了"劈"的声音与疼痛、拷打之间的关系。

　　正是在这些线索的共同作用下,音象才得以在诗歌现场的当下时间中,召唤出特定的、过去的听觉经验。抛开诗歌语言的经营与布置,音象将很有可能消散在其

---

① 辛民:《拷刑》,《萌芽月刊》,1930年3月1日第1卷第3期。

无限的潜在模拟对象中,我们亦将无法确定它们所联系的是哪一种外在于语言的声音。反过来说,也正是左翼诗歌激活大众过去的感官经验的意愿,才使得其当下对诗学语言的经营获得了意义。乔纳森·卡勒(Jonathan Culler)指出,抒情诗的音响层面的运作,使它成为"一次事件,而非对事件的再现"①。我对左翼诗歌中的音象的分析所试图指出的是,在诗朗诵这一诗歌"事件"中,一种更为复杂的时间性的联结机制,支撑着这些诗歌的感官力量的施展。在其音响层面,左翼诗歌不仅试图捕捉、激活大众过去的感官经验,更意在于当下的诗歌时间中重演这一经验,意在使诗歌的表演自身成为一起感官事件。结果是,一方面,左翼诗歌使得听众能够在当下的诗歌时间中重新经历战争与劳动(以及与之相伴的暴力与剥削)中的听觉体验;另一方面,它又将这些感官经验动员、组织为集体的革命行动的基础。在这个意义上,象声词的双重时间性成功地索回、占据了大众的听觉—身体经验,并启动了将大众过去的苦难经验转化为当下的革命潜能的动员进程。

"杭育杭育":劳动呼声与身体性团结

在上文对象声词的分析中,我留下了一类特殊的象声词,以便在此作更为专门的讨论,那便是用来模拟大众自身的身体在劳动中所发出的声音的象声词:劳动呼声。

劳动呼声在左翼诗学中具有独特的地位。在《略谈歌谣小调》一文中,叶流将劳动呼声定义为人类在劳动的时候,由于内在的生理机制的运作而下意识地哼出的、只有音而无意义的"咳""嗳""唷"一类的声音。在他看来,正是劳动呼声促成了歌谣的诞生,并成为诗歌的历史起源。② 诗歌的音响不仅源于人的生理"呼声",更源于劳动过程对生理机能的规训。这一理论代表着左翼诗学关于诗歌起源的标准论述,也即诗歌的劳动起源论。关于这一论述及其背后的跨国知识传播谱系,我在其他地方有更为具体的考察。③ 而在这一节的讨论中我希望表明的是,劳动呼声不仅在左翼诗学起源论中占据了一个重要的理论位置,它自身也在当代左翼诗歌的写作中被广泛地作为一种音响策略而使用。

---

① Jonathan Culler, *Theory of the Lyric*, Harvard University Press, 2015, p.137.
② 叶流:《略谈歌谣小调》,《新诗歌》,1934年6月1日第2卷第1期。
③ 见康凌:《"节奏"考:生命科学、文明危机与阶级政治中的诗歌与身体》,《现代中文学刊》,2019年第3期。

在左翼诗歌中,劳动呼声的出现屡见不鲜,譬如鲁戈曾以"啊啊呵,啊啊嘿……"来描述农人打谷时的劳动呼声①;柳倩以"抗哟～～～嗨呀～～～"记录船夫划舟时的劳动呼声②;岳浪以"唉浩!唉浩!"反映路工筑地修路时的劳动呼声③。而根据田洪的回忆,聂耳为歌剧《扬子江暴风雨》写作歌曲《打桩歌》时,曾专程跑去建筑工地上实地观察工人打桩的过程。歌词中的"拿起来呀哼哟呵/放下去呀哼哟呵"正是对真实的打桩工人的劳动呼声的记录。④

更重要的是,如果说上一节中所提到的象声词的运用,意在再造大众在**外部**世界中所曾遭遇的听觉体验,那么劳动呼声则似乎试图直击劳动者身体本身的**内在**运作。这样一种企图打开了语言与声音、身体与劳动、诗艺与政治之间的更为复杂的关联。为了充分展开这一问题,我将转向石灵那首著名的《码头工人歌》,在我看来,劳动呼声在这一类作品中的布置,指向了左翼诗歌的身体政治的最为幽微的运作,并对我们的诗学理解提出了有趣且重要的问题。

和《打桩歌》一样,《码头工人歌》也被选入了《扬子江暴风雨》中。在这首诗发表后,聂耳很快为它谱了曲,使它成为一首真正可唱的歌调。码头工人集体合唱这首歌的场景,也构成了《扬子江暴风雨》——以及 1959 年拍摄的传记电影《聂耳》——的情节高潮。这首诗一歌共有四节,前三节讲述了码头工人的悲惨生活,其语义讯息清晰明确:尽管码头工人没日没夜地工作,他们依旧遭受着无尽的贫穷与饥饿。诗作第一节写道:

> 从朝搬到夜,
> 从夜搬到朝;
> 眼睛都迷糊了,
> 骨头架子都要散了。
> 搬哪!搬哪!
> 唉咿哟呵!唉咿哟呵!⑤

---

① 鲁戈:《打谷歌》,《新诗歌》,1934 年 6 月 1 日第 2 卷第 1 期。
② 柳倩:《阻运》,《新诗歌》,1934 年 7 月 6 日第 2 卷第 2 期。
③ 岳浪:《路工歌》,《路工之歌》,青岛:诗歌出版社,1935 年。
④ 向延生:《拨开历史的迷雾》,收《聂耳全集下卷资料编增订版》,北京:文化艺术出版社,2011 年,第 440—447 页。
⑤ 百灵(石灵):《码头工人歌》,《新诗歌》,1933 年 3 月 1 日第 1 卷第 3 期。

全诗四节均以"搬哪！搬哪！/唉咿哟呵！唉咿哟呵！"结尾，这一重复也构成了诗作的基本节奏结构。同时，与其他的象声词所具有的双重时间性一样，劳动呼声的运作亦在当下的诗歌事件中激活了源自过去的关于苦难与压迫的身体记忆。然而在这里，更重要的却是两者之间的差别。如我在上一节指出的，"拍拍拍"这一类语汇与外部世界中的特定声音（如步枪声）之间的关联，是经由文学陈规的参与和诗歌语言的设计所构造起来的。与之相对，"唉咿哟呵"这样的劳动呼声的运作，则似乎有可能绕过诗歌语言的中介，造成声音与身体的生理经验之间的直接触达。

在这样一种触达的可能性背后，凝结着左翼诗学对诗歌语言的复杂理解。在《门外文谈》中，鲁迅曾以其独特的反讽口吻提及所谓"杭育杭育派"文学家的存在。这里的"杭育"所指的当然不是"杭""育"二字的字面意义，而是"在未有文字之前""连话也不会说的""我们的祖先的原始人"在一起"抬木头"时所发出的劳动呼声。① 鲁迅在这里对"杭育杭育"的阐发，呼应着左翼诗学对劳动呼声的定位，即它们是劳动者在劳动过程中的生理反应的显现。而更重要的是，在鲁迅的论述中，劳动呼声占据了一个不仅是生理性的、而且是前语言（pre-linguistic）的位置。在他看来，即便在没有语言与文字时，当某个"原始人"发出了"杭育杭育"的声音，"大家也要佩服，应用的"。换句话说，劳动呼声在劳动群体中的可沟通性不需要语言系统的中介，它是由共同的身体经验所直接规定与保障的。正是对劳动呼声的这种理解方式，使得它提供了绕过诗歌语言、直击身体的可能。

在这里，劳动呼声的使用，成为一种超越、溢出语言之边界的尝试。作为一类听觉事件，诗朗诵中的劳动呼声将直接作为前语言的音响而作用，去激活听众的神经与肌肉的共鸣。换言之，它意在绕开读者的智性理解的中介，直接诉诸听众对声音的身体反应。在这一过程中的"唉""咿""哟""呵""哼"等声音单位从未进入能指-所指的符号关系（当诗歌作为书写文本被阅读时，这样一种关系似乎是不可避免的）。从一开始，它们就是直接作为**声音**，而非作为**语言的音响**而被经验的。以这样的方式，劳动呼声动摇、重绘（reterritorialize）了诗歌语言的疆域，它打断了诗歌语言的运作，并将前语言的声音引入其中，由此建构了一种溢出语言之沟通功能的、身体的关系性机制。事实上，在江克平看来，左翼诗朗诵的诗学基础，正是这样一种以声音绕开语言的可能性所构成的。通过声音，国族苦难的情感将能够被**直接地**传达给大众，而无需通过诗歌文本的中介。②

---

① 鲁迅:《门外文谈》,《且介亭杂文》,《鲁迅全集》第6卷,北京：人民文学出版社,2005年,第96页。
② John Crespi, *Voices in Revolution*, p.60.

然而问题在于,如我在上文中所提到的,象声词的有效运作始终是此刻的诗学语言操作的结果。阿德里奇曾提醒我们,在诗歌的阅读过程中,我们经常倾向于忽视"诗歌最为直接的模仿资源,即对人声言语本身的模仿"①。在这一视野下,劳动呼声依旧是一种语言的建构物,依旧可以被视作语词符号,只不过它们的能指的声音所模仿的,是人们在特定情感与身体状态下所发出的人声。以这样的方式,劳动呼声将劳动者的前语言的、生理性的发声编码进了诗歌语言的内部,固着为一个语言符号,由此为诗歌语言赋予了整合大众的身体感官与情感表达的能力。

类似的理论辨析并非意在呈现某种思维游戏,事实上,恰恰是劳动呼声的这种"妾身未明"的身份、它在语言与前语言之间的游动,使它在左翼诗歌朗诵中占据了一个微妙的位置。由这一位置出发,我们可以看到左翼诗歌不断试图超越、爆破语言陈规,并在这一过程中扩展语言的表达与动员潜能的尝试。而在这一尝试背后,则是诗歌语言的疆界在新的社会与政治条件、新的表达欲望与文化想象、新的主体塑造与政治能动性的建构中,不断地被拉扯、重绘的历史进程。在诗歌朗诵这一具体的文化实践中,文本性与听觉性的不断协商展现为(前)语言的劳动呼声与大众的身体反应之间的不断互动。在我看来,正是这样的互动,在诗歌朗诵的听众群体中构造出了一种独特的身体性的团结感。这一团结感之所以是身体性的,正在于它并不建立在听众对某个共同的理念、思想、身份的认同上,而是建立在他们在诗歌的当下时间中所共享的感官的、身体的体验上。一方面,劳动呼声在生理运作的层面召唤、捕捉劳动阶级所普遍具有的、诞生于他们的劳动过程(也即被剥削过程)中的身体经验;另一方面,这种共通的身体经验也反过来带来了一种可能性,即劳动者得以将彼此辨认为同一集体、同一阶级的成员,他们将在对彼此共同的身体经验的觉察中,意识到彼此所分享的同样的苦难与命运。归根到底,左翼诗朗诵是一种动员体制,而劳动呼声则正提供了一种诗歌装置,以在诗朗诵中实现阶级认同的塑造。在这里,被劳动呼声所赋形的是一种持续的身体性的共鸣,一种超个人的连带感,一种诗歌朗诵的听觉时间中所建构起来的、公共的身体性团结。

结论

马丁·芒罗(Martin Munro)曾指出,非洲奴隶的音乐具有两种"相互对立的可供性"。一方面,它们为奴隶创造了公共的团结感和身体的愉悦感;而另一方面,奴

---

① Derek Attridge, "The Language of Poetry: Materiality and Meaning," p.240.

隶主则发现他们可以利用音乐来提高奴隶的劳动效率。于是,音乐同样也变成了一种控制与奴役的手段。① 在某种意义上,劳动呼声的使用延续了公共团结感的创造,但翻转了奴隶主对非洲音乐的使用意图。劳动呼声将大众共通的生理经验转化为具有解放潜力的身体性团结,由此产生的情感能量被引向了一个明确的革命目标。和其他左翼诗歌类似,《码头工人歌》也以号召码头工人团结抗争为结尾:

> 一辈子就这样下去吗?
> 不,兄弟!
> 团结起来,
> 向活的路上走吧!
> 搬哪! 搬哪!
> 唉咿哟呵! 唉咿哟呵!

在这里,诗歌最后两句的语义信息本身引入了一些暧昧的意味,甚至有可能会阻碍、破坏全诗的意识形态号召,即码头工人应当团结起来反抗剥削。毕竟,当工人们已经"团结起来,向活的路上走"以后,为什么还要"搬哪! 搬哪!"呢? 或许正因如此,聂耳在对这首诗的歌曲改编中设计了一个音乐形式上的变奏:这首诗的前三节均在音乐伴奏下演唱,而到了最后一节的前三句,音乐停止,歌词则转由演员大声念诵出来,在此之后,最后一节的后三句再度由音乐伴唱,但此时的音重则明显加强,将全曲引向高潮收尾。在这样的操作中,全诗所逐渐构造、积累的情感力量不再消散于"搬哪! 搬哪!"的循环往复中,而是被明确地导引向末尾政治讯息的表达。

聂耳的改编由此提供了一个难得的例子,显示了文本形式的可供性是如何在歌剧表演中被实现的。我们之所以能够知道聂耳的形式设计,是因为百代公司曾在1934年9月24日灌制了聂耳等人以"森森唱歌队"名义录音的唱片,题为《扬子江暴风雨》,其中正包括了《码头工人歌》《打桩歌》等曲目。然而,作为诗歌朗诵的《码头工人歌》却没有留下相关的资料以供我们分析其中所用的人声技巧。② 但是,不论是朗诵还是歌唱,《码头工人歌》,或者所有左翼诗歌的感官效果,均无法

---

① See Levine, *Forms*, p.49.
② 关于诗歌朗诵的实践性技巧,见徐迟的《诗歌朗诵手册》(桂林:集美书店,1942年)和洪深的《戏的念词与诗的朗诵》(重庆:美学出版社,1943年)两书。

脱离其中所涉及的各种形式技巧的使用,无法脱离诗歌音响的设计——劳动呼声或是其他的象征词的布置、音响节奏的建构、声音与意义的互动和竞争,诸如此类。在它们的共同作用下,左翼诗歌成为一场听觉事件,不仅传递特定的信息与理念,更诉诸听众的身体感受,为之赋予一种听觉的秩序,并将他们的感官体验组织、动员起来,导向革命主体的建构与革命目标的实现。正是在这一过程中,大众的身体之间的血肉相关与声息相通,他们在身体与感官层面所共享的被剥夺与压迫的经验,将在左翼诗歌的音响节奏中被唤醒、动员,成为构造集体的革命主体的肉身基础。

"有声"的新诗与"有生"的大众：
战时延安朗诵诗学中的生命话语

■ 文／刘欣玥

今天谈论1938—1939年前后在延安兴起的诗朗诵运动，无法绕过领军人物柯仲平的贡献。几乎是从20年代投身诗歌创作的一开始，柯仲平就已表现出对朗诵（在"朗诵"这个词普及之前，柯仲平称其为"唱"）极大的自觉与热忱。受马克思主义理论熏染，在共产党领导的实践工作中，诗人初步培养了较为系统的阶级观和革命艺术观。① 及至30年代末期，在抗战爆发后陆续从全国各地涌入延安的青年艺术家里，柯仲平属于已在特定的艺术领域小有成就的一位。这位有"狂飙诗人"之称的诗歌干将的到来，有力地促进了诗歌社团战歌社的成立。② 围绕战歌社的活动，被视作一种新兴抗战武器的诗朗诵，也逐渐在边区掀起了一股文化热潮。

但是众所周知，大众化的诗朗诵并非延安的发明，无论是理念与行动，都可以追溯到30年代初中国诗歌会奠基性的努力。由柯仲平带入延安的朗诵诗潮本就

---

① 柯仲平1930年在上海加入中国共产党，曾担任上海工人纠察队总部和上海总工会联合会纠察部秘书，积极从事工人运动工作，数次被捕入狱。"七七事变"后从日本秘密回国，在董必武的领导下在武汉从事抗日救亡活动，直到1937年11月转移到延安。参见"年谱简编"，收入刘锦满、王琳编：《柯仲平研究资料》，西安：陕西人民出版社，1988年。
② 1937年12月底，在柯仲平的倡议下，战歌社在陕北公学战歌社的基础上扩大而成，柯仲平任社长。战歌社隶属于陕甘宁边区文化界救亡协会（文协），曾出刊《战歌》诗墙报，举办诗歌朗诵会，组建诗歌朗诵队，积极参与延安的街头诗与墙头诗运动。

是左翼运动的果实,它不仅很大程度上得益于诗人此前辗转北平、上海、武汉等地时与左翼文人的往来切磋,更与最早萌芽于武汉的抗日民众朗诵实践有直接的、血肉的关联。可以说,朗诵能在延安顺利落地并成"运动"之势,是柯仲平的"个人才能"与"左翼传统"相结合、延伸的产物。因此,延安时期对朗诵的理论建设,不应被视作孤立的、封闭的文学样本,而应当将其放置在左翼诗歌运动的历史纵深中进行考察。

本文将在对左翼诗朗诵理论的爬梳中,抽绎出新诗的"死"与"活"这一支特殊的论述逻辑,通过辨析生命政治与声音政治的相互转译,追问诗朗诵在延安兴起时所倚恃的文类合法性从何而来。恰逢抗战爆发初期,延安的朗诵诗学,因此也不可避免地与战时语境下的文艺转轨产生更复杂的纠缠。更进一步说,只有将延安时期的朗诵诗学视作新诗史、左翼文学运动史、抗战史等多重视野下的一个有机环节,其中丰富的话语势能与历史错动,才会得到被探照的可能。

一、朗诵内外的"生命"修辞

我们不妨从柯仲平是怎样来到延安的说起。不无巧合的是,促使柯仲平动身前往延安的直接原因,正是他在武汉群众活动上一次著名的朗诵表演。1937年10月19日,在武汉各界纪念鲁迅逝世一周年的群众大会上,柯仲平与诗人蒋锡金、女演员王莹分别登台朗诵,这也是诗朗诵直接走向群众的早期尝试之一。① 柯仲平的朗诵有鲜明的个人风格,其高昂的嗓音,激情澎湃的表现力,给当时亲临现场的穆木天造成了极深的冲击。在30年代初的上海,穆木天作为中国诗歌会的重要一员,曾积极为大众诗朗诵摇旗呐喊。柯仲平轰动人群的演出,无异于一次被期盼已久而终于出现的示范,令穆木天难掩亢奋,并认定"由于柯仲平先生的高声朗读,事实上证明了诗歌朗读的强有力的效果"②。穆木天的反应,呼应着柯仲平后来对诗朗诵以声音感动听众,继而唤起行动的期许:"在那种真正的热情的推动之下,高歌出了他的那首哀吊的进行曲。那使我们感到深挚的悲痛,那使我们狂奋,恨不能

---

① "诗歌这一贵族化的艺术走出文艺沙龙,在广大群众面前进行朗诵,这在中国诗歌史上还是第一次。由此开始,在武汉文艺界的许多重要集会和广播电台上,一个诗的朗诵运动逐渐形成。"吴景明:《蒋锡金与中国现代文艺运动》(第二版),长春:东北师范大学出版社,2015年,第67页。
② 穆木天:《诗歌朗读和高兰先生的两首尝试》,《大公报》(汉口),1937年10月23日。

随着柯仲平先生的歌声,加强了我们的步伐,向着我们的民族的敌人,日本帝国主义杀向前去。"①柯仲平的朗诵在此次群众集会上的大获成功,很快引起了国民党特务的注意,武汉遂不宜久留,诗人也以最快的速度向延安转移——同年11月,柯仲平抵达延安,一场兼具战斗理想与实验色彩的诗朗诵运动也随之拉开了序幕。

  从武汉到延安,柯仲平本人参与抗战工作的路线图形象地勾画出一条战时诗歌朗诵的发展、传布轨迹。伴随着战事的加紧和"一切为了抗战"的文艺工具论的强化,曾在武汉牛刀小试的成功,给了柯仲平等人在延安推广诗朗诵的经验与信心。和任何一种新兴的艺术形式一样,延安诗朗诵在开展探索与实践的同时,也需要不断为自身的意义、目标与合法性提供相应的理论支撑。用柯仲平的话说,"能够说服听众的理论若被我们建立起来了,这理论可以帮助我们的实践——朗诵。"②被柯仲平一道带入延安的,就有他曾浸染其中的左翼诗人们对于诗朗诵的理论阐述。前后承接的诗论建设,为延安的朗诵实践提供了必要依据。围绕朗诵诗的理论讨论,也呈露出关于朗诵诗自身的特点,关于朗诵诗与新诗历史之关系,关于朗诵诗与其所身处的历史条件之关系等方面的自我理解。这些自我理解将能动地参与、塑造朗诵诗的发展方向,甚至在某种程度上预示其未来命运。

  值得引起注意的是,在朗诵诗学的话语运行中,一种围绕"生命力"的修辞而展开的论述策略频频出现,使得"生命"成为左翼诗朗诵表达其自我理解、历史任务和艺术—政治潜能时的关键话语。不仅以声音直接煽动听众、唤起反抗的朗诵被描述为一种富于"生命感"的文艺活动,新诗自身的整体发展也被纳入了一套与"生命"有机相关的叙述。

  在这些论述中,"生命力"的修辞不断被征用,为诗朗诵这一艺术新形式不容小觑的潜能赋魅。比如柯仲平曾以"新生的力"解释其朗诵强大的现场感染力:"艺术家是要抓住那个时代的生命而表现的……听着这新生的歌唱,为什么你们自然地狂醉在里面?不待说,新生的力是伟大的。所谓艺术,也就是表现生命力的,这表现自然地能够打动,能够感染,能够沉醉四周罢了。"③柯仲平在延安发起的诗朗诵运动,在这个层面上可以说延续了他在20年代就已形成的"艺术是生命力的

---

① 穆木天:《诗歌朗读和高兰先生的两首尝试》。
② 柯仲平:《自我批判(根据战歌社会议记录)》,《战地》,1938年第3期。
③ 柯仲平:《革命与艺术》,收入《柯仲平文集》(三),昆明:云南人民出版社,2002年,第21页。

表现,是人生的战曲,尤其是被压迫者的战曲"的战斗的文学观。① 仿佛诗人十几年前预言的兑现,在文艺工具被战争局势要求革新的高呼声中,诗朗诵被诗人推到了时代的转折路口:"不满足于旧的,我们就创造新的。新艺术要在革命潮中,在革命过程中临盆了。"②

另一位在延安对诗歌大众化有重要贡献的诗人田间,同样从"新生形式"的层面,大力肯定了朗诵诗的价值:"神圣的,光荣的斗争,是各方面的,新的歌颂,斗争的歌颂也是各方面的。是人类的诗,应该激动战斗生活,但也在这战斗生活里面,人类底诗,将要成长起来。"③诸如"新生""临盆""成长"这样饱含希望的生命喻象,似要为仍然幼稚、薄弱的朗诵注入强有力的支持。1940年2月,冯雪峰在读过柯仲平在延安创作的朗诵长诗《边区自卫军》后,曾在给友人的回信中兴奋地表示看到了新诗创作的曙光。冯雪峰不仅提到他在诗中感受到的生命性的迸绽,更将"生命"作为核心命题直接抛出:"这首先是由于他们能够触到了诗的生命,——而诗,到什么地方去捕捉它的生命,则在现在就正是一个十分重要的问题。"④

那么,诗歌要到什么地方去捕捉它的"生命"呢?沿着冯雪峰的提问,我们还可以衍生出更细致的追问:诗人们为什么纷纷以"生命"作为话语资源为朗诵赋魅?判断诗歌有无"生命"的标准是什么?诉诸听觉的朗诵又缘何被指认为生命力的载体?在林林总总的论述中,朗诵诗学的"生命力"修辞在两个方向上的展开值得特别重视:一方面,借由对现代新诗演进史的重述,朗诵诗学调用并赓续了自"五四"以来以"活文学"与"死文学"的演替为线索的"历史编纂学"原则。通过将"有声"与"无声"之别楔入其中,使得"有声"的朗诵诗被打造为"活文学"不断推演而达到的新阶段。另一方面,借由对抗战条件下的诗歌使命的申述,朗诵诗的

---

① 1927年,柯仲平受西安学联的邀请,在暑期讲习会上为中学生授课,讲稿整理成为文艺论著《革命与艺术》,由西安新秦日报馆出版,广益书局发行。在《革命与艺术》里,柯仲平在进化论、无产阶级革命的理论框架中较为系统地阐释了自己战斗的现实主义艺术观,主张文艺要根据时代的要求应时而变,"切近人生,切近生活"。
② 柯仲平:《革命与艺术》,收入《柯仲平文集》(三),第36页。
③ 田间:《论我们时代底歌颂——一个诗歌工作者向中国诗坛的祝福》,《七月》,1938年第8期。
④ 孟辛(冯雪峰):《论两个诗人及诗的精神和形式》,原载《文艺阵地》,1940年3月16日第4卷第10期。收入《中国新文艺大系:1937—1949 评论集》,林志浩、李葆琰主编,北京:中国文联出版公司,1998年,第493页。

"生命"被转码为民族生死存亡的寓言。诗歌是否有生命力,由此成为民族是否有生机的标志,从而再度强化了其在特定政治环境中的关切性与合法性。简单地说,"生命"修辞术提供了一个重要的论述框架。在这个框架内,诗歌的"无声"与"有声"、文学的"死"与"活"、战争的成与败、民族的存与亡等核心命题得以彼此勾连、转译,在文学史的纵坐标与抗战语境的横坐标中,交错生成了延安朗诵诗学特殊的理论前提。

二、"口语是活的":重写诗歌史

如果从胡适、刘半农、沈尹默等人在《新青年》杂志上发表第一批现代白话新诗算起,至抗战爆发,白话新诗在中国出现的时间不过短短二十余年。但左翼诗人此时对朗诵诗的热情鼓吹,俨然已有取书面化的新诗而代之的阵势。① 与此同时,他们为诗朗诵争取合法性地位的表述,也明显地承袭了,或者说内在于一套自"五四"以来文学发展史论述的基本逻辑。这一历史延续性,最鲜明地表现在朗诵诗学所最常采用的,将"死"与"活"对举的价值判定中。和柯仲平一道在鲁迅逝世周年纪念大会上登台朗诵的诗人蒋锡金,正是能熟稔操持这套思维话语的一员,他在关于朗诵诗的论述中写道:

> 口语是活的,流动的,多变化的。文字却是死的,固定的,刻板的。……旧的死的文字是无论如何赶不上新的活的语言的。
>
> 新的白话诗的厄运,是被文字所围限了的厄运……白话文还只是一种智识阶层中的语文,和真的口语间隔得很远,太不活泼,有时甚至也不够作复新的正确的表白!印刷物的流布范围也是这么窄小!……要号召光明和胜利的企求,要打破诗歌自身的厄运,非得替诗歌另找一条出路不可,新的表现方式和传播方法,有一个,是朗诵。
>
> 能朗诵的诗歌可以促进一部分沦落了的诗歌的新陈代谢。②

---

① 比如任钧就曾写道:"我们可以毫不迟疑地说:'抗战时代'从开始到现在虽然只有三四年的光阴,但在诗歌上,我们却做到了二十年来所不能做到的事情!也就是说:这三四个年头已经抵得上,不,简直是超过了从前的二十年!"任钧:《略论诗歌工作者当前的工作和任务》,收入《新诗话》,上海:两间书店,1948年,第96页。

② 锡金:《诗歌和朗诵》,《文艺月刊·战时特刊》,1938年第12期。

朗诵必须要读出来听得懂,则朗诵的诗必须在用语格律上和我们的原有的僵死的文字的新诗有所不同。朗诵诗的终极该是语言的诗而不是文字的诗,文字仅是记录着而已。……文字有文字的静的形象的美,而语言却有它的动的声音的魅力。……诗更要在朗诵里,逐渐的吸收更多的活的语言。这样,可使它在数千年已经僵死的文字里解放出来,充实和活泼了它的内容。再经过新的诗的言语,诗人们要为民族创造新的言语。①

依照蒋锡金的论述,白话新诗与朗诵诗的分野,正在于前者附着于"死的文字",而后者却能从"活的语言"中不断汲取新的创造力,成为在生产、表达与传播方式上都比白话新诗更富有生命活力的文学。蒋锡金着眼于新诗内部的危机与困阻,毫不客气地将白话新诗的厄运与"僵死的文字"、受众狭窄的印刷传播联系在一起,并将"真的口语"和"活的语言"看作朗诵带领新诗从困境中突围的动力来源。② 换句话说,借助"死"与"活"的分垒,诗朗诵的合法地位首先是从新诗这一文体的内部进化逻辑中获得的。

胡适在《文学改良刍议》中,曾将白话文学对旧文学的"改良"描述为"二十世纪之活字"代替"三千年前之死字"的过程,这一论述亦成为后世理解文学革命的基本图示。与"五四"新文学类似,在诗朗诵的诞生叙事中发挥作用的,同样是一套关于"竞存"和"发展",关于"活文学"不断起来取代"死文学"的历史想象。在朗诵诗学中,"无声"的文字诗与"有声"的朗诵诗同样被安放到了"死"与"活"的线性更替与价值二元论中,成为"活文学"与"死文学"之争在新的历史时期的变奏。"死"或"活"的主体可以随时代灵活变动的辩证关系,使得胡适的论述对象即使从白话新诗换为朗诵诗也没有太大的不妥:"一部中国文学史只是一部文字形式(工具)新陈代谢的历史,只是'活文学'随时起来替代了'死文学'的历史。文学的生命全靠能用一个时代的活的工具来表现一个时代的情感与思想。工具僵化了,必须另换新的,活的,这就是'文学革命'。"③从文言古诗到白话新诗,再到绕过印刷媒介直接以声音媒介传播的朗诵诗,被描述为诗歌这种文体不断追求自我革命,

---

① 锡金:《朗诵的诗和诗的朗诵》,《战地》,1938年第6期。
② 在朗诵的倡导者中,此处蒋锡金的言论只是其中一例。类似的表述还可见"诗歌朗诵队的成立,不但是要拓展诗歌的领域到各阶层去,把中国死的诗要它活起来"。陈纪滢:《祝诗歌朗诵队成立》,《大公报·战线》,1940年12月7日第690号。
③ 胡适:《逼上梁山》,收入胡适编选:《中国新文学大系·理论建设集(影印本)》,上海:上海文艺出版社,2003年,第9页。

在线性历史中"不断解放"的过程。

更进一步地,以"有声的朗诵诗"为文学革命之最新阶段的这种历史叙事,亦试图回过头来对诗歌史的演进脉络进行重写。在论述朗诵诗的演化时,王冰洋将其起源追溯到了诗歌的"远古初生时期":

> 人所共知,诗歌在其远古初生时期……发于心而声于口,不知不觉之间即合于朗诵。自从它的产地从民间口头转到文人的书斋内之后,它逐渐成为不能朗诵的文字,这种从可朗诵到不可朗诵的蜕变过程,同样伴随着内容之逐渐空虚,情思的逐渐单薄,两种过程交相为厉,终至于使诗歌之留下有韵文句的外壳,而再不能含蕴着活的生命,中国诗歌远于五言诗定型之日已在大体上进入此种不良状态,白话诗在诗歌形式上起的革命作用也并未彻底改善此种状态,最近数年来才由通俗化、大众化、口语化、歌谣化的种种企图,造成一种向可朗诵化前进的趋势,到目下朗诵诗的运动乃得水到而成渠……从以上的历史进展路线看来;诗歌是由可朗诵到不可朗诵,再由不可朗诵返回到可朗诵的;然而复归可朗诵时期,实是更新颖、更高级的历史阶段,与旧的可朗诵时期不同,它是更丰富、更精美的。①

原始初民"发于心而声于口"的情感表达(无论是"歌""咏"还是"诵"),和现代诗歌语境里的"朗诵"显然并不是同一种事物。有意地将二者"混为一谈"的做法,无疑是一种"发明传统"的策略。借助这一策略,朗诵诗论者得以建构出一条以"远古初生时期"为起点,以"口头文学"为历史主体,以诗歌"由可朗诵到不可朗诵,再由不可朗诵返回到可朗诵"的起伏为基本线索的"诗歌历史进展路线"。由此,现代朗诵的"活的生命源头"被上溯至文学最初诞生的时刻,它在当代的"复兴"便也成为回归本初、理所当然的"活文学"的自我创生。

如同文学革命过程中产生的大量文学史叙事——尤以胡适的《白话文学史》和周作人的《中国新文学的源流》为代表——一样,"传统的发明"背后,始终潜藏着塑造未来的动机。通过对诗歌历史的重写,朗诵诗论者将自身的特定文化政治意图转码为历史发展的"自然"结果,从而为朗诵诗的推广打造出一种根植于诗歌史本身的合法性论述。更重要的是,在这一过程中,诗歌之由"无声"转向"有声",

---

① 王冰洋:《朗诵诗论(节录)》,原载重庆《时事新报·学灯》,1939年1月15日第33期,收入高兰编:《诗的朗诵与朗诵的诗》,济南:山东大学出版社,1987年,第75—76页。

成为文学由"死"向"活"的重生,成为文学的"不断革命"的新阶段。于是,诗朗诵不再仅仅指向一种特定的诗歌实践形式,它更成为文学进化链条的最新产物,成为一种面向当下乃至未来的"活的"形式。

三、文学的"死"与"活":新诗与民族的存亡辩证

就像杰姆逊所揭示的那样,任何一种意识形态症候,都需要依托作为象征的叙事症候得以实现。就围绕朗诵展开的战时诗学而言,令人感到新鲜的,并非已经被广泛接受的"进化叙事"或者"活/死文学"价值范式的复制衍生,而是声音政治与生命政治的相遇。换句话说,问题的关键在于,这一次被放置在"活"与"死"的对立位置上的,是"无声"与"有声"的诗,是阅读与朗诵、文字与声音、眼睛与耳朵、视觉与听觉等多组可以互相替换的二元概念,以及它们之间的往复与纠缠。"活的朗诵"何以为"活"?"声音"何以在一种文体嬗变的历史内外被打造成生命力的象征?在这里,无论"生命"的内涵接通的是文类合法性,还是工具有效性,都不可避免地溢出了诗歌的内部演进,最终指向时代的冲击。

同样地,在朗诵诗论者的笔下,对于"活的口语"的打捞与重述尽管以"重写诗歌史"的面貌出现,其内在的意识形态指向,却从未封闭在文学与诗歌领域之内。对"活的口语"的强调,其意图始终是对文学背后的"活的"历史—政治主体——大众——的彰显。口语文学是活文学,恰恰因为它是来自民间、从大众口中生发出来的文学。通过重塑或重新"发明"诗与人类本能、民间传统的有机关联,朗诵诗论者所主张推动或"复活"的,与其说是某种抽象的"有声"的文学传统,不如说是一种以"声音"为生命表征的民间力量和大众主体性——究其现实意图,正在于争取最大多数人的认同和参与。

而呼唤大众这一新的历史主体之必要,显然来自抗战救亡的紧迫现实。就像是任钧在谈论朗诵取代新诗的必要性时,一方面强调诗歌感官的重新分配,另一方面又直指这一重新分配在现实政治中的意义。诗人从诗歌的本质"并不是为了眼睛,而是为了耳朵而创作的"出发,得出的结论是,"无可讳言地,几乎大部分都变成了一种'视觉艺术''哑吧艺术',而失掉了诗的特质,所以我们要提倡诗朗诵,使得诗仍旧回到'听觉艺术'的本位来上"①。更进一步地,因为声音可以直接抵达群众发挥动员效应,诗人宣告"我们也一定要使诗重新成为'听觉艺术',至少是可以

---

① 任钧:《略论诗歌工作者当前的工作和任务》,收入《新诗话》,第102页。

不全靠眼睛的艺术,而出现在群众之前,才能使诗更普遍地,更有效地发挥其武器性,而服务于抗战"①。

在响应民族解放战争的时代号召时,诗朗诵沿用了胡适所谓"若要造一种活的文学,必须有活的工具"的实用主义工具论,只是此时的"工具"已被灌注了为战争服务的"武器"性质。更重要的是,这一"武器"始终,并且必然是"大众"的武器。"诗歌已经再也不会被认为是个人或少数人的专用品,它必须争取大多数人的接受,才有存在的价值。"②任钧要以"听觉艺术"取代"哑吧艺术",看重的是朗诵为人民大众的"发声"及其象征的战斗,提供了一个具有行动指向性的出口。在急需动员大众投入到抗战事业的时代背景下,诗的朗诵化、大众化、通俗化的价值正在于此。抗战时代的声音政治与生命政治,也正是在实际或想象性地询唤、张扬大众主体性这一点上碰撞出了火花。

当然,让朗诵诗服务于抗战并非什么新鲜话题。在这里值得进一步申述的是,借由对"大众"这一诗歌和抗战的双重历史主体的论述,朗诵诗学成功地建构起了"诗歌的死与活"和"民族的存与亡"之间的换喻关系。由于二者都根系于"大众"这一历史主体的创制与展开,诗歌的重生与解放,也就成为民族的重生与解放的某种寓言与标尺。当时任教于抗日军政大学和陕北公学的音乐家吕骥,也曾有过类似的表述:"诗歌由文言解放出来,用白话写作已经获得相当的成果,不过对于大众还没有发生伟大的影响。那是因为是被印在书本上的缘故。现在已经被解放出来成为口头的了,我相信它一定会唤醒无数同胞,号召千百万民众整队地站起来,为祖国的解放而战斗的。"③在这里,经由"大众"的中介,诗歌的"解放"将最终导向"祖国的解放"。而与此同时,不少人同样相信抗战的胜利也必将推动诗歌的新生:"感谢伟大的抗战,使新诗获得新生命"④"因为我们正在生死线上挣扎,没有经历探求艺术,并且我们的大众还有百分之八十是文盲"⑤等论述,成为理解抗战与新诗之关系的主导声音。任钧更是直言,"我们真应该感谢抗战!正如它使得祖国的一切都'新生'过来一般地,它也使得诗歌找着了正确的道路,照出了光明而远

---

① 任钧:《略论诗歌工作者当前的工作和任务》,收入《新诗话》,第102页。
② 徐中玉:《论我们时代的诗歌——伟大的开始》,载《抗战文艺》,1938年11月26日2卷11、12期合刊。
③ 吕骥:《从朗诵谈起》。
④ 韩北屏:《试论诗朗诵与朗诵诗》,《抗战时代月刊》,1940年第5期。
⑤ 陈纪滢:《序〈高兰朗诵诗集〉》,《大公报》(汉口),1937年10月23日。

大的前途"①。

以上种种论述所包含的吊诡之处正在于：恰恰是在中华民族遭遇外敌入侵而陷入"亡国灭种"的危急关头，现代诗歌获得了一次"起死回生"的宝贵契机。在新诗生死与民族存亡的关联转译中，"新诗危机说"与"诗朗诵发生学"背后的生命话语，从不曾片刻脱离于社会史的视野和诗歌的现实使命。"不能了解此现实环境与朗诵诗间的生死关系，决不能彻底把握朗诵诗本身。"②以这种特殊的"生死关系"为底色，抗日战争的爆发才不仅关涉民族危亡，更成为新诗生死攸关的转折点。

四、结论

基于上述讨论，我们或许能够更好地理解柯仲平带领战歌社在延安展开诗朗诵运动的历史前提。它一方面肩负着 30 年代左翼诗歌运动未完成的大众化工作，另一方面又因为抗战的全面爆发，为动员大众增设了新的现实紧迫性：在抗战救亡面前，几乎一切文艺问题都要依照战时状态的标尺进行价值重估。

在延安，诗朗诵作为一门"声音的艺术"，一项意识形态化的文艺运动所热切寻觅的对象，显然并非知识分子式的听众，而是大部分不识字的、以工农兵为主体的无产阶级群众，是民族危亡之际，需要被启蒙、教育和动员起来为保家卫国而战的老百姓。用雪韦（刘雪苇）的话说，诗朗诵需要"捉住底对象"，正是"广大的'平凡'而'粗野'的群众"，唯其如此，它才能真正"发挥它底积极的内容，完成它底特殊的任务"。③ 新诗趋于复杂的形式探索与精细的语言实验原本不是什么问题。这种精英化的纯诗艺探索之所以被朗诵倡导者目为"新诗"走入歧路，乃至"僵死"的标志，归根结底在于其与时代和大众的脱节，以及对宣传功能的否认或逃避。换句话说，此时的新诗/国族进化论，要求大众这一新的历史主体的参与和推动。在这里，大众不仅被视作是诗歌的聆听者与抗战的参与者，他们更是诗歌与国族进化过程中根本的历史动力。

回过头来看，围绕白话新诗"死"与"活"的讨论，关涉到"五四"文学革命落潮以后，人们对新诗能否"继续革命"，对文艺启蒙运动的时效、限度的诘问。当朗诵

---

① 任钧：《略论诗歌工作者当前的工作和任务》，收入《新诗话》，第 97—98 页。
② 王冰洋：《朗诵诗论（节录）》，收入《诗的朗诵与朗诵的诗》，第 78 页。
③ 雪韦语出《关于诗的朗诵问题》，《新中华报·边区文艺副刊》，1938 年 1 月 25 日。

诗论者以诸如"新陈代谢"这样的语词来描述新诗发展的过程时,他们不仅延续了近代以来生命科学知识对大众话语和人文修辞的渗透,更在这其中渗入了相当清晰的马克思主义理论的痕迹,从而具有不容忽视的意识形态倾向性。如果说在进化论的框架下,"生命力"修辞包含着一种近乎不容置辩的正当性,那么不妨说,以大众为对象的诗朗诵的正当性,实则来源于抗战的正当性。诗朗诵的"生存力",也正来源于国民精神和大众力量在谋求民族生存的时代使命面前,迫切需要被组织和凝聚起来的历史潜力。[①] 归根到底,借由对新诗史的重写、借由民族与文学之间的转码与换喻,对一种"有声"的诗歌的反复申述和实践所意欲激活与构造的,终究是一种"有生"的大众。

在这一意义上,人们得以清晰地看到,对声音艺术的探索所指向的,根本上是一种战时动员艺术的可能性。正是延安诗朗诵对象去文人化、去精英化的特质,以"有生"的大众为目标受众,为诗人们日后的创作指明了听觉化、口语化、通俗化的调整方向,也对根本性的诗学思想转变提出了新的要求。在抗战爆发初期,偏居西北腹地的延安,既为"有声"的诗朗诵提供了以农民为主体的、前所未见的阔大的民间社会,也为日后诗朗诵在新变、挫折与权力干预下的曲折发展埋下了伏笔。当然,这将会是需要另外属文、细细道来的故事了。

[①] 在讨论柯仲平与艾青的诗作时,冯雪峰对于"诗与生命"的认识最终也通向了"大众":"倘若有生命,就有诗;诗和生命同在,诗和国民精神同在,诗和大众同在。但如果在衰老的社会或民族,诗的素质是生命对于自己命运的绝望的预告和哀音,而且最后就是诗的灭亡,如果在颓废的国民或阶级,诗的素质是生命的悲哀和抑郁,而且最后也就是诗的生命的丧失,……那么,在我们现在,在苦难的、战斗的、一切又都有将来的我们的国土上,诗的生命就正是大众的生命。"见孟辛(冯雪峰):《论两个诗人及诗的精神和形式》。

朱自清与情境诗学：发出另一种解读

■ 文／江克平(John Crespi)　译／王越凡　刘　莉　校／黄福海*

自20世纪20年代以来，一些中国新诗人想象出了一种朗诵美学，让诗歌之声在广大国民心中激起深刻的回响。① 20世纪30年代至40年代间，该理念被任钧、李雷、洪深重塑，直至作为意识形态的潜流被反复援引，为抗战期间的诗歌朗诵活动赋予更宏大的意义。几十年来，民粹情绪淡薄的诗人群体、严酷迫切的实际需要，先后质疑着此类工程，但致力于诗歌朗诵的人，依然想象着借助声音媒介让每个人都能读懂诗歌。诗人往往痴迷于这种纯洁而具有穿透力的声音，因为它完全无形而且不具有物质性，故而摆脱了外在形式的一切制约。这在某种意义上解决了（虽然这种解决方法是带有欺骗性的简单化的）五四新文学诞生之际，作品的内容与形式之间的对立冲突，而这种对立冲突在诗歌方面尤为明显。因为诗歌转化为声音之后，似乎能立即超越文本的不透明性，使郁积在文本中的纯内容毫无阻碍地延展到主体共享的伟大的集体意识之中。

如我此前研究所述，相信有声诗直接冲击读者主观性的人，已然深陷于反形式主

---

* 本文的翻译分工如下：刘莉负责翻译引言及"朗诵作为情境"，王越凡负责翻译"瞬间的诗：何达的《不怕死》"及"结语"。经黄福海审订后，结合作者建议，两位译者再次共同校对，并由王越凡修订并统一了全篇格式。

① 详见 John Crespi, *Voices in Revolution: Poetry and the Auditory Imagination in Modern China* 第二章"Poetry off the Page: Sound Aesthetics in Print," University of Hawai'i Press, pp.43-68。

义的偏见之中。本文将会探讨诗歌朗诵的另一种理解方式——将诗歌朗诵的决定性瞬间从主观内容的核心世界中抽去,并将其移置于表演时空的不断变换的结构之中,从而缓解朗诵这一表达方式面临的困境。对诗歌朗诵的这种观点,是在1947—1948年间由时任清华大学中文系主任的朱自清提出的,当时正值动荡不安的革命前夕。20世纪40年代末,北平校园内爆发了学生运动。身处其中的朱自清发现自己对诗歌朗诵产生了兴趣,认为这种鼓动形式也许能在轰轰烈烈的政治浪潮中加速社会变革。在1948年8月早逝之前,他便已开始探索诗歌朗诵的"情境化",认为朗诵诗的"文本"与诗歌表演的现实性瞬间处于同一空间,并且可以通过介入这个环节,对它加以改变。①

尽管朱自清对朗诵诗的重新评价在当时的情境下是创新的,但说它是全新的发现却并不准确。总体而言,他对朗诵的关注不仅来源于这一体裁在抗战期间的流行,而且建立在那个时期普遍将表演诗歌视作工具的态度上。战时诗歌朗诵是当时意识形态的主流,顺应潮流的朱自清便也重声音甚于视觉、重所听甚于所见。不过,朱自清将视听的区别带到了一个新方向。朗诵诗的早期支持者倾向于贬低形式而重文本,认为后者无需媒介便能传递炽烈的同胞之情,暴虐的书写与印刷只会将这种情绪削弱。朱自清尽管同情声音的力量、理解社会大众在历史上的能动性,但依然没有把注意力放在内容的主导地位上,而是将朗诵诗视作对诗歌形式更为充分的展现——不限于诗歌文本的印刷形式,更包含现场表演的整个情境动态。朱自清认为,朗诵诗,如果只是停留在纸面上,独自阅读或在沙龙里朗诵,那么在形式上还不能见出完整来,因而在美学上也无法令人满意。只有在它进入耳朵,直接诉诸紧张的、集中的听众的身体,并鼓励他们采取具体行动的那一刻,诗歌才实现了"完整"。这里,朱自清对表演诗的美学加以重新定义,将朗诵作为一个整体事件加以讨论,通过回避诗歌的内容这一问题,改变了对朗诵诗构成要件的既有概念。因为,如果"诗"只有在公共表演的独特时空框架下才有诗歌的作用,那么追求先于文本而存在的永恒的意义或情感,就变得不再重要。朗诵的瞬间也不再被想象成在核心共同情绪的具体观念中,对主体性的固化。相反,它以这一瞬间的流动性和随机性为前提,构建一种各主体间的暂时的融合。

除了战后时期对中国朗诵的论述,朱自清还关注着"作为活动的诗歌",而非将诗歌情感作为具体的"物"在想象中进行投射。这也为很久以后口头表演、声音

---

① 使用"情境"一词是为了不与1958年情境主义国际的"构建情境"(constructed situation)概念相混淆,后者的定义是"将个体周围的环境与每一场事件共同组织起来,从而具体、刻意构建出的一个生活情境"。(Knabb 1989, 45)。

体验、当代诗歌阅读的理论化做了铺垫,或至少与之呼应。朱自清想必也会同意,朗诵具有完全的社会物质性,因为正如口头文学学者保罗·祖姆托(Paul Zumthor)所言,口中说出的话语"必定属于存在性情境的过程中,后者会以某种方式改变前者,并且其完整性是通过参与者的身体演绎出来的"。① 而且,这种情境的产生有赖于声音这个媒介,用道格拉斯·卡恩(Douglas Kahn)的话说,声音这个媒介"不仅发生在两者之间,而且发生在听众的身边;音源本身就被它自己的声音环绕着"。卡恩表示,这促成的是"听觉间的互相囊括","使得在场的人们更倾向于展开交流"。② 最后,彼得·米德尔顿(Peter Middleton)认为,由声音、舞台表现、在场演员所形成的观众与读者间的跨主体网络,可以构成"一种事实上的公共空间,它即便不能算作乌托邦,也一定预期着可能的社会变革"。③

身体、声音和空间的社会潜力,都与朱自清对朗诵的论述有着特别的关联,因为在1947—1948年的北平校园内,朗诵诗已然成为乌托邦式社会变革图景的一部分。确实,正如朱自清认为朗诵诗与它被表演的那个瞬间不可分割,他也认为诗歌朗诵根植于它自身的革命性历史时刻之中。以此为背景,再以朱自清周围给予其灵感的学生运动为语境,笔者审视了朱自清对朗诵诗的新思考。并且,为了更精确地展示朱自清理论所回应的诗歌及表演类型,笔者提出了以《不怕死——怕讨论》一诗进行"情境性"阅读。本诗由朱自清的学生何达创作于1947年,当时的抗议活动已达到顶峰。这种理论、历史和诗歌之间密切的交叉表达,正是革命前夕的朗诵瞬间的标志。不过,这个瞬间也并非不含一丝讽刺,因为虽然朱自清将这首朗诵诗与历史建立起关联,希望革命加速到来,但是革命所创造出的艺术语境,却成功地阻碍了这种自发动因的潜能。

朗诵作为情境

20世纪40年代末,新诗朗诵已经成为一种社会变革的艺术。朱自清也许认为

---

① Zumthor, Paul. "Body and Performance," trans. William Whobrey. In *Materialities of Communication*, ed. Ludwig Pfeiffer and Hans Ulrich Gumbrecht, 217-226. Stanford, CA: Stanford University Press, 1994, pp.224-225.
② Kahn, Douglas. *Noise, Water, Meat: A History of Sound in the Arts*. Cambridge, MA, and London: MIT Press, 1999, p.27.
③ Middleton, Peter. "The Contemporary Poetry Reading." In *Close Listening: Poetry and the Performed Word*, ed. Charles Bernstein, 262-299. New York and Oxford: Oxford University Press, 1998, p.295.

自己的转型为时已晚,但是无论在新诗还是在诗歌朗诵的实践方面,他都绝不是一个新手。自20世纪10年代末,他便热切地观察着中国新诗界。起初是以诗人和散文文体家的身份,后来则是从批评家、选集编者和教育家的视角。他于1927年所作的文章《唱新诗等等》第一次总体考虑了朗诵中国新诗的难题。① 20世纪20年代至30年代,他参加了北平学术界的沙龙读书会。在20世纪30年代初前往英格兰的一次旅行中,他特地去哈罗德·门罗的诗歌书店等地参加公共读诗会。② 朱自清表示,自己直到1945年才开始参与战时诵诗活动。他对该主题学说的贡献到抗战后期才开始显现,而诵诗活动早在抗战早期便已达到顶峰。从1944年到他1948年8月因胃癌去世,朱自清总共发表了七篇论文,从教学和艺术层面论述诗歌等体裁的口头表演。第一篇写于1943至1944年在昆明教书期间。日军入侵之际,当年的重点高校纷纷迁至中国的西南城市昆明,合并为西南联合大学。最后一篇则写于1947年,也即他回到清华大学后的一年左右。正是在这一年前后,朱自清对朗诵的态度突然转变。起初,朱自清是持一种学究式的认可态度,从历史层面分析朗诵对国民语言教育的帮助,将朗诵视为推动新诗为中国文学做贡献的手段。后来,他开始热切地关注诗歌朗诵在革命行动中能够产生的直接社会效应。

我们发现,朱自清的新诗审美之所以转型,与其地理位置的变动有关。1946年末,朱自清从政治相对落后的昆明,回到了学生活动的温床北平。他在回忆自己的思想轨迹时写道,战争年代那些自成一派的朗诵诗在他看来不像"诗"。这种诗作为宣传的工具而非"本身完整的艺术作品",③往往只是一些"抽象的道理",即使有些形象,也不够说是形象化。尽管朱自清没有直接谴责这种诗歌,但他确实敦促,为了文学发展的平衡,不应允许结构松散、高度口语化的战时朗诵诗,将那些重视形式技巧的非朗诵新诗淹没。

朱自清始终坚信,新诗的两种流派应当和平共存。对于被当作宣传工具的朗诵,朱自清曾持负面态度。这种小心谨慎的蔑视并非毫无道理,但1945年他在昆明时,其实已经开始转变。在昆明,他听到了同事闻一多先生朗诵艾青的《大堰河——我的保姆》,听到了新中国剧社朗诵一首由年轻诗人庄涌所作的讽刺诗。这

---

① 朱自清:《唱新诗等等》,收入朱乔森编:《朱自清全集》第4卷,南京:江苏教育出版社,1990年。
② 朱自清:《论朗诵诗》,见于《论雅俗共赏》,上海:观察社,1948年,第237、240、247页。
③ 同上书,第34页。

些诗在人群中被朗诵时,取得了比独自吟诵或在少数人间朗读更为重大的影响,令朱自清深深着迷。或者,如他所说,引导着他去思考为什么"有时候同一首诗看起来并不觉得好,听起来却觉得很好"。①

也是在1945年,朱自清发表了《美国朗诵诗》一文,其中部分翻译了罗素·惠勒·达文波特(Russell W.Davenport)于1944年创作的美国朗诵诗《我的国家》(*My Country*)。朱自清在此文中的观点,严格来说并非他的首创。在这个阶段,他还在借用和消化,谨慎地探索朗诵诗因有声而作为独立体裁的观点。这样的诗歌,朱自清写道,"原是要诉诸大众的,所以得特别写作——题材,语汇,声调,都得经过一番特别的选择"②。然后,他援引了一位美国广播剧批评家的观点指出,为听觉效果而作的诗,其简洁性与可及性必然会对印刷的诗产生积极影响,后者的意象实在太过"复杂"和"个人"。③ 据报道,达文波特《我的国家》一诗在美国听众间取得了巨大成功,这令朱自清更加坚信前述的几大诗歌准则,暗示着朱自清会更倾向于认为朗诵诗能够被严肃对待,并且凭借其优点成为文学体裁的一种类型,拥有其自身的特征与目的。

不过,回到了北平的动荡环境之后,朱自清对于朗诵诗形式的看法才增加了一种原创的理论维度。阔别近十年,重返清华的朱自清发现自己身处于由学生领导的大游行中。这些游行情绪喷张,时常有上千人参与,有时要还靠武力来镇压。④ 这些抗议行动运用了各种文化宣传活动——唱歌、喊口号、发传单、街头剧、歌曲、讲演、漫画,大多是从1919年五四期间的众多爱国抗议活动中发展和完善起来的抗议形式。⑤ 20世纪40年代末,学生的文化军械库里又增添了一件新武器——诗朗诵,这与北平相对成熟的城市和学术环境是相契合的。以抗战时期的朗诵活动为榜样,男女学生诗人们都开始在校园集会、街头巷尾、城市公园里朗诵诗歌了。大多数表演者来自于学生诗歌组织,例如活跃在清华大学和北京大

---

① 朱自清:《论朗诵诗》,见于《论雅俗共赏》,第34—35页。
② 朱自清:《美国的朗诵诗》,见于《论雅俗共赏》,第44页。
③ 同上。朱自清所引诗剧的出处为1944年10月22日《纽约时报》所刊的"Speaking of Books"一文,作者为J·唐纳德·亚当斯(J. Donald Adams)。
④ 1946—1947年间相关的学生抗议运动包括反美暴力运动、人权保障运动、反内战运动、反饥饿运动(北京市档案馆编:《解放战争时期北平学生运动》,北京:光明日报出版社,1991年,第51—244页)。
⑤ Wasserstom, Jeffrey. *Student Protest in Twentieth Century China: The View from Shanghai.* Stanford, CA: Stanford University Press, 1991, pp.206-214.

学的新诗社。①

见证了这种为政治而作的公众诗屡试不爽的激励效果之后,朱自清试图去厘清其中的美学原则,弄明白这些诗之所以取得如此效果的原因和方式。关于这个主题,他最重要的两篇文章便是前文提及的《论朗诵诗》以及《今天的诗——介绍何达的诗集〈我们开会〉》。② 两篇文章均创作于1947年,当时的环境是持续不断的游行,社会处于一片紧张与喧哗之中。朱自清在这两篇文章里都毫不含糊地表示,今天的诗应该以朗诵诗为"主调"。③ 这种肯定态度暗示了朗诵诗与学生游行的联系,而情境形式的理念也正是在诗歌与政治抗议的联结中诞生的。

根据朱自清的看法,朗诵的艺术文本必须以一种类似于游行的社会文本的方式加以重新构想,也即作为情境而非物体,作为流动的事件而非静态的印刷品。声音维度对于实现这种情境形式极为重要,因为声音将诗的边界延展到了一种鲜活的、会呼吸的集体人类情境之中。"后来渐渐觉得,"朱自清写道,"似乎适于朗诵的诗或专供朗诵的诗,大多数是在朗诵里才能见出完整来的。这种朗诵诗大多数只活在听觉里,听众的听觉里;独自看起来,或在沙龙里念起来,就觉得不是过火,就是散漫、平淡、没味儿。对的,看起来不是诗,至少不像诗,可是在集会的群众里朗诵出来,就确乎是诗。这是一种听的诗,是新诗中的新诗"。④

此处,朱自清将诗歌的身份延展到了印刷文本的边界外,进入了人群的意识与活动中去。当有声文本被一个集体同时体验到的时候,朗诵诗,也即有声诗,才会作为一种有意义的诗歌体裁类型显现出来。评判诗歌的一般标准再也站不住脚,因为朗诵诗只有在诗人和观众沉浸在声音中的那一刻才能获得美学上的完整。"得去听,"朱自清具体写道,"参加集会,走进群众里去听,才能接受它,至少才能了解它。单是看写出来的诗,会觉得咄咄逼人,野气,火气,教训气;可是走进群众里去听,听上几回就会不觉得这些了"。⑤

朱自清更多是将朗诵诗作为经验而非文本来理解,作为一种激烈的、戏剧化的、面对观众向外吐露的演讲。这就消除了诗与听者间的隔阂,从而在真实的世界

---

① 北京市档案馆编:《解放战争时期北平学生运动》,第188页。
② 朱自清:《今天的诗——介绍何达的诗集〈我们开会〉》,见于朱乔森编:《朱自清全集》第4卷,第501—509页。
③ 朱自清:《论朗诵诗》,见于《论雅俗共赏》,第35页。
④ 同上。
⑤ 同上书,第37页。

中创造出一种开放的、即时的和可参与的空间。这种审美客体与观众反应的融合,朱自清称之为"氛围",它对于朗诵诗的完全实现极为重要。朗诵诗"要能够表达出来大家的憎恨、喜爱、需要和愿望;它表达这些情感,不是在平静的回忆之中,而是在紧张的集中的现场"。① 这里,我们必须从更宏观的层面来思考诗歌,将诗歌作为一种积极、外化、共享的经验而非书面的文本。

在《今天的诗——介绍何达的诗集〈我们开会〉》中,朱自清通过引用何达的《我们的话》详细论述了这种外化的美学。何达是1947年他在清华大学的学生,自抗战初期以来便是诗歌朗诵的积极分子。② 诗中写道:

> 我们要说一种话
> 干脆得
> 像机关枪在打靶
> 一个字一个字
> 就是那一颗颗
> 火红的曳光弹
> 瞄得好准

朱自清认为这首小诗展示了朗诵诗所需要的"简短而干脆"的措辞。③ 我们也可以把它看作是一首对诗歌本身的反思诗,更具体地来说,还可以认为它是在反思被朱自清理论化的那种诗歌活动。当然,从20世纪30年代后期一直到"文革"时期,以诗歌为武器的观点已成为中国诗人间的老生常谈。不过,何达运用的机关枪隐喻,却立即体现了朗诵诗对观众的述说是直截了当的。在那个情境中,念出来的诗中文字就像子弹一样,从光亮嘈杂的机关枪口中发射出来,在动态行为的密集体验中将诗人与观众联结起来。这里的文字—子弹已经对准广大的诗歌听众,不是为了杀戮,而是为了从字面上冲击他们,从而鼓励他们于迫在眉睫的氛围中集体抗争。④

---

① 朱自清:《论朗诵诗》,见于《论雅俗共赏》,第36页。
② 关于何达在20世纪40年代以诗人身份进行的活动,见其自传文章《学诗四十五年》,尹肇池编:《何达诗选》,香港:文学与美术出版社1976年,第154—157页。
③ 朱自清:《论朗诵诗》,见于《论雅俗共赏》,第505页。
④ 关于《我们的话》及"武器"的文学隐喻,有一件事颇为有趣——抗战期间接受军训的何达失望地发现,近视的自己并不能打中靶心。见尹肇池编:《何达诗选》,第151—152页。

瞬间的诗：何达的《不怕死》

理论家朱自清与诗人何达，都把诗歌视为对现实世界的干预、一种文学话语模式——只有当其外拓并内化至集体的、政治活跃的人类主体内部之时，这种话语模式才得以完全实现。朱自清对这一观点的表述非常清晰："朗诵诗直接与现实生活接触，它是宣传的工具，战斗的武器，而宣传与战斗正是行动或者工作。"①为了更具体地理解当时朱自清读到的诗，是如何化解艺术"作品"与社会运动"作品"之间的对立的，我们可以走进何达的那首《不怕死——怕讨论》，首先把它当成一个符合朱自清所设想的情境朗诵诗的文本，然后再把它当成是一首为时间、地点和环境的独特结合而书写与表演的诗作。

在《论朗诵诗》一文中，朱自清首先记下了这首诗的确切书写日期是1947年6月3日，然后引用了《不怕死》全诗：

> 我们不怕死
> 可是我们怕讨论
>
> 我们的情绪非常热烈
> 谁要是叫我们冷静的想一想
> 我们就嘶他通他
> 我们就大声地喊
> 滚你妈的蛋
> 无耻的阴谋家
>
> 难道你们不知道
> 我们只有情绪
> 我们全靠情绪
> 决不能用理智
> 　　压低我们的情绪

---

① 朱自清：《论朗诵诗》，见于《论雅俗共赏》，第36页。

  可是朋友们
  我们这样可不行啊
  我们不怕死
  我们也不应该怕讨论
  要民主——我们就得讨论
  要战斗——我们也得讨论
  我们不怕死
  我们也不怕讨论①

  显然,《不怕死》是一首缘事而发、甚至有些随意的诗,很容易被贬抑为具有说教性质的宣传演讲。确实,当朱自清在课堂上朗诵完这首诗之后,有一半的学生认为它只是"平铺直叙地说出来"。但朱自清认为,在沉寂而封闭的教室以外,在真实的朗诵情境中,这首诗会具有某种力量,那是为"看"而创作的"回环往复"的诗作所无法获得的。② 他继续说,这是因为朗诵诗"得是一种对话或报告,诉诸群众,这才直接,才亲切自然"。这类诗歌的措辞必须被"严加裁剪",但同时也留给朗诵者以自由发挥的空间,"让他用他的声调和表情,配合群众的氛围,完整起来那写下的诗稿",这一过程依赖于时间里的听,而不是空间里的看。③ 朱自清并没有进一步阐述《不怕死》的结构或者表演,但知道了这首诗的具体书写日期,我们就可以试着构想,在1947年6月那活生生的积极语境之下,朗诵诗的这些特征是如何发挥作用的;换句话说,我们可以跳脱书本,转而在表演的独特情境瞬间的展开中,重读《不怕死》。

  在《不怕死》成稿的几周前,北平的大学生们在校内外发起动员,计划于1947年6月2日展开为时一天的、涉及各大城市的反内战抗议运动。④ 迫于当局的压力,全国学生会在5月30日取消了抗议活动。然而,6月2日早晨,北平的学生们意外地发现,沙袋、铁丝网和武警竟封锁并包围了校园。⑤ 学生们自问,我们应该冲破路障继续游行,还是留在校园观望时局?意见出现了分歧,而且有越来越

---

① 朱自清:《论朗诵诗》,见于《论雅俗共赏》,第39—40页。
② 同上书,第40页。
③ 同上书,第41页。
④ Wasserstom, Jeffrey. *Student Protest in Twentieth Century China: The View from Shanghai*, p.267.
⑤ 北京市档案馆编:《解放战争时期北平学生运动》,第184页。

多冲动的抗议者不愿接受各自学校里学生会分支机构的命令。①

作为一个以戏剧性对话写就的时间性文本,何达的诗充满了特定表演情境下流动的"氛围",它必须被置放在这种活生生的危急时刻中朗诵。这样的朗诵要求我们注意,这首诗是如何通过对语法和形式元素的运用,使听众参与到对话和戏剧性过程之中的。这一过程使用了第一人称复数代词"我们",几乎每一行都会重复。同时,这首诗显然又是由集体认同的代词祈使句所支配的,这种集体认同也包括了朗诵者,其中指示词"我们"充当着连接朗诵诗的话语文本与朗诵事件的人类文本的纽带。在表演情境中,这种听觉的接合驱动了一系列戏剧性的手势和音效,它们旨在把诗歌开放到事件本身所处的人类空间之中,从而改变现实情境。

为了能够使受众的情绪从多变的情绪主义转变为审慎的理性思考,整首诗调整着听众的情绪环境。它使用的方法是增强观众对集体情感认同的自我意识,朗诵者交替地进出他/她所朗诵的集合词"我们",以产生距离感或陌生感。这个过程从前两句开始。如口号一般的第一行,"我们不怕死",用呼吁自我牺牲的正义情绪和烈士的呼声,吸引了观众的注意力,生动地再现了这首诗所书写的紧张局势。然而,与之对应的下一行,"可是我们怕讨论",又通过引导听众批判性地反思自己的情绪状态,削弱了最初的鼓动效果。

第二节和第三节不断重复这种激越与疏离之间的交替。第二节以近乎赞同听众的对抗情绪的方式,扩大了第一行中对民众情绪的介入。事实上,一边是对情绪环境的批判性描述,另一边是对暴力手段的赞同,这六行恰好在两者的边界上游走,而6月3日的学生抗议活动正是针对暴力手段开展的。也就是说,这首诗的表演者,通过对包括了所有人的"我们"一词的重复,实际上进入了群众身份,把自己置放在了鼓动者的立场上,好像在激励大家去喊叫、去冲撞、去暴动、去高声谴责。

这种戏剧性的文字促使人们渴望惩罚性的群体暴力,用以对抗那些阻挠学生的集体意志的人们。在反内战抗议提出的前几周里,北平和其他城市里那些被怀疑是激进分子的学生,经常被警察逮捕,或被由国民党指使的青年军和不明身份的暴徒袭击。② 所以,一位学生记录道,6月2日,大家的心情是"急躁"的,学生们因"被像囚徒和罪犯一样对待"而感到强烈愤慨,还有一些学生开始认真考虑"冲破

---

① 北京市档案馆编:《解放战争时期北平学生运动》,第184页。
② Wasserstom, Jeffrey. *Student Protest in Twentieth Century China: The View from Shanghai*, pp.266-268. 北京市档案馆编:《解放战争时期北平学生运动》,第169—181页。

路障,继续示威",对封锁的"粗暴措施"采取行动。①

回到这首诗,我们发现,紧接着对暴力的肯定,文本开始转向自身,并且用同样的修辞手段,引导听众反思其可能引起危险的冲动情绪。为了做到这一点,这首诗引入了第二人称复数的称谓"你们",暂时与听众面对面站立,"难道你们不知道",这里的"你们"不是指学生听众,而是借由朗诵者的声音,作为学生自己对假想敌的称呼。这种指示的改变是诗歌情境构建中的一个关键点,因为它事实上把诗歌听众重新放在集体身份的"外部",使他们得以在朗诵诗歌的同时,站在局外审视自己。正当自我意识摆动变换之时,接下来的几行诗写道:"我们只有情绪/我们全靠情绪/决不能用理智/压低我们的情绪"。这四行对情感的重复宣告,产生了一种自嘲的语调,听着朗诵者口中言说的词句,听众被迫重新考虑自己的过激情绪。通过策略性地引导听众进入这种反讽的自我意识,这首诗试图消解它在第一、二节的演说中所激起和肯定的冲动反应。最后,在结尾段中,这首诗表明了它的真实意图:提醒学生抗议者不要以一种急躁鲁莽、考虑欠周,且近乎必然自我毁灭的方式应对校园封锁。

可以肯定的是,若以那些通常用来评判一首诗的文学价值的标准来衡量,何达的诗远远没有达标。然而,《不怕死》从来都不旨在描述一种唯美而复杂的诗化情境,以期在不断的重读中产生乐趣;相反,它的目的是参与并构建一个独特且不可重复的历史情境。所以,这是一首无法完整地复原其形式特征的诗作,因为它的形式只能在表演的维度中实现,这时候,一个活生生的朗诵者把诗歌的文本结构与即时情境结合在了一起。于是,这首诗应该被解读为语境中的诗学文本,一首与集体创作的表演瞬间密不可分的诗,用朱自清的话来说,这种表演使朗诵诗变得完整。

结语

正是因为《不怕死》的完整情境文本在于其当下的瞬间,我们永远无从知晓,如果这首诗真的被朗诵出来,对于聚集在一起的听众究竟会产生多大影响。即使现场朗诵的说法解释得通,相对于1947年6月初的紧张局势,六十多年之后再重读这个文本,也与当时的激烈情绪和氛围过于脱节。考虑到这些固有的局限性,这场关于《不怕死》的讨论只能表明,在直接的历史语境下,理解一首为朗诵而创作

---

① 北京市档案馆编:《解放战争时期北平学生运动》,第184页。

的诗,是如何转变为理解这首诗做了什么,而不是"意味着"或"表达了"什么,也就是说,理解这首诗的结构是怎样在一个特定的历史时刻进入受众,并且重新安排由朗诵者与观众所组成的主体间网络关系的。在朱自清看来,只有当朗诵行为把诗歌和情境积极地融合在一起时,即,当诗的形式结构开放为一种不稳定的、取决于具体情况的,且通常被认为是超越诗歌情境的高度具象化背景时,这首诗才能达到完全的美学境界。

也许是因为看到了诗歌在变动发展的历史中所起的作用而兴奋,朱自清在他去世前的几年里大力支持朗诵。毫无疑问,朱自清并非完全不受诗学现代化中那永恒却很少得到满足的欲望的影响,希望诗歌能为世界"做"点什么。然而,虽然朱自清构想了一些使诗歌具备历史性的方法,但他对于统一诗歌和历史的渴望,最终也可能只是消解了诗歌,继而使其归入历史。"朗诵诗,"朱自清写道,"是群众的诗,是集体的诗。写作者虽然是个人,可是他的出发点是群众,他只是群众的代言人。"[1]更确切地说,"朗诵诗没有'我',有'我们',没有中心,有集团",朱自清总结道,"这是诗的革命,也可以说,是革命的诗。"[2]

朱自清没有活到看见1949年中国的群众革命成功,也就无法看到朗诵在中国共产党的文化政策之下的命运。然而,他确实推测过诗歌朗诵将会变成什么样子,经过半个多世纪的历史回顾,他对未来的想象显得相当有先见之明。1947年,在北京大学的一次诗歌晚会散场后,一位朋友向朱自清承认了朗诵诗强大的煽动效用,但又补充道:"这也许只是当前这个时代需要的诗,不像别种诗可以永久存在下去。"[3]对于这种质疑,朱自清反驳道:"'私有世界'和'公众世界'"已经渐渐打通,政治生活已经变成私人生活的部分;那就是说私人生活是不能脱离政治的。集体化似乎不会限于这个动乱的时代,这趋势将要延续下去,发展下去,虽然在各个时代各个地区的方式也许不一样。那么朗诵诗也会跟着延续下去,发展下去,存在下去。"[4]

从某种意义上说,朱自清的预言是准确的。在学生的抗议活动结束后的几十年里,中国的朗诵诗的确一直延续至今,而且这些年来,政府所倡导的公共集

---

[1] 朱自清:《论朗诵诗》,见于《论雅俗共赏》,第35—36页。
[2] 朱自清:《今天的诗——介绍何达的诗集〈我们开会〉》,见于朱乔森编:《朱自清全集》第4卷,第502页。
[3] 朱自清:《论朗诵诗》,见于《论雅俗共赏》,第42页。
[4] 同上书,第43页。正如朱自清在《论朗诵诗》一文中所指出的,他关于"私有世界""共众世界"和诗歌在两者间的位置的概念,是受麦克里希《诗与公众世界》一文的启发。

体生活的意识形态也愈发渗透到了私人生活的领域之中。正如朱自清所预见的那样,朗诵诗也成为"革命诗",尽管也许并没有沿着他所想象的路径发展。在朱自清的朗诵美学把诗歌形式扩展为了一个自发而流动的革命时刻(revolutionary moment)之后,1949年以来,诗歌朗诵试图把诗歌简化为一种具体化的革命意识。与其说诗歌朗诵构建了一种活生生的主体间互动的瞬间(living intersubjective moment),不如说它是展示了一种与绝对信念和责任之根源相关联的深刻的主体性存在。这种朗诵诗的舞台表演,指向了责任的最高表现和绝对价值的标志,是一种纯粹而诚挚的"革命激情"。诗歌朗诵,从朱自清与何达在1948年留下的一个开放的情境实践模式,最终转换成了一个编排严格,却容易失衡的宗教性表演体系。

战火中的文学声音：战争时代的"诗朗诵"与"朗诵诗"

■ 文/梅家玲

听的诗歌与看的诗歌确有不同之处；有时候同一首诗看起来并不觉得好，听起来却觉得很好，笔者这里想到的是艾青先生的《大堰河》；自己多年前看过这首诗，并没有注意它，可是在三十四年昆明西南联大的五四周朗诵晚会上听到闻一多先生朗诵这首诗，从他的抑扬顿挫里体会了那深刻的情调，一种对于母性的不幸的人的爱，会场里上千的听众也都体会到这种情调，从当场热烈的掌声以及笔者后来跟在场的人的讨论可以证实，这似乎是那晚上最精彩的节目之一。

（朱自清·《论朗诵诗》）

诗人是最具有丰富的革命热情的。延安，正像巨大的磁石，吸引了大批诗人，满怀激情投奔而来；

"狂飙诗人"柯仲平来了，以他那喷发的热情朗诵，激动着听众的革命感情。毛泽东同志也常和大家一起，静静地听着他晚会上的声如洪钟的诗歌朗诵。

（《延安文艺丛书·诗歌卷·前言》）

只要节目单上印着有"纪弦朗诵诗"这五个字，人们就会争先恐后地抢着去坐前排以便倾听我的声音了。凭了我独自的音色与音量，再加上感情的真实，思想的正确，我当众朗诵我自己的作品，诸如《在飞扬的时代》这一类政治抒情诗,的确是非常之动人,而也没有一次不成功的。为了鼓舞民心士气,在当年,我想我是尽了最大力量的。

(纪弦·《纪弦回忆录·第二部》)

一、前言

  诗之可歌可诵,古今中外皆然,然而将"朗诵"视为"诗"之核心要素,并且赋予它强烈的"政治"目的,则是始于中国抗日战争期间。1937年7月7日,卢沟桥枪声响起,抗日战争全面开打。这是中国的危急存亡之秋,也是全民动员,投入救亡大业的关键时刻。不同于过往,此一"现代化"的民族战争模式所带来的,不仅是前所未有的分裂动荡与破坏伤亡,更在启蒙意识与民族主义交相为用之下,催生出许多新兴的文艺形式。诸如:报告文学、活报剧、街头剧、街头诗、朗诵诗等。① 其目的,即在于凝聚全民情感,召唤抗敌决心。战时兵马倥偬,物资匮乏,为了让广大民众实时获得战争讯息并且同仇敌忾,此类"新型文艺",多以通俗易懂、便于流传播散为其共通特色。而其中,由个人而群体、从客厅书斋走向大庭广众的"诗朗诵",以及应运而生的"朗诵诗"与"新诗朗诵运动",毋宁最值得注意。

  简而言之,"诗朗诵"指的是将诗歌诵读出来的一种行为活动;"朗诵诗"是重在朗诵的诗歌,属诗歌类型之一种;"新诗朗诵运动"则是将个别的诗朗诵"活动"普及为一种大众参与的"运动"。诗歌朗诵之所以由个人活动而成为大众运动,"朗诵诗"的出现应为关键。② 由于兼括"(声音的)朗诵"与"(文字)的诗"两项质素,"朗诵诗"既是抗战"文艺"的重要一环,也是"声音"的"政治"操演。新诗朗诵蔚然成风,形成一种"运动",更凸显出其间的高度政治性。它因全民抗日而生,抗战结束后又开枝散叶,在两岸分立之后的政治现实中风行不辍。其所特具的"表演"性质,以及对于"声情"的强调,直接影响了诗歌的美学表现,却也因为不断摆荡在文字、声音与戏剧表演之间,内蕴着自我定位的质疑。无论是放在文学发展的脉络中,抑或是置于"声音"与"政治"的对话关系中,都有许多值得深究之处。本文就此进行研探,除关注"朗诵诗"之形成脉络,与它在两岸分治之后的发展外,更将聚焦探讨以下两方面的问题:一、就文艺与启蒙救亡的关系而言,"文艺"如何

---

① 参见蓝海:《中国抗战文艺史》,济南:山东文艺出版社,1984年,第73—166页。
② 陈纪滢:《新诗朗诵运动在中国》一文曾指出:"朗诵诗是朗诵运动的催生婆。"《大公报·战线》,1941年8月5至6日。

"战斗"?"声音"如何"政治"?二、就"朗诵诗"的形构而言,"文字"与"声音"的相互关系如何?"朗诵"如何介入"诗"及"诗论"的建构?而"声音"(包括随声音而来的"表演"),又如何在中国文学的现代性追求过程中,凸显其特殊意义?

以下,即先就抗战时期"新诗朗诵运动"之开展及盛况进行考察,进而将其纳入现代文学发展历程之中,爬梳从"诗朗诵"到"朗诵诗"的文学实践与理论建构,并据以论析:烽火动荡的时代中,"朗诵诗"是如何在"朗诵"与"诗"的游移拉锯之中,为文艺的战斗性与声音的政治性作出见证,既衍生复杂的辩证关系,也为文学之现代转型作出见证。

二、《大公报·战线》与抗战期间的"新诗朗诵运动"

"七七事变"之后,全民投入对日抗战,文艺界自不例外,诗人们尤其奋勇争先。除以笔代枪,频频以诗作宣誓抗敌决心之外,更经由大规模的诗歌朗诵运动,对一般民众进行宣传与教育。本来,"朗诵运动"虽早经左联倡导,但当时并未受到太多关注;真正蔚然成风,乃是抗战爆发,全国文艺界萃聚于武汉之后。其间,当时深具影响力的文艺报刊——《大公报·战线》,尤其是促兴"诗朗诵"与"朗诵诗"的最大推手。

《大公报》创刊于1902年,历史悠久,是迄今中国发行时间最长的中文报纸,抗战时期,不只是报导与评论深受国际赞赏,①它的文艺副刊《战线》更是构成当时文学的主要部分,影响深远。②《大公报·战线》1937年9月18日创刊于汉口,武汉

---

① 1941年,美国密苏里新闻学院曾特别致函《大公报》,赞誉它"对于国内新闻与国际之报导,始终充实而精粹,其勇敢而锋利之社评影响于国内舆论者至巨";"《大公报》自创办以来之奋斗史,已在中国新闻史上放一异彩,迄无可以颉颃者"。参见陈纪滢:《抗战时期的大公报》,台北:黎明文化事业股份有限公司,1981年,第213—222页。

② 如萧乾即曾表示:"年老的知识分子都知道,当年的《大公报》是知识分子爱读的报纸,它有三件法宝:一是社论,二是通讯,三是副刊,主要是文艺副刊。"见傅光明、孙伟华编:《萧乾研究专集》,北京:华艺出版社,1992年,第419页。现今学界凡论及抗战文学,特别是大后方的诗歌创作与"朗诵诗"的流行,《大公报》都是据以研究的重要材料。其中,副刊部分包括由陈纪滢主编的"战线",以及由萧乾主编的"文艺"。相对于"战线"发刊时间集中于1937年至1943年之间的汉口及重庆,且针对抗战需要而发刊;"文艺"则始于1936年9月的天津,起初纯为文艺性副刊,并为当时"京派"文人萃聚之园地,抗战时辗转于香港、桂林、重庆,编者及发刊状况屡有改变。因此论及抗战时期的《大公报》文艺副刊,"战线"的抗战性格更为鲜明。相关研究,可参见刘淑玲:《〈大公报〉与中国现代文学》,石家庄:河北教育出版社,2004年;雷世文:《抗战烽火中的〈大公报·战线〉对新文学的历史贡献》,《盐城师范学院学报(人文社会科学版)》,2009年2月29卷2期,第26—34页等。

沦陷后迁至重庆继续刊行,1943年10月31日因物资匮乏而停刊,共996期。主编陈纪滢,河北人,早先负责东北、上海、汉口、重庆等地邮务多年,同时还曾兼任《大公报》东北秘密通信员,并先后主编该报《小公园》《本市附刊》《副刊》等文艺性版面,在新闻界与文艺界皆颇具影响力。① 1937年,陈在张季鸾力邀之下,接任《大公报》文艺副刊主编,将原来的《小公园》易名为《战线》。② 随即以文艺副刊之姿投身抗战,凝聚民心士气。《战线》六年间,用力最勤、成就也最大的,即在于提倡"朗诵诗"与"诗朗诵"运动。③ 它的具体做法是,一方面刊载标示以"朗诵诗"为名目的诗作,并经由诗人、评论者与编者间的往来互动,进行诗歌理论探索与历史勾勒;另一方面,则举办诗歌朗诵会与配合"文协"成立诗歌朗诵队,积极推动"诗朗诵"活动。陈纪滢纵横其间,无疑扮演了极为重要的关键角色。《战线》创刊未久,陈即借"在线谈"的小栏目,为刊载"朗诵诗"一事定调:

> 如果现在没有人否认大众应该教育,诗歌是属于大众的话,那么我们提出朗诵诗歌,不是毫无意义吧?
>
> ……朗诵诗歌的功用,不但是要使认识字的人听了就懂,不认识字的人听了也一样能懂。所以不只是印在纸上使人看过就完了,主要的还是一经朗诵以后,第一,要使听者马上能心领;第二,不但心领而已,而要能和在纸上看过的一样发生灵感上的反映。④

---

① 参见陈纪滢:《我的邮员与记者生活》,台北:台湾商务印书馆,1988年。
② 据陈纪滢回忆,当初张季鸾与他商议(《大公报》)副刊的名称,他问:"是否还叫《小公园》,或是《文艺》?"张季鸾走到办公桌前,一面沉思落坐,一面执笔在一张白纸上,慢慢地写下"战线"二字。并表示:"现在是抗战了,咱们得改改方向,今后副刊不一定非纯文艺性的稿件才要,所有文章不能与时代脱节"。参见《胡政之与大公报》,香港:掌故月刊社,1974年,第246页。
③ 过去基于政治因素,大陆学界对陈纪滢及《战线》在抗战诗歌创作、理论建构及诗歌朗诵活动推展等方面的影响力、重要性皆避而不论,近年来则开始研究并且重视。论者咸以为:《战线》六年间,用力最勤、成就也最大的就是提倡朗诵诗运动,不但发表了很多优秀诗作,推出了以高兰为代表的一大批朗诵诗人,而且通过理论探讨对朗诵诗的创作和实践加以指导,有力地推动了大后方诗歌朗诵运动的开展。参见刘淑玲:《〈大公报〉与中国现代文学》,第141—151页;程艳芬:《重庆版〈大公报〉文艺副刊的抗战诗歌研究》,西南大学硕士论文,2011年。
④ 陈纪滢:《关于朗诵诗歌》,《战线》,1937年10月23日。按:"在线谈"为用于读者、作者、编者往来沟通的栏目。

也因此，从创刊号即刊出锡金的朗诵诗《老家》开始，六年期间，《战线》前后刊出包括锡金、高兰、臧克家、任钧、光未然等朗诵诗名家的作品数百篇，造成广大回响。① 诗作的内容，从个人伤痛到民族忧患，从战斗的号召，到胜战的咏赞，靡不毕具。而文字口语化、音韵和谐并具有真情实感，则是其共通之处。其中最具代表性的作家为高兰，《战线》不仅大量刊载其诗作及相关评论，陈纪滢还特别为他的朗诵诗集撰写推介序文。其代表作如《我的家在黑龙江》《哭亡女莎菲》等，感人至深，除发表于《战线》，更通过朗诵会及电台广播，成为当时脍炙人口的名篇；高兰因此声名鹊起，享誉一时。

与此同时，相关理论探讨与历史回顾也应运而生。基本上，"朗诵诗"之所以兴起于战时并用于宣传教育，很大一部分的原因，是它具有"大众化"的特质——不仅内容语言平易近人，更因为便于"朗诵"，使得不识字的一般大众，也能经由"声音"而接受并且理解。它的理论建树，多与"诗歌大众化"的讨论相联结。《战线》在这方面的讨论，无论是穆木天《展开我们的诗歌阵线》（1937.10.15）、《大众化的诗歌与旧调子》（1937.12.08），抑或是臧云远《诗的音韵美》（1940.03.28-30）、臧克家《新诗，它在开花，结实》（1943.07.25）等，大都循此着眼。1940年1月，高兰、光未然、王亚平等诗人抵达重庆，《战线》借此邀集包括臧云远、方殷、常任侠等当时渝地的多位诗人共同座谈，对于朗诵诗是否须用韵、诗与音乐的关系等多有所讨论。② 1941年8月5、6日两天，《战线》刊出由陈纪滢亲自撰写的《新诗朗诵运动在中国》，更是第一篇系统梳理诗歌朗诵活动的史论。

与此同时，其他各报刊也纷纷大力配合推动，因此"不仅一些文艺晚会上都出现了诗歌朗诵，并且也曾在剧院举行过诗歌朗诵会，由许多作家、诗人们登台朗诵，受到群众热烈的欢迎"。"甚至在话剧、电影开幕前和放映以前，都时常有诗人朗诵他们密切地结合着当时的斗争形势写出来的富有战斗性和现实意义的诗篇"。③ 此一运动以汉口为嚆矢，进而迅速扩及全国各地。《新诗朗诵运动在中国》一文，即相当全面地描述了当时盛况：

---

① 经统计，《战线》刊行期间，实际标注"朗诵诗"之目的诗作约五十余篇，其他不少诗歌，虽未标示名目，却仍具朗诵诗特质，合计约数百篇。盖整体而言，《战线》虽有"朗诵诗"之名目，但有的是作者投稿时即自行标注，有的是出于编者标示，区分未必明确。如当时最著名的朗诵诗人高兰，他的《高兰朗诵诗集》中，有不少诗作发表时并未特别标明是朗诵诗。
② 该座谈纪录以"新诗漫谈简纪"为题，刊载于1940年1月29日的《战线》。
③ 高兰：《过去朗诵一点体会》，收入高兰编：《诗的朗诵与朗诵的诗》，济南：山东大学出版社，1987年，第141、147页。

> 汉口新诗朗诵空气因诗人的朗诵实践呈现着非常热烈的情况,尤其是当时的汉口市广播电台,几乎把每次报纸上所登的朗诵诗都广播了。……
>
> 朗诵运动由都市深入民间及各战区,当时的第五战区在潢川,后移宋埠,臧克家、黑丁领导的第五战区文化工作团,及金山王莹领导的第二演剧队都经常以朗诵诗歌为对民众宣传的节目。政治部第三厅组织的演剧队,分发到各战场上以后,更把新诗朗诵带到了最前方,使新诗从智识分子的圈子里打进士兵及大众群中。那时候,我们常常接到服务团演剧队以及类似的文化团体对于朗诵表演的报告,特别是在山西河南湖北各省的青年文艺工作者,都于详细及兴奋的结果报告我们知道。①

1938年10月汉口失守,"诗朗诵"更形蓬勃。据陈纪滢之说,"文化中心随军事政治中心后移,重庆成为抗战的大本营,东西南北战场更展开活泼深刻的文化战,福州、金华、丽水、泰和、上饶、衡阳、长沙、苗江、桂林、成都、洛阳、晋东南以及每个文化据点,对于诗歌朗诵,都特别提倡并展开了热烈的运动"。② 于是,从后方到前线,从战场到校园,诗歌朗诵几可谓无所不在。其中,闻一多在西南联大文艺晚会上的朗诵表演,激励千百人心,多少年后,犹为人津津乐道。③

此外,1940年11月24日,在陈纪滢与文艺界等多人共同策划推动下,"文协"组织的全国文艺诗歌朗诵队在重庆成立,得到音乐界、戏剧界、电影界鼎力支持,被视为文艺界一时盛事。1940年12月7日,《战线》以专刊形式,刊出姜桂圃的《诗歌朗诵队成立大会记》,详细报导实况;赵泖《论诗歌朗诵》提出论述纲要;陈纪滢撰文《祝诗歌朗诵队成立》,称许他们为"不持枪的诗歌朗诵战斗员","每发诗句,不弱于每发子弹"。朗诵队成立之后,"为了抗战的共同目标,为新诗能深入民间,为能唤起奋发精神,为美好的明天而忘我写作、印刷、分发",群策群力,热情行动,在诗人臧云远的追忆文章中可见一斑:

> 总队设于天官府七号三楼上,天天办公,油印诗稿,分送各分队,各大学纷纷响应,组织了诗歌朗诵会,一时山城夜夜诵诗朗朗,青年诗歌爱好者,排练背

---

① 《新诗朗诵运动在中国》,《大公报·战线》,1941年8月5—6日。
② 同上。
③ 参见朱自清:《论朗诵诗》,《朱自清全集》第3卷,南京:江苏教育出版社,1988年,第253—254页;闻山:《听诗朗诵有感》,收入高兰编:《诗的朗诵与朗诵的诗》,第165—170页。

诵,登台表演,或在饭厅,或在礼堂,或在操场;诗情高昂,面带春风,都像过节似的。柳倩、亚平、方殷联系组织,发挥当年诗歌会的干劲,光未然、高兰,则是无形的艺术指导,朗诵示范。而徐迟则是无名英雄,每天一早到天官府来,一声不响,只是埋头伏案刻蜡版……

不管是新诗歌派、现代派、这派那派,大家团结一致,不分你吟我唱,共同为开展新诗的朗诵活动而努力以赴。①

另一方面,毛泽东所在的延安地区,情形也不遑多让。该区以素有"狂飙诗人"之称的柯仲平为首,号召文艺爱好者组织诗歌团体"战歌社",成立以来,随即展开以"新诗朗诵运动"为中心的工作。此一工作在毛泽东的大力支持下,迅速发展。不少当事人都提到:战歌社成立之初,曾于1938年1月26日举行第一次新诗朗诵会,当时,为担心听众感觉枯燥,还加入许多演唱各地民歌和小调的节目。尽管许多听众未终场即纷纷散去,活动其实并不成功,但毛泽东坚持到散会才离席,则对主事者造成莫大鼓舞。② 此后,在柯仲平的示范带领下,不仅"几乎每次晚会都有新诗朗诵的节目"③,毛泽东更不时主动参与,对诗人朗诵赞美有加④。演剧队长征,诗歌朗诵每每作为开场前的重头戏,同样深入了西北边区。

以是,1940年12月7日《战线》的"朗诵小消息"栏目,特别宣称,"截至目前止,诗歌朗诵之领域北起延安,南至香港,东抵金华,西迄西康、新疆"⑤,实可谓漪欤盛哉。论者言及抗战时期的文化活动时,几乎一致指出:当时"文艺上最热烈反应抗战爱国情绪的应该是朗诵诗和舞台剧,几乎深入到全国每一个角落"。尤其诗歌朗诵,乃是"自文艺界乃至各种晚会中必然有的一种节目,而蔚为一种风气"。⑥ 由此看来,相较于其他文学类型,"新诗"在"诗朗诵运动"的热烈展开之

---

① 臧云远:《雾城诗话》,原载南京艺术学院院刊《艺苑》1983年第4期,后收入高兰编:《诗的朗诵与朗诵的诗》,第292—306页。
② 分见柯仲平:《自我批判(根据战歌社会议记录)》、骆方:《诗歌民歌演唱晚会记》,俱收入高兰编:《诗的朗诵与朗诵的诗》,第66—67页、第68页。
③ 引自骆方:《诗歌民歌演唱晚会记》,收入高兰编:《诗的朗诵与朗诵的诗》,第68页。
④ 据柯仲平妻子王琳所述,柯仲平长诗《边区自卫队》初成,受邀于某晚会朗诵,作为压轴。毛泽东主动前往聆赏,对柯诗赞誉有加,并促其尽速发表。参见《柯仲平纪念文集·评传卷》,昆明:云南人民出版社,2002年,第142—144页。
⑤ 《战线》,1940年12月7日。
⑥ 王寿南:《抗战时期的文化活动》,收入李瑞腾编:《抗战文学概说》,台北:文讯月刊社,1987年,第28页。

下,特别能够以其跳脱了文字的"声音",穿越烽火战乱,深入广大民众,在分裂动荡的时代之中萦回流荡。

三、"新诗朗诵运动"中的"诗朗诵"与"朗诵诗"

从文学史角度考察,新诗的"声音"之所以能经由"新诗朗诵运动"被特别凸显,在战争动乱的时代中播散流衍,并非偶然,它的酝酿发生,其实与五四新文学以来,"诗"的现代转型息息相关。而"诗朗诵"由个别的"活动"蔚然成风,成为一种"运动",又与另一新兴次文类"朗诵诗"的形成互为表里。以下,即就此进一步探勘其间曲折。

不少学者都曾注意到:文学革新过程中,最为艰困的,就属新诗。原因无它,"旧形式破坏了了,新形式还未成立"。①"白话诗的传统太贫乏,旧诗的传统太顽固,自由诗派的语言大抵熟套多而创作少"②,这都使得新诗从形成之初,就在不断的摸索尝试之中依违进退,歧路徘徊。③ 而如何借由"诵读"——也就是根据其中的"声音"特质来寻找新形式,建构新的批评论述,遂成为中国现代诗歌运动发展过程中,诗人们有心突围的主要方式之一。

然则,尽管同样着眼于经由"诵读"而为发展中的新诗寻找出路,不同背景的文人与学者,所提出的实践方式与诗学理念,却是大相径庭。其中,由朱光潜、朱自清等学者文人所组织的"读诗会",与后期创造社和太阳社若干作家所主导的"中国诗歌会",便代表了两种最典型的不同路向。

1932至1933年间,朱自清、朱光潜先后自欧洲学成归国,随即借鉴留英时参与伦敦"读诗会"的经验,邀集同好,组织"读诗会",在北京朱光潜家中定期聚会读诗。据重要成员之一沈从文回忆:

> 当时"读诗会"成员几乎是"集所有北方系新诗作者和关心者于一处",成员包括梁宗岱、冯至、叶公超、废名、卞之琳、何其芳、林庚等多人,这些人或曾

---

① 朱光潜:《现代中国文学》,《朱光潜全集》第9卷,合肥:安徽教育出版社,1993年,第328页。
② 朱自清:《新诗的进步》,《朱自清全集》第2卷,第319页。
③ 胡适的第一本新诗集名为《尝试集》,其中写于1916年的《蝴蝶》一诗,应是最早的作品,它的"五言体"形式受旧诗传统制约之处,明显可见。见《胡适作品集27:尝试集》,台北:远流出版社,1986年,第58页。

在读诗会上作过有关于诗的谈话,或者曾把新诗,旧诗,外国诗,当众诵过,读过,说过,哼过。大家兴致所集中的一件事,就是新诗在诵读上,有多少成功可能?新诗在诵读上已经得到多少成功?新诗究竟能否诵读?

当时长于填词唱曲的俞平伯先生,最明中国语体文字性能的朱自清先生,善法文诗的梁宗岱、李健吾先生,习德文诗的冯至先生,对英文诗富有研究的叶公超、孙大雨、罗念生、周煦良、朱光潜、林徽因诸先生,此外还有个喉咙大,声音响,能旁若无人高声朗诵的徐芳女士,都轮流读过些诗。朱、周二先生且用安徽土腔吟诵过几回新诗旧诗,俞先生还用浙江土腔,林徽因女士还用福建土腔同样读过一些诗。①

由此可见,琢磨"新诗"与"诵读"之间的关系,实为这批以学院教师为主的文人们共同的兴趣焦点。他们以"读"诗之名聚谈,所致力的,乃是借由各种声音形式的实验,进行新诗现代化;其聚会具有"菁英团体"性质,并不公开,所关注者,大体聚焦于诗歌的"美学"层面。读诗会的活动一直持续到抗战爆发,才告终止。进行期间,成员们每每将论诗所得,发表于《大公报·文艺副刊》及《文学杂志》等报刊,诸如《新诗的十字路口》(梁宗岱)、《从生理观点论诗的"气势"和"神韵"》(朱光潜)、《节律与拍子》(罗念生)、《关于音节》(梁宗岱)、《节奏》(罗念生)、《音节与意义》(叶公超)、《心理上个别的差异与诗的欣赏》(朱光潜)、《新诗的节奏》《新诗中的轻重与平仄》(林庚)等文,都为"纯诗"的理论建构,作出重要贡献。②

除此而外,不同于"读诗会"的菁英取向与追求"纯诗","中国诗歌会"于诗歌朗诵身体力行,则是意图借此创造"大众化"的诗歌,让新文学中的诗歌走入大众。此一组织1932年成立于上海,发起人有杨骚、穆木天、任钧、蒲风等,以《新诗歌》为机关刊物。创立之后,广州、北平、青岛、厦门等地,纷纷成立分会,颇具声势。其意识及作风,实际上继承了后期创造社及太阳社作家们的革命人生观和现实主义创作方法。他们特别强调"诗歌是社会现实的反映,社会进化的推进机,应该具备时

---

① 沈从文:《谈朗诵诗》,《沈从文全集》第17卷,太原:北岳文艺出版社,2002年,第247—248页。

② 若往前追溯,借"诵读"以进行新诗之现代化的做法,其实早从胡适、徐志摩即已开始;20年代,闻一多的住处,也曾有文友多次聚集,举行过十分热闹的诗人读诗活动。诗人朱湘也曾撰写《我的读诗会》,力言"读诗"之于新诗创作的效益,但以朱光潜"读诗会"最具持续性及影响力。相关论述,请参见梅家玲:《有声的文学史——"声音"与中国文学的现代性追求》,《汉学研究》2011年6月第29卷2期,第189—233页。

代意义"。抨击新月派与现代派逃避现实、粉饰现实,"非加以纠正和廓清不可",同时提出"新诗歌谣化"的口号,主张采俗言俚语入诗,以"完成新诗歌运动"为总目标。① 其所主张的"诗朗诵",因此是面对大众的朗诵,"一方面要将自己的作品直接送到大众当中去以期获得特定的效果;另一方面,也为要使在当时差不多已经完全变成了视觉艺术的新诗歌,慢慢地还原为听觉的艺术"②。抗战爆发之后,此一由大众着眼,强调"听觉艺术",并进一步结合"服务于抗战"之现实目的的诗朗诵理念,更是因势利导,益显其合理性。任钧《略论诗歌工作者当前的工作和任务》一文即指出:

> 诗朗诵这一工作为什么会被提出而加以实践呢?这主要地显然是由于两种理由:第一,从诗的本质上说来,诗并不是为了眼睛,而是为了耳朵而创作的,也就是,正如英国诗人 Bottomley 所说:"诗歌必需能够被人们朗诵,人们听得见,才算得是健全的诗歌。"但是,我们的新诗怎样呢?无可讳言地,几乎大部分都变成了一种"视觉艺术""哑吧艺术",而失掉了诗的特质,所以我们要提倡诗的朗诵,使得诗仍旧回到"听觉艺术"的本位上来;第二,从诗的效用上说来,我们也一定要使诗重新成为"听觉艺术",至少是可以不全靠眼睛的艺术,而出现在群众之前,才能使诗更普遍地,更有效地发挥其武器性而服务于抗战。因此,诗朗诵这一工作的提出与展开,在中国新诗运动史上,实在具有划时代的意义。③

此一论点,进而直接影响到战时"朗诵诗"及其诗论的形成。本来,尽管战时"诗朗诵"风行一时,但最初多是就既有诗歌进行朗诵,大概除"中国诗歌会"少数成员外,一般诗人并没有以朗诵为目的而写作特定诗歌,"朗诵诗"的名目,也还未曾正式浮上台面。甚至于,文艺界对于某些诗作是否要标注"朗诵诗"之名,原

---

① 《新诗歌》旬刊第一期由穆木天执笔《发刊诗》,明确揭橥要旨:"我们要捉住现实,/歌唱新世纪的意识";"工人农人是越发地受剥削,/但是他们反帝热情也越发高涨","我们要歌唱这种矛盾和他的意义,/从这种矛盾中去创造伟大的世纪";"我们要用俗言俚语,/把这种矛盾写成民谣小调鼓词儿歌,/我们要使我们的诗歌成为大众歌调,/我们自己也成为大众的一个"。见任钧:《关于中国诗歌会》,收入任钧:《新诗话:两间文艺》,上海:新中国出版社,1946年,第123—124页。
② 任钧:《关于中国诗歌会》。
③ 任钧:《新诗话:两间文艺》,第101—102页。

有争议。① 当时大力写作朗诵诗歌,并且力主要在诗歌中别立一"朗诵诗"名目的锡金,便承续前说而进一步开展,认为"朗诵的诗和诗的朗诵,是相生相长的,朗诵诗经过朗诵固然有了凭借的工具,人们可以从听觉上接受诗,这给文盲大众又得到了他们几千年前被文学摈弃后所失去的享受。诗更要在朗诵里,逐渐的吸收更多的活的语言。这样,可使它在数千年已经僵死的文字里解放出来"。因此,他从一开始即特别提出"可朗诵性",作为"朗诵诗"的基本要素,试图为之定调;而"动的声音的魅力",正是它的特色所在:

> 当开初写就为朗诵而写的诗时,我曾考虑过,要不要标明这是"朗诵诗"呢? 因为如果诗都达到可朗诵时,似乎朗诵诗并不能成为一种独特的形式,无论普遍的抒情诗、叙事诗、报告诗都可以用朗诵的方法,传达给大众听,就都成为朗诵诗了。然而仍是决定给标明了叫朗诵诗的,原因是要强调一篇诗的"可朗诵性"。朗诵必须要读出来,听得懂,则朗诵的诗必须在用语上,格律上和我们原有的僵死的文字的新诗有所不同。朗诵诗的终极该是语言的诗而不是文字的诗,文字仅是纪录着而已。
>
> 文学有文字的静的形象的美,而语言却有它的动的声音的魅力。②

由此,可以看出:从倡言"诗歌大众化",到讲求"发挥其武器性而服务于抗战";从着眼于听众的"听觉",到强调诗作的"可朗诵性",进而要求诗作之用语格律必须与原有的新诗有所不同,正是朗诵诗与诗论一路走来,据以形构的主要径路。

很显然地,此一系列发轫于"中国诗歌会"之"新诗大众化"的朗诵理念与实践方式,与前述"读诗会"迥然不同,两者之间原无交集。然而,对日抗战召唤出全民的民族意识,在抗日救亡的总体目标之下,无论是沙龙中的文化界菁英、学院中的教授学生,都在烽火流亡途中,步出书斋,走向群众,并且体认到战时宣传教育工作的重要性。原本聚焦于诗歌美学层面的读诗会成员们,于是也开始关注并正视诗歌的现实意义。朱自清的《论朗诵诗》一文,即缘此而发,他不仅明确指出:"诗朗诵"之所以会由个别的"活动"而成其为群体的"运动",乃是起于抗战以来迫切的实际需要——"需要宣传,需要教育广大的群众",更从诗歌写作之出发点由"个

---

① 如林庚、梁宗岱等人,对"朗诵诗"多持保留态度,参见赵心宪:《"朗诵诗"的文体形式及诗学阐释》,《河北学刊》,2007 年 27 卷 6 期,第 131—136 页。
② 锡金:《朗诵的诗和诗的朗诵》,《战地》,1938 年第 1 期。

人"转向"群众"着眼,为"独立的朗诵诗"之产生,说明缘由:

> 过去的新诗有一点还跟旧诗一样,就是出发点主要的是个人,所以只可以"娱独坐",不能够"悦众耳",就是只能诉诸自己或一些朋友,不能诉诸群众。战前诗歌朗诵运动不能展开,我想根由就在这里。而抗战以来的朗诵运动,不但广大的展开,并且产生了独立的朗诵诗,转折点也在这里。
>
> 朗诵诗是群众的诗,是集体的诗。写作者虽然是个人,可是他的出发点是群众,他只是群众的代言人。他的作品得在群众当中朗诵出来,得在群众的紧张的集中的氛围里成长。①

诚然,战时的朗诵运动与朗诵诗相生相成,不少诗人们开始写作独立的"朗诵诗",借此激励士气,鼓吹抗战,诗作中的"群众性",无疑是核心要素。当时,戮力从事于朗诵诗写作的诗人高兰,甚至特别撰写《展开我们的朗诵诗歌》,以朗诵诗的形式,号召诗人投入朗诵诗写作,恰可与朱自清之说相参互证:

> 新时代点起了新的烽火,/这烽火照耀着祖国的山河!/来吧!诗人们!/展开咱们朗诵的诗歌,/全民的抗战里有你也有我。
>
> 一分一刻,/我们都不能空空的放过,/只言词组,/也不该离开大众的生活。/我们不需要少数的聪明读者,/我们要使每个人明白他的职责,/推动,参加,/这神圣的抗战的洪波。
>
> 诗人哪!/救亡的朗诵诗歌,/它需要每一个有热血,/有正义的读者和作者,/使它/广大的展开/广大的传播/与全民族抗战的步调相配合!
>
> 惟有朗诵的诗歌,/才是我们的诗歌,/惟有朗诵的诗歌,/它才不再仅是叹息花飞和叶落,/惟有朗诵的诗歌,/它才能不再是剖白自我的吟哦,/它是/奴隶们怒吼的喉舌,/它是/争取民族解放,/抗战的队伍中,/文化的铁甲列车!②

"全民的抗战里有你也有我""惟有朗诵的诗歌,/才是我们的诗歌",体现出的,正

---

① 朱自清:《论朗诵诗》。
② 高兰:《高兰朗诵诗》(新辑),成都:越新书局,1942年,第36—41页。按,全诗凡九节,这里引录全诗开始与结尾各两节。

是"朗诵诗是群众的诗,是集体的诗"。而"我们",也因此成为朗诵诗的发言主体,义正词严地宣誓着集体的意志与情感。

四、战斗文艺与声音政治
——朗诵诗的修辞策略与内在张力

"朗诵诗"蔚兴于抗战烽火之中,借由音声传播之便,被赋予了宣传教育的任务。这使它从一开始,便以"战斗"的姿态出现,成为被赋予特殊任务的"战斗文艺";而它的书写又多得配合声音的展演,因而衍生出"声音政治"的特质,并因此内蕴着"(朗诵的)声音"与"(文字的)诗"之间的相互颉颃——在此,我们要追问的是:"战斗"如何"文艺"?"声音"如何"政治"?用以"朗诵"的"诗",究竟是声音左右文字?还是文字规范声音?而它又是如何在文字与声音的交相为用之下,进行抗战救亡的政治任务?

落实到具体诗作,战时以撰写朗诵诗著名的诗人,主要有田间、艾青、锡金、高兰、柯仲平等。其中,尤以高兰与柯仲平最具代表性,二人并有"北柯南高"之称。原因是:二人不但专力写作朗诵诗,并且往往自己登台或走向广场,亲自朗诵。1937年10月19日,云集武汉的各地文艺工作者纪念鲁迅逝世周年,就是以高兰所作的《我们的祭礼》一诗代替祭文,由著名演员王莹在纪念大会朗诵,受到各界瞩目。此一诗朗诵活动,几乎被视为战时新诗朗诵运动的开端。柯仲平在延安倡导诗歌朗诵,多次在毛泽东面前激情演出,受到高度赞赏。以下即以二人之作为例,辅以相关诗论,探析朗诵诗的修辞策略。

无疑地,如何根据感官(听觉)需要,寻绎出适于朗诵的诗歌写作原理,乃是抗战时期诗论的重点。锡金、李广田、朱自清、徐迟、林庚等,都曾就此多所讨论。其中,李广田列举戴望舒《秋天的梦》、臧克家《老马》与何其芳《我为少男少女们歌唱》三首诗予以比较,以论证文字内容对于声音的限制,最是具体明确。他指出:《秋天的梦》的情调寒冷忧郁,"叫人沉下去","简直读不出";《老马》表现普遍的人道主义思想,读诗效果,优于《秋天的梦》,但也未必适合朗诵。何其芳的诗作歌唱早晨、希望、未来,是"快乐兴奋的调子","这样的诗当然可以读,而且可以高声读",但是否适合在群众面前朗读,他却多所保留。理由是,诗人只为"少男少女"歌唱,不够波澜壮阔。倒是最后,他举出了一首十四岁无名少女的诗作《他们在控诉我》,认为那才是最好的朗诵诗——原因无它,它不只是为了某些人而歌唱,却是为了工人农人,为了人民,"它不歌唱未来,歌唱快乐,却是歌唱血淋淋的现实,歌唱不顾死活的行动"。①

显然,在李广田看来,诗的内容与文字决定了形式,也限制了诵读时的声音表现。诗作是否具有"政治性"与"公众性",将是能否施之朗诵的关键。以"声音"来达致"政治"的效果,则是其最终目的。

另一方面,朱自清由诗歌的语汇使用和语言形式着眼,强调"文字"与"声音"之间的交相作用,论述尤为精要。他说:

> 朗诵诗的听众没有那份耐性,也没有那样工夫,他们要求沉着痛快,要求动力——形象化当然也好,可是要动的形象,如"炸药桶""导火线";静的形象如"轴心""堡垒""巨绳",似乎不够劲儿。
>
> 对话得干脆,句逗不能长,并且得相当匀整,太参差了就成演讲,太整齐了却也不自然。话得选择,像戏剧的对话一样的严加剪裁。……剧本在演出里才完成,朗诵诗也在朗诵里才完成。这种诗往往看来嫌长可是朗诵起来并不长;因为看是在空间里,听是在时间里。②

朱自清的论述,凸显了"声音"和"文字"之间的辩证关系:(时间里的)语言声音要求,规范了(空间里的)诗作文字琢磨;"诗"必得要经由"朗诵",才得以完成。然而,"炸药桶""导火线"较诸"轴心""堡垒""巨绳"更适于朗诵的事实,却又提醒我们:文字意象或意义,是如何左右了"声音"的演出效果。

检视实际诗作,此说堪称的论。抗战之初,高兰《是时候了,我的同胞》召唤全民抗日,正是以充满动力的形象,干脆匀整的句式,为李、朱之说做出最佳印证:

> 是时候了,我的同胞!/敌人的飞机大炮,/又大举屠杀我们来了!/我们早已是炸裂的火药,/还禁得住这样的燃烧?/爆炸!爆炸!爆炸了吧!/一切不愿做亡国奴的人哟!/假如你还不曾把耻辱忘掉,/假如你还不再想作苟且偷生的脓包,/是时候了,我的同胞!③

---

① 李广田:《诗与朗诵诗》,收录于简铁浩编:《朗诵研究论文集》,香港:嵩华出版事业公司、波文书局,1978年,第289页。
② 朱自清:《论朗诵诗》。
③ 高兰:《高兰朗诵诗》(新辑)。

除此而外,彼时朗诵诗以"抗日"为主要要求,整体看来,其内容取材,或号召全民奋起,宣誓抗战决心;或怀想故土家园,吊祭罹难亲朋;或颂扬战士英勇、咏赞领袖英明;或动之以人性人情,号召敌军来归,看似不一而足,然而作为以"文字"书写的"朗诵"诗,除了用语大众化、口语化,并注意节奏用韵之配合外,其书写模式,至少包括以下几项特色:第一,多以"群众"(我们)为发言主体;第二,诉诸情感的战斗意识;第三,兼具对话性、戏剧性与表演性。

其中,以"群众"(我们)为发言主体方面,除前引高兰《展开我们的朗诵诗歌》之外,另如《咱们立下最后的誓言》①《这里不是我们的乐园》②等,其"群众"立场,从题名即已昭然若揭。此外,诉诸各种亲情、爱情、乡情、家国之情,借以召唤战斗意识,再加上经营对话性、戏剧性、表演性,以拉近与读(听)者的距离,增强效果,亦是显而易见的手法。其中,"呼告"式的语气、"排比""复沓"式的句法运用,以及通篇结构采取类似于"赋"的铺排式叙写,乃是惯用的修辞策略。如高兰曾撰有《日本的劳苦大众战斗员》一诗,旨在对日军动之以情,劝募其不要再为日本军阀效命,反正来归,主要即是采"呼告"手法:

> 来吧!我们欢迎你/日本的劳苦大众战斗员!/对你们我们有无穷的叹惋,/对你们我们是不尽的哀怜;/你们背井离乡,/辛苦的来自大海的那一边;/你们妻离子散,/抛弃了故国的可爱的田园;/田园哪!/那碧绿的田野他多么鲜艳?/红了的樱花开得多么灿烂?/樱花下的往事啊!/可曾被春风吹散?/田野中的岁月,/你怎能不留恋?/在那里生,/在那里长,/在那里住过了若干年……③

"来吧!我们欢迎你/日本的劳苦大众战斗员"于首尾反复出现,亦造成"复沓"效果。此外,高兰当年脍炙人口的《我的家在黑龙江》更是综合多种手法,堪称朗诵诗的典型之作:

---

① 高兰,载于《战线》,1938 年 12 月 11 日。
② 高兰,载于《战线》,1939 年 12 月 4 日。
③ 高兰:《高兰朗诵诗》(新辑),第 85—95 页。按:事实上,真正的日本战斗员是否有机会聆听(以及听懂)此一朗诵,实在令人不无疑虑,此诗与其说是为日军而写,不如说是为自己而写。如论者所言:"作者、听者(诵者)都需要从诗的朗诵找到情感宣泄、交融,当民族危难之际,为抗战呐喊,并以呐喊自身也成其战斗的方式之一。"参见周良沛:《高兰卷·卷首》,收入《中国新诗库》(九集),武汉:长江文艺出版社,2000 年,第 13 页。

> 你的家呢,老乡?/在吉林?/在沈阳?/在万泉河边?/在鸭绿江旁?/在松花江上?/或者是赤峰口围场?/还是热河的朝阳?
>
> 我的家呀!/我的家在兴安岭之阳,/在黑龙江的岸上;/江北是那辽阔而自由的西伯利亚,/江南便是我生长的家乡。
>
> 天哪!九一八!/九一八!/日本帝国主义的大炮,刀枪,/击碎了这老实的梦想,/捣毁了多少年的希望!/这个日子永生也不能忘;/日本鬼子打进了沈阳,/攻下了吉林,/更占据了黑龙江!/从此!/完了!/完了!/我的兄弟爹娘,/我生长的家乡,/虽然/依旧是冰天雪地,/依旧是山高水长,/可是,/三千万人民成了牛马一样,/雪原成了地狱,再没有天堂!/被奸淫!/被掳抢!/被屠杀!/被灭亡!/然而,荒莽的人,/有着荒莽的力量,/那力量因了熬煎,/因了苦难,/更为加速度的成长!①

此诗长达数百行,所引的前两段,是全诗开篇,借乡亲问答方式,引出对自己家乡的怀念,"在吉林?/在沈阳?/在万泉河边?/在鸭绿江旁?/在松花江上?",即是兼具协韵效果的"排比";之后一一细数家乡山川物产,多方铺叙人情风物,以见其丰美和乐,近似汉代赋作。"天哪!九一八!"则是全诗转折的关键点,以"呼告"式的语气,强化敌军凌虐家乡的悲愤,因此继而凸显者,便是人民前仆后继、流血奋战的慷慨壮怀。

这类手法,特别着重情感的渲染,施之于朗诵,更能够经由声音的抑扬顿挫,造成感荡人心的效果。高兰朗诵诗之所以在抗战时期风靡大众,并经由电台广播一再播送,自是良有以也。基本上,前述的修辞策略是为战时朗诵诗书写的主流。至于以柯仲平为首的延安朗诵,则更近乎早先中国诗歌会的作法:采俚言俗语,用类似民歌谣词的方式,贴近地方人民。就其备受毛泽东赞赏的名作《边区自卫军》为例,该诗以长篇叙事诗方式,演示边区军人韩娃如何智勇双全,英勇抗日。它是这样开始的:

> 左边一条山,/右边一条山,/一条川在两条山间转;/川水喊着要到黄河去,/这里碰壁转一转,/那里碰壁弯一弯;/它的方向永不改,/不到黄河心不甘。②

---

① 高兰:《我的家在黑龙江》,《战线》,1939年1月17日。
② 柯仲平:《柯仲平文集·诗歌卷》,昆明:云南人民出版社,2002年,第304页。

正因为此类作法深具歌谣趣味,施诸朗诵,偶或径借由民歌曲调来进行——换言之,它已经不纯然是言语的诵读,而近乎于歌谣的演唱了。①

事实上,"朗诵"与"歌唱"杂糅的情形,早在光未然谱写《黄河大合唱》时,就已出现;朱自清谈及战时朗诵运动进行实况时,也曾提到:"这朗诵运动虽然以诗歌为主,却不限于诗歌……假如战前的诗歌朗诵运动可以说是艺术教育,这却是政治教育。政治教育的对象不用说比艺术教育的广大得多,所以教材也得杂样儿的;这时期的朗诵会有时还带歌唱。"②不止于此,由于"朗诵诗"必得经朗诵者诵读,这又使它与"戏剧表演"之间多所交集。戏剧家洪深撰有《戏的念词与诗的朗诵》一书,将两者相提并论,甚至大半篇幅谈的都是"朗诵",即是一证。徐迟撰有《诗歌朗诵手册》,着重的也是朗诵技巧与诵诗场合的配合效果。1938 年 1 月延安诗歌朗诵会未尽成功,与会者自我检讨,认为"太强调了朗诵中的动作与姿态",是为失败原因之一。③ 此一现象所意味的,事实上是"诗朗诵"与"朗诵诗"在刻意追求政治效果的同时,自我内部所蕴含的张力及不稳定性格。它促使我们思考:"朗诵诗"着重的,应该是"朗诵",还是"诗"?"诗朗诵"所欲凸显的,究竟是诗歌文字的"声音",还是伴随声音而衍生出的"戏剧表演"?

五、摆荡在"诗"与"朗诵"之间
——两岸朗诵诗的战后开展及其衍异

1949 年,内战失利的国民政府渡海来台,两岸分立自此开始。彼岸"放声歌唱",欢庆新政权的诞生;此岸则意图克复大陆,再造山河。在此形势之下,朗诵诗与诗朗诵活动遂并未随抗战结束而终止,反而开枝散叶,在两岸各自发展,为分立后的政治现实做出见证;其间对照,颇饶趣味,其似异而实同的衍异,抑或可为前述提问,提供另一观照面向。大陆方面,"北柯南高"依然持续朗诵诗写作,然诚如谢冕所指出的,"全中国的诗人满心欢喜地迎接了这个新时代"。"这是放声歌唱的年代,'凡是能开的花,全在开放;凡是能唱的鸟,全在歌唱'"。50 年代是一个崇尚"颂歌"的时代,"有的诗人甚至认为文学和诗歌的重大使命就在于歌颂领袖"。朗诵诗于是化慷慨战斗为激情颂赞,歌颂领袖,歌颂新的生活、新的人物、新的故事,

---

① 参柯仲平之说,《柯仲平文集·诗歌卷》,第 135 页。
② 朱自清:《论朗诵诗》。
③ 见柯仲平:《自我批判(根据战歌社会议记录)》。

遍及全国。柯仲平的《我们是新生的力量》《创造工业国,工人敢保险》《高举着我们的五星红旗》《永远跟着毛泽东》《要为那更大的胜利去斗争》①,高兰的《向工农兵劳模致敬》《我的生活,好！好！好！》《英雄的朝鲜,让我们向你致敬祝贺》《沸腾的岁月,沸腾的城》等②,诗题本身,即已充分传达"颂歌"讯息。新一代诗人贺敬之、郭小川等继起,郭小川的《投入火热的斗争》《闪耀吧,青春的火光》《十年颂歌》,贺敬之的《回延安》《放声歌唱》,都是当时的诗歌经典。此类"政治抒情诗"成为诗歌书写主流,更是朗诵会主角。③ 此外,"人民广播电台经常广播诗朗诵节目,上海的一些著名的话剧、电影演员也把朗诵诗作为联系群众的一个方法,经常在群众集会中朗诵",而1958年的"新民歌创作运动",更是以风起云涌之姿,将朗诵诗深入到广大群众之中。④

更有进者,一方面,朗诵诗以"我们"为发言主体的书写特色,已普遍渗入当时的大部分诗作,造成"抒情主体的位移"——"小我"转化为"大我":一个为了代表无限广大的"集体"而存在着的虚拟个体。另一方面,战时延安发展出的文艺路向,更导引着新中国的诗歌发展。诸如:向丰富的民间歌谣学习,采取工农兵所喜闻乐见的形式等。⑤ 50年代后期的"新民歌运动"之所以铺天盖地而来,亦是职此之故。而也正是在这一层面,我们不妨再回到柯仲平。

柯仲平素有"狂飙诗人"之称,早年即以"朗诵"闻名,延安时期,更是每每在各类集会中身先士卒,当众激情朗诵自己的诗作。"保卫延安"期间,曾奉命辗转于不同的部队团体之间,放声朗诵《保卫毛主席》,进行战斗动员:

> 从河东,到河西,/我们赶来保卫毛主席;/我们知道我们的任务最光荣,/路上没有一个掉队的！
>
> 从河东,到河西,/我们赶来保卫陕甘宁边区,就是保住党中央毛主

---

① 俱见《柯仲平文集·诗歌卷》。
② 俱见高兰:《高兰朗诵诗选》,上海:新文艺出版社,1956年。
③ 谢冕指出:"在重大的政治性集会上,在节庆日的朗诵会中,在报刊和机关团体的出版物上,都有它的身影。那个年代盛行大型的现场朗诵,而政治抒情诗则是朗诵会的主角",引自《为了一个梦想——50年代卷导言》,收入洪子诚主编:《百年中国新诗史略——〈中国新诗总系〉导言集》,北京:北京大学出版社,2010年,第158—195页。
④ 参见姚奔:《诗歌朗诵大有可为》,原载《光明日报》1963年4月6日,后收入《诗的朗诵与朗诵的诗》,第201—204页。
⑤ 参见谢冕:《为了一个梦想——50年代卷导言》。

席! ……①

柯仲平习采俗语俚词入诗,取法民歌的作法,原本即是延安文艺的主流正宗。据前引《边区自卫军》及《保卫毛主席》,即可见其诗风之一斑。然而耐人寻味的是,这一取法于民歌的朗诵"诗"作,却在"朗诵"之际,逐渐产生了趋向于民"歌"的位移。以柯仲平的《创造工业国,工人敢保险——为中国工人庆祝中国共产党二十八周岁作》一诗为例,该诗一开始即颂扬共产党领导工农翻身,继而强调工业发展,最后则以齐声高喊毛主席万岁、中国共产党万岁作结,文字通俗平顺,易于上口。但全诗最后,作者却添加了以下这段说明文字:

> 这诗,可以用很自由的快板调子来朗诵,还可以用大鼓、坠子这类调子唱。用工人中流行的某些调子来唱,可能更合适。不合适的地方可以改。这首诗,愿工人同志们当做一份小小的礼物收下。②

为了献给工人同志,诗人的诗作不但可以"用工人中流行的某些调子来唱",而且"不合适的地方可以改",这已经不只是"诗"的彻底"大众化",甚至还在大众化的同时,把"诗"的"文字"主体也给"去化"掉了。

与此同时,台湾的诗朗诵与朗诵诗,则是随着张道藩、陈纪滢等当年文艺政策的主导者与推动者,一同渡海来台。原因是,"宣传"与"教育广大群众",不仅是抗战时期的实际需要,对于内战失利、退守台湾的国民党而言,同样是当务之急。朗诵诗的大众化特质,诗歌朗诵的易于深入群众,都使得它再次被赋予战斗的任务。尤其是,陈纪滢几乎把当年主编《大公报·战线》的模式,一并带到台湾,影响 50 年代初期台湾的报刊编辑甚巨,也因而造成彼时诗朗诵与朗诵诗风行一时,几乎成为文坛主流。如陈纪滢大力支持的《新生报·每周文艺》《中华日报·文艺》等报纸副刊,皆屡屡着墨于朗诵诗歌与诗论。③ 前者从第三期起,便刊

---

① 柯仲平:《保卫毛主席》暨诗后说明。《柯仲平文集·诗歌卷》,第 110—112 页。
② 《柯仲平文集·诗歌卷》,第 135 页。
③ "中国文艺协会"成立之初,为配合"反共抗俄"的政策及推展会务,曾与各报刊协商,争取版面以编制文艺性副刊。《新生报》的《每周文艺》、《中华日报》的《文艺》,以及《公论报》的《文艺论评周刊》,便是如此应运而生。在文奖会月刊《文艺创作》还未发刊之前,成为当时"反共"文艺的重要阵地。关于这三份刊物的论析,参见马翊航:《"中国文艺协会"创办的三个副刊——析论〈每周文艺〉、〈文艺〉、〈文艺评论周刊〉》,《文讯》,2010 年 5 月 295 期,第 75—84 页。

载了墨人代表作《自由的火焰》①；第七期刊载葛贤宁重量级长诗《常住峰的青春》之第十章《星象礼赞》②。第十四期开始，"专供朗诵的口语新诗"，更成为刊登重点之一。③ 另如苏东平《诗的朗诵与朗诵诗》、谢彬《读〈诗的朗诵与朗诵诗〉后》等论述性文章，④则呈现出时人对于诗歌表现、口语文字、朗诵美感等问题的讨论互动。

至于《中华日报·文艺》，其于朗诵诗的推广，更是不遗余力。第六期时逢葛贤宁出版长篇朗诵诗集《常住峰的青春》，该刊为此特别出版专页，"致把其它的稿件，通通搁压下来"⑤。其中除葛贤宁的《后记》，更有赵友培、克鲁（孙旗）、穆中南等重量级人物的评论。另如金军的诗集《歌北方》出版后，曾先后刊有六篇相关的评论；⑥纪弦更在第37期撰文专论金军与墨人两位诗人，以表推崇⑦。其先后刊载过的重要诗作，包括曾弓《夜行人——舟山回师后记》（朗诵报告诗）⑧、李莎《被损害者的呼唤——朗诵给战斗弟兄们听》⑨、钟雷《一封信——拟一位战士投寄大陆的家书》⑩等。也因此，纵使抗战时期的重要朗诵诗写手都留在大陆，50年代台湾朗诵诗的作者，多属文坛新人，他们的诗作，仍然得以在报刊大力支持下频频刊出。

综观当时诗论与这些诗人的修辞策略，大体上都不脱沿承抗战时的既定格局。1951年，其中最具代表性的青年朗诵诗人钟雷出版第一本诗集《生命的火花》，陈纪滢亲自撰跋，文中即追溯朗诵诗的抗战渊源，并强调它"在自由中国台湾"的重要性：

---

① 《新生报·每周文艺》，1950年6月16日第3期。按，此诗随后也刊登在《中华日报·文艺周刊》，1950年6月28日第3期。
② 《新生报·每周文艺》，1950年7月14日第7期。
③ 该刊原由冯放民主编，自14期开始，由王绍清主编，首设"艺文坛"字段，表明"本刊自本期起，拟着重精警简俏的文艺理论，戏剧趣味的短篇小说，哲学意味的文艺对话，专供朗诵的口语新诗，中外文坛的新鲜消息"。
④ 分见《新生报·每周文艺》，1950年9月9日第15期、1950年9月23日第17期。
⑤ 《中华日报·文艺周刊》第6期《编余》，1950年7月19日。
⑥ 如17期有孙旗的《读〈歌北方〉》（1950年10月15日）；32期有葛贤宁的《推荐〈歌北方〉》（1951年1月28日）；36期有王世正《我爱〈歌北方〉》（1951年2月25日）等。
⑦ 纪弦：《论金军与墨人》，《中华日报·文艺》，1951年3月4日第37期。
⑧ 《中华日报·文艺》，1950年9月5日第11期。
⑨ 《中华日报·文艺》，1951年2月11日第34期。
⑩ 《中华日报·文艺》，1951年2月18日第35期。

> 朗诵诗倡始于抗战初起,到重庆后,才大发达。诗的朗诵运动由社会普遍到部队、学校、农村和各个角落的任何集会,其影响之大,感人之深,不亚于任何一种文艺作品。在宣传上,它有文字与声音的双重作用;在艺术上,它是一种最通俗化的形体。兼有戏剧、音乐、美术、文学的综合美。在抗战时期,我们曾用他发挥很大效能,打败了暴日;在自由中国台湾,我们更要用它唤醒每个人的心灵,激起每个人的感情,打回大陆!①

1952年,钟雷在《文艺创作》发表《诗·朗诵·朗诵诗》长文,堪称当时最具代表性的朗诵诗论,以之对照于前述抗战时期各家之说,几可谓如出一辙:

> 我们这一代的诗,不仅要从"象牙塔"里走出来,从"沙龙"里走出来,不仅要走向"十字街头",而且要走向军营,走向前线,走向工厂,走向乡村,走向更广大的地区和更多数的群众;不仅要让懂诗的人读,而且要让不懂诗的人念,不仅要让识字的人看,而且要让不识字的人听。我们这一时代的诗,为了达成他的任务,要从文艺功用进而发挥宣传与教育的效能;因之,今天的诗,在作者与欣赏者之间的媒介,也不妨(或可以说是必需的):从视觉改为听觉,从文字演变为声音,从思索的领悟发展到直观的接受,从少数人的分别阅读,进行到广大群众集体的同时欣赏;也就是说,我们应该用诗的"朗诵"方式,把诗预期得到的效能与成果,扩展到我们能力所能达到的地区和群众里去!②

至于诗作书写,同样延续战时高兰已经树立的若干模式,诸如:以"我们"为发言主体、以诉诸情感的言语鼓吹战斗意识,以及为考虑朗诵效果,借由兼具对话性与戏剧性形式组织诗作等。其中,葛贤宁的《给解放军》,实与高兰呼告日军弃械的《日本的劳苦大众战斗员》若相仿佛;钟雷的《怀念大陆》,也与《我的家在黑龙江》差堪比拟。不过,为刻意追求效果,致力于朗诵活动时之声光化电,则较抗战时有过之而无不及。不少文友都提到,当年在台成立的"文协"与台湾广播电台等单位合组了一个"自由中国诗歌朗诵队",期借诗歌的感人力量,以加强文艺的宣传教育作用。演出时,每每依据诗作内容,配以

---

① 陈纪滢:《关于朗诵诗——跋钟雷〈生命的火花〉》。
② 《文艺创作》,1952年8月第16期,第26页。

音乐、灯光、服装和布景,收到了圆满深切的"演出效果"。①《军中文摘》更曾记述:1953年11月26日,时逢社教运动周,青年服务社总干事宋膺主持一场诗歌朗诵会,据称"为五四运动以来之空前盛举,暨分国语及方言两种朗诵"。

> 台上除配有灯光布景音乐外,并悬挂配有电流之大幅中华民国大地图,当开始朗诵到某省方言朗诵时,某省地图即发出灿烂之电光,以增强听众之理解。②

更有甚者,钟雷撰写《怀念大陆》,该诗首段先点明:"不尽的云山悠远,/无边的大海苍茫;/在那遥远而又临近的彼岸,/是我们的大陆故国,/有我们的田园家乡。/啊!大陆——/你往日曾是锦绣天堂,/而今却是遍体创伤","我们朝朝暮暮的怀念,/我们时时刻刻的向往,/怀念大陆的山河,/向往故国的风光"。再分别以"我们怀念那首都南京""我们怀念那故都北平""我们怀念那——革命策源圣地的广州"等句式,作为其后各段起始的领句,进而发抒对于各地风光的怀想与咏赞,写气图貌,极尽铺排之能事。所书写的地区,还包括"武汉三镇""华北经济枢纽的天津""西北古都的西安""东北重镇的沈阳"等多处。但令人错愕的是,全诗最后,竟然出现了这样的一段附注文字:

> 此诗可配合以大陆风光照片制成之幻灯或影片朗诵;视材料之多少,此诗字句亦可酌予增删。③

为了配合"诗朗诵"时视听材料的多少,诗人苦心磨琢的诗篇,竟然可以被"酌予增删"。此一情形,对照于前述柯仲平将诗作歌谣化,与"不合适可以改"之说,亦可谓相互辉映。如此,摆荡于"诗"与"朗诵"之间,"朗诵诗"的主体定位,益形暧昧不明;无论是"诗"作的"文字",抑或是"朗诵"的"声音",都不免于支离破碎。发展变化至此,恐怕真要教许多呕心沥血于诗歌艺术的创作者,无"声"以对。

---

① 钟雷:《诗与朗诵》。
② 《军中文摘》,1953年12月第57期。
③ 《文艺创作》,1954年2月第34期。

六、余论:"诗朗诵"与"朗诵诗"的文学回归(？)

放在"文学史"脉络中考察,诗之可歌可诵,自古皆然;基于"声音"与"文字"之相互辩证而促成文学体式之新变的情形,原也其来有自。然而"朗诵诗"与"诗朗诵"的蔚兴,却是在现代民族国家战争背景下所形成的崭新文艺形式。声音的实时性加上诗歌的感性动能,经由电台广播、现场群聚所造成的效果,确乎比文字阅读更能凝聚民心。为了召唤出为国效忠的昂扬情感,它凸显并夸大"声音"的"政治"性格,径自发展出一套以鼓吹"战斗"为尚的修辞策略,既见证了大分裂时代的离乱动荡、文学与政治的纠缠拉锯,也以其本身的演绎折变,体现出文学发展过程中,"文字""声音""表演"之间相互辩证拉锯的曲折历程,在文学的"现代性追求"历程中,自有其一定的时代意义。

然而,战斗的文艺,声音的政治,固然于非常时期风行一时,毕竟难以行之久远。为追求政治目的,诗朗诵"运动"与"朗诵诗"从一开始,自身就内蕴着不稳定的因子,以至于一路行来,终不免要在文字、声音与戏剧表演之间不断游移摆荡,自我质疑。而当时移势易,战争不再,旨在战时作为宣传教育之用的、具有强烈战斗意识的"诗朗诵"与"朗诵诗",又将何去何从？最后,我们不妨以徐迟为例,对此略作响应,并提出可能的后续思考。

徐迟原是抒情诗人阵营中的一员,抗战时期全力投入诗朗诵运动与朗诵诗写作。重庆文协成立诗歌朗诵队,他协助散发诗稿,"每天一早到天官府来,一声不响,只是埋头伏案刻蜡版";1941年与1942年在桂林分别出版朗诵诗集《最强音》与论述专著《诗歌朗诵手册》,在理论和实践方面,都贡献良多。文协纪念鲁迅晚会,徐迟参与表演,负责朗诵《狂人日记》,认真用功,不但熟背全文,而且"深入角色,打扮个疯人的样子,满台走动,卖劲呼喊,两手比划,普通官话带着英语的音调"。事后,还因此被在场聆赏的朗诵诗人高兰谑评为"好像不是朗诵《狂人日记》,而是狂人在朗诵日记了"。[①] 而可堪注意的是,如此一位深入于朗诵运动与诗歌大众化写作的骁将,却在诗集《最强音》增订版的跋文中,开始了对自己朗诵诗书写的反思:

> 这《最强音》从诗缄默到诗朗诵的过程之初,我怎样苦恼地写一些说得出来的口语化的诗,抛弃了许多美丽的,对知识分子实在能传达美的感觉的字汇

---

① 见臧云远:《雾城诗话》,收入《诗的朗诵与朗诵的诗》,第293—306页。

与表现。因之,有一个早晨,和艾青一起念旧作《明丽之歌》时,方才发现以前写的诗倒有诗意,而《最强音》这一套应该摇一百个头,叹一百口气,岂有人民大众要听这样的东西的! ……①

1943年,他以史纲为笔名,为文评论高兰的朗诵诗集,进而对新诗朗诵运动做出了如下结论:

> "朗诵诗"的理解有一个时期曾是为街头,为群众大会的朗诵而写的诗。这样理解的时期已经产生了高兰的诗。现在我们看到了现实情况之不同了。朗诵诗应理解为爱诗歌者用以朗诵给自己及自己的少数朋友,或,更主要的,在小规模的集会,纪念周,晨会与晚会上,诗歌工作者用以朗诵给他们的同事同僚听,朗诵诗现在应是为这样而写的诗。事实上,它首先该如是的理解的。②

让诗朗诵"运动"回归到单纯的"活动",让"朗诵诗"成为爱诗者用以朗诵给自己及少数朋友而写的诗,是否将是它较为适合的出路? 40年代初,徐迟曾试图如是理解。③ 而今,烽火已远,两岸诗朗诵与朗诵诗的后续发展容或不尽相同,但"诗朗诵"却都在告别了战斗任务的同时,不同程度地走向了"小规模的集会",或是仅限于"爱诗者"之间的朗诵活动。至于所朗诵者,已未必是具有"群众性""政治性"作用的"朗诵诗",而是广及于一般性的诗作了。只是,如此发展的诗朗诵与朗诵诗,是否可视为纯粹的文学回归? 还是随着时代社会的多元发展,又产生了不同面向的新变? 个中曲折,容或还有可资探讨的空间。④ 但它一路走来的行迹,始终不断地提醒着我们:"声音",以及因现代化民族战争而生的"政治"性,是如何介入了新文学发展的进程之中,成为左右文学转折的重要面向。"声音"与文学之现代性追

---

① 《〈最强音〉增订版跋》,载于《诗》,1942年8月3卷3期。
② 史纲:《〈高兰朗诵诗〉评》,《新华日报》,1943年4月5日。
③ 徐迟日后的文学理念又多有转折,此处引文只代表他当时的意见。有关对于"诗朗诵"与"朗诵诗",以及在写作及论诗之个人转向问题的讨论,可参见刘继业:《新诗的大众化和纯诗化》,北京:北京大学出版社,2008年。
④ 参见 John A. Crespi, *Voices in Revolution: Poetry and the Auditory Imagination in Modern China*, C 7: "From Yundong to Huodong: The Value of Poetry Recitationin Postsocialist China", Honolulu: University of Hawai'i Press, 2009。

求的互动关系,因此也值得持续关注。

附记:本论文系由以下两篇作者已发表的论文综合汇整而成,特此说明。

1.《文艺与战斗,声音与政治:大分裂时代中的"诗朗诵"与"朗诵诗"》。(《现代中文文学学报》2015年5月12卷2期,第27—46页)。

2.《战斗文艺与声音政治:〈大公报·战线〉与五〇年代台湾的"朗诵诗"》,(《中国文学学报》2012年12月第3期,第39—59页)。

动画、技术媒介与民族国家

■ 主持／吴 航

【主持人按】
　　如果将动画技术媒介看做一台欲望机器，那么它所带来的欲望的流动不断被主权国家机器所中断、截流和重组。这并非意味着两者之间存在着对立关系，相反，正是中断制造了流动，它们必须处于同时运作之中。正如两帧定格绘画之间的间隙制造了动画的运动，主权和动画机器之间的断裂在社会生产中带来了新的欲望流动和再地域化。而在现代的语境下，国家主权的主流（唯一）运作形式是民族国家，因此本辑的三篇文章集中探讨了动画和现代国家的问题，以期从不同面向展示作为技术媒介的动画与作为民族国家的现代中国的互相运作和生成。
　　在《〈铁扇公主〉（1941）：民国时期"儿童教育"话语与中国早期动画》中，香港城市大学的博士生陈莹从20世纪早期的儿童话语出发来讨论中国第一部动画电影长片《铁扇公主》。她指出，当儿童作为"未来的国民"而被纳入现代性和民族主义话语中之时，在神怪片的技术残存物的影响下，以"培育儿童心理"和现代国民为主旨的中国早期动画并未脱离神怪成为现代童话，它依然是一个提供了怪诞、情色以及武侠神怪等前现代的想象力的场域。麦吉尔大学博士生吴航的《社会主义初期的木偶动画、生命感与现实主义》则从20世纪五六十年代的中国木偶动画出发试图重新思考现实主义、动画媒介和国家主权的议题。通过考察靳夕的一系列木偶动画作品和在当时引起的关于"纸老虎"的争议，她认为通过将静止的木偶介质经由电影技术媒介置于不断的运动之中，这一强调"高度的假定性"和"生命感"

的木偶动画发展出了并不悖于社会主义现实主义的形式特征,并中介化了一个具有可塑性的空间与真实生命的感知,在其中,冷战背景下敌我之间、主权内外之间的分野变得模糊不清。中国社会科学院助理研究员郑熙青的《从〈黑塔利亚〉到〈大圣归来〉:中文网络"二次元民族主义"的身份焦虑》则从"二次元民族主义"的概念出发讨论了粉丝社群和ACGN(动画、漫画、电子游戏、轻小说)文化中的"国拟人"的民族国家叙事与主体性焦虑。这一新型网络民族主义叙事的核心是动漫在网络媒介平台的流通,或者说流通的生产。这篇文章展示了经由动画和网络的技术中介化的二次元民族主义如何诞生于对于主权边界以及媒介边界的跨越之中,又如何经由国家机器的运转被置于新的生产、流通与消费之中。

《铁扇公主》(1941)：民国时期"儿童教育"话语与中国早期动画

■ 文/陈 莹

《铁扇公主》(1941)由万籁鸣与万古蟾担任主绘，是中国及亚洲第一部动画长片。该片由万氏兄弟联合新华影业公司制作，是对迪士尼五彩动画长片《白雪公主》(1937)的回应，它塑造具有民族特色的动画人物，多被学者视为中国动画民族风格的早期代表。

影片在片头声明"培育儿童心理"，故事虽然改编自《西游记》，但实质是童话故事而非神怪小说。可是，影片内容不乏神怪、暴力与色情场面，有违民国时期由国民政府、教育界与文化精英把控的"儿童教育"话语。尤其是动画特效的运用，让影片的变形与打斗场面栩栩如生，接近国民政府严令禁止的"神怪片"。本文以"儿童教育"为视域，审视《铁扇公主》教育意图与电影文本间的张力，揭示早期中国动画游离在童话片与神怪片类型间，呈现含混与复杂的面貌。

一、"童心"大战"神怪"：20 世纪二三十年代的"儿童教育"话语

在儿童教育领域，童话与电影是儿童广泛接触的文化产品，前者经由五四文人的翻译与提倡，成为符合现代化标准、合乎儿童个性的读物；后者因直观、通俗、感染力强的特性，教育家多援引欧美国家电影教学的案例，认为电影是适宜儿童的视觉教育媒介。然而，童话与电影里的神仙鬼怪元素（简称"神怪"），引发时人对儿

童教育的担忧,"童心"与"神怪"的对峙,贯穿20世纪二三十年代的"儿童教育"话语。

1920年,周作人在北京孔德学校发表演讲"儿童的文学",正式提出儿童不是缩小的个体,而是完全的个人,拥有自己内外两面的生活,需要接触有益的文学作品。① 他分配各时期儿童阅读的文学,童话作品适合3～15岁的儿童阅读,随着儿童年龄增长,思维模式的演变,童话故事趋于复杂与写实。周作人特别提到,《西游记》虽然讲神怪的故事,但算纯朴率真,有几节可以当童话用。

20世纪30年代初,儿童文学界对"鸟言兽语"问题引发论争②,人们担心童话故事与"神怪故事"相混淆,不利于儿童发展现代的科学思维。最终,人们就编纂儿童读物普遍达成共识:一方面,鸟言兽语在儿童教育中有进步意义,符合儿童好动个性,可激活儿童想象力;另一方面,要慎重把握童话的取材,特别注意将童话与神怪故事区分。教育部长吴研因表示,"鸟言兽语不能和神仙故事混为一谈",前者有些是"说明生活的自然故事",与封神榜、聊斋志异以及许多"幻想性故事"截然不同。③ 随着社会危机日益加剧,"鸟言兽语"的争端销声匿迹,儿童审美主义让位于更加急迫的民族主义。④ 著名儿童文学作家陈伯吹就认为,"童话也正在革命中,……童话将保留与改进文学的形式;而替代以科学的社会的内容"⑤。他总结童话不仅应当让儿童认识社会的现状,还应该知道由谁去、怎样去塑造一个好的世界,童话应当表现集团的、纪律的而非个人的主张。

自电影进入中国以来,儿童没有独立的观影场所,适合儿童观看的国产电影十分有限。20世纪20年代末,古装片、武侠片与神怪片为主的商业影片甚嚣尘上,引发时人对儿童教育的担忧。《电影与儿童教育》一文指出,儿童最容易受小说、电影的暗示,又以迷信、爱情肉感的影片影响最恶劣,"而在孩童底眼光,当然信为世界确有此事。所以看了武侠电影,便想去学仙,看了冒险底电影,便想

---

① 周作人:《儿童的文学:一九二〇年十月二十六日在北京孔德学校所讲》,《新青年》,1920年第8卷第4期。
② 高翔宇:《20世纪30年代儿童文学教育中关于"鸟言兽语"问题的论争》,《现代中国文化与文学》,2014年第2期。
③ 吴研因:《读尚仲衣君"再论儿童读物"乃知"鸟言兽语"确实不必打破》,《初等教育界》,1931年第2卷第3期。
④ 高翔宇:《20世纪30年代儿童文学教育中关于"鸟言兽语"问题的论争》。关于民国时期文学界对于童话的讨论,"儿童本位"派与"革命意识"派的立场分野,Farquhar, Mary Ann. *Children's Literature in China: From Lu Xun to Mao Zedong*, M. E. Sharpe, 1999, pp.124-137。
⑤ 陈伯吹:《童话研究》,《儿童教育》,1933年第5卷第10期。

去航海!"①还有人呼吁要限制儿童观影次数,为儿童提供制作精美、清洁的电影。②

1930年国民政府公布的《电影检查法》严令禁止"提倡迷信邪说者"③,包括:表演神仙鬼怪者,表演迷信者,表演怪诞之记载与传说者等等④。据统计,自电影检查委员会成立至改组的三年间,一共查禁武侠神怪片60余部,包括明星公司的《火烧红莲寺》系列,大约占禁映国产片总数的70%。⑤ 在取缔神怪片外,国民党官方、电影界与教育界人士共同提倡电影教育化。1932年,中国教育电影协会成立,陈立夫随后发表《中国电影事业的新路线》,批评国片充斥着神怪武侠、黑幕盗窃、香艳肉感,呼吁电影宜革新内容,担负"民族复兴、国家生存、社会进化种种要求"⑥。在中国教育电影协会第四届年会上,有代表提出"儿童教育电影之倡导与设施"议案,认为儿童肩负着复兴民族国家的重任,电影是教育儿童最有效的方式,应当为儿童制作"以中国文化本位为经、儿童本位教育为纬"的电影。⑦

儿童作为未来的国民,其成长与民族国家的发展有着紧密的联系,儿童教育被纳入国民政府实现现代化与发扬民族主义的进程。童话和电影成为塑造儿童成为"新民"的媒介,受到国民政府与文化精英的强力干预,"神怪"题材因涉及迷信、阻碍儿童身心成长,不符合儿童教育的范畴。

民国时期中国动画刚刚起步,首先用于商业广告和电影特效,1926年,万氏三兄弟(万籁鸣、万古蟾、万超尘)完成中国第一部动画片《大闹画室》,还为神怪片《火烧红莲寺》制作动画特效。20世纪30年代,他们接连为明星、联华等电影公司创作20余部动画短片,包括:电影的动画片段、适合儿童的教育卡通片、国民党官方宣教片与抗日宣传片。⑧ 当国民政府规定实施全国儿童年(1935—1936),以"注

---

① 文泉:《电影与儿童教育》,《影戏杂志》,1930年第1卷第10期。
② 余季美:《电影与教育》,《银星》,1927年第10期。
③ 参见《国民政府公报》,第614号;转引自汪朝光:《影艺的政治:民国电影检查制度研究》,北京:中国人民大学出版社,2013年,第30页。
④ 参见电影检查委员会编:《电影检查工作总报告》,南京,1934;转引自汪朝光:《影艺的政治:民国电影检查制度研究》,第31页。
⑤ 汪朝光:《影艺的政治:民国电影检查制度研究》,第39—40页。
⑥ 陈立夫讲述、王平陵笔记:《中国电影事业的新路线——中国教育电影协会应负的责任》,中国教育电影协会印行:《中国电影年鉴》,南京:正中书局,1934年,第18页。
⑦ 中国教育电影协会编:《中国教育电影协会第四届年会专刊》,1935年,第72—74页。
⑧ 万籁鸣、万古蟾:《闲话卡通》,《明星》,1935年第1卷第6期。影片具体资料,参见傅红星主编:《中国影片大典 动画片卷 1923—2010》,北京:中国广播电视出版社,2012年,第3—11页。

意儿童教养,保障儿童身心健康,及图谋儿童福利"①,时人倡议为儿童提供适宜的娱乐。动画因对儿童观览不会产生负面影响②,取材、摄制较普通电影经济、省时,更适合儿童简单的神经系统③,被人们纳入"儿童教育"话语范畴。与童话和电影一样,为了呵护童心、培育复兴民族的儿童,"神怪"元素被隔绝于动画之外。

在儿童年,万氏兄弟提倡动画片有益儿童教育,应承担社会发展与政治宣教的职责。1935 年,万籁鸣与万古蟾发表《闲话卡通》④,认为:动画片尤其适合儿童观看,因为人物动作诙谐有趣、寓意简洁明快,儿童看了格外高兴。"卡通"多取材于童话、科学故事,或描写现实生活,多滑稽、少教化,观览效果最好。1936 年,万氏三兄弟认为以迪士尼为代表的美国动画太过商业化,中国的"活动漫画"应当有中国的人物形象。"活动漫画"除了表演幽默以外,还能够灌溉儿童教育、进行大众识字、卫生教育与服务党的宣传,最终期望"能够尽量为社会国家劳力"⑤。

1937 年,当抗日战争全面爆发后,万氏兄弟逃离上海避难,中途制作过《抗战歌辑》等动画短片,为儿童制作动画片的想法暂时搁浅。1939 年秋,他们重返孤岛上海,与新华影业公司的老板张善琨合作,终于摄成中国第一部动画长片《铁扇公主》。

二、在孤岛制造"铁扇公主":张善琨与战时"东方好莱坞"商业梦

《铁扇公主》诞生于孤岛时期的上海,对应特殊历史时期的电影生产环境。这部影片是张善琨有心设计、媲美西方《白雪公主》的"中国制造",影片延续新华影业爱国古装片的经营思路,选取"铁扇公主"为影片卖点,渲染团结抗敌的爱国意识。更重要的是,《铁扇公主》以动画巨头迪士尼公司为竞争目标,探索、实践动画长片的商业电影类型,推进张善琨的"东方好莱坞"商业梦。

"孤岛"时期指 1937 年 11 月上海沦陷到 1941 年 12 月 8 日太平洋战争爆发、日军进入租界为止。⑥ 当时公共租界与法租界一带受英、美、法等国管辖,尚未对

---

① 全国儿童年实施委员会编:《全国儿童年实施委员会总报告》,1936 年,第 1—2 页。
② 蒋健白:《教育电影的实施:儿童电影的展望》,《教育与民众》,1936 年第 7 卷第 8 期。
③ 朱彤:《电影教育与电播教育:值得注意的儿童电影教育》,《教育与民众》,1937 年第 8 卷第 9 期。
④ 万籁鸣、万古蟾:《闲话卡通》。
⑤ 万籁鸣、万古蟾、万超尘:《闲话卡通》,《明星》,1936 年第 5 卷第 1 期。
⑥ 程季华:《中国电影发展史》第二卷,北京:中国电影出版社,1963 年,第 94 页。

日本宣战、暂时保持中立地位,所以不受日本人的管控。战火从上海转移后,孤岛恢复了娱乐生活,成千上万内陆难民涌入孤岛,大多数是有钱的地主和小城镇商户。① 孤岛人口的激增促进经济的畸形繁荣,形成潜在的电影消费群体。联华、天一、明星、艺华几大电影公司,因为战事纷纷歇业或依靠租赁片场维持,新华电影公司老板张善琨则利用上海—香港枢纽,重振战前"东方好莱坞"计划,崛起为孤岛时期最大的电影公司。

1939年2月,新华影业公司拍摄的《木兰从军》上映,是当年三部古装片最卖座的一部。② 影片采用人们熟悉的民间故事,隐晦针对战争局势,传达爱国抗敌的思想,抚慰人们聚居孤岛、忧惧日军入侵的普遍情绪。左翼影评人阿英(笔名"鹰隼")称赞此片是"抗战以来上海最好的影片"③。面对孤岛时期原材料费用高昂、电影创作人才流失、来自租界与重庆的电影审查压力、发行市场受限等现实限制,张善琨成功探索出爱国古装片的商业路线。用张善琨夫人童月娟的话来说,《木兰从军》的成功,转变了萧条一时的上海影坛,更重要的是,"大家知道什么是能拍的电影、是观众想看的电影了"④。自《木兰从军》大热后,孤岛电影界掀起了古装片热,新华电影公司陆续推出古装巨片《武则天》(1939)和《西施》(1940)。而其拍摄的古装片总量,则占到"孤岛"时期全部古装片数量的1/2。⑤

1938年,美国迪士尼五彩卡通长片《白雪公主》(1937)登陆上海⑥,成为上海当年最卖座的影片⑦。那时中国还没有摄制过动画长片,许多电影商人动了"生意眼",有意拍摄中国的动画电影。1939年末,万籁鸣与万古蟾返回孤岛上海,签订动画长片《大闹天宫》的拍摄协议,但由于战时物价飞涨,合作商将囤积的摄影材料转卖挣钱,提前中止了协议。⑧

---

① 傅葆石:《双城故事:中国早期电影的文化政治》,刘辉译,北京:北京大学出版社,2008年,第29页。
② 希同:《历史影片的三种观后感》,《申报》,1939年3月8日;转引自傅葆石:《双城故事:中国早期电影的文化政治》,第38页。
③ 鹰隼:《关于"木兰从军"》,《文献》,1938年第2卷第6期。
④ 左桂芳、姚立群编:《童月娟:回忆录暨图文资料汇编》,台北:电影资料馆,2001年,第56页。
⑤ 李丁:《新华影业公司的失语与声张》,《当代电影》,2013年第2期。
⑥ 丽都及光陆影院广告,《申报》,1938年11月30日,第14版。
⑦ 舒其:《上海二年》,《申报》,1940年8月10日;傅葆石:《双城故事:中国早期电影的文化政治》,第70页。
⑧ 万籁鸣口述:《我与孙悟空》,万国魂执笔,太原:北岳文艺出版社,1986年,第86—87页。

张善琨看到了动画长片潜藏的商机,他有心投资《铁扇公主》,而非万氏兄弟筹划多时的《大闹天宫》。据万古蟾回忆,当时代表新华来接洽的方沛霖导演,已经准备了写好的电影剧本《铁扇公主》,"这一故事本来可取许多片名,诸如'三借芭蕉扇''火焰山'等,所以取名'铁扇公主',其中便有与《白雪公主》分庭抗礼之意"①。万氏兄弟答应承接此片,条件是将剧本改成隐含发动民众、坚持战斗的抗日主题。双方达成协议后,1940年5月,新华影业专为《铁扇公主》成立卡通部,招募绘画人员。② 1941年11月,这部影片在国片首轮影院大上海影院上映,创下了连续放映30天的纪录,并大获好评。③

新华投拍《铁扇公主》并非偶然,早在抗战爆发前,张善琨就致力打造制作精良的国产影片,将中国影片推向世界。1939年,新华及早年分出的华新、华成影业公司,一起并入美商中国联合影业公司(简称"国联"),"谋拓展中国电影在欧美之营业路线,改进中国在技术上之成就"④。作为中国首部卡通长片,《铁扇公主》仿效迪士尼公司的动画制作模式,探索儿童本位的电影类型,符合张善琨进军欧美的商业计划。为了突出影片的东方风格,《铁扇公主》的故事取材与人物形象延续古装片的经营路线。

《铁扇公主》取材自《西游记》,是国人家喻户晓的民间故事,民国时期已有大量的戏曲、舞台剧和电影改编。抗战爆发后,香港、南洋地区是上海电影重要的外销市场,当地观众喜好传统戏剧,尤其是熟悉的历史题材作品中的"民歌、历史场面、武打场面,以及各种闹剧因素和插科打诨"⑤。《铁扇公主》围绕"孙悟空三借芭蕉扇"的戏剧冲突,充斥神怪斗法、人兽变形、牛魔王观赏歌舞等情节,符合国内与海外观众对民间故事题材的审美偏好,展现中国动画的民族特色,媲美西方的"白雪公主"。

---

① 万古蟾:《我的自述》,上海电影史料编辑组:《上海电影史料》(六),上海:上海电影志办公室,1995年,第50页。童月娟的回忆同样提到,张善琨投资《铁扇公主》是因为《白雪公主》大卖,左桂芳、姚立群编:《童月娟:回忆录暨图文资料汇编》,第63页。
② 焦超:《中国第一部长篇卡通影片"铁扇公主":制作人万籁鸣万古蟾兄弟,不断地工作,不断地研究》,《中华》,1940年第93期。
③ 万古蟾:《我的自述》,第51页。
④ 该举为张善琨逃避日本人追查之故,他仍担任国联影业公司的华总经理,《美商中国联合影业公司并承受新华华成华新影业公司启事》,《申报》,1939年3月1日,第2版。
⑤ 傅葆石:《双城故事:中国早期电影的文化政治》,第59—60页。《铁扇公主》拷贝卖到南洋,价格创下当时片最高纪录。见:鸣:《铁扇公主南洋四属拷贝:售得国币五万元》,《影迷周报》,1940年第1期。万籁鸣提到,电影在大后方重庆与新加坡、印度尼西亚等地放映,都受到了观众的欢迎。万籁鸣口述:《我与孙悟空》,第90页。

图1 铁扇公主武装造型

该片延续新华公司打造女性为影片主角的古装片思路(见图1),即塑造女英雄"木兰"、女皇"武则天"、涉足政治的"貂蝉""西施"等有勇有谋、刚柔并济的古代女性形象。报刊强调《铁扇公主》高昂的投资与精湛的动画技术,显然是有意区别于其他小成本制作、"粗制滥造"的"民间故事片"。①

不仅如此,当时报刊更大力渲染《铁扇公主》的电影技术逼近迪士尼动画公司,"一切艰巨琐细之制作情形,完全与美国狄斯耐所采用者相同"②。学者Sean Macdonald指出,《白雪公主》扩大生产规模,将标准化的福特式生产体制运用在动画生产,使得动画生产成为电影生产的特定类型。③ 迪士尼动画制作划分多个部门,分工细致,涵盖场景设置、特效、填色、绘制等各个环节。④《白雪公主》追求写实风格,为了将白雪公主塑造成真实角色,描图和上色部门的女性员工甚至用自己的化妆品给公主的脸颊上色;公司大量招募并培训新手,一共雇了750到1 000名艺术家,整部片子的预算高出原计划6倍,接近170万美元。⑤

类似地,《铁扇公主》采用万氏兄弟自制的卡通自动摄制机;招募大量人员组建团队,分为十几组专业技师,最多能达到两三百人;为制作效果逼近真实,公司专门搭建摄影棚,依山水实景描摹故事场景,找来真人做模特,制作雕塑以确定人物

---

① 为了不让其他电影商抢占古装巨片的题材,张善琨曾10天赶制10部民间故事片。左桂芳、姚立群编:《童月娟:回忆录暨图文资料汇编》,第59页。《西施》(1940)上映时,国联公司特意在宣传下功夫,与"民间故事片"相区别。《西施和孔夫子碰头 都是圣诞节左右登场》,《电影》,1940年第105期。
② 《电影界空前盛举 万籁鸣昆仲受聘国联 绘摄"铁扇公主"中国第一部大规模卡通长片 已兴建画室可容画师三百人》,《中国影讯》,第1卷第5期,1940年4月19日。
③ Macdonald, Sean. Animation in China: History, Aesthetics, Media, Routledge, 2016, pp.65-66.
④ Bendazzi, Giannalberto. Cartoons: One Hundred Years of Cinema Animation, Indiana University Press, 1994, p.66.
⑤ 史蒂芬·卡瓦利耶:《世界动画史》,陈功译,北京:中央编译出版社,2012年,第118—119页。

形象。据报道,整部影片从筹备到完成耗费将近三年,全片画面3万余幅,镜头654个,斥资200万①,成为国联耗资最浩大的影片②。

在拍摄《铁扇公主》以前,万氏兄弟已摄制过《龟兔赛跑》等儿童导向的寓言动画片。当迪士尼成功实践动画长片,"米老鼠""白雪公主""小木偶"成为中国儿童观众耳熟能详的角色③,推出国产动画长片的机会似乎到来。鉴于动画媒介与儿童教育的天然接近性,《铁扇公主》的摄制有望开拓国内的儿童电影市场,成为张善琨扩大电影帝国版图、抗衡西方好莱坞的重要一步。

新华还特意为《铁扇公主》的上映提前造势,唤起观众对国产动画长片的信心与期待。当影片刚完成十分之一、二时,张善琨决定将采用影片片段制成动画短片插在新华电影正片的开头放映,加深观众印象。④ 他还计划将《铁扇公主》作为转映国产片的首轮影院大上海电影院的开幕作品,以"中国第一部卡通长片"吸引观众,但因为电影延期完成、没能实现。⑤ 由于影片只有七大本长,不及一般正片长度,电影正式公映时,还播放了万氏兄弟赶制的《卡通新闻片》⑥,国联公司为隆重起见,在电影片头插入滑稽短片《老子与石头》⑦。由于上海报刊的大力宣传,《铁扇公主》名声大噪,在电影抵达华北前,《新民报半月刊》便刊登故事梗概,期盼国产影坛首部长片有声立体卡通片的到来⑧。

三、童话片还是神怪片?"儿童教育"视域下的《铁扇公主》

作为中国首部动画长片,《铁扇公主》确立"儿童教育"的电影主旨。影片在开

---

① 《我们绘制"铁扇公主"的经过》,《国联影讯》,1941年第1卷第9期。
② 《"铁扇公主"姗姗来迟,决排为新华第三片,尚有千余尺日夜绘制中,万籁鸣称决九月底完成》,《电影新闻》,1941年第145期。
③ 新亮:《上海的白雪公主狂》,《申报·儿童周刊》,1938年12月25日,第15版。关于上海儿童观看《白雪公主》的亲身经历,参见郑心仪:《中国动画开拓者万氏兄弟后人接受本刊专访:"78年前我看〈白雪公主〉"》,《环球人物》,2016年第16期。
④ 《"铁扇公主"试映,老板满意先随他片介绍》,《大众影讯》,1940年第1卷第6期。
⑤ 《"铁扇公主"姗姗来迟,决排为新华第三片,尚有千余尺日夜绘制中,万籁鸣决九月底完成》。
⑥ 《"铁扇公主"正片外万氏赶制卡通新闻,介绍观众如何制卡通》,《电影新闻》,1941年第52期。
⑦ 四维:《锦上添花 "铁扇公主"前加演滑稽短片》,《国联影讯》,1941年第1卷第9期。
⑧ 王天:《万籁鸣及其铁扇公主:努力中国卡通片有一贯之精神,"铁扇公主"为国产卡通第一部长篇》,《新民报半月刊》,1941年第3卷第24期。

场即声明主旨,本片以童话立场改编《西游记》,为了"培育儿童心理"而作,"内容删芜存精,不涉神怪",为鼓励人们克服磨难,必须坚持信念,大众一心。

这里谈到的"神怪",不仅是《西游记》的文本体裁——"神怪小说",更涉及20世纪20年代末由古装片、武侠片衍生而来的,以视觉奇观著称的商业电影类型——神怪片。明星公司的"火烧红莲寺"系列,在国民政府下达禁令后,仍有影院私自放映,后来又在孤岛时期重新开映。在战争时期,放映"神怪片"不仅公然违抗国民政府电影审查法"反迷信邪说"的规定,更被电影文化界的爱国人士政治化为麻醉同胞、消极抵抗的罪证①。

早在筹拍《铁扇公主》之初,便有人质疑该片的取材。署名"梅"的作者认为,卡通片在于寓意,但往往不容易弄好,假设弄得非驴非马,不能达到教育的目的,反倒使得小孩子想去作孙行者。作者提出疑问:"其实,优良的题材,多着呢? 又何必一定要找上'西游记'呢?"②万氏二兄弟在同期杂志的访谈中,特别声明:请外界不要把《铁扇公主》当神怪片看。他们会竭力避免神怪成分,注重童话寓意,裨益儿童教育,"儿童们喜欢孙行者的跌荡,这一剧旨当为儿童们欢迎无疑,剧情显示合作终必制胜,在艰苦中奋斗,针对当前环境尤见切要"③。

经过万氏二兄弟和编剧王乾白的修改,原书里孙悟空三借芭蕉扇、借助神力征服牛魔王的故事,变成沙和尚、孙悟空和猪八戒三徒弟分别借扇未果,经唐僧点拨,协力合作,团结村民,最终降服了牛魔王的情节。④《铁扇公主》隐晦地指向抗日战争,发动民众合作抗敌,电影的爱国意味显而易见。⑤ 银幕外儿童话语的战时意义,使得《铁扇公主》的爱国倾向更为鲜明。抗战爆发后,儿童既以后备战士的形式参与军事训练、加入儿童旅行团宣传抗战,又有大批儿童沦为战时难童,接受各地保育会的救济与教育,成长为抗战革命的生力军,由此,该片培养儿童间接指向"抗战建国"。当时报刊纷纷评价该片是"富有正义感的卡通""极有意识""内容针

---

① "告上海电影界书"(1938年12月8日),引杜云之:《中华民国电影史》,台北:文化建设委员会,1988年,第313页。
② 梅:《众议院:中国卡通》,《电影世界》,1940年第12期。
③ 陈平:《中国卡通片的绘制人访问万氏兄弟小记》,《电影世界》,1940年第12期。
④ 万氏兄弟与王乾白合作过《民族痛史》(1933),该片抵制日本侵略,宣扬民族自立,1934年获得国民政府内政部与教育部嘉奖。《铁扇公主》的电影剧本,见王天:《万籁鸣及其铁扇公主:努力中国卡通片有一贯之精神,"铁扇公主"为国产卡通第一部长篇》。
⑤ 影片日本公映时,观众辨认出其中的抗日主张,还启发手冢治虫的动画制作。关于《铁扇公主》在日本传播情况,见 Daisy Yan Du, *Animated Encounters: Transnational Movements of Chinese Animation, 1940s-1970s*, University of Hawaii Press, Forthcoming, 2019.

对大时代"①，认同影片有积极的寓意，《中华画报》甚至公然揭示影片的抗战意味②。有观众认为，这不仅是针对儿童的童话，也是成年人的童话、整个民族今天都应该学习和尊重。③

虽然动画片裨益儿童教育已是共识，影片的爱国色彩也得到广泛认同，但《铁扇公主》是否完全与"神怪"无涉？这部动画是否真正适用于教育儿童？1942年的一篇评论隐隐传达作者的担忧，"在中国电影制作上，对于儿童教育的影片很少见到，卡通片可以说是在儿童教育方面是个最适当的工具，至于这部'铁扇公主'是否是一个适合儿童教育的影片，我们还不敢说"，作者继而引用主创人员摒除神怪毒素的说法，文末话锋一转，"诸位期待着罢，这部影片管包不会使你失望的，同时我们更须热诚的来援护相信不久要产出更进步的卡通影片来"。④

那么，《铁扇公主》不够"进步"的原因究竟在哪儿呢？本文认为，不论是从动画特技与武侠神怪片的渊源，动画片擅长渲染神怪色彩的媒介特性，还是基于《西游记》文本的舞台剧或电影改编，童话片与神怪片相互交织的历史情境，《铁扇公主》都不是严格符合民国时期"儿童教育"话语的、以儿童为主要目标受众的动画片。

"神怪片"的视觉魅力，在于展现斗法、飞行等非现实场景，由于真人电影拍摄的技术限制，早期神怪片必须借助动画技术达成。1929年，万古蟾受邀担任《火烧红莲寺》的布景师及特技技术员，他利用组装的合成机，将动画与真人合成，拍摄放飞剑、人坐老鹰飞天等神话趣味较浓的情节。当时许多电影公司赶拍武侠神怪片，为此争夺特技人才。⑤万氏兄弟承袭这一时期的动画技法，运用在动画长片的拍摄中。万古蟾的儿子回忆，万氏兄弟自己制作几乎所有的动画设备，"早期的动画片和1940年代的《铁扇公主》都是用同一架摄影机拍摄的"⑥。而这一神秘的"卡

---

① 《中国卡通史　万氏兄弟的天下》，《国联影讯》，1941年；《极有意识的铁扇公主》，《青青电影》，1940年第5卷第37期；《继铁扇公主之后，蝗虫与蚂蚁又将摄制》，《电影》，1940年第105期。
② 焦超：《中国第一部长篇卡通影片"铁扇公主"：制作人万籁鸣万古蟾兄弟，不断地工作，不断地研究》。
③ 戎马：《"铁扇公主"观后：介绍中国第一部长篇卡通》，《知识与生活（上海）》，1941年第2卷第3期。
④ 万籁鸣、万古蟾、沈默：《介绍中国卡通声片：铁扇公主》，《北京漫画》，1942年第3卷第4期。
⑤ 万百五口述、张慧临整理：《回忆我的父亲万古蟾》，新浪博客；万古蟾：《我的自述》，第43页。
⑥ 万百五口述、张慧临整理：《回忆我的父亲万古蟾》。

通自动摄片机",成为当时报刊津津乐道的话题之一。①

《铁扇公主》影片为时人所称道的经典情节②,是孙悟空与火魔的打斗与纠缠,共分三幕(见图2)。第一幕是孙悟空探路火焰山,熊熊烈焰中,浓眉大眼长须的火魔现身,二人纠缠扭打,悟空与火魔的脸在浓烟中交替映现,悟空躲在小山避火,火魔紧追不放,二人玩起捉迷藏,追逐打闹惹来浓烟阵阵,孙悟空避之不及,只得败回。第二幕,孙悟空借到假芭蕉扇,火势不减反增,火魔张狂大笑,与悟空抢夺扇子。第三幕是众人降服牛魔王后,孙悟空借到真铁扇,引来狂风骤雨,火魔势力锐减,萎缩成哭脸,最后剩下眼睛、鼻子、嘴巴漂浮空中。三幕场景以拟人化的方式将火魔具象呈现,急速追逐、扭打、围困、挣脱的场景,成功制造紧张刺激的氛围,火魔的动画造型动作流畅、情感饱满,相较舞台剧或神怪电影,动画技术赋予非人的物体以生命力,延伸想象的空间。

剧中人物擅长变形,突破人与兽、神与兽、怪与兽多重种属范畴,动画技术长处在于完整展现变形—复原的具体过程,先以变形后的视觉幻象欺骗剧中人物(及观众),再以人物复原拆穿诡计。比如,孙悟空缩小、易装、弯曲四肢变成昆虫,进入铁扇公主的身体,后又从公主口中飞出,飞速变大,猛然现身;猪八戒与牛魔王斗法,猪八戒先分身两半,旋转变幻,组合成牛魔王,骗去铁扇公主的宝扇;得知消息后的牛魔王,化身孙悟空夺回猪八戒的扇子,以变脸、晃动双臂的方式褪去"孙悟空"样貌。学者董新宇引入"操作性审美"概念(operational aesthetic),说明早期喜剧电影大量采用机械的、视觉的滑稽桥段,向工业化时代的观众展现它们如何运作。③ 在某种程度上,动画片再现神怪变形的情节,类似于早期电影采用视觉装置的吸引力。动画技术擅长逐帧描摹变化,影片细致呈现并揭穿神怪变法的视觉骗术,观众为快速转换的真假虚实所着迷,进而增强神怪变法的现实感。

---

① 关于卡通自动摄制机的讨论,例如:"自动摄制机秘密送到,谢绝参观",见《银色消息:万氏兄弟主持进行之国联第一部长片铁扇公主》,《影迷画报》,1940年第15期。详细描述自动摄影机,据说购买自美国人,见《铁扇公主将公映》,《康乐世界》,1940年第2卷第8期。
② 当时有人评价火魔与孙悟空打斗是影片最成功的部分。华纳:《国产第一部卡通长片:"铁扇公主"有彩色画面:历时三载耗尽心血的艺术结晶,取材组织效果配音有飞跃进步》,《新天津画报》,1941年第12卷第12期。火焰山画面是电影广告的宣传重点,见沪光大上海电影院广告,《申报》,1941年11月22日。
③ Dong, Xinyu. "The Laborer at Play: Laborer's Love, the Operational Aesthetic, and the Comedy of Inventions." *Modern Chinese Literature and Culture* 20.2 (2008): 1-39.

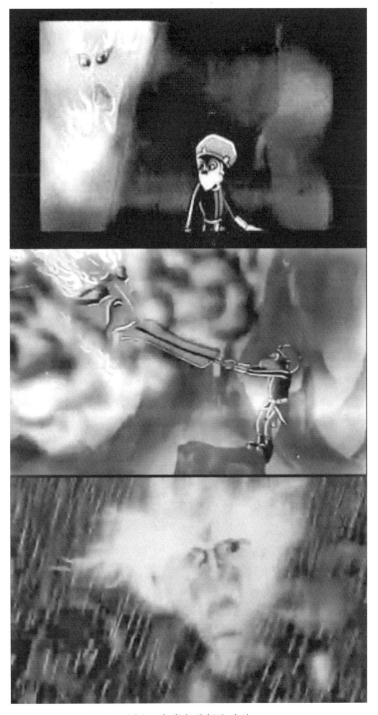

图 2　火魔与孙悟空斗法

动画还能够以伸缩、折叠、挤压、弯曲的方式,实现人物身体部位的夸张变化,展现神怪高强的生命力。比如铁扇公主砍悟空的头,悟空反伸长脖子缠住公主的剑,猪八戒被牛魔王碾成圆球,飞速滚下山,又被悟空拔起,恢复原状。猪八戒将牛魔王的神兽抽干、缩小,卷好随身带走,再吹气使其膨胀复原。影片还有多处飞行与打斗的场面,比如三徒弟乘坐猪八戒的钉耙飞行,途中翻腾变幻,更换阵列,孙悟空腾云驾雾,与牛魔王空中斗法等。

　　影片首映前夕,《申报》登载大幅影院广告(见图3),扬言影片含有极大教育意义,"对于儿童非但逗引其兴趣,且具灌输知识,纠正心理之力量"①,呼吁家长帮子女选择适当有益的影片。环绕文字介绍的是影片主要人物,铁扇公主居于画面右下方,眼神娇媚望向观众,年轻俏丽的玉面公主静立其后,师徒四人被绘制在画面右上角,唐僧与沙和尚开口大笑,孙悟空与猪八戒的动物特征突出。整幅画以火焰山的浓烟烈焰作为背景,半人半兽的"黑暗"牛魔王匍匐一侧,暗示着随时到来的危险。不论是"猪八戒偷骑一飞冲天",还是"狂风暴雨""翻天覆地",广告文字极力渲染影片的情节与特效,都更接近神怪片突出的视觉奇观,很难与语气恳切的儿童教育呼吁产生联系。

图3　《铁扇公主》在《申报》上的广告

---

① 《申报》,1941年11月17日,第9版。

从所本的《西游记》来说,《铁扇公主》反映的仍是神仙鬼怪的故事。天一公司摄制过古装神怪片《铁扇公主》(1927),广告详细记录拍摄"火焰山"一幕的壮景,"石壁山巅,火光熊熊,俄而风过处,骤雨直下,火焰顿熄,摄时至为可观,料他日映于银幕,更觉奇突云"①。而万古蟾担任布景师的长城画片公司,也拍摄过古装武侠片《火焰山》(1928)。在《申报》刊载的《火焰山》同版影院广告中,《西游记》在先施乐园、林记新舞台分别登场,冠以"大唐神怪历史特制""第一说部连台神怪名剧"②。

虽然"童话"与"神怪"在儿童教育话语里相互对立,但"童话片"与"神怪片"彼此间并不完全互斥。在《铁扇公主》之前,我国便出现真人扮演的童话电影,当时正值神怪片盛行,幻想类的童话故事充斥着神仙与怪物。早在1928年,天一影片公司出品"童话神怪片"《寻父遇仙记》,讲述儿童在神仙帮助下寻找亲生父亲,儿童坐巾履飞行,用小瓶子隐身,是我国第一部童话片。民新影片公司拍摄的童话片《飞行鞋》(1928),尝试发扬文学价值,实现商业盈利,展现儿童与野兽神怪打斗、获仙女相救与儿童们坐"飞行鞋"飞行等场景。③ 有学者认为,在商业电影盛行之时,童话片是随武侠神怪片潮流衍生而来的电影类型。④ 童话片与神怪片共生的现象,进一步模糊了《铁扇公主》借助"童话"定位,撤除"神怪"毒素的努力。

此外,后人对《铁扇公主》的评价与改编,直接将电影置于神怪片的谱系。1945年,首轮西片影院"南京"与二轮国片影院"西海"播放《铁扇公主》,电影广告宣传其为"中国第一部神话卡通长片""神怪卡通长片"⑤。20世纪50年代,《铁扇公主》片段被改编、加入黑白粤语电影《父之过》(1953,达成影业公司)。⑥ 电影里,儿童华仔痴迷神怪漫画,与小伙伴们上山学法,路遇一位和尚,教育他们孙悟空与牛魔王这类神怪并不存在。影片借用《铁扇公主》片段,批判的正是神怪漫画对

---

① 《申报》,1927年9月11日,第21版。
② 《申报》,1931年1月20日,第21版。
③ 郑欢欢:《关于中国早期童话片〈飞行鞋〉探源》,《当代电影》,2013年第2期。
④ 秦喜清:《欧美电影与中国早期电影(1920—1930)》,北京:中国电影出版社,2008年,第161—162页。
⑤ 《申报》,1945年8月12日,第2版;1945年9月6日,第2版。
⑥ 关于万氏兄弟在香港的动画事业,见 Daisy Yan Du, "Suspended Animation: The Wan Brothers and the (In) Animated Mainland-Hong Kong Encounter, 1947 - 1956," *Journal of Chinese Cinemas* 11.2 (2017): 140-158。

儿童的负面影响。即便是创作者万氏兄弟,都承认这部影片并非纯粹的教育片,更多考虑的是一般观众的趣味。①

影片还描摹铁扇公主与玉面公主争风吃醋,狂风大作时女子半裸的身体,影片传唱颇广的主题曲《得宝歌》和《鸡香鸭美》②,歌词包含明显的成人情色意味,与20世纪30年代理想的儿童动画片标准相距甚远。

四、结语

民国时期"童心"与"神怪"的冲突,是儿童教育领域争论的重点。随着社会危机加剧,国民党统治势力加强,儿童教育摒弃神怪元素,被纳入现代化与民族主义的建国进程,在抗战时期尤其突出。参考学者安德鲁·琼斯的论述,民国时期儿童承载着"发展"话语、被时人发现,成为勾连认识论、意识形态、制度及商业运作的分析范畴。③

本文认为,《铁扇公主》立足"儿童教育"的"童话"立场,技术上逼真写实,灌输团结抗争意识的现实主义导向,一方面帮助《铁扇公主》去神怪化,呼应电影所处的战争局势,确立自身民族的、爱国的立场;但另一方面,动画技术与神怪片的紧密联系,动画片颠覆现实世界的媒介特性,《西游记》文本改编的实例,以及民国时期童话片与神怪片的相互交叠,证明"培育儿童心理"的电影主旨与擅长呈现神怪内容的动画技术存在一定的张力。

正如学者包卫红所言④,《铁扇公主》这部动画反映神怪片、左翼电影与国防电影三种类型的重叠,动画与神怪片在历史与类型上相互交织。作为新华公司打造的中国首部动画长片,《铁扇公主》不仅是一部彰显民族风格与爱国立场的经典动画,更反映孤岛时期武侠、神怪、色情因素杂糅的商业电影现象。《铁扇公主》游离于"童话"卡通片与商业"神怪片"类型之间,以此为代表的早期中国动画是现代性与非理性因素相互交织的场域。

---

① 万籁鸣、万古蟾:《〈铁扇公主〉工作的自我报告》,《电影》,2015年第1期。
② 《"铁扇公主"两名歌"得宝歌"与"鸡香鸭美"》,《电影新闻》,1941年第37期。
③ Jones, Andrew F. *Developmental Fairy Tales: Evolutionary Thinking and Modern Chinese Culture*, Harvard University Press, 2011, p.111.
④ Bao, Weihong. *Fiery Cinema: The Emergence of an Affective Medium in China, 1915–1945*, University of Minnesota Press, 2015, pp.263–264.

20世纪50年代中国的木偶动画、生命感与现实主义

■ 文/吴 航

在动画中长期存在着一个与现实主义相关的问题,其所形成的张力最为显著地体现在近年上映的动画电影中。结合各种算法的CGI技术大量投入使用以模拟物体在现实世界的状态,无论是在中国的《大圣归来》或者是迪士尼的《疯狂动物城》以及《冰雪奇缘》中,制作方采用了包括PhotoRealistic RenderMan、Hyperion、iGroom在内的一系列渲染器软件来模拟动物的毛发、皮肤以及动态的雪花,以接近它们在真实世界的状态。与此同时,动画电影对于现实纪录影像的直接或者间接采用也迫使我们去重新思考动画形式与现实主义的问题。[①] 那么,为什么要以一种现实主义的形式去建造一个动物和物体被拟人化、物理规律被悬置、现实秩序被疏离的动画世界？或者说,动画可能成为一种现实主义的媒介形式吗？而这里的现实主义又意味着什么？

事实上,不仅仅是在CGI的时代,在动画的历史之中,动画形式与现实主义的关系的讨论不断出现,即便是在对它的多重可塑性、幻想性或者是虚拟性的强调中,通常被认为具有现实主义倾向的真人电影也作为参照对象一再登场。20世纪

---

① 例如麦兜系列电影中对于香港的城市景观的动画化,日本的许多动画电影,例如《攻壳机动队》,更是大量采用了城市街景纪录影像。关于《攻壳机动队》的讨论见Wong Kin Yuen, "On the Edge of Spaces:'Blade Runner','Ghost in the Shell', and Hong Kong's Cityscape," *Science Fiction Studies* 27.1 (2000): 1-21.

50年代中国社会主义早期木偶动画的实践理论的有意义之处正在于此,回到五六十年代的动画历史的语境中有利于重新思考这一关于动画形式和现实主义的问题。① 在社会主义现实主义的聚光灯下,我试图透过木偶动画历史的棱镜来探讨动画媒介的问题,以及动画所中介化的人、媒介和现实的关系。通过对于当时的一系列木偶动画电影以及动画理论写作进行探讨,我认为,当时通过将静止的木偶介质经由电影技术媒介置于不断的运动之中,这种强调"高度的假定性"和"生命感"的木偶动画发展出了并不悖于社会主义现实主义的形式特征。

写真现实主义与"成为存在"的动画

日本早期的电影理论家今村太平在他发表于1938年的文章《日本漫画电影》中提出,动画是一种现实主义的形式。② 在20世纪早期的日本思想界背景下,今村太平的动画电影评论作品,包括他被视为世界第一部动画理论专著的《漫画映画论》(1941),深受马克思的辩证唯物论的影响。在这篇文章中,今村太平主要借迪士尼动画为参考框架,认为是摄影(写真)技术的发现在动态影像的历史中制造出了新的断裂,并使得现代意义上的动画成为可能。对于今村太平来讲,连续摄影所产生的动画形式运动是其论证的核心。必须指出的是,这首先是一种根植于现实主义式的运动,正如他所言,"迪士尼动画的现实主义,同时也是生命力的泉源,到底来自何处? 它来源于这样的现实:他们的绘画并不仅仅是绘画,而是结合了写真的绘画。事实上,在动画中,写真技术比绘画更为重要"。③ 在早期的迪士尼动画之中,转描技术(rotoscoping)在定格动画中被多次使用以增强动画的现实感,广为人知的《白雪公主》(*Snow White*, 1937)中就采用了真人运动录制摄影与逐帧绘图。

通过对于日本动画,诸如《蛙的剑法》(1933),和迪士尼的经典早期动画《老磨坊》(*The Old Mill*, 1937)和弗莱舍工作室的《当大力水手遇到水手辛巴达》(*Popeye the Sailor Meets Sindbad the Sailor*, 1936)等作品进行比较,今村太平将东西方的艺术置于对立之中,认为它们对于写真现实主义存在相反的取向。他明确指出,"日

---

① 诚然,由于不同的动画的历史谱系和发展,对于社会主义初期动画历史的研究并不能全然阐明当代CGI动画或是现实记录动画所提出现实主义的问题,后者还需要专门的论述加以研究。

② Imamura Taihei, "Japanese Cartoon Films," trans. Thomas Lamarre, *Mechademia* 9.1 (October 23, 2014): 107-124.

③ Ibid: 109.

本艺术,或者说东方艺术,与写真现实主义截然对立",并写道,"迪士尼动画的现实主义是基于它利用摄影写真来分解运动,而今天的日本动画却是以新闻报纸和杂志上出版的漫画为基础的"。① 今村太平将西方摄影技术的现实主义传统追溯到诸如鲁本斯和伦勃朗等启蒙时代的油画家那里,而将日本动画的起源置于绘卷和浮世绘等日本画艺术传统之中。他进一步指出,"如果日本动画满足于简单的线条绘画或者水墨绘画,它们不可能与西方动画相竞争。日本动画取得进步的方式将是立足于日本画以超越西方的物质现实主义技术,以及通过各种方式来革新日本画的传统,使之适应于写真式的观看世界的方式"。② 显而易见,在他对动画进行现实主义式的理论化时,背后潜藏的是处理技术现代性问题的焦虑,以及植根"东方"以超越"西方"资本主义现代性的可能。尽管在今村太平对于动画谱系的梳理中,存在着将早期的迪士尼和日本动画的本质化倾向,但是毫无疑问的是,他相当有说服力地将动画概念化为了一种现实主义形式,在这一点上,动画与真人电影或者是纪录片并不存在根本的差异。正如后文将讨论到的,这一现代性的焦虑、文化本质化倾向以及动画的现实主义倾向,尽管采取了不同的面向,在中国动画的实践和理论化中一再出现,历史与现实之中从未缺席。

鉴于爱森斯坦的电影批评对于今村太平的影响以及爱森斯坦本人在动画理论研究中的经典地位,有必要在此将他对于迪士尼动画的写作详加讨论。在20世纪40年代的写作中,爱森斯坦将迪士尼的动画归纳为一种具有"可塑性"和"原生质性"(plasticity and plasmaticness)的艺术形式。这是一种无法维持任何稳定形式的图像形态。在动画不断的形成和变形中,它拥有拉伸、伸缩、变得扁平或者膨胀等各种形态的能力,并因此为内容和形式赋予了生命感和活力。尽管爱森斯坦对于动画的可塑性的分析基本停留在图像形式的层面,但是与之交替出现的是他对于观众和动画之间的情动式关系的探讨。事实上,爱森斯坦对于原生质式的形式的探讨正是基于他对于感官刺激的重视,在这一层面上,动画成为一种关于吸引力和震惊的艺术形式,它带来真实的生命体验和狂喜。爱森斯坦写道,"狂喜是一种原始的'无所不能'的感受和体验——'成为存在(coming into being)'的元素——是一种存在的'原生质性',在其中任何事物都可生发。它超越任何图像,甚至没有图像,也无法触碰——如同纯粹的感知。为了捕捉这样的感知,人们寻找一张特别的图像,它能够模仿这样的状态和感知。通过这张图像能够连接起与这种状态相

---

① Imamura. Taihei, "Japanese Cartoon Films," Mechademia 9.1(2004): 114, 111.
② Ibid: 116.

关的一个理念,一个语言的感知,一种交流以及一个故事"。① 尽管爱森斯坦对于可塑性的动画图像形式的讨论在很大程度上表明,动画难以被称为一种现实主义式的艺术,他对于感官刺激和震惊的强调事实上却暗示了动画形式如何中介化一种真实的现实以及相关的生命体验——而这种现实的感知形成了对于资本主义生产关系的叛离。尽管爱森斯坦对于迪士尼动画的讨论很少涉及甚至忽略了动画生产本身作为资本主义生产方式的展现这一面向,但是在他看来,动画所带来的狂喜的生命体验首先是对福特生产方式的反抗,一种暂时性的驱逐和逃离。② 他指出:

> 迪士尼对于被压迫的和被剥夺的人来说是一首神奇的摇篮曲。那些被束缚的人的工作和休息时间被一种数学式的精确度所牢牢管控,他们的生活是通过金钱来丈量的。他们灰色而空洞的双眼……如同芝加哥屠宰场里、福特式传送带所运送的被肢解的猪的残骸……迪士尼动画是一种反叛,它反对分裂与立法、反对精神的呆滞与灰色。但这一反抗是抒情的。是一个白日梦。并没有任何结果从中诞生。③

对于今村太平来说,决定动画的整体倾向的是电影摄影技术所带来的写真现实主义,对于爱森斯坦则是具有高度可塑性的动画媒介如何中介化生产关系与现实的生命体验,所谓的动画"成为存在",正是赋予动画的物质以及观众以生命力与主

---

① Sergei Eisenstein, *Eisenstein on Disney*, trans. Alan Upchurch, Calcutta: Seagull Books, 1986, p.46.
② 正如古畑百合子在她对于动画图像生产的讨论中指出的,爱森斯坦如同与他同时代的法兰克福学派批评家们一样,更多地将对于迪士尼动画的分析局限在完成的动画产品而非生产过程之中,她认为对于动画可塑性形式的探讨不应该仅仅停留在媒介或者图像的层面,更应该在劳动的层面,而正是在今村太平和花田清辉等日本批评家这里,他们将对于动画的讨论聚焦到了图像的物质生产中。因此,古畑百合子在文中讨论了今村太平如何将类似于转描技术动作分解的动画制作过程与福特工厂式的劳动分工联系起来。今村太平的部分原文是:"更为精致的劳动分工带来更高的效率和利益……对于动画动作的分解也是如此。劳动分工对于分解动画动作来说是必不可缺的",参见 Yuriko Furuhata, "Rethinking Plasticity: The Politics and Production of the Animated Image," *Animation* 6, no. 1 (March 1, 2011): 29,33.
③ Sergei Eisenstein, *The Eisenstein Collection*, ed. Richard Taylor, London, New York: Seagull Books, 2005, p.88.

动性的过程。也正是在他们对于动画形式的讨论中,20世纪50年代中国社会主义时期的动画理论和实践与之产生了对接与共鸣。后文将通过对于一系列五六十年代的木偶动画的分析,以及它们在当时激起的关于社会主义现实主义动画的争议来探讨动画形式与现实主义的问题。这些动画大部分由中国社会主义初期的木偶动画的先驱式人物靳夕所编导,并由上海美术电影制片厂制作。

《一只鞋》以及动画的假定性与现实主义

木偶动画和基于剪纸、水墨、皮影等具有典型的"民族风格"的传统美术的动画,在社会主义早期被统称为"美术片",这一术语的命名已经暗示了动画如何成为不同的媒介物质性相遇的场所。① 在社会主义初期的具体语境下,如何让木偶介质成为具有运动形态的动画媒介引发了关于现实主义的问题的讨论。1959年,靳夕参与制作了木偶动画短片《一只鞋》。这部动画改编自当时同名的川剧,故事来源于于蒲松龄的《聊斋志异》。《一只鞋》的上映在当时引起了诸多的争议,多半围绕着它对于拟人化的老虎的呈现,这部木偶动画主要讲述了一对乡村郎中夫妇毛大福与毛大娘和两只老虎的故事。这对夫妇帮助了山中老虎接产以及接骨,为了表示报答,老虎送给了毛大福一柄带有玉坠的扇面作为谢礼。然而,毛大福却因为这柄原本属于杀人案受害者的扇面被逮捕到了公堂,并受到了糊涂县官的一再盘查,老虎最终将真凶遗留在作案现场的一只鞋带到公堂,洗清了毛大福的冤屈(见图1)。

图1 《一只鞋》(1959)海报

---

① 尽管本文的重点并非是讨论这一根植于民族风格的戏剧表演—电影的跨媒介性,但是不可否认的是,从造型艺术到配乐风格,中国早期的木偶动画对于传统的木偶表演及其戏剧形式都有诸多借鉴。

《一只鞋》的批评者认为,这一呈现违背了现实主义的原则,是对现实真实性的背离。动画放映之后,《大众电影》中文章《老虎能变得善良吗》的"编者按"中表示,他们收到了数十封观众来信对《一只鞋》提出问题,并选择刊登了部分对这部木偶电影对于老虎的形象的展示提出批评的内容。其中有读者指出,这部动画对于善良的老虎的再现是与现实主义取向背道而驰的,且并不能提供"正确的教育,正确的生活知识"。① 在另一篇读者评论中,作者则直接指出,"老虎总是要吃人的,它的本性不会改变,犹如帝国主义凶恶的侵略本性不会改变一样。而木偶片《一只鞋》对老虎做了这样肯定和歌颂,这就会使人爱憎不分,是非颠倒,叫人相信人、虎可以友好相处……我认为在木偶片《一只鞋》中,对老虎的形象作了这样的处理,不但不符合传统说法,而且对现实生活是作了歪曲的"。② 一部分读者对于这类批评声音的回应是将木偶动画这一媒介与作为文学类型的童话和幻想故事联系起来,认为木偶动画不必采取全然写实的方式,而应当采取适量的虚构和想象来更好地反映现实性。在一篇名为《我对传统说法的理解》的评论文章中,作者就将动画与童话和神话等文学媒介联系起来,他指出,"在木偶片《一只鞋》的讨论中,所谓'自古无虎不吃人',的确代表着一般人的一种看法。但是在故事、神话、童话、传说中,却又不必完全如此……不能设想把传说中、童话中的拟人的动物性格都固定下来,因为还是应该允许人们有各种想象的"。③ 在这一层面上,具有幻想和虚拟性的动画是异于具有现实主义倾向的真人电影的。

　　事实上,社会主义初期,对于中国木偶动画的理解和想象,或者说对于动画的整体见解,是与电影媒介密不可分的。1961年,文艺批评家王朝闻在《人民日报》上发文《老虎是"人"》来为《一只鞋》辩护,开篇即提出电影媒介的写实主义倾向在这部木偶电影中带来的影响:

> 　　把语言艺术或戏剧改成木偶片,材料现成,看来仿佛是轻而易举的工作。可是事情不那么简单。……电影不适当地强调了虎的实感,观众误会作者是在歌颂野兽,是可以理解的。我以为皮影和木偶的长处,是造形和动作的半真半假,虚虚实实。也可以说它的长处是"离象取神,妙在规矩之外"。电影作

---

① 于铁波:《孩子们的疑问所引起的》,《大众电影》,1961年第1期,第37页。
② 刘长海:《〈一只鞋〉不符合传统说法》,《大众电影》,1961年第5期,第35页。
③ 白绪明:《我对传统说法的理解:谈木偶片〈一只鞋〉中老虎的处理》,《大众电影》,1961年第5期,第34—35页。

者似乎在炫耀电影艺术的特长,把木偶的特长放松了。电影怎样和皮影、木偶、剪纸结合,这几年已经有了可贵的经验,可惜《一只鞋》还没有更好地利用这种经验。①

尽管动画和真人电影之间并没有全然的割裂。然而,王朝闻认为木偶动画的重点并不在于写实,而是由木偶的造型和动作带来的虚拟性,或者是用中国传统艺术批评的术语,在于它虚实结合的特征。与王朝闻类似,在《一只鞋》的导演靳夕看来,美术片的特殊之处在于具有"高度的假定性",这一假定性来源于它物质上的局限性,他指出,"无论单线平涂的动画也好,硬纸刻出的剪纸或石膏、木料做成的木偶也好,都存在着'先天'的缺陷,它们不是缺乏立体感(纵深感)、质感,就是缺乏有机的生命感,这些缺陷都在一定程度上削弱了视觉上的真实感。……如果要求木偶和剪纸具有有机的生命感,或像动画那样可以在动作过程中利用形象上的'多样可塑性'去弥补这种缺陷,那就不是木偶和剪纸,而是动画、故事片或者其它的表演艺术了"。②

靳夕对于动画的"假定性"的提出很可能受到了苏联动画理论的影响。苏联评论家C.塞尔格耶夫的《童话题材的动画片剧本》在1955年被译介到中国。在该文中,他指出,动画是一种"假定性的"艺术,因此,"动画片与电影的其他形式有着性质上的不同……它不仅能体现出那些直接产生于现实中的东西,而且还能体现出那些只存在于画家的幻想中的东西"。③ 这篇文章的重要之处在于,塞尔格耶夫定义了一种能够利用假定性、而非克服假定性,来达到的动画的现实主义:

> 直到现在,我们这里还流行着这样一种幼稚的看法,认为现实主义所要求的必须就像我们在生活中所看到的那样,准确地再现出各个现象的外貌。这种看法是错误的。艺术形象绝不是镜子似地反映现实……为动画艺术的现实主义而斗争,这完全不是叫我们去追求动画在外形上符合生活的真实。动画的现实主义并不在于动画角色要具有解剖学所要求的

---

① 王朝闻:《老虎是人——从木偶电影〈一只鞋〉谈起》,《人民日报》,1961年6月21日。
② 靳夕:《美术片的艺术虚构》,《电影艺术》,1962年第4期,第16—17页。
③ C.塞尔格耶夫:《童话题材的动画片剧本》,杨秀实译,《电影艺术译丛》,1955年第6期,第1—2页。

正确性,而在于用绘画来真实地表现出影片的思想基础所提供的,即脚本所提供的形象。①

靳夕以及塞尔格耶夫的论述的有趣之处在于,假定性的形式和现实主义之间存在的并非是互相否定的关系,尽管动画采取了幻想和虚构式的方式来建筑它们的世界,但是动画所建造的这个世界却并非是反现实主义的。对于靳夕来说,幻想性的艺术并不是虚假的艺术,"社会主义的幻想性的艺术既然与写实的艺术同样地要反映现实,那么也就同样地要具有真实性,否则就不可能达到反映现实的目的"。② 这里的"反映现实"和"真实性"并不仅仅指通过电影技术所达到的动画形式层面的写真现实主义,也是生产关系层面的现实性。正如靳夕在对于苏联动画的举例中指出的,"在采用幻想的'假象'来反映生活的作品里,同样要注意这个'真实性'。苏联童话片《金钥匙》里的木偶剧团老板和那些木偶们的关系,不是形象地说明了资本主义制度下剥削与被剥削的关系吗?它们之巧妙就在于把这个现实形象地'浓缩'在一个木偶剧团里,它们既符合资本主义社会的真实,也符合木偶剧团的真实"。③ 在这里也可以看到靳夕对于动画的看法是如何与爱森斯坦产生共鸣。靳夕对于动画的多样可塑性和假定性的强调与爱森斯坦的动画的原生质性事实上都暗示了一个处于不断变化中的动画形象以及媒介的实体,而更重要的是,他们都从媒介形式走向了经由动画而中介化的社会:对于爱森斯坦来讲,动画中的人物、树木、动物、火焰的变形给予了它们拟人的动力和潜能,这种类似于感知刺激的图像媒介的形式与观众形成的情动关系,人和动画媒介的互动关系,表达了对于社会的,或者说资本主义生产方式的反叛;靳夕推进了相似的论述,认为动画的假定性和可塑性所实现的是对于社会关系的现实性呈现。简单来讲,爱森斯坦和靳夕对于动画的看法分享了一个重要的前设,即动画对于现实生产关系的中介化,这当然是与他们都受到的社会主义现实主义的影响分不开的。

---

① C.塞尔格耶夫:《童话题材的动画片剧本》,第 2—3 页。
② 靳夕:《美术片的艺术虚构》,《电影艺术》,1962 年第 4 期,第 22 页。
③ 同上书,第 23 页。在对于《一只鞋》的辩护中,王朝闻有类似的论述:"拟人化的老虎,其构成因素是矛盾的,因而也就具有特殊的表现力和魅力。正因为形象是猛兽,具有不畏封建统治的'野性',它就更便于寄托一定历史时期中的人民的幻想,对封建统治者的丑恶,揭露得更鲜明。"见《老虎是人——从木偶电影〈一只鞋〉谈起》。

木偶介质与电影技术

木偶动画的假定性,来源于它在物质形式上的有限性。只有当电影技术将这一介质的有限性置于运动中,木偶才拥有了真实的生命,木偶动画才得以成为存在。我认为,对于中国木偶动画的实践来说,核心的问题正是在于如何将静止的木偶的介质经由电影技术置于具有现实和生命感的运动之中。在这个意义上,木偶和动画彼此强化了内在于它们两者的特质:生命和潜能,或者用爱森斯坦的话来讲,如何"成为存在"。木偶介质的有限性在动画中具有重要的地位,正是围绕着木偶明确的身体的边界、僵硬的躯体以及线条,运动和生命才得以被组织和呈现。

1955年,《电影艺术译丛》上翻译发表了一篇K.瓦伊勒尔的《关于木偶电影》的文章。瓦伊勒尔强调了木偶介质的重要性,并指出,"木偶电影中最为重要的形式元素就是木偶"。[①] 他认为,木偶相对受限的静止性使得它必须利用电影的介质运动起来。文中指出,"我先引用奥布拉兹卓夫教授在他的著作《我的职业》一书中的几段话:'(木偶具有惊人的能力)即它在任何情况下和任何可以设想的处境中,都能够保持它的本来面目。这种能力当然是由于木偶的脸不能动而产生的。'……这段话说明了木偶电影的真正的本质和需要木偶电影的原因。木偶既不能像人那样自由地变换面部表情,也不能像人那样自由地活动。木偶的面部表情和活动都是风格化和集中的,而使它典型化的正是这一点……木偶是一个典型,它的活动方式必须能说明它的特征,它必须不断地动作"。[②]

一言以蔽之,木偶需要电影。中国早期的诸多木偶动画都强调了木偶的介质如何被赋予生命和能动的潜能。第一部真人和木偶结合的影片《小梅的梦》(1954)就是其中之一。在小梅的梦中,她那个被弄上腿的木头人和弄脏的叫做"小辫子"布娃娃活了过来,他们修理好了断腿,清洗干净了布娃娃,还帮助小梅修理好了其他被弄坏的玩具,大家一起在房间里热闹地玩耍,小木头更是坐上了玩具飞机飞向了画中。梦中的小梅保证再也不随便弄坏玩具之后,玩具们答应了让她一起搭建积木城堡"玩具国",最终城堡中走出来的玩具队列形成了四个大字,"爱护玩具"(见图2)。在《神笔马良》(1955)中,马良神奇的笔更是具象化了笔下的画作如何被置于运动之中成为真实的生命。在这部动画的最后一幕中,马良在县

[①] K.瓦伊勒尔:《关于木偶电影》,冯由礼译,《电影艺术译丛》,1955年第3期,第70页。
[②] 同上书,第72—73页。

官的逼迫下被迫画了海中的金山和船只,简笔的勾勒瞬间变成了起伏的海浪和浮动的船只,县官和随从们在登船之后,马良画出暴风雨,使得他们最终葬身于大海之中(见图3)。《小梅的梦》和《神笔马良》都反身性地指向了木偶动画本身的介质,从不能动的木偶娃娃以及马良笔下静止的平面图像到走向生命、抵抗和运动。

图2 《小梅的梦》(1954)中,玩具国中走出的玩具形成"爱护玩具"几个大字

图3 《神笔马良》(1955)中,县官登上马良所绘的大船

在当时,中国木偶动画的制作受到捷克斯洛伐克木偶动画的影响颇为深远,这种自我指涉性的木偶动画的实践也具有一致性。在50年代,包括《文艺报》《大众电影》以及《电影艺术译丛》在内的一系列期刊发表了多篇文章介绍捷克斯洛伐克的木偶动画(见图4)。包括基里·透恩卡(Jiří Trnka)、卡尔·齐曼(Karel Zeman)以及赫米娜·齐蒂洛娃(Hermína Týrlová)等人在内的木偶动

图 4 《电影艺术译丛》1957 年第 11 期对捷克斯洛伐克新上映的木偶动画的介绍

画导演以及他们的重要作品都被介绍到中国。① 在一篇发表于 1953 年的文章《捷克斯洛伐克的木偶片》中,作者介绍了《玩具的暴动》《捷克年》《皇帝的夜莺》《降龙记》《不称职的傀儡》等木偶动画电影。在对于这些动画的介绍中,木偶的介质一再被强调。在反纳粹的《玩具的暴动》中,"制造玩具的工人受到纳粹党徒的

---

① 同时,有诸多文章介绍捷克斯洛伐克的木偶剧团集体访华和电影周放映的情形;还有各种相关论述出版,例如,1955 年,杨·马列克(Jan Malik)的著作《捷克斯洛伐克木偶戏》由艺术出版社出版,专门介绍了其木偶戏从古典形式到现代的历史。见杨·马列克:《捷克斯洛伐克木偶戏》,杜友良、刘幼兰译,北京:艺术出版社,1955 年。

迫害,逃走了,但是玩具工厂的玩具都变成了活人,这些活的玩具组织起来抵抗纳粹,打败了纳粹"。① 以及《不称职的傀儡》利用木偶的形式"活生生地展现了世界上的傀儡,并且强调了人民团结的思想"等。②

靳夕的木偶动画制作也深受木偶导演透恩卡的影响。在谈及透恩卡的文章中,他强调了木偶制作和摄影的生产过程如何赋予动画以生命与活力。尽管他甚至认为透恩卡的木偶在尚未运动和动画化之前就已经具有了"生命感",靳夕却一再强调,电影技术是赋予木偶动画生命感的重要环节,在这一点上他与今村太平对于摄影技术在动画中作用重大的观点是相似的。靳夕写道,"透恩卡的创作的第二个重要阶段,便是拍摄阶段。这个阶段主要是让艺术形象活动起来,并通过摄影机记录下来,这是对他的艺术形象赋予生命的十分重要的过程。前面所讲的造型方面的成果,能否恰如其分地在观众面前活起来,并打动人心,在很大的程度上要依赖于木偶动作的操纵和镜头运动的技巧"。③ 在《谈木偶片的特性》中,靳夕同样强调了电影式的蒙太奇语言在木偶动画中的重要地位,他指出,尽管木偶动画有其特性,但是"木偶片当然不能脱离它的先天条件孤立的来谈特性,它既然是电影,那么首先要遵循电影的特性,同故事片一样,它必须以蒙太奇的特殊手段来表现事物"。④

靳夕对于动画的假定性的观点事实上指向了这样一种可能:高度的假定性正是为了克服真实性的欠缺,而电影技术在此刻变得至关重要:电影将具有物质局限性的动画人物置于运动之中,以运动的可塑性去弥补有限性。但是,指出电影和摄影对于木偶的介质的有限性的弥补并非必然带来一种技术决定论的叙述,至少在靳夕看来,电影技术和美术的结合,或者说现实性和虚拟性的共存带来的新的事物的萌生,它们的结合并非物理式的"焊接"而是"化合",这种结合"成为了另外一种东西,既不是狭义的美术,也不是故事片,而是具有自己特性的艺术形式"。⑤ 这种艺术形式也就是社会主义五六十年代的动画电影,或者说"美术电影"。当动画成为多种倾向的化学聚合体,那么它最终呈现了怎么样的整体形态呢?对于今村太平来讲,无疑,动画依然呈现了无异于纪录电影的现实主义的形式。尽管靳夕和

---

① 刘柏年:《捷克斯洛伐克的木偶片》,《大众电影》,1953 年第 7 期,第 29 页。
② 同上。捷克斯洛伐克的许多木偶动画都有关于作为傀儡的木偶与操纵木偶的绳索与手。透恩卡创作于 1965 年的经典木偶动画《手掌》的主角就是一只操控艺术家背后的绳索的手。杨·史云梅耶(Jan Svankmajer)制作于 1966 年的《棺材与天竺鼠》更是其中杰作。
③ 靳夕:《透恩卡的木偶艺术》,《美术》,1959 年第 5 期,第 42 页。
④ 靳夕:《谈木偶片的特性》,《中国电影》,1957 年第 5 期,第 32 页。
⑤ 《美术片的艺术虚构》,第 19 页。

今村太平同样强调了电影摄影在动画电影的重要性,靳夕却从假定性和虚拟性等概念出发,试图为动画电影建立起本体论意义上的形态——它是电影/美术,但是却最终异于电影和美术,似乎在整体上,动画电影作品具有假定性的形式,但是这一假定性与电影的现实主义倾向并不矛盾。

我认为,在中国社会主义初期,动画所处理的电影技术的现实主义问题,以及作为政治美学的社会主义现实主义问题具有一致性,这不是因为它们同时内在于、或者说无所不在于当时的动画理论实践之中,更是因为在动画对于这两种现实主义的处理中,都展现了一种对于动画的媒介形式的追求。但是对于它的媒介特殊性的强调并非意味着它因此成为一种非现实性的或者虚构的形式。事实上,重要的问题并不是动画是不是一种现实主义的媒介,而是在怎样的历史语境下动画被理论化为现实主义的或者是幻想性的形式,或者是一种全然不同的新的形式。对于靳夕来讲,动画似乎一直成为剧烈的化学反应中的聚合体,这一聚合体不仅是结合了具有虚拟性的美术和现实主义特征的电影蒙太奇技术的动画媒介,还在另一个层面上聚合了媒介、社会以及人,他对于动画的"高度的假定性"的强调逐渐位移到动画对于生产关系的中介,正是由于"中国美术片"作为一种动画媒介的形成是内在于特定社会和人的关系之中的,当这一关系被展现在艺术作品之中,我们将其归类为"社会主义现实主义"或者60年代后期的"革命现实主义和革命浪漫主义相结合"。这种各式元素的化学反应的结果是,不同的动画往往展示出不同的整体倾向,或者现实的、或者幻想的(如果我们必须要对这些倾向在现实主义的层面上命名),同一部动画在生产、流通和接受的不同阶段也很可能展现出不同的倾向。

朝向生命的木偶动画

《一只鞋》在当时遭受批评并不奇怪。在五六十年代初的历史语境下,尤其是朝鲜战争和两次台海危机期间,"一切反动派都是纸老虎"是官方主导的话语。在对于老虎的再现中,人和动物之间,以及动物与无生命的物体之间有着清晰的界限。Mel Y. Chen 使用了"生命度等级(animacy hierarchy)"这一语言学术语来描绘人、动物、物体所存在的序列。他指出,"在当下的生命度语法中,物体、动物、实体以及空间都只拥有相对有限的可能性和主体性"。[①] 1950 年 8 月《人民画报》上所

---

① Mel Y. Chen, *Animacies: Biopolitics, Racial Mattering, and Queer Affect*, Durham: Duke University Press, 2012, p.13.

刊登的一张纸老虎布偶的图片很好地展示了如何利用这一生命度的序列来物化国家敌人。在一组名为《美帝国主义原形毕露》的照片序列中，布偶老虎的尾巴上插上了美国国旗，照片逐一演进显示了这只布偶老虎身体的破碎，如何最终只剩下纸做的骨架和残骸（见图5）。从美帝国主义侵略者到老虎再到纸张的非人化过程，它展示的是一种生命度和主体性不断降低，边界不断被划定的逻辑。《一只鞋》却走向了截然对立的方向，老虎的布偶在经由木偶动画的中介化之后，呈现的是生命度和主体性不断向上的逻辑，是流动的边界。它展现的既是靳夕所言的木偶电影不断赋予"生命感"的能力，也是王朝闻的"老虎是'人'"的论述。在《一只鞋》中，老虎布偶的形式上的有限性其实是在各种特写镜头中被放大了，无论是并不显得精细的毛发，或是失焦的双眼、假牙。当这一有限性被置于运动之中，生命感和多重的可能性在两帧图像的间隙中浮现。在木偶动画中被拟人化的老虎呈现的是一种潜能，即通过有限介质重新连接起的物体、动物和人的世界的潜能。

图5　原形毕露的美帝国主义老虎（《人民画报》，1950年8月）

在中国社会主义初期，一种具有假定性的现实主义木偶动画媒介的意义在于，它通过在物质的有限性中制造具有生命感的运动，中介化了一种与吉奥乔·阿甘本（Giorgio Agamben）所探讨的生命政治不同的现实的可能性。这一生命政治基于动物生命（zoe）和政治生命（bios）之间的区隔，其中是一种清晰区分开主权保护之外和之内的种族主义的机制。① 而在木偶动画这里,它制造出了一个具有可塑性的空间与真实生命的感知,在其中,冷战背景下的革命现实所倡导的社会主义世界和资本主义世界之间、敌我之间、被物化/动物化的他者和自我之间清晰可辨的分野似乎变得漫漶不清。如果说我在一定层面上认同木偶动画是一种现实主义的形式,那正是因为它经由现实主义式的电影技术呈现了一种真实的朝向运动和生命感的经验与感知。

---

① 阿甘本认为,现代主权不断通过一种排除和纳入的非关系性来生成"赤裸生命"以及"例外状态",在例外状态之中,赤裸生命被排除在主权之外,他认为这种生成例外状态的机制正是现代主权的核心。国家和阶级敌人的生成类似于阿甘本所言的赤裸生命的生成。见 Giorgio Agamben, *Homo Sacer: Sovereign Power and Bare Life*, trans. Daniel Heller-Roazen, Stanford: Stanford University Press, 1998。

从《黑塔利亚》到《大圣归来》：中文网络"二次元民族主义"的身份焦虑

■ 文／郑熙青

虽然很多身居主流的人并没有意识到，但是近些年来，中国国家民族主义的两句最为耳熟能详的口号，追根溯源都来自网络粉丝同人群体，也即本文中关心的"二次元"粉丝群体。所谓"二次元"，通常指的是爱好日本动画（animation）、漫画（comic）、电子游戏（game）和轻小说（novel）的粉丝社群，因为他们所爱好的媒体作品皆以平面化的表现美学为特征，便代称以"二次元"群体。这个群体的爱好并不严格固定在日本媒体作品上，同时也会延伸到其他具有类似美学特征和情节构成的媒体作品，是一个边界模糊，但总体身份认同较为忠诚的群体。"我们的征途是星辰大海"，原句作"我的征途是星辰大海"，是在中国流传甚广的日本作家田中芳树所作太空歌剧科幻小说《银河英雄传说》一书中的章节名称。《银河英雄传说》在20世纪末和21世纪初是影响了当时和二次元群体稍有接触的一代作者和读者的作品。后来这句话成为著名的网络作家今何在2006年开始写作的科幻小说的题目。最终在2014年左右，这句话经另一名受到官方肯定的"正能量"网络作者花千芳稍加改换，变成"我们的征途是星辰大海"再次使用之后，正式进入官方民族主义话语体系。而另一句也相当常见的口号"愿我有生之年，得见您君临天下"，则更直接地来自一部日本动画片《黑塔利亚》的中国同人作品《为龙》中的一句台词。这种混杂了官方话语和流行亚文化语汇的表述方式，呈现出了当下中国民族主义叙事中的奇特景象。

2008年是中国网络民族主义表达变化的一个极为重要的节点。从开年的大雪,到三四月间北京奥运会火炬在欧美国家传递时遇到的抗议和挫折,到五月的汶川大地震,一直到八月北京奥运会和残奥会的举办,一年间发生的大事无一不在触动着普通民众的爱心和情怀。在此之后,一直隐匿于粉丝社群的民族主义情绪也以"国拟人"这个特殊的设定为突破口大规模爆发出来,并在最近,由主流政治话语的推动进入主流媒体和官方叙事。本文就以中国网络民族主义这个转变过程中有着节点意义的两部作品,《黑塔利亚》和《大圣归来》为例,分析从日本动画和漫画社群内生发扩展,并和其他民族主义话语合流的"二次元民族主义"的表述逻辑和基本形态。从这两个特殊文本生发开的粉丝文化现象中,我认为中国"二次元民族主义"是一种在自证合法性的需求和寻找自我民族主体性的焦虑之下,依靠中国—外国的二元对立模式,通过对带有民族主义指向符号的再创作和再消费,建构出来的基于虚拟偶像崇拜的新型民族主义话语模式。

全球一家欢的黑塔利亚和君临天下的王耀

　　2008年,一部日本网络原创动画《黑塔利亚》(原名 Axis Powers：Hetalia,直译为：轴心国：废柴意呆利,简称 APH)在全世界的动画粉丝圈中引发了轰动。原作者日丸屋秀和是一个在美国读书的日本人。APH 最早以网络四格漫画的形式创作发表,网络上爆红之后,2009年被改编成动画。它是日本第一部所谓的 OWA,即网络首播的动画片。Hetalia 一词原来是日本军事爱好者们的玩笑话,把日语的意大利 Italia 和日语里表示笨手笨脚的形容动词 heta 拼在一起,讽刺意大利军队在战争中的软弱无能。作品的叙事背景粗略设定于第二次世界大战期间,大部分登场人物都是国家或者地区的拟人化,其中的第一主角就是迷糊傻气、满脸憨傻表情、一遇到危险就飞跑投降的意大利,人类名称为卢齐亚诺。这种拟人化与常见的政治意味浓厚的国家拟人无关(美国的山姆大叔、英国的约翰牛、法国的玛丽安娜等),而是原作者日丸屋秀和本人创作的人物形象。这些人物都有一个日丸屋起的名字,通常是这个国家里比较常见或者有特定文化含义的名字,略带文化历史的典故。例如英国名为亚瑟·柯克兰,美国是阿尔弗雷德·琼斯,日本叫本田菊,中国的人物则名为王耀。APH 的主要人物是第二次世界大战时候的交战双方,轴心三国德国、意大利和日本,以及联盟方的五国,美国、英国、法国、苏联和中国。另外还有一些其他国家和地区,以及一些历史上的国家,比如说普鲁士和神圣罗马帝国等。

　　虽然日本的动画和漫画产业通常不会以国际市场为直接目标,但 APH 的人物形象和性格设置大体上都呈正面形象,因此能触及较为广阔的海外市场,造成了相当可观的国际影响力。创作者略过大部分真正残忍黑暗的历史——贩奴、殖民、种族屠杀,因此所有人物都是可亲可爱的,虽然性格上多少都有些小毛病,但作为一个人物来说无伤大雅,还平添几分人性和可亲。如果某些正好发生在二战期间的历史污点实在无法回避,则可以将作恶之人从国家人格中分裂出来:例如二战期间德国的掌权者希特勒在动画中是德国的人物路德维希烦人的顶头上司,而不是路德维希本身或者本身的一部分。另外,APH从人物到故事都相当欧洲中心主义,除了中日韩三国之外,连亚洲人物都很少见。① 从人物设置上就足以看出,殖民史和二战后反抗殖民的解放浪潮在这部作品里几乎无迹可寻。二战历史本身也处理得比较简单粗暴。主要还是借助历史上的一些国际关系轶事和文化刻板印象来讲小段子。虽然几乎彻底回避了殖民史和地理大发现后的残酷新大陆征服史,然而欧洲大陆内部本身仍有纷争,比方说侵略和占领,表现方式则表达为:占领和殖民就是同居,侵略就是欺凌。转化为人和人之间的关系之后,很多国际间的历史似乎也就不再那么血腥残忍,而可以用游戏的形式表达了。

近年来,随着日本ACG文化的海外影响力日益扩大,它也渐渐被日本政府作为一种国家软实力和力量向外推销,这种行为被岩渊功一概括为"品牌民族主义"。② 不少日本和日本研究学者充满信心地预测,流行文化的跨国传播和流行可以渐渐消弭东亚几国之间的历史仇怨和民族对立。③ 但事实远比这样的情况要复杂得多。在美国,似乎"酷日本(Japan cool)"就伴随着对日本这个文化符号的狂热追捧。可是在东亚,历史情境完全不同,昔日的侵略者日本同时也是东亚地区最大的流行文化高地和出口国,这一切就变得格外微妙起来。曾有传言说韩国曾经就APH里韩国的角色做出过正式抗议,因此APH才从电视动画改成了网络动画,虽然消息未经证实,但是这种传言足以证明类似题材作品的敏感性。④

---

① APH的动画中迄今为止出现的国家、地区和其他政治体大约有72个,现存的受国际社会承认的国家和地区大约是55个,其中36个是欧洲国家。
② Iwabuchi, Koichi. "Undoing Inter-National Fandom in the Age of Brand Nationalism." *Mechademia 5: Fanthropologies*. Ed. FrenchyLunning. *Minneapolis*, London:University of Minnesota Press, 2010, pp.87–96.
③ 如Anne Allison就认为日本的流行文化可以弥合亚洲国家之间的紧张关系。Allison, Anne. *Millennial Monsters: Japanese Toys and the Global Imagination*. Berkeley:University of California Press, 2006.
④ "Korean Protests Call for Hetalia Anime's Cancellation (Update 2)." *Anime News Network*, 13 Jan. 2009. Web.

必须说明的是,正如一直以来英语学术圈中粉丝文化研究显示的那样,制作者和观众(消费者)往往并不以同一种思维逻辑思考,按照亨利·詹金斯1992年对于当时粉丝文化从文化研究角度的界定而言,粉丝和制作者在一种不均衡的力量对比下进行对文本意义的争夺。在这种条件下,粉丝是盗猎者、游猎者,以游击的方式经过并非自己所有的土地,攫取琐细的材料,重新制作拼贴成自己的文化创作。① 这种制作者和消费者(粉丝)的二元对立模式在当今社会中作为一种描述已经显得较为片面。因为在信息交流便捷的当下,制作者和消费者在某些场合中已经共处一个平台,理论上可能有毫无延迟的通畅交流,而如今文化制作的市场当中,制作者也在越来越多地有意识将粉丝和观众带入对文化产品的设计和营销的设计之中。加之在日本的环境中,本来制作者和消费者之间的鸿沟就远远不如在美国好莱坞那样深,因此以绝对的文化制作者的强权与粉丝的草根反抗模式讨论问题并不合适。然而即使在APH之类的情况中,制作者和接受者之间的权力差仍旧存在。其问题更为特殊的一面在于,因为制作者讲述的是世界历史,因此他个人的历史观和历史知识严重塑型了这类历史叙事的基本逻辑和价值判断。尽管进入流行文化消费视野的民族历史叙事都多少在政治上得到了无害化的过滤,然而即便是"无害"和貌似价值中立的表述仍然会带有各种历史叙事思维惯性的底色。在民族国家为单位的历史叙事过程中,各个民族国家对自身历史的叙事便是这类价值中最"自然而然",自己最难以觉察的底色。在并非这类历史叙事中获得历史知识的人的角度看来,这种底色却是一望即知的。因此,流行文化经过跨文化传播之后,身处不同价值系统和文化假设的异国接受者对原作者的意图认知必然会有更大的偏移。

在日本ACGN文化的日益扩张之下,早已形成了一个规模庞大的御宅族社群,经由詹金斯所言的"流行文化世界主义",即以对其他国家和文化中流行文化的爱好标志其兴趣的世界主义倾向,在世界各地生根发芽。② 然而,如果说跨文化的御宅族社群是一个新时代的想象的共同体,那么民族国家这个想象的共同体却仍没有退场。APH以及之后更多的国拟人系统,整套话语体系的建立就在本尼迪克

---

① Jenkins, Henry. *Textual Poachers: Television Fans and Participatory Culture*. New York: Routledge, 2012.
② Jenkins, Henry. "Pop Cosmopolitanism: Mapping Cultural Flows in an Age of Media Convergence." In *Globalization: Culture and Education in the New Millennium*, edited by Marcelo M. Suarez-Orozco and Desiree Baolian Qin-Hilliard, Berkeley and Los Angeles: University of California Press, 2004, pp.114-140.

特·安德森引用瓦尔特·本雅明叙述的无尽永恒的均质的民族国家想象中,获得其自身和他者身份和特征的认同。① 在这套叙事中,国家和民族的形象和种种刻板印象紧密相关,一个国家(或者民族、地区)内部的不均衡和差异被基本抹消,依靠着某种共同的宏大叙事维持其身份认同。由于 APH 之类的国拟人系统依靠的叙事系统已极尽简化和轻松化,也就在尽力不违逆各国宏大叙事的同时,创造出平板化的无关痛痒的小故事。当然,这也就因此意味着会轻浮对待一些其他国家眼中极为严肃的事件,例如侵略和殖民。

东亚地区至今因为二战史责任和道歉问题矛盾重重,因此在这种政治文化背景下,华语圈的 APH 同人创作圈特别约定了严格的网络礼仪,专门设立了可以随时参照的网站。② 这类网络礼仪主要目的在于让粉丝圈内部的游戏性内容远离普通网友的视线,采取的主要方式是避免提及国家名,而是用日丸屋创造的名字来指代。在不得不出现国家名的时候,以规避网络敏感词的方式处理国家名,比方用标点符号将国家名的汉字间隔开。类似的礼仪在英语网站上并没有看到广泛的应用。在 APH 这样涉及近代史的作品的消费中故意避开大众的目光,是一种合理的自保行为,而这种种避人耳目的行为背后,也就体现了生活在中国,却又爱好来自国外的流行文化产品的粉丝所面临的生存困境和难题。

中国的日本粉丝圈常常会强行在心理上和行为上割裂出两个"日本":政府的日本和文化的日本。这某种程度上解释了中国对日本媒体粉丝的矛盾心理,也构成了日漫爱好者的自辩:我并不是毫无保留地喜欢日本,而只是喜欢日本文化中一些有趣的东西。这类"分裂"在很多喜欢外国媒体作品的粉丝圈中都多少存在。由于日本和中国在历史上的关系尤其复杂,而日本近年右翼的种种涉及否认历史罪行的行为又屡屡触及中国民族主义的痛点,所以更容易出现这样的情况。新世纪几次大规模的民间民族主义行为都和日本右翼的政府和民间行为有关,其中包括 2006 年的大规模反日游行,以及 2012 至 2013 年的钓鱼岛相关争端等,这就使得日本文化产品和日本明星的粉丝时常处于合法性的质询中。

这里需要引入一个概念,称作"话语真言"。这是英国粉丝文化研究学者马特·希尔斯提出的,他认为在粉丝中进行问卷调查和访谈往往得不出可靠的结论,因为粉丝群体中通常会流传一种群体性的防御性话术,这种防御性话术具有某种

---

① Anderson, Benedict. *Imagined Communities: Reflections on the Origin and Spread of Nationalism* (revised edition). London: Verso, 2006.
② APH 网路礼仪推广,2009 年 6 月 9 日,Web。

同质性,是同一个小群体在面对外界的审视时用于自我保护和自我正名的套路性叙事。这种套路性叙事通常用于应对外界的不友善质疑,但这类应对并不需要质疑者在场。通常,"话语真言"有着非常广泛的传播度和认同度,在这种叙事的掩盖下,粉丝圈中个人的心理和动机或者不在对外的场合中言说,或者彻底潜伏在不可言说的状态中。① 这个现象在很多粉丝圈以及很多类似的小众亚文化群体中都存在。一方面,我们可以从这些现象看到粉丝群体在主流文化的压制下挣扎求生时培养起的极强媒体素养、敏感度和整体策略性;但同时,通过这些半真半假的话术,我们也可以看到粉丝作为亚文化群体,面临的主流文化质疑来自何方,而他们最有效的反击方式又来自何处。在中国的外国媒体作品和名人的粉丝圈中,也流行着一系列"话语真言";其中最为微妙且有效的,是这些年来渐渐从模糊走向明晰,从默认的潜规则变成清晰表述的铁律,从各个粉丝圈的私下约定到横跨多个外国媒体作品粉丝圈都不更改的二次元民族主义表述。

二次元民族主义描述的内容和指代的群体在近年的大众文化语境中也常常会被称作"小粉红"。由于这个词汇在产生和流通过程中都存在严重的误读和误命名,而且也有极其强烈的性别歧视色彩,加之其定义含混且转义过程太多,因此本文将彻底弃用这个词汇和范畴,只用"二次元民族主义"一词描述在动画漫画粉丝圈中对民族主义这一问题微妙的历时转化。② 事实上,热爱日本流行文化的网络粉丝群体从很早就体现出了自觉的民族身份意识,一些争议较多的作品,例如2010年4月播出的日本电视动画《闪光的夜袭》,就因为其为日本侵略者唱赞歌的立场而受到了中国民间字幕组的广泛抵制。作为一种现象,二次元民族主义所涵盖的时间范围和复杂程度远远超出了在大众语境使用中被污名化的词汇"小粉红"所能描述的现象。限于篇幅和视角,本文中不作过多阐释,但需要明确的是,和通常对"小粉红"的定义和描述不同,我并不认为二次元民族主义和女性身份以及对耽美的爱好直接相关。

正如安帛梳理的中国网络流行文化,尤其是粉丝文化中的民族主义表达和官方收编,2009年的"六九圣战"标志着中国的外国明星和外国媒体产品的粉丝在国

---

① Hills, Matt. *Fan Cultures*. London and New York: Routledge, 2002.
② "小粉红"一词原是中国的耽美粉丝用以代称一个可以匿名发帖的讨论版——晋江文学城讨论区的"耽美闲情"板块的昵称。被误用后现大众语境中多指持激进民族主义和支持现中国政府立场的年轻女性。误用和转义过程因为牵涉极多参与方,因而相当复杂,此处无法详述。和很多流行词一样,这个词在精准描述了一种社会上存在的现象的同时,一方面暴力滥用了亚文化的文化和语汇,另一方面更带上了浓厚的性别歧视色彩。

家民族主义和网络的民粹性民族主义行为前败退。① 从此之后,出于生存的策略,就有了"爱国面前无爱豆"的口号,受到粉丝圈的全面接受,进一步受到共青团中央等官方宣传部门的收编,成为"祖国才是大本命"的叙事。这种在偶像和爱好问题上的妥协和退缩,使得"追星"和"偶像"这样在很多场合下无法以理性语言表述出来的行为与热爱自己的国家民族等拒绝理性描述的民族主义感情汇流,并凝聚在人格化的国家身上。正如严蔷在分析中指出的,民族主义表述在二次元民族主义中往往体现为粉丝圈逻辑向现实政治的扩张;很多粉丝是以追求偶像的方式将国家当作虚拟偶像来崇拜,以粉丝战争的日常行为替代政治思考。② 虽然严蔷对她所谓的"粉红赛博格"的描述落入了性别歧视的陷阱,但她观察到的粉丝圈逻辑与民族主义思维的合流则无疑是精准的。也就是说,二次元民族主义将无秩序的偶像界党同伐异导向作为虚拟实体人物的国家符号,本质上生成了另一种民族主义话语。这种话语,不仅带上了二次元群体独特的词汇和逻辑,更是备受质疑的二次元群体和爱好带上了天然的不容轻忽的"爱国"合法性。然而其中的内核,无论是粉丝圈的逻辑,还是官方意识形态定义的民族国家形象,却是没有变化的。

正如詹金斯所言,粉丝对一个作品的爱好和沉迷,以及基于它的二次创作,往往并不完全出于对原作无条件的爱好和全盘接受,而只是有选择性地接受,而对另一些方面的排斥和不满同样可以把粉丝联合起来,形成他们自己独特的解读和反馈。③ 仍然明显遵照了日本式的历史叙事,带入了大量文化刻板印象和日本视角的文化偏见的《黑塔利亚》,令无法认同日式历史叙事的观众和粉丝,转而以自己最熟悉的方式,也即自己国家的官方历史叙事,利用同一种人物设定和轻松戏谑的方式,重新讲述 APH 中涉及和没有涉及的历史。在中国的 APH 粉丝圈中,最引人注目的现象,就是对中国的拟人形象王耀的重述和重塑。

在中文的 APH 粉丝圈,尤其是早期(2009—2010 年左右,同时也是 APH 粉丝圈的鼎盛期)的粉丝圈里,王耀的存在感几乎是压倒性的,与他相关的中文同人作品远远比原作品中其他戏份更重,作者也更用心对其进行刻画。虽然 APH 从原作到同人都是以耽美为主导,很多王耀中心的同人却一点也不腐,更多是写中华文化

---

① 安帛:《中国"限韩令"何以奏效? 粉丝文化重塑爱国主义》,端传媒,2016 年 8 月 17 日,https://theinitium.com/article/20160817-opinion-anbo-koreanstars/。
② 严蔷:《爱国小粉红、粉丝战争,与天朝主义赛伯格》,端传媒,2016 年 7 月 22 日,https://theinitium.com/article/20160722-opinion-yanqiang-pink-cyborg/。
③ Jenkins, Henry. *Textual Poachers: Television Fans and Participatory Culture*. New York: Routledge, 2012.

圈大家庭的亲情。以王耀单人为中心,或者中华一家(带上香港和台湾两个地区拟人的人物)为中心的同人写作和绘画之外,另一个热门度极高的同人想象是中国和俄罗斯(在动画中其实包含了从沙俄到苏联到现在的俄罗斯一系列转化)的关系,这个名为"露中"("露"是日本汉字书写的俄罗斯的名称"露西亚"的缩写)的热门配对,都会提到历史上中苏之间的关系,包括中国共产党建立早期和共产国际的紧密关系、两个国家几乎同时参与的反法西斯战争、50年代的中苏友好与决裂以及最后的苏联解体。而这些同人写作无不暗含着一种先入为主的对历史的马后炮式追溯:苏联在冷战中彻底失败,最终解体并陷入经济和政治的双重低迷,而中国在1978年的改革开放之后,找到了一条可以持续的兼顾经济发展和政治稳定的道路,因此双方会在此期间不断就两者共享的共产主义信仰讨论,最终,还是中国得到了成功。而苏联和中国之间的关系,就在一种充满怀旧的忧伤和淡淡的俄罗斯风情中以碎片般的抒情语句叙述出来,正如荀夜羽在她的系列APH同人小说中的一篇《百年孤独·冬日的终章》中伊万·布热津斯基的告别对白:"再见了,我的小同志,再见。记得我们一开始的誓言,无论谁先倒下,另外一个人都要吸取他的教训,继续在这条路上走下去。"①20世纪轰轰烈烈的国际共产主义运动便以这种形式,以胜利者的逻辑被讲述成了优美而空洞的怀旧断片。

要进入2009—2010年这段中国APH粉丝圈的鼎盛期,通常都会提到两本同人志,《为龙》和《万红至理》。这两本同人志均在2009年完结贩售,很快就成为同人圈的现象级热门作品,粉丝在漫展上为它们排起了长队,售罄之后至今在同人志市场上有价无市。这两部作品,一部以王耀和中华家族为中心,讲述中国在近现代史上在帝国主义的侵略和蚕食的危难之际重新振作起来的故事;另一部则以20世纪所有社会主义阵营国家为主,叙述了他们在同一种梦想的指引下产生的种种恩怨纠葛,其中便有不少和露中相关的内容,包括1991年苏联解体之后,王耀和伊万共同游历独联体国家的纪行,正好嵌入了上面叙述的露中同人的写作模式套路。但这两本同人志中,声势更为浩大、影响力也更强的是《为龙》。这部同人志中集合了大量声名赫赫的同人画手和作者,同人志的结构则分成了单幅画、四格漫画和短篇漫画几个不同的版块。书中的叙事内容几乎抛弃了原作故事主线的全部内容,而选取了一些现当代(尤其是近几年来)的国际关系事件,还有一些突出中国古老神秘、和其他同盟国家都不同的文化趣闻。杨玲指出《为龙》中塑造了一个时

---

① 荀夜羽:《〈百年孤独〉,千流之岛》,晋江原创网,2009年2月14日,〈http://www.jjwxc.net/onebook.php?novelid=437885〉。

而纤细柔美时而宏伟壮烈的王耀形象,同时包容了男性化气质和女性化气质,平衡了耽美中"攻"和"受"的刻板印象,以包容万千的形象赢得了读者的欢迎。① 剥离了女性向粉丝文化中较受争议的同性情色想象后,纯然对单个人物的热情美化和讴歌受到了普遍的欢迎,也正说明了读者欣赏的原动力本就来自王耀这个形象本身。虽然依然附着在APH作者设计的人物形象身上,然而这个人物的表达已经远远超出了原文中的王耀,以读者心目中中国的理想形象丰满补完成为一个多角度、多侧面的人物形象。然而,因为中国本身表达程式就多种多样,这种多面性体现在王耀身上依然是常见意象和俗套的拼接:前现代宏伟的故宫、龙袍、刀剑,配上戏曲表演优美的服饰、傲霜的菊花,现代的烽火硝烟配上中华大家庭过年的团圆年夜饭。换句话说,在《为龙》中,王耀的形象元素中并没有带上更多的所指,却因为这些纷繁复杂的所指都汇总在一个虚拟偶像人物的身上,造就了一个完美的、令人认同的能指。

同人本最为引人注目的是全本最后的同题全彩漫画,表现了受了重伤堕入泥泞之中的王耀和前来找寻他的神话生物麒麟之间的对谈。这头传统中预示着圣人降临的瑞兽勉励陷入绝境的王耀:"你生而为龙,即使一朝折断掌牙,拔裂鳞片,瞎目断爪,坠入浅滩,龙依然是龙。"并最终表达自己的愿望是:"愿我有生之日,得见您君临天下。"从"龙"的意象,到中国近代史民族救亡话语的重述,在又一次重复了所有人在中学和大学学过的近代史表达之后,却因为王耀作为个人的身份,代入了唯我独尊的帝王想象。

当然,随着中国APH粉丝圈将王耀想象推向极致,它的日本出身必然最终会遭到质疑。然而,可以预料的是,APH只是一个开始,"拟人化",尤其是国家拟人化成为一种流行文化的潮流之后,原本埋藏在喜爱动画、漫画的亚文化中的民族主义思潮一瞬间猛然找到了一种兼具形象和表达的出口。逆光飞行的《那年那兔那些事》这样纯国产的国拟人系统在较为激进的二次元民族主义者那里很快代替了APH。中国成了时而人畜无害,时而腹黑钢牙的"兔子"。由此,这种源自日本ACGN二次元粉丝群体的,以抽象化、符号化、唯美化、萌化为主要特征的爱国主义/民族主义话语,形成传统的爱国"愤青"之外的一种新型网络民族主义话语。

---

① Yang, Ling. "'The World of Grand Union': Engendering Trans/nationalism Via Boys' Love in Chinese Online Hetalia Fandom." *Boys' Love, Cosplay, and Androgynous Idols*. Eds. Maud Lavin, Ling Yang and Jing Jamie Zhao. Hong Kong: Hong Kong University Press, 2017, pp.45-62.

《大圣归来》和"自来水"现象

2015年夏,由田晓鹏编剧和导演的动画电影《西游记:大圣归来》(以下简称《大圣归来》)首映,刚上线数日票房表现并不十分理想,最终则在网民参与的大规模宣传之下,创造出了名为"自来水"的奇观,获得了9亿人民币的票房。所谓"自来水",指的是网民自发地参与宣传和营销该电影,以线上线下集体组织,多次观影,撰写文章在社交平台网站上称赞电影,向四周的亲朋好友推荐电影,鼓励观影等行为推广这部电影。"自来水"是《大圣归来》粉丝的自称,他们做的是电影宣发时网络上收费的水军应当做的事情,但却是纯出于自愿,分文不收地凭热爱为电影做宣传。[①] 事后出现不少文章总结"自来水"现象时,将其归功于事件早期《大圣归来》的宣发团队和片方有意培养和支持的结果,甚至连《大圣归来》的片方都承认在影片上映早期,确实有意请人发表了赞扬的文章,成功发动了观众的大规模自愿宣传行为。[②] 但整体而言,无论其中片方有多少推力,"自来水"确实自身就是一个罕见的规模宏大的消费者、观看者运动。很多参与其中的"自来水"都在事后充满感情地"回忆起"这段经历,认为这一个暑假的努力造就了一个奇迹。当然,《大圣归来》自来水的成功之后,类似的民间自发营销手段很快又重复在其他粉丝群体所喜爱的作品上,例如2017年另一部开画时上座率寥寥,但经由观众的口碑推波助澜成为票房黑马的《闪光少女》,以及更加明显的《战狼Ⅱ》(2017)的票房奇迹,都可归结于民众自觉自发的宣传行为。这些宣传行为背后都有着群体认同感的支撑,《大圣归来》背后的群体认同感并不同于纯然民族主义认同的《战狼Ⅱ》,而更趋向于民族主义和"二次元"中国的动画漫画爱好者的交集,它同时指向了该片在该群体中最为显赫的两个符号:"中国英雄"孙悟空和曾经能和日本动画片分庭抗礼的中国美术片传统。因此,这个案例事实上承接了来自APH的以民族和国家支撑二次元合法性的话语真言,也极好地体现了中国当代"二次元民族主义"中一种表达方式。

严格说来,《大圣归来》本身的故事情节并不是典型的民族主义叙事,而更近

[①] 祝兴媛:《这个夏天我们都被它感动了——没错,就是这只猴子》,《中国日报》,2015年7月16日,http://language.chinadaily.com.cn/2015-07/16/content_21300610.htm。
[②] 《二次元营销:看懂大圣归来自来水》,搜狐,2016年1月20日,http://www.sohu.com/a/55535970_376303。

于好莱坞式的冒险加(伪/准)核心家庭亲子关系叙事,但孙悟空符号自身与动画片的媒介则将这部电影推向了民族主义消费的狂欢。《大圣归来》的核心情节主线非常简单,这个故事大致设定于孙悟空大闹天宫失败,被压在五行山下几百年之后,一个名为江流儿的孤儿小和尚在一次意外中放出了被禁锢的孙悟空,随着他踏上一段冒险旅程。因为《西游记》中唐僧也有"江流儿"的称呼,影片情节暗示这个小和尚就是唐僧的前世。电影中的孙悟空不复大闹天宫时的桀骜不驯,而是历经挫折之后被封印住神力,心灰意懒意气全消,直到崇拜他的小和尚遇到了危难,孙悟空才在悲怒交集之下,冲破了神佛的封印,打败了吃人的妖怪,恢复了无辜山间村庄的安宁。故事情节中对《西游记》原作最大的改编,是将原作中唐僧与孙悟空之间具有绝对权力等差的师徒关系转化成了近乎父子关系,权力差被彻底拧转过来,小和尚是一个极度崇拜齐天大圣的小粉丝,从小从街边的说书人那里听到了很多关于孙悟空英雄事迹的故事,能将整句夸赞孙悟空的话倒背如流:"齐天大圣孙悟空,身如玄铁,火眼金睛,长生不老,还有七十二变,一个跟头就是十万八千里。"虽然孙悟空在《西游记》故事中几乎一直都是视角人物和观众默认投射认同的对象,但是《大圣归来》则通过在故事中引入了孙悟空的小粉丝——小和尚江流儿这一角色,成功地在文本内部加入了另一个孙悟空的爱好者可以认同和投射的对象,通过江流儿的孙悟空崇拜构建起怀旧的童年想象。和故事里的小和尚一样,很多中国观众在童年时都热爱齐天大圣孙悟空,因而孙悟空和江流儿的双重认同视角,就可以将孙悟空拯救小和尚并找回自己能力的情节导向两个不同方向,一方面成就观众的童年梦想,另一方面也构成中年失意的自我拯救。然而,这个反叛的狂放的孙悟空,在《大圣归来》的文本中,也一直只留在戏中戏的回忆和叙述里。

　　白惠元认为,从 20 世纪 90 年代以来,对《西游记》的改编和改写中,孙悟空形象已经脱离了电影史上的英雄形象(《铁扇公主》[1941]时代影射的民族英雄,或者《大闹天宫》[1961,1964]时代的阶级英雄),从高高在上的云端降落,平庸化、世俗化。这些改编和改写的作者不断地将孙悟空放置在两难的境地中,如《大话西游》(1995)中分裂的孙悟空和至尊宝,委屈地成为英雄,或者快乐地成为草寇。白惠元因此认为,这种改编体现了 90 年代青年亚文化对主流英雄叙事的消解和反叛,更体现了一种委婉的后革命时代反叛精神的解消,以及隐晦的对主流的臣服。[1] 在后面的章节中,白惠元直接阐释了《大圣归来》的文本,认为它表达的是孙

---

[1] 白惠元:《英雄变格:孙悟空与现代中国的自我超越》,北京:生活·读书·新知三联书店,2017 年。

悟空寻找回大闹天宫时期的青春期激情,并且带上了中国崛起时代以父之名的自我期许。① 我认为,《大圣归来》的这种寻回叛逆的青春期情节结构,并非对60年代革命反叛"青春期"的延续和招魂,而是置换了的好莱坞式家庭情节剧情感结构,是亲情将孙悟空的反叛精神从封印中解放出来,却又重新驯服收归入核心家庭亲子关系的结构之中。孙悟空的桀骜不驯只为无辜的孩童释放,他存在的意义彻底地指向了真实可触的直接伪亲子情感和人际关系。这种情节结构实际上可以视作90年代《大话西游》和《悟空传》中无法成功获得超越性的反叛的自然延续,即将对社会和终极存在的疑问和暴力追问收归家庭,被孩童的纯真信赖彻底驯服,将具有超越性的目标和存在意义实体化,安放于私人领域和亲情。很多观众就浪漫地以《大圣归来》中的人物关系代入《西游记》原本分裂的孙悟空形象,认为狂放不羁的孙悟空之所以尽心竭力无怨无悔地送唐僧上西天取经,正是因为他在前世无法以成人和长辈的身份保护唐僧的安全。正如名为"自怜雀斑"的网友在豆瓣电影上为《大圣归来》撰写的影评中所言:

  所有的无怨无悔,所有的牺牲付出都有了来路与归途。
  因为一切都是他所愿啊。
  我齐天大圣孙悟空,法力无边,说了要护着你的!
  今生没能护你周全,来世只为你鞍前马后。②

这便更是将《西游记》的前现代文本代入了现代社会的核心家庭结构中。这很难说是对《西游记》叙事传统和改编传统的复现和回应,更多应该定义为包裹在怀旧民族主义符号和叙事中的当代好莱坞式家庭情节剧。

  《大圣归来》获得了如此高的口碑和推广的热情,原因主要来自两方面:首先,电影自身的质量在中国本土动画电影制作技术水平和故事讲述两方面的长期走低,使得偶然能够达到可接受水平以上的作品都会成为观众的正面典型,受到热烈的追捧;其次,《大圣归来》以孙悟空和《西游记》这种中国人自幼熟知并喜爱的题材为主要内容,也就自然搭上了原作的巨大影响力,并自觉地以其内容和表现手段嵌入了从《铁扇公主》到《大闹天宫》到1999年央视动画《西游记》的整个国产动画

---

① 白惠元:《英雄变格:孙悟空与现代中国的自我超越》。
② 自怜雀斑:《请让我执着得相信,这是一个关于前世今生的故事。》,豆瓣电影,https://movie.douban.com/review/7512818/。

片谱系之中。例如,《大圣归来》开场动画的大闹天宫情节,是整部 3D 动画中出现的唯一一段传统的 2D 动画,以明亮的色彩和极具风格化的人物形象直接致敬了《大闹天宫》,而孙悟空出场时,也利用了《大闹天宫》开始的、已经在《西游记》和孙悟空相关影视作品中成为俗套的戏曲配乐《闯将令》。同时,《大圣归来》又以其故事内核和对《西游记》原作的颠覆嵌入了《大话西游》到《悟空传》的网络亚文化谱系之中。这两个层面的原因,就使得该片从形式和内容两个方面都带上了极为明显的"中国"文化烙印,真正故事内核是否延续民族传统,这反而不再重要了。

《大圣归来》在中文网络上宣传流行的过程中,有一个网名为"喵星人听歌"的网友,用《大圣归来》的预告片和主题歌 MV 中的影片素材,配上戴荃的原创歌曲《悟空》,混剪而成了一个同人视频。这个多次被感同身受的大圣粉丝们转发的视频,对推动电影的人气起到了极大的作用。① 该视频的评论区中,有一条评论被不少评论者原封不动地多次复制,可见这些评论者都对这个说法非常认同:

> 有个外国人问我为什么喜欢孙悟空。我回答他:超人,钢铁侠,美国队长为你们维护正义七八十年。而孙悟空,为我们斩妖除魔,五百年。你们有很多英雄。我们只有他一个。②

暂且不提这个"外国人"几乎是立刻被当成了"美国人",丝毫没有考虑到同样没有超人、钢铁侠和美国队长的其他国家人民;孙悟空与美式超级英雄的直接对立和比较可以非常明显地体现很多普通观众(以及多年爱好外国的动画和漫画的二次元世界的粉丝们)对"孙悟空"这个形象的符号式归纳。孙悟空被直接当成了美式超级英雄的中国变体,挂上了绝对的"中国"标签,进入了东方—西方、中国—外国的二元对立话语体系,同时被套上了美式"超级英雄"的外壳。这种对立很早便附着在《西游记》和孙悟空形象的身上,一次又一次地出现在海外华人的流散叙事中,也出现在大众媒体将从《魔戒》到《功夫熊猫》一系列西方的幻想类虚构作品都称作"西方西游记"的命名俗套中。在《大圣归来》的消费和解读

---

① 喵星人听歌:《燃起来!同步率爆表!当〈西游记之大圣归来〉MV 遇到戴荃老师原创歌曲〈悟空〉》,Online video clip. Bilibili, 2015 年 6 月 29 日,http://www.bilibili.com/video/av2498218/。
② 该评论在《燃起来!……》一视频页面的评论区中多次出现,如 2017 年 1 月 10 日名为"恰逢风雨未歇"在#4220 楼的回复。〈http://www.bilibili.com/video/av2498218〉。

过程中,中外"超级英雄"的对立并不切实在场,却潜在地推动着消费者对电影的定位。

耐人寻味的是,虽然"喵星人听歌"所剪辑出的视频内容和所配歌曲的内容大致符合,但两者表达的意义都与《大圣归来》电影中的核心情节元素有相当的差异。特别是戴荃原创歌曲《悟空》的歌词,从"我要这铁棒有何用,我要这变化又如何"到"这一棒,叫你灰飞烟灭",体现的是以《悟空传》为首的一系列《西游记》改写中常见的孙悟空形象,他愤懑不平,却找不到心中不平的来源,最终以反叛和毁灭本身作为存在的意义,以最终指代不明的"你"的灰飞烟灭成就歌曲的高潮和结局。而这种愤怒的无因的反叛,在温馨的家庭气氛的电影中却并不存在。电影里中年危机的孙悟空面临的身份危机和青少年反叛期记忆,和当下的情境和情感,以及原著故事中的气氛是彻底脱节的。包括戴荃的《悟空》在内,其他的《西游记》相关改编和重写文本虽然也在庞大的互文网络之中,然而将其代入《大圣归来》消费和欣赏的,与其说是电影情节,不如说是粉丝和普通消费者经由"大圣情结"的主动介入。

另一方面,这个粉丝制作的 MV 在 bilibili 网站的弹幕中,构成了另一幅文化奇观的图景,这个长度三分多钟的视频中,几乎每到旋律和情感的高潮处,就会有大量的网友在弹幕中以各种各样的颜色重复这句台词"身如玄铁,火眼金睛,长生不老,还有七十二变"。在 bilibili 网站的设定中,一个视频的弹幕数量上限是一千条,在达到这个数字之后,最早的弹幕便会被删除。而在这个视频中,虽然弹幕早已刷新了很多轮,但在曲调和歌词的高潮部分以遮天蔽日的气势大量地刷该句台词的弹幕,甚至盖住了原视频的画面,则从视频刚发布的 2015 年到论文写作的 2018 年都没有变化过。这足以显示出,网站上的这个视频的弹幕发布行为模式早已成为一种观看的礼仪和共同的情感抒发方式,成为一种发生在虚拟世界的二次元群体的集体狂欢。这就令 bilibili 网站上这个视频的语义结构出现了四重不同的层次:《大圣归来》的动画,戴荃《悟空》的歌曲(尤其是歌词),观众的弹幕评论,以及一个抽离所有层面的悬置所指的能指——孙悟空本身。在观看这个 MV 时,甚至在观看《大圣归来》的时候,这四个层次并非完全分离或者完全无法对应,但很明显,孙悟空这个能指和《大圣归来》叙事的联系并不是其中最紧密的。

《大圣归来》的另一重意义,在于很多中国的动画爱好者奔走相告的"中国终于又有一部能拿得出手的动画片了!"李文玉在她的讨论中不无自豪地表达,虽然《大圣归来》的粉丝是受到外国流行文化在审美趣味和欲望结构规训的二次元一代,但《大圣归来》的出现正响应了他们在流行文化领域内寻求民族主体性的呼唤。① 然而,这种二次元领域内缺失的主体性正如吴炜华指出的那样,"中国学派的动画",即"美术片",某种意义上是一种事后的生硬归纳,所谓的"中国学派",能够归纳的来源作品数量极其有限,而且中国美术片在形成的过程中曾经大量学习了西方的动画传统,以及苏联的动画形式。然而这些影响和表现,在事后的"中国学派"归纳中都消隐不见了。② 同时,21世纪从官方到民间到粉丝,不断强调的需要崛起的中国本土"动漫",则更是不得不自我安放在后迪士尼、后吉卜力、后日本商业动画和漫画产业的位置上。外国流行文化大举占领中国市场后中国官方的针锋相对,更如陈龚指出的,这种国内业界对中国建立自我"动漫"产业的鼓吹,也是一种误命名。③ 对于"主体性"的焦虑,中国和外国的二元对立,催生了这种非此即彼的文化想象,"中国"成了一种象征性的符号,可以畅通无阻地合理化一切受质疑的文化形式和精英文化秩序中受到轻忽的媒体产业。例如 ACGN 文化一直因为"只是小孩看的东西""不务正业""是日本人的洗脑"等指责饱受诟病,而一旦有孙悟空等符号介入,更有了民族主义主体性需求时,这种产业也摇身一变,成了为国争光的重要力量。纠缠在孙悟空和中国本土动画(所谓"国漫")上极强的情结,部分就可以在此找到解释。

民族主义符号消费

2010年以来,中国的商业电影中出现了多达十多部的《西游记》改编之作,其中有一些改编较为忠实,另一些则完全天马行空,但观察这些电影作品的票房,则很容易发现,这些借着《西游记》名号的作品,几乎部部票房爆红,《大圣归来》作为一部动画片,已经是其中票房较低的了。下表1简单地统计了2013年至2017年中国电影市场上播映的部分《西游记》相关电影的票房,可见,除了少数票房不理想的,大多数都在10亿以上。这种现象在近几年"IP电影"票房走低的情况下堪称罕见。这更意味着《西游记》故事和孙悟空这个人物本身在市场上的号召力是独立于其他条件和外在因素的。

---

① 李文玉:《〈西游记之大圣归来〉粉丝产销实践研究》,北京大学本科生学年论文,2016年。
② Wu, Weihua. "In Memory of Meishu Film: Catachresis and Metaphor in Theorizing Chinese Animation," *Animation: An Interdisciplinary Journal* 4(1), 2009: 31-54.
③ 陈龚:《误读的"动漫"》,《美术观察》,2015年第2期,第28—29页。

表1：2013—2017年《西游记》相关电影的票房

电 影 名	年份	导 演	中国大陆票房（以亿元人民币为单位）
西游·降魔篇	2013	周星驰、郭子健	12.48
西游记之大闹天宫	2014	郑保瑞	10.43
西游记：大圣归来	2015	田晓鹏	9.56
西游记之孙悟空三打白骨精	2016	郑保瑞	12.00
大话西游3	2016	刘镇伟	3.6
西游·伏妖篇	2017	徐 克	16.55
悟空传	2017	郭子健	6.96

从《黑塔利亚》和《大圣归来》这两个例子中，我们可以发现一个共同点：无论是孙悟空，还是王耀，他们作为一个虚构文本中的人物，其所携带的文化意义绝不止于其在该特定虚构文本中的含义。换句话说，在他们的接受者那里，这两个人物的文化所指先于他们所身处的叙事存在，某种意义上，粉丝和消费者接受和消费的并不仅仅是小叙事中自洽的人物，而是整个庞大的跨文本互文网络中人物的形象。东浩纪在他的《动物化的后现代》一书中提出了日本御宅族文化中的数据库消费行为，认为随着日本社会从现代的有中心的崇尚大叙事的消费模式转向御宅族的后现代去中心化的消费模式时，大叙事崩解了，成为碎片化的小叙事，进一步地变为"无叙事"。因此御宅族在消费当代的动画、漫画和游戏（他以美少女游戏为例）时，除了消费表面的小叙事，更同时消费着深层的无叙事——以没有任何叙事成分的"萌要素"构成的数据库。小叙事中的人物往往就是由这些毫无叙事成分的萌要素构成的，而人物便因此可以彻底脱离叙事而先决地存在。[①] 上文中提及的两个关键人物，《黑塔利亚》中的王耀和《大圣归来》中的孙悟空，在御宅族的二次元社群读解方式中，确实都可以拆解成为无意义的萌要素，王耀的"阿鲁"口癖，他头上的呆毛（无法抚平，容易翘起来的头发），孙悟空的"大叔"外形和暴躁性格等，都是广义的萌要素的一部分。然而与人物一同被粉丝喜爱、致敬，并不断进入循环再生产的，却并不是让他们进入观众视野的小叙事，而是他们作为文化符号自身附带的民族大叙事。这种大叙事经过无数次重述，已经相当稳固。所以在中

---

① Azuma, Hiroki. *Otaku: Japan's Database Animals.* trans. Jonathan E. Abel and ShionKono. Minneapolis：University of Minnesota Press，2009.

国的 APH 粉丝抗拒日本式大历史叙事逻辑之时,他们用于反击的中国式大历史叙事也是最官方、最常见、最为陈词滥调的民族主义叙事。而孙悟空作为一个中国英雄的符号,对抗的是美式超级英雄的符号体系,在对抗过程中也镜像般对号入座了相似的叙事,而孙悟空在中国动画史上的独特地位,更让它带上了"国漫崛起"的悲情。

从 2009 年的《黑塔利亚》到 2015 年的《大圣归来》,再从 2015 年的《大圣归来》到 2017 年的《战狼 II》,二次元民族主义叙事隐隐地顺着同一种基于二元对立和寻找民族主体性的逻辑,一路从小众的亚文化来到了官方主流意识形态的核心,影响力也越来越大,同时也不断地抛出一个问题:这种隐藏在碎片化和去中心的文化场域中,形态多变的旧瓶子装新酒的民族主义大叙事,又会在什么时候碎裂呢?

对话

以林语堂为"棋子"探究中国现代知识思想

以林语堂为"棋子"探究中国现代知识思想

■ 对话/钱锁桥 燕 舞

2018年圣诞节前夕,英国纽卡斯尔大学汉学讲座教授钱锁桥英文版新著 Lin Yutang and China's Search for Modern Rebirth 的中文版《林语堂传:中国文化重生之道》,分别由广西师大出版社和台湾联经出版公司同步推出。

钱锁桥生于1963年,1985年从北京外国语大学英语系本科毕业后,在深圳大学外语系执教五年,其间因缘际会翻译了加州大学伯克利分校(以下简称"伯克利")的名教授休伯特·德雷福斯(Hubert Dreyfus)和保罗·拉比诺(Paul Rabinow)合著的 Michel Foucault: Beyond Structuralism and Hermeneutics,其台湾译本《福柯——超越结构主义与诠释学》竟帮助钱锁桥拿到了伯克利的奖学金。

1990年正式入读伯克利,急于"糊口"的钱锁桥获得了助教的工作,教本科一年级的英语阅读和写作时"重逢"林语堂——刚本科毕业时,他在国内的书店里偶遇过当时"还从没听说过"的作家林语堂 My Country and My People 的汉译本《中国人》。彼时伯克利流行的一本亚美文学教科书,一方面将林语堂当成"华美文学作家"先驱,另一方面又攻击林语堂,因为他不符合华美作家应该"以美国为归依"的主旨且"政治不正确"。受此刺激,钱锁桥一头钻进图书馆,将分散的所有关于林语堂的著述通读了一遍,"我感觉自己找到了一个'中国声音',慢慢发现我的父辈、祖父辈到底干了什么,从而给我带来了一个'新中国',让我茁壮成长"。

1994年,钱锁桥开始撰写博士论文,确定专攻林语堂研究。从一开始,钱锁桥就不是做所谓"单一作家研究",2011 年在 Brill 出版的首部专著 *Liberal Cosmopolitan: Lin Yutang and Middling Chinese Modernity*(《自由普世之困:林语堂与中国现代性中道》),仍然是一部理论导向的跨文化批评,他试图勾勒出"自由普世"作为中国现代性话语的另类声音,在中国现代文学文化批评的语境内突出彰显林语堂文学实践的意义。

首部专著 2011 年完工之前,钱锁桥就明确要写一部像样的林语堂传记,"作为中国现代知识思想史的个案研究"。新世纪之后,钱锁桥回到香港城市大学教了 13 年书……2011 年,钱锁桥在香港召集了一次林语堂研究的国际研讨会,论文集 *The Cross-cultural Legacy of Lin Yutang: Critical Perspectives*(《林语堂的跨文化遗产:评论文集》)两年前由其母校的东亚研究所正式出版。2013 年,钱锁桥接受了纽卡斯尔大学汉学讲座教授的教职。

钱锁桥追慕《史记》传统,"如果说我写 *Liberal Cosmopolitan: Lin Yutang and Middling Chinese Modernity*(《自由普世之困:林语堂与中国现代性中道》)是位跨文化评论家,那写《林语堂传:中国文化重生之道》,我就是位历史学家","但主旨都是一样的,都是以林语堂为'棋子',探究现代中国的知识思想问题","看看我们本来是不是可以有另一种现代性途径,现在和未来可不可以有另一种活法。"

钱锁桥想写出一部"智性传记",重新发现不仅仅是作为文学家和"幽默(humor)"一词最早中文译者的林语堂,更欲还原出兼具批评家、哲学家、思想家等多重身份的林语堂——和鲁迅、胡适一样,林语堂视"批评"为现代知识分子的标识,他捍卫"德先生"最为得力、最为坚定、最为雄辩;林语堂虽然也批评中国传统文化,但他不像鲁迅、胡适那样激烈,他修正了新文化运动一些激烈反传统的论调,重新发掘中国传统文化资源并发展出一套"抒情哲学",在推向世界的过程中大获成功,从而证明中国传统文化对中国现代性之路而言仍具备可用资源与活力。

日前,笔者与钱锁桥教授进行了一次笔谈。

——燕舞,2018 年 12 月

"80 年代的'文化热'中,译书是头等大事"

燕舞:您的两个名字"钱俊"与"钱锁桥"背后有什么故事么?

钱锁桥:我没有改名字,还叫"钱俊"。1996 年伯克利博士毕业后给自己加了个"学名"：钱锁桥，以后著书写作、参加学术会议、演讲等都用学名。我当时想，以前的"进士"既有"字"又有"号"的，咱现代人了，不搞这些了，我加一个"学名"总可以吧？也是为了给自己一点鼓励，今后做一个像样的学者。

我是江苏常州人。18岁上大学之前我家住的地方叫"锁桥湾"，江南小桥流水，家门前有条小河，流入大运河，一座小石桥——锁桥正坐落于小河入口处，岸边杨柳依依，夏天家家户户在门外乘凉，有小船一直开到门口，卖西瓜、卖大蒜头的……1994年从美国回来到老家转了一下，锁桥还在，可锁桥湾的老房子全拆了，小河变成了死水潭，哪还有杨柳啊。小时候的记忆被现代化了。回到美国后我意识到，这个"家"我今后也是回不去的了。陶渊明是"归"园田居，门口有五棵柳树，自称"五柳先生"。我是回不去的了，那就带着"锁桥"四海为家吧。

其实，我还有一个英文昵称，这儿的同事、朋友都叫我"Jay"，要给人方便。我跟你说，姓"钱"的真是倒霉。给我们设计拼音的聪明的专家发明了一个"Q"，不知道为什么不用"Ch"，难道是为了强调"中国特色"？这倒好，等于是给姓"钱"的诅了个咒，在英语世界这个"Q"是没法发音的。小时候"文革"时姓"钱"的都是坏蛋，经常被同伴取笑。现在在海外，又被各种怪腔怪调称呼，不光是我，关键是我的孩子一样在学校被人取笑，真是的，"名可名，非常名"。

燕舞：在新著《林语堂传：中国文化的重生之道》（*Lin Yutang and China's Search for Modern Rebirth*）两个中文版双双推出之前，您的汉语著述主要有1992年在台北桂冠图书公司翻译的《福柯——超越结构主义与诠释学》、2010年在香港中文大学出版社编著的《林语堂双语文选》，以及2011年在南开大学出版社编著的《华美文学：双语加注编目》和2012年在九州出版社编著的《小评论：林语堂双语文集》，我也曾在《读书》《二十一世纪》《书城》和《南方周末》上拜读过您的一些学术随笔。

1985年自北京外国语大学英语系本科毕业并执教深圳大学、担任五年助教之后，您就去加州大学伯克利分校攻读比较文学的硕士和博士研究生了。您三十一年前在深圳大学外语系开始第一份教职，是不是刚好赶上北大以及乐黛云先生她们援建深圳大学的比较文学专业的初期？深圳这五年执教生涯，对2000年从美国去香港城市大学中文、翻译及语言学系执教十三年应该不无影响吧？

钱锁桥：哎，80年代，我们那时年轻，心比天高。比较文学算个啥？不太清楚也不太关心。我们跳迪斯科、留长发、谈哲学，个个都是诗人。从黑格尔到海德格尔，从萨特到福柯，只要和我们被灌输的内容不一样就行。我当时在深大还是外语系外事秘书，负责接待外教。有一次和一位美国来的外教聊天，问他现今西方最牛的大哲是不是叫福柯？一个法国人？他是怎么回事？他说，嘿，我这里有一本书，你可以借去看一下。这就是《福柯——超越结构主义与诠释学》,我一头扎进去看,发现了一个新世界。80年代的"文化热"中,译书是头等大事,刘小枫当时也在深大,他说,你赶快把它译成中文,我们出。结果,后来形势直转,译稿只能拿到台湾出了。我译完后就给伯克利的两位原作者写信,说,我一个学士,译了你们的巨著,获益匪浅,不知有没有机会到你们那儿拜师读博士,学什么都可以:哲学、人类学、历史、比较文学等,可我一分钱没有。休伯特·德雷福斯(Hubert Dreyfus)[①]和保罗·拉比诺(Paul Rabinow)[②]两位教授特别热心,给我寄来该书的第2版,并给该校比较文学系的系主任写推荐信(他们觉得我去那儿合适还是那儿有奖学金,我也不清楚),还说你连这本书都能译成中文,GRE也不用考了。就这样,我去了美国。

深圳执教五年,这对我2000年决定到香港去当然有关系啦——我能听懂粤语啊,对粤文化一点都不陌生。北方人到广东到香港往往趾高气扬,对当地土话不屑一顾。可我在北京上大学时就领教过北京人"老子皇城底下"那种意思,我反而觉得粤人很可爱。我到香港后经常可以回深圳,不过那时我发现深圳已经全是普通话的天下了,80年代可不是这样的。

"林语堂在费正清的台湾弟子们眼里,好像上不了台面似的"

燕舞:您的本科专业就是英语,那1990年去伯克利留学后遇到的语言障碍是不是没有别的华人留学生那么大?还是说讲的仍然是"哑巴英语"?你们这批留美学生较之于"后'文革'时代"更早一批的留美学生,有哪些较为明显的群体特征?

您在新书后记中特别致谢了叶文心教授,那您的博士论文的指导教授是哪几位,他们对您的林语堂研究具体有哪些影响?

钱锁桥:我到伯克利留学最大的优势,就是语言方面没有任何障碍。这不仅要归功于从中学(我是1981年常州外语类高考状元,还登报了的)到大学的英语训练,还有深大五年和外教厮混、读书译书。最大的困难是没钱。伯克利给了我学费的全免奖学金,但生活费得自理,而学生签证规定除暑期只能在校园里打工,做助

[①] 休伯特·德雷福斯(1929—2017),系海德格尔和梅洛-庞蒂研究的国际权威,其主要贡献还包括从现象学立场出发对人工智能、认知科学的哲学预设的批判——采访者注。

[②] 保罗·拉比诺(1944—),在医学及科技人类学领域享有盛誉的美国人类学学家,其代表作有《摩洛哥田野作业反思》——采访者注。

教或研究助理,而这都是一年或一学期后要再申请,经常是不知道下个学年或下学期有没有钱吃饭、付房租。而且,比较文学系当时有规定,不给第一学年的博士生助教职位。我很幸运,在少数民族研究系亚美文学专业找到了一个助教职位,教一年级本科生的英语写作。刚开始上课的时候心里还是很怵的,人家可是美国土生土长的大学生,我毕竟是一个外国人。可是,学生第一次把写作作业交上来后,我就完全坦然了——并不是土生土长就会写英文的,基本的语法都搞不懂嘛,而我的英语是靠背语法起家的。

我去伯克利那年,西里尔·白芝(Cyril Birch)①教授刚退休,系里迎来一位哈佛刚毕业的才女Lydia H. Liu,就是刘禾教授,我在她的指导下完成论文。刘禾教授一直对我很好,我很感激。叶文心教授是我论文指导委员会的委员之一,还有一位是威廉·内斯特里克(William Nestrick)教授,他是搞文艺复兴研究的,但对日本、中国感兴趣,对中国学生(起码是对我)非常好,我记得到他的办公室,屋里全部堆满了图书和纸张,完全没有立足的地方。可惜,他给我的论文签字通过后不久便突然去世了。其实,我到伯克利后的头两年一直都是跟着休伯特·德雷福斯和保罗·拉比诺到处听课,听海德格尔、福柯等,他们统称"理论";后来,跟历史系一帮人"厮混",他们都是魏斐德(Wakeman, 1937—2006)、叶文心的学生。伯克利最让我受益的是它的图书馆(英文和中文的)以及中国研究中心,当时各路人马都到中心逗留,做演讲或访问,所有活动我都去听,让我眼界开阔不少。

燕舞:夏志清先生初版于1961年的《中国现代小说史》对20世纪80年代以来的中国大陆文学研究界有比较大的影响,他关于林语堂的论述(从"文学性"上对他及张爱玲、钱锺书、沈从文等给予了比较高的评价)对您也会有影响么?您后来去美国留学了,是不是这种影响又是以另外一种方式存在的?

钱锁桥:我当时当然看过夏志清先生的书啦,但我可以老实地告诉你,他那本书对我一点影响都没有,因为他写林语堂只有一页。我在哥伦比亚大学时有幸见过夏先生,很健谈,真是个怪才。但我可以这么说:我当时对整个台湾先我们大陆来的一辈留美学人都很失望,也一直很纳闷——为什么他们没有一个人关注林语堂(周质平先生是个例外,但周先生是我多年后2009年到美国做Fulbright访问学者时才"发现"的)。我求学时其实一直希望能找到心灵上的领路人,他们自然应

---

① 西里尔·白芝(1925—),曾任伯克利东方语言系的中国文学与比较文学教授和系主任,著有《中国文学体裁研究》《旧中国官吏看的选段:明朝的精英剧场》,翻译了《牡丹亭(The Peony Pavilion)》,编有《明代故事选》《中国文学作品选集》——采访者注。

该在台湾来的那辈留美学人中,而且林语堂有故居在台北,可是,当时居然就没一个台湾留美学人是关注林语堂的。他们都是"汉学家""中国学泰斗"费正清的弟子,林语堂在他们眼里,好像上不了台面似的。

"跨文化履历当然对林语堂研究帮助很大"

燕舞: 林语堂先生的生平行止高度国际化,您本人1996年在伯克利获得比较文学博士学位后,留校在系里担任过讲师,1997年又开始去哥伦比亚大学巴纳德学院做过两年的"美伦(Mellon)"文科博士后研究员,随后一年又去了美国汉密尔顿大学的比较文学系出任一年的助理教授,执教香港城市大学的十三年间又回哈佛大学在比较文学系出任富布赖特访问学者,2013年至今又远赴英国纽卡斯尔大学出任汉学讲座教授和孔子学院院长、东亚研究组主任——您本人学术旅程的国际化程度也非常高,这种频密的工作变迁对您理解传主的跨文化实践和"种族与情感"有什么特别的帮助吗?

钱锁桥: 我们往往说"学贯中西",这是做学问很高的境界。林语堂不仅"学贯中西",而且真正生活于两个世界。要能真正理解林语堂,能有中、西两个世界的生活体验,当然很重要。

我自己的跨文化履历当然对林语堂研究帮助很大了。我给你举个例子吧。我虽然是学英语出身,但来英国前对英国的了解都是纸面上的,对纽卡斯尔的了解更是根本谈不上。来了之后才知道,原来,纽卡斯尔在19世纪可是英国工业革命时期的重镇,它是有名的"煤都",也是造船中心——北洋舰队(以及日本海军)的船都是从这儿出去的。我在写《林语堂传:中国文化重生之道》(*Lin Yutang and China's Search for Modern Rebirth*)时,又读到林语堂抗战时在《纽约时报》上写的一篇文章,林语堂要告诉美国,当时国民政府的抗战决心是坚定不移的,这毋庸置疑,如果质疑这一点,那就等于是"carrying coal to Newcastle(把煤运到纽卡斯尔)"。我读到这儿时惊呆了,不得不佩服林语堂的英文,我要是没来纽卡斯尔,绝对不可能理解这句西谚。然而,并没有记录显示林语堂来过纽卡斯尔。我把这句话讲给我同事听,问他们现在还有没有这种说法,他们都乐了,哈哈,现在还可以用,carrying coal to Newcastle!

燕舞: 1994年上半年,在拿到博士学位前两年这个最忙最关键的时期,您还在南京师范大学外语系担任过六个月的客座副教授,当时还没拿到博士学位就做好回国服务的准备了么?这个节骨眼儿上是否会担心这个"客座副教授"会分散自己的研究精力?

钱锁桥:当时南师大有位副校长到美国招揽人才,找到伯克利中国学生会(我当时是学生会的),找来一些学生座谈。我当时刚好通过博士资格考试,可以开始写论文。我问他短期的访问或教职可不可以,他说短期访问也欢迎啊。我正好可以借机回去查找林语堂的研究资料,当时国内(主要是中文系的一些学者,大多是从鲁迅研究延伸过来的)开始写一些有关林语堂的文章,我利用这个回国机会全部收集了。

当然,主要是当时太想"家"了。我1989年被录取入伯克利读博士,但因故不给办护照,到公安局问为什么,没有理由,上面定的。足足拖了一年,我当时那个绝望啊,天天想着去美国。可到了美国,马上又特别想"家"。这次回去六个月,终于把这个念头给灭了。

燕舞:在香港城市大学执教长达十三年之久,五年前又是什么样的契机让您下决心移居和执教英国的呢?

钱锁桥:四海为家,就是哪儿都可以去的嘛。香港待这么久,我很喜欢香港。1997年之前英国可是香港的"宗主国"啊,有英国大学招聘,我就应聘了,人生又多了一种体验,何乐而不为?英国现在已经不是全世界的"老大",正好克服"美国中心主义",换个视角。

燕舞:您也是《英国汉学协会杂志》的编委会成员,英国的汉学研究现状与德法、美国的差异大么?"中国学"的概念现在在国内很热。

钱锁桥:"中国学"在国内很热?这有意思。我都不知道"中国学"到底是指什么。以前西方有Sinology,我们译为"汉学",它主要是研究中国语言文学的且不包括现代的。可能是要迎合现在对现代中国的关注吧,所以现在叫Chinese Studies。我是做现代的,这倒挺适合我。

英国现在流行学中文,"中国学"的发展肯定呈上升趋势。英国上大学也有"高考",叫A-level,其中外语科目可以选各种外语,去年选中文的考生人数第一次超过德语,中文成了第三大外语,而且是唯一呈上升趋势的语种,但和法语、西班牙语差距还很大。英国现在闹"脱欧",其中一种说法是要使英国"全球化"。我倒是希望英国借此能脱离欧洲中心主义,把眼光多看看中国,但这很难。

"通过挖掘林语堂来发现另一种现代性途径"

燕舞:您早在1989年就在北大《东西方文化评论》第2期上发表过《话语/权

力：现代中国知识分子反思》——这应该是1992年台版译著《福柯——超越结构主义与诠释学》的前期"副产品";1994年上半年,您在南京师范大学外语系设计和开办过"林语堂和东西方现代性"的课程,同年6月下旬在普林斯顿大学举办的第4届美国中国比较文学协会国际会议上,又提交了《林语堂和美学反泛政治化》的英文论文;1997年12月2日,在哥伦比亚大学巴纳德学院的维伦论坛上,又做过《亚美研究中的'亚'为何？华美研究中国人主体性的产生》的英文演讲……这些应该代表了您20世纪90年代关于林语堂研究的早期成果,那迄今为止,您对林语堂的研究可以划分为哪几个大的阶段？您对林语堂的心得和理解,又是怎样逐步加深的？

钱锁桥：我的学术生涯确实是从研究福柯和西方"理论"开始(虽然在深大时已经既译介福柯又反思"现代中国知识分子")。到了伯克利才真正知道,福柯那叫一个火,几乎各个文科学科的研究生都得知道点儿福柯。可是,我越往深处钻,越觉得这不是我要关注的。我关注的是"中国现代",现代中国发生了什么,"新中国"从哪里来。福柯探讨的是西方的现代性,方法、视角新颖,批评尖锐深刻,备受推崇。保罗·拉比诺教授是美国公认的福柯研究权威,他写了本很精彩的书 French Modern(中文译为《近代法国》,相当不妥,应译为《法兰西现代》,是探讨法国(及其殖民地)的现代性,不是传统的有关法国的社会学或历史学研究。中国史学界所谓的"近代"与"现代"在现代性视野下都是"现代")。而我要关注的是"中国现代",照理说,这和吾师之志趣有相通处。但是,我碰到了麻烦。我不仅觉得福柯等西方理论家探讨的西方的现代性,没有中国元素,而且觉得他们的方法、视角,那套"话语"本身来自西方的经验,不能完全套用于中国的经验——尽管中国现代的经验其实深深浸染于西方理论与经验。我们是跨文化的,"西"在我们现代举足轻重,而西方现代性理论并不包括中国经验。从福柯开出的后殖民理论,也和我们的经验相差很远。我们有我们的优先问题意识。比如,对中国现代性来说,中国文化如何重生如何得以融入现代,便是一个中心议题。福柯讲"监狱""监视技术",但他要是波兰人,恐怕他思考的东西、方法就不会一样。换句话说吧,西方流行的理论话语都是"骑马""跨马""修马""绕马""超马",最多是"无马",而我要探寻的乃"非马"也。于是,我决定走自己的路。可这是要付出代价的,由此你不入流啦,也不在你恩师、导师的话语圈了。我前面说到,我为了生存而一头扎进了亚美研究领域,这也是伯克利的强项,在美国领风气之先,我真的很感激黄秀玲教授给我那份亚美研究系的助教工作,不仅让我解决了刚到美国第一年的生存问题,还给我打开了一个全新的领域。我后来做林语堂研究,有一部分原因,也是受亚美话语那种恶毒的攻击林语堂的语言的刺激。不过,华裔作家赵健秀(Frank Chin)有一句话我倒是很欣赏,他对华裔美国人说:"你自己的历史你自己不去梳理,难道主流白人会替你去讲吗?!"

我从1994年开始写博士论文,确定开始做林语堂研究。但是,其实,我一直都没把它当成所谓"单一作家研究"。也许我是比较文学出身,中"理论"的毒不浅,从我的论文到第一本书 *Liberal Cosmopolitan: Lin Yutang and Middling Chinese Modernity*①,一直都没想着写传记。我是要探寻"另一种"理论,中国现代性的另一种出路,而且还涉及中美关系(其实美国在中国走哪条路的问题上起了至关重要的作用)。这样,我找到了林语堂。也可以说,林语堂是一个"棋子",一个被我成长过程中的主流话语埋没的棋子,我通过挖掘他来梳理我自己的历史,来发现我自己,看看我们本来是不是可以有另一种现代性途径,现在和未来可不可以有另一种活法。

博士论文写完了,"家"是回不去了,却找不到工作。我按自己的心意游学、写论文,天真地以为毕竟是伯克利出来的,反正美国任何地方都去便是,结果给现实狠狠地教训了一顿。最后,很幸运到纽约做博士后,提出的课题是华美文学研究,这可以说是从林语堂研究开出来的分支项目。也就是说,要搞懂中国现代,还得做美国研究。我在伯克利的时候见到过来做演讲的哈佛教授维尔纳·索勒斯(Werner Sollors),在纽约期间去哈佛演讲时,又见到索勒斯的高徒尹晓煌,他们两位对我非常支持。特别是尹晓煌君,他告诉我普林斯顿大学有一批庄台公司档案,没人去看过,或许对我有用。这一下花了我好多汽油钱:有两个月我天天开车从曼哈顿到普大,一盒一盒地从公司流水账式的文件中理出有用的资料,主要是林语堂和华尔西/赛珍珠的来往信件。这绝对是我林语堂研究的转折点。其实,我写完论文就已经不满意,觉得只是从文本到文本,虽然林语堂出版的英文著述当时也没人看,特别是对他在美国的背景不甚了了。

后来,又去了台北林语堂故居好几次,记得第一次去的时候正值陈水扁当选台北市长,感觉故居没人管,要关门似的。再后来,张隆溪先生邀请龙应台女士到香港城市大学做访问,我跟她讲我的研究,她热情邀我去做"驻馆研究员",2004年我在那儿待了一个多月,把馆里的资料清理了一遍,这对我的研究帮助也很大。但直到这时,我还是没想写传记,我想的是"中国的出路"。

而进入新世纪,我自己来到香港,近距离地体验中国的发展,更惊讶地看着西方的"理论"被娴熟地用来"言说中国",知识界也再次洗牌,自己的思路也更加清

---

① 可译为《自由普世之困:林语堂与中国现代性中道》——采访者注。

晰了。于是，我的第一本"理论"书 Liberal Cosmopolitan: Lin Yutang and Middling Chinese Modernity 在 2009 年回美国做 Fulbright 访问学者时终于完成，并于 2011 年在 Brill 出版。

燕舞：您在香港城市大学曾经发起和主办关于林语堂的国际研讨会，2016 年又在伯克利东亚研究所编著和出版了 The Cross-cultural Legacy of Lin Yutang: Critical Perspectives——其简体中文版《林语堂的跨文化遗产：评论文集》据闻也有望于 2019 年出版，英美学术界在林语堂研究上的关切重点，与国内的侧重点有哪些主要的异同？

钱锁桥：要感谢香港城市大学特别是张隆溪教授大力支持，那次会议开得很成功，邀请了海峡两岸、香港以及国际上的林语堂研究专家会聚一堂，我终于感到我也不是孤军作战了，不亦快哉！"评论文集"是该会议所交论文之精选，后来该会议的消息传出去了，美国又有两位学者寄来论文，都很好，我也收入了。该文集收集了中国以及国际上学者写的有关林语堂的论文，我认为是代表了当今世界上林语堂研究的最高水平。中文版 2019 年即出，以飨中文读者，读者可以从中自己去评判。

"'智性'传记既注重史实，又带有时代及个人激情"

燕舞：国内读者熟知的林语堂传记或以他为论述对象的代表性著述，至少就有其次女林太乙的《林语堂传》，华文文学专家施建伟教授的《幽默大师林语堂》《林语堂在大陆》《林语堂在海外》《林语堂廖翠凤》《林语堂全传》，《中国社会科学》杂志编审、林语堂研究学会顾问王兆胜研究员的《林语堂的文化情怀》《林语堂大传》，以及时任福建省社会科学院文学所研究员万平近的《林语堂评传》等，您以如此大的体量和篇幅且耗费如此之多的精力来写这部《林语堂传：中国文化重生之道》，您的自信在哪里？

钱锁桥：林太乙的《林语堂传》可以一读，毕竟是女儿作为自家人写的。但也正因为此，对后代写父辈的传记特别要留心，她肯定"私心"很重。而且，林太乙是位出色的作家。凡把传记写成小说的，我没兴趣。

当代"理论"看不起传记，是有一定道理的。作家传记往往写成流水账似的，啰里啰唆，不知想要说什么。我看美国学者彼得·康（Peter Conn）写的《赛珍珠文化传记》(Pearl S. Buck: A Cultural Biography)就有这个味道。但中国有《史记》传统，传记是史学的重要组成部分。如果说写 Liberal Cosmopolitan: Lin Yutang and

Middling Chinese Modernity 我是位跨文化评论家,那写《林语堂传:中国文化重生之道》,我就是位历史学家。但主旨都是一样的,都是以林语堂为"棋子",探究现代中国的知识思想问题,探究中国的出路(前途)问题。我写完第一本书以后言犹未尽,很多同事、朋友也敦促我写部传记,而我本来就觉得或许我更是一位历史学家。我开始写传记的时候,手头资料早就攒得满满的了,或许我本来就一直在为写史做准备。

燕舞:《林语堂传:中国文化重生之道》的自我定位是"一部叙述林语堂跨文化之旅的智性传记",何谓"智性传记"?林语堂本人也曾写过《苏东坡传》《武则天传》——尤其是《苏东坡传》对很多不同领域的名家都有深远影响,他在传记方面的研究与写作技艺有哪些特点?对您写他的传记反过来有什么影响?

钱锁桥:"智性传记"从字面上讲,就是写一个人的知识思想史。或许"智性传记"就像林语堂写的传记那样,既注重史实,又带有时代及个人激情。读完我这部传记,你应该就知道了林语堂是在什么背景下写的《苏东坡传》和《武则天传》。

燕舞: 早在 2004 年,您在台北阳明山的林语堂故居就做过"启蒙与救亡:胡适、鲁迅和林语堂"的演讲,十年之后又在普林斯顿大学东亚研究系做过一场公开演讲"胡适与林语堂:现代中国两条自由之路",将林语堂与鲁迅、胡适并称可以说是您的林语堂研究的一大亮点——广西师大出版社"新民说"此次也将这一亮点凸显在简体中文版的新书腰封上了,从现代中国思想文化界的"双子星座"扩展到"三足鼎立",钱教授的根据何在?您怎么让读者相信,您不是因为主要做林语堂研究而夸大其重要性才同"鲁迅与胡适"并称?

钱锁桥:"三足鼎立"是我在这部传记的第一章中作为引言提到的,但我其实希望读者读完该书后能和我产生共鸣,能理解我真正要说的意思,即鲁迅和胡适其实并不能和林语堂并称,鲁迅和胡适都是 20 世纪中国的,林语堂不仅是 20 世纪的,还属于我们 21 世纪,不仅是中国的,还是世界的。读者不是傻瓜,他们自有评判。

"细节中有民国社会的方方面面,要真正达到'双语''双文化'是很不容易的"

燕舞: 除了研究视角上的理论突破,一部"智性传记"要想有所创新与超越,传主相关史料上的突破恐怕也是一个基础性要件,这一点我在拜读尊著第 6 章《"我的中国":东方向西方倾谈》写林语堂与赛珍珠、华尔西夫妇复杂关系的第二节

"《吾国吾民》"时就领教了,其中第35个注释就颇值得玩味——赛珍珠的第二任丈夫、20世纪30年代中期时任《亚洲》杂志主编的华尔西,其主持的小型出版机构庄台公司为了大力推介林语堂的新书,往往将其书稿的部分精彩章节提前力荐到全美主流刊物上发表,取自 My Country and My People(《吾国吾民》)书稿中的 Some Hard Words About Confucius 一文在《哈勃》杂志发表,"该文取自第六章'社会生活和政治生活',由赛珍珠缩编并题名","这篇文章《哈勃》杂志付了250美元版税,其中庄台公司抽取25美元佣金,另外25美元支付给内弗(Neff)小姐,以酬谢她'从书稿中抽取章节的编辑工作'。可根据《哈勃》杂志编辑李·哈特曼给华尔西函,他们用的是'赛珍珠缩编的章节'。"这么说来,庄台公司的内弗(Neff)小姐所领取的这25美元其实是掠赛珍珠之美,她们"侵占"了林语堂的稿酬。

这一章里还有一个注释让我忍俊不禁,那就是林语堂1934年2月8日设晚宴为访问上海的华尔西接风,约请的陪客中有潘光旦、李济、邵洵美、徐新六、全增嘏和丁西林等名流——"林语堂告诉赛珍珠,胡适此时在上海,但他不想邀请,除非赛珍珠和华尔西要求",而最初拟定的嘉宾名单中还包括鲁迅、郁达夫和茅盾,"但因为他们不懂英文,后来林语堂也就算了"。

虽然这类考据极其琐细,但可以佐证钱教授的考证之细密之严实。

钱锁桥:这是你读出来的啊,不要这么小气嘛。

整体上讲,华尔西/赛珍珠给中美文化交流作出了很大的贡献,他们和林语堂的关系也是本传记的一个支点。

说到细节,本书有很多很多细节,我校对、复核的时候读到这些地方,往往自己也都偷着乐。接着你刚才的接风晚宴这个例子说吧,林语堂拟的接待名单里,这位银行家徐新六的名字后,他加了一个括注[每天晚上读法朗士(Anatole France)的法文文学作品]。看到这儿,我希望读者会和我一样唏嘘:现在还有这样的银行家吗?细节中有民国社会的方方面面。

再给你举一个例子吧。林语堂在1937年第20期《论语》上的一篇小品文《思满大人》(Mandarin,指清朝一品至九品的官吏,亦指"官话")中,有这样一段:"是的,古时的王公大人已不见了,讲官话的艺术也荒废了。我们没有一个李鸿章,只有阿伯林大学的毕业生,我们看不见曾国藩、张之洞,只看见张宗昌、汤玉麟之辈。他们的名字叫做'玉祥''福祥''振春''金珏',而他们的姨太太不是'迎春',便是'秋香'。我想这也是一种可以纪念的国耻。"这篇文章是双语版,有中英文,但只有中文读者能欣赏到这一段,因为英文版没有这一段。

燕舞:既往代表性林语堂传在史料特别是英文史料方面如果说有所局限,难道仅仅是因为作者英文水平的局限么？最近二三十年来，按说新生代研究者的外语水平得到了极大提高呀？您这部传记特别收录了"林语堂全集书目"，德语也不是您的专业，其德语创作这部分您是怎么处理的？

钱锁桥： 首先，要搞清楚"英语水平"是什么意思。一级、二级再到"疯狂"级？要真正达到"双语""双文化"是很不容易的，不只是所谓"英语水平"问题，而是要能活在该语言中。我不懂德语，但三人行必有我师啊。波士顿大学（Boston College）的吕芳是位才女，她在德国、加拿大、美国都待过，德语一流，她也来香港参加研讨会，我就向她请教，请她把林语堂的德语博士论文都整理出来了。

燕舞： 香港城市大学媒体与创意学院的副教授、女导演魏时煜博士曾跟拍您在世界各地寻访林语堂遗迹的过程，这些影像资料中，您觉得哪些部分的文献价值格外高？寻访过程中又有哪些特别难忘的事情？

钱锁桥： 我的前同事魏博士也是一位才女，真能干。前些年我和她合作想拍有关林语堂的纪录片，全世界跑追寻林语堂的足迹。见了很多人，真是有趣。记得我们到洛杉矶——林语堂1936年在好莱坞待了半年，不知道他在干什么，我有他曾经住的住址，所以我们就一路开车去找，一直开到门口，是一栋小洋房。我们就敲门，说明来意，探访一个中国大作家（"在美国成名的中国作家"——反正介绍林语堂都会很拗口）曾经的住址。主人特别热心，典型的加州人，能侃，说这个房子以前还有谁谁谁哪个名人也住过，反正我们借林语堂的名，在他家喝茶（是的，他请我们喝茶）、聊天，一个美好的下午。

"做林语堂主要是要看中国现代中的美国，做辜鸿铭则要看中国现代中的英国"

燕舞：《林语堂传：中国文化重生之道》出版之后，您的林语堂研究还有哪些新的突破点和推进计划？您的另一部英文版传记《辜鸿铭：维多利亚文化与中国现代性》据闻已经签约爱丁堡大学出版社，目前进展如何？关于辜鸿铭的研究，对林语堂的研究又有怎样的帮助？

钱锁桥： 对，我的下一个项目是辜鸿铭。辜鸿铭太有意思了，或许是中国现代最被误读的人物。我当然是早在做林语堂的时候就开始关注辜鸿铭了，林语堂自称辜鸿铭和胡适是影响他最重要的两个人物。林语堂当然受到辜鸿铭影响，比如上面讲到的"国耻"说就有辜鸿铭的味道。但我现在认为，林语堂其实不懂辜鸿铭。做林语堂主要是做中国现代的民国时期，做辜鸿铭则是做中国现代的晚清时期。做林语堂主要是要看中国现代中的美国,做辜鸿铭则要看中国现代中的英国。辜鸿铭研究20世纪90年代有一阵在国内挺热的,以反殖民爱国的形象重新被发掘。可辜鸿铭最喜欢引用英国名家塞缪尔·约翰逊的名言:"爱国主义是地痞流氓人渣最后的避难所。"

最近写完林语堂马上就想做辜鸿铭,也是因为有资料上的突破。我在爱丁堡图书馆找到辜鸿铭给骆克(James Steward Lockhart)的亲笔信数十封,其间隔横跨三十多年。辜鸿铭和骆克是爱丁堡大学的同学,他们后来一直保持朋友关系。骆克是在香港官至仅次于港督的第二号人物(现在香港还有"骆克道"),后又出任威海卫总督。这让我们看到一个有血有肉的辜鸿铭。辜鸿铭在维多利亚时代的文笔和手书很难读,我专门请人帮我打出来了。

做辜鸿铭可以让我们探究中国现代的"保守主义"脉络。任何知道一点英国文化的人,绝对不会把"保守主义"当成贬义词,可我们现在基本上还把它视为贬义的,因为保守主义在中国现代性中太弱了。革命后浪推前浪,而开启这一风气的是严复译介斯宾塞、赫胥黎的进化论。然而,19世纪后半叶的维多利亚时代还有另一批人讲"文化"的:卡莱尔、阿诺德、拉斯金等,和斯宾塞、赫胥黎唱反调,而他们正是辜鸿铭的老师和导师。他们的思想后来也影响到美国的哈佛教授欧文·白璧德(Irving Babbitt)①——中国学衡派学人的导师。辜鸿铭可以说是中国现代最彻底的反革命,从一开始就反康、梁的"雅各宾"政变,一直反到在他晚年兴起的共产主义红潮。

燕舞:您也与 World Scientific Publishing 签约了一部英文专著《中国文化导引》,能简单介绍一下这部书吗?林语堂、辜鸿铭这些晚清、民国的思想文化名家在您所研究的这个"中国文化"的体系中,是不是占据着特别重要的位置?

钱锁桥:辜鸿铭项目现在要稍缓一缓。我在英国一直教一门"中国文化导引"的课,出版社要我写一本给学生和一般读者用的书,我觉得也很有必要,我也有话要说。但写起来发现可不是那么容易的,要面面俱到又要有个人风格,不好把握。可见当年林语堂写《吾国与吾民》要相当的功底。不过应该很快可以完工了。这里当然会看到辜鸿铭、林语堂等前辈谈中国文化的烙印。

补记:上述笔谈定稿后,2019年春夏,钱锁桥受邀回国,与顾彬、许纪霖、周晓

---

① 欧文·白璧德(1865—1933),美国文学评论家,人文主义的领军人物,反对浪漫主义,相信伦理道德是人类行为的基础——采访者注。

虹、谢泳、周武等学者做林语堂研究方面的对谈,北京大学人文社会科学研究院召开"林语堂与现代中国知识思想遗产"研读会,北京外国语大学全球史研究院召集"作为留学生的林语堂"工作坊,作者还受邀在复旦大学古籍所、华东师范大学思勉高研院等地做"林语堂与摩登上海"主题系列演讲;2019年底,钱锁桥与作家许知远在京进行主题为"智性传记如何可能——以林语堂、梁启超的最新传记为例"的对谈。

据悉,《林语堂的跨文化遗产:评论文集》(*The Cross-cultural Legacy of Lin Yutang: Critical Perspectives*)将于今夏出版;随着林语堂圣约翰时期(1911—1916)双语写作方面最新史料的发掘,钱锁桥目前正着手酝酿《林语堂传:中国文化重生之道》的增订版。

——燕舞,2020 年 3 月下旬

(香港中文大学文化及宗教研究系博士毕业生杨柳女士与浙江工商大学外国语学院专任教师胡茂盛博士,以及《北京舞蹈学院学报》编辑部主任张延杰副研究员,对本专访亦有重要贡献,谨致谢忱!)

谈艺录

命运·尾声
——《洋麻将》札记两则

《亨利五世》：
英格兰一代圣君英主

命运·尾声
——《洋麻将》札记两则

■ 文/陈思和

美国剧作家 D. L. 柯培恩创作的话剧《洋麻将》于 1977 年在洛杉矶首演,次年获普利策大奖。当时中国人刚从一场噩梦中挣扎出来,自顾不暇,当然不会去关心大洋彼岸的老年人的命运问题。八年以后,北京人艺首次公演卢燕翻译的这个戏,夏淳担任导演,于是之、朱琳主演;据说是"并未获得社会影响意义上的成功"。到 2014 年,北京人艺重新排演这个经典剧目,导演是唐烨,由濮存昕与龚丽君主演。又过了五年,2019 年,上海著名导演陈薪伊第三次排演《洋麻将》,担纲主演的是奚美娟与关栋天。如果不算 2010 年香港话剧团在重庆上演过一次,那么中国内地剧团上演《洋麻将》影响最大的,大约就是这三次。

我是 2019 年观看了陈薪伊导演的《洋麻将》。在这以前,我一直以为这是一个适合在小剧场排演的戏,两个人,近距离,就像当年的《留守女士》那样。但是当我坐在剧场里,看到舞台上的大幕拉开时,脑子里预设的观念全部被颠覆了。舞台上呈现出一个与原剧本不同的场景:一个开放的空间,光线明亮,一个现代风格的车站,顶棚上挂满了时钟,时针在不停地倒转。这与原剧本设定养老院里一个封闭小房间的氛围完全不同。舞美设计所呈现的不仅是大气磅礴,一如陈导惯有的舞台美学风格;更重要的是,通过车站与时钟等相对符号化的道具和场景,陈薪伊对这个批判现实主义的经典剧目进行了现代主义艺术的解读,把它改造成一部讨论人的命运的现代戏。于是整个戏剧风格也翻出了新的格局。

怀着这样的兴趣,我重新去找了有关北京人艺两度上演《洋麻将》的音像资料和文字评价,看了以后,更加坚定了我对这个戏的理解。本文就戏中的命运观与结尾的艺术处理两个问题,写出来就教于方家。

一、命运观

这个戏究竟是写老人晚景凄凉还是写人的命运?这个问题没有定论。我看了相关评论,一般都认为这是一个社会问题剧,也就是讨论美国老人的困境,里面涉及老人的孤独无助的心理、贫穷、子女冷漠、养老环境差……等等。这些都是社会通病,进而往深刻方面说,就是批判美国社会的人情冷酷。但于是之先生不这么看。他在排演这个戏时发表了一份演员手记《排〈洋麻将〉日记摘抄》,里面他这么分析魏勒这个角色:"'运气不好',成为他晚年唯一的精神支柱。他都不敢承认自己是生活中的弱者,是在生活的拳击场中被打败了的人。他总要在生活中发现一个强者、胜利者的自己。""然而他们是不平静的,要抗争的,甚至不知向谁去抗争。顶多知道个'命运'。有时会莫名地哭。"于是之创作角色,不是从概念诠释人物,而是牢牢地抓住了人物的精神特征。对魏勒这一个人物来说,他的精神困境来自于"运气不好",又不甘心,他还想抗争,可是如何抗争?用什么办法来证明自己还会成为一个"强者"?于是之说,魏勒"顶多知道个'命运'"。其实他已经把这个戏的旨意透露出来了。魏勒和芬西雅两人在舞台上一连打了十四把洋麻将,"洋麻将"才是这个戏的真正主角,它就是命运的征象。

从剧情上看,"洋麻将"就是打扑克,扑克之于西方文化的意义,与中国人打麻将不同,扑克在西方文化里有未卜先知、预测人生命运的功能。魏勒一生中,生意、事业、家庭、婚姻,几乎都失败了,一无所有,孤独地在养老院里生活。可以说是人生的失败者。但他又是一个"男子汉",不愿承认自己是失败者。他与养老院里其他心平气和接受失败命运的老人不同,他还要挣扎,希望自己的人生中会出现最后的奇迹,证明自己不是平庸之辈。——这是魏勒这个人物的亮点。理解了这一点,就能理解他为什么刚出场就用刻毒的话语骂那些养老院里的老人,把自己与那些老人划清界限;也能理解他为什么固执地打牌。既然扑克有暗示命运的功能,他只有努力通过打牌来寻求自己命运的可能性,而养老院里其他老人早就放弃了打牌,接受了命运的安排。再者,命运这么不好,魏勒到老了还想努力与命运抗争,这就有了悲剧的意味。在西方的戏剧传统里,敢于与命运抗争而必然失败的人才是英雄。当然这一切对魏勒来说都是下意识的,他不是自觉这样做,他不是特别爱好打牌,也不是特别擅长打牌,更不仅仅为了解闷消遣,而是朦胧中对自己的命运充满迷茫和恐惧,他想弄个明白。所以他才会因为芬西雅的一场场赢牌感到恐惧,再由恐惧而绝望、迷乱,最后因失控而崩溃。这一切都是他对未来命运的恐惧造成的,是下意识的行为。

如果这样来理解这个戏,那么,打牌就不是养老院里老人因无聊而沉迷的游戏,而是一场场心里淌着血的灵魂的搏斗。我没有看过原作在美国的演出,于是之看过录像,是作者柯培恩自己扮演的魏勒,于是之说"他演的是一个衰老的人,神经质的人——这两点都有可取处"。我无法揣摩柯培恩的"神经质"是怎么表现的,但我猜想,柯培恩演绎的"神经质"很可能是与剧中人物与命运搏斗有关,因为是灵魂的搏斗,人物是与一种看不见的虚无状态作战,"神经质"是必然的表现。但于是之是一位现实主义艺术大师,他是从真实角度去理解人物虚幻的精神症状,所以他把魏勒与命运的对抗理解成"幻觉"和"弄神弄鬼",并努力地要把这些细节表现得真实可信,合乎逻辑。有一场戏,魏勒与虚幻中的命运之神对话,芬西雅以为他精神出了状况,然而在于是之的表演中,把这个场景演绎为自言自语的内心自我对话。

这场人物与虚幻的对话,不是魏勒的精神错乱,也不是他故意弄神弄鬼,其实就是表现他对命运昭示的对抗。在这个方面,陈薪伊版的《洋麻将》就显得驾轻就熟,表现得比较顺畅。当然这里也有偶然性,两位演员不同背景的表演艺术在舞台上发生撞击和互补,呈现出天作之合,把这类虚实结合的现代艺术表现得恰到好处。奚美娟主演的芬西雅,与北京人艺的两版女主角都不一样,是演员独创的艺术形象。舞台上的芬西雅,既没有西式的浓妆艳抹,也没有西方女士的特色服装,奚美娟本色出演,把芬西雅塑造成一个南方女性:纤弱、天真、无辜、爱体面(也有些矫揉造作的"装")的神情,简直演活了这个形象。芬西雅不是纯粹的现实中人,她还代表了命运来向魏勒揭示真相,通过打牌来告诉他:你就是一个失败者。换句话说,芬西雅是魏勒的命运之神。如果芬西雅真的是一个精于打牌的高手,那么她赢牌也不足为奇,问题是她恰恰不怎么会打牌,连自己也赢得莫名其妙。这样就充满玄机,特别有趣。芬西雅每一次宣布自己"胡了"的时候,那种一脸无辜、歉意、不知所措的神态,演得特别传神。因为芬西雅自己也不知道,她既是一个普普通通的失意老太太,又是被选中了要向魏勒传达命运的意志的人。所以,芬西雅的出现对魏勒来说是残酷的。魏勒在一次次输牌的过程中也发现了可疑之处,于是他追问芬西雅:是一股什么力量让你赢牌?你怎么能控制我的意志?……他恍惚意识到,有一种神秘力量存在。于是他因恐惧而迷乱,出现了精神幻觉。这场戏很重要的,因为魏勒已经在形而上层面感悟到命运之神的可怕存在了。所以在最后一场戏里,他才会那么刻意去伤害芬西雅。京剧演员出身的关栋天在演魏勒这个角色时,恰到好处地表现出一种对形而上命运充满迷茫、恐惧和不甘心的状态。也许京剧是一种表现主义的艺术,演员习惯于面对着舞台前的观众说话,经常会采用一种游离具体场景的表现手法,舞台上魏勒与芬西雅面对面地打牌时,芬西雅总是在现场中牢牢地把握住舞台的中心,而魏勒的神情常常是游移的、分散的,他总是头部微微仰起,眼睛对着虚无,似乎看到了芬西雅身体之外有着某种可怕的存在。这是魏勒最后崩溃的心理基础,当然不会是因为输牌而崩溃。

但是在现实层面,这两个角色又都是扎扎实实有血有肉的人。他们的性格塑造是按照生活真实的逻辑在发展,非常饱满非常复杂。魏勒从不甘心失败出发,沉浸在洋麻将中,结果通过不断输牌,终于认识到命运的安排,进而崩溃;芬西雅在无意中代表了命运的意志,在打牌过程中一次次赢牌,她自己也身不由己,到了最后,又还原为普通人,接了地气,反而对魏勒的失败命运产生深深同情。

二、结尾构思

我们再谈谈这个戏的结尾。《洋麻将》在中国舞台上的几次演出,戏的结尾处理都是意味深长,含有不同的寓意。导演对这个戏的不同理解,落实到具体的艺术处理,都体现在"卒章显志"这一点。人艺夏淳版的结尾可能是出于于是之对角色的理解:"一个过了时的男子汉。"结尾场景中魏勒一度精神失控,挥起手杖敲打牌桌,芬西雅惊恐叫唤护士,魏勒慢慢清醒过来,颓然地倒在沙发上,泄了气似的,然而,他似乎又不甘心命运的打击,他还要面子,于是猛然地站了起来,一言不发,昂着头颅,挺起胸,迈着衰老的步子,一步一步走出储藏室。于是之绝对高超的演技把人物的复杂性格及其情绪化的极致表达,非常有层次地表现出来。就身体语言而言,演员有些僵硬的身板与一步一步往外走的动作,把全场观众的眼和心都一起带出了舞台。可惜舞台空间在这个时候显得太小,魏勒的高度艺术化的戏剧动作强烈吸引着观众的情绪,但是舞台上已经没有空间给他继续展示了,每个观众看到这个时候都会产生意犹未尽的感觉。也许是为了弥补这个遗憾,导演及时调动芬西雅的作用,在魏勒走到门口继续往外走时,芬西雅从惊恐中清醒过来,她仿佛也受到魏勒的身体语言的感染,也慢慢地站起身,挪动着僵硬的身体,一步一步跟着往外走。这时候芬西雅的动作与魏勒是一致的,两人的精神状态也是高度一致的,就仿佛两人精神已经合为一体,他们拼着衰朽的身体,坚强地迎着门外的命运之神走出去。芬西雅的动作延长了魏勒的动作线,使人们原先意犹未尽的感觉得到了一定的释缓。

《洋麻将》人艺唐烨版针对这个结尾做了较大改动。导演明白表示:"对于前一版的结尾,我有不满足的感觉,好像还有话要说,好像还没有宣泄,我不想让人感觉太凄凉,不想让人没有希望,所以我会在结尾加一个温暖的希望,让人们有活下去的勇气,让人们在无处可去无路可走的时候,还有一块属于自己的角落。"有评论文章这样描绘唐烨导演设计的新结尾:"魏勒的最后一把牌以失败告终,近乎崩溃,他挥起拐杖狠狠地敲打桌上的纸牌,被吓坏的芬西雅不敢看他,而魏勒像泄了气的轮胎,他蹒跚着走出储藏室。戏没有就此结束,这时舞台旋转起来,随着魏勒移动的脚步,场景转向屋外。储藏室外白晃晃一片,空洞迷茫,刺眼的白光反衬出储藏室里的昏暗,但同样的了无生趣,魏勒颓然坐到屋前的露台上,他走不动了。舞台继续旋转,重新回到昏暗的储藏室,芬西雅还在牌桌前坐着,她无处可去。魏勒蹒跚着走回储藏室,瘫坐在沙发上,显得更加苍老,更加凄凉,他也同样无处可去。两人无语,抑或无望。这一结尾,于无声处耐人琢磨,正如唐烨导演所想,她将老年人的孤独和无助推到了极致,至此,主题的追问和撼人的力量在这一刻得到了充分的宣泄和伸张。"导演的设计确实充满新意,舞台场景也发生了很大改观,但从戏剧要表达的思想主题来说,人物的命运更加渺茫,在夏淳版结尾的主题词是"魏勒走出去会怎么样?"唐烨版的结尾主题词是告诉观众:"他又回来了。"这已经是一只飞不起来的鸽子。这样就把"一个过了时的男子汉"的虚假自慰给解构了,也就是导演想要"将老年人的孤独和无助推到了极致"的意图。不过在这样一个悲凉的结尾中,"一个温暖的希望"好像是不存在的,可能是艺术的现实主义力量战胜了导演主观尚存的微弱的善意和希望。

接下来我们再来看陈薪伊导演对《洋麻将》所做的现代主义的演绎。在陈导的更为开阔的舞台场景里,不存在一个封闭空间,也不存在"走出"或者"回来"的主题。命运依然是悬挂在舞台外面的无所不在的"主宰"。但是现代人略微夸张的动作解构了命运的神圣性和不可违抗性,在这场结尾的高潮里,主导的一方悄悄转移到芬西雅的身上。魏勒在最后一场牌局中抓到了一张坏牌,精神紧张到了崩溃边缘,然而略带一点天真的芬西雅已经摆脱了前面剧情中两人的冲突情绪,她发现自己又赢了,但又不敢直截了当地说出来,害怕魏勒生气,她此时的动作是:无语,抓着牌的手伸到魏勒的眼前晃动。应该说明,奚美娟扮演的角色是三个芬西雅中最优雅的一个,她全剧始终与沉浸在打牌中的魏勒保持着一定的精神距离,略有一点高高在上地挑逗着魏勒,也是引导着魏勒。然而当魏勒精神错乱,以为自己赢了牌而狂喜时,她用冷静的语调提醒他:"魏勒,是我赢了。"这才出现魏勒的情绪失控,举起手杖乱打的行为。她这时候又边躲边喊:"魏勒别打我啊!"仿佛魏勒举起手杖真是冲着她的。——我在前面分析过,魏勒一再怀疑芬西雅来历不明,仿佛是专门来揭示他的不妙命运,这是一种灵魂附体的奇异现象。所以魏勒本能地举起手杖时,应该含有朝芬西雅打去的无意识的冲动,但是经芬西雅一喊,魏勒从迷乱中醒来,于是他把手杖朝向牌桌乱打,终于颓然倒下。演员表现魏勒的这一动作有很高难度,动作背后是人物情绪的急剧变化:迷乱中举起手杖打向命运(抗争)——猛然刹住,转向打牌桌(退缩而爆发)——倒下(情绪转折太快,来不及宣泄而崩溃)。然而这时候芬西雅也在发生变化,在全剧中,她只有两个时刻呈现了自己的本来面目:一个孤独的普通老太太。一个时刻是她刚开始出场,与魏勒打牌之前;另一个时刻就是结尾,当魏勒倒下的时候,她在打牌过程中无意识充当了命运女神的那一层"附身"完全褪去了,这时候,她已经还原为普通的老太太。她本来是代表了命运之神在点拨失败者魏勒,当失败者被点醒的时候,她的立场却转移到了失败者的一边,对魏勒的悲惨命运充满了深刻的同情。于是她走过去,扶起昏迷的魏勒,把他紧紧拥抱在怀里。定格,像雕塑一样。戏剧的最后一瞬间,演员的感情极为饱满,激情、悲愤、抗议、天问……短短一两分钟的时间把艺术形象的抽象性与典型性推向了绝顶高峰。

从于是之的昂然出走到濮存昕的颓然回归,再到奚美娟、关栋天的相拥而立,似乎是演绎了人与命运的三部曲,在第三种结局里,人不再对抗命运,也不会躲避命运,他们就这么相拥而立,就这么对天而泣,如果还有一丝希望,他们会这样搀扶着走向人生终点。这就是人的存在,人的生存状态。

2020 年 2 月 11 日

《亨利五世》：英格兰一代圣君英主

■ 文/傅光明

一、写作时间和剧作版本

（一）写作时间

《亨利五世》初稿应写于1599年初夏，理由有五：

第一，《亨利四世》（上篇）1596年下半年（九、十月间）完稿，《亨利四世》（下篇）或于同年岁末、至迟1597年初完稿，作为其续篇的《亨利五世》，自然在此之后动笔。

第二，1598年9月7日，作家弗朗西斯·米尔斯（Francis Meres, 1565—1647）牧师在伦敦书业公会（Stationers Company）登记印行的《智慧的宝库》（*Palladis Tamia*）一书，未提及《亨利五世》。

第三，1600年8月14日，书商托马斯·帕维尔（Thomas Pavier）在伦敦书业公会的"登记簿"（Register）上注册登记《亨利五世编年史》（*The Chronicle History of Henry the fifth*），且附按语"保留印刷"（to be staied）。

第四，《亨利五世》第五幕开场诗（chorus）中说到"伦敦市民倾巢而出""迎接胜利的恺撒"亨利五世时，顺便提及"倘若我们仁慈女王的那位将军从爱尔兰归来，——没准儿就在眼前，——用剑尖儿挑着叛贼的脑袋，得有多少人出城，把他迎进安宁的城里！"一般认为，此处之"将军"（general），指女王伊丽莎白一世（ElizabethⅠ, 1533—1603）的宠臣埃塞克斯伯爵（Earl of Essex, 1567—1601），他受女王之命,于1599年3月27日率英军远征爱尔兰,镇压蒂龙(Tyrone)的叛乱,后无功而返,并于同年9月28日失宠。按理,这几行台词应写于3月27日至9月28日之间。事实上,进入6月份,英国人已不指望埃塞克斯伯爵这次远征得胜还朝。换言之,莎士比亚写这几行台词时,绝想不到这次远征将以落败收场。

不过,对此另有两种看法:第一,"新剑桥版"注释,此处指埃塞克斯伯爵于1596年率英军洗劫西班牙加迪斯港(Cadiz),回国时受到盛大欢迎;第二,"将军"指的是从1600年2月起担任英国军械总管(Master-General of the Ordnance)兼爱尔兰总督的蒙特乔伊勋爵(Lord Mountjoy, 1563—1606)。从时间上看,前者过早,后者又稍晚,均与实情不符。

第五,剧情说明人在《亨利五世》开场诗中说"我们能把连阿金库尔的空气都闻风丧胆的盔甲,全塞在这个木头圆圈儿里吗?"这个"木头圆圈儿",指用木头搭建的圆形环状剧场,或许暗示《亨利五世》原为新建成的莎士比亚所属"内务大臣剧团"的"环球剧场"(the Globe Theatre)而写,但此剧首演可能在圆形的"帷幕剧场"(the Curtain Theatre),而非"环球","环球"的开张时间在1599年2到9月之间。

(二) 剧作版本

尽管书商托马斯·帕维尔为防止盗印,在书业公会注册登记时特意注明"保留印刷",盗印的"第一四开本"还是于同年(1600)出版,标题页印着:"亨利五世编年史,有其法兰西阿金库尔之战。另有旗官皮斯托之事。陛下之内务大臣仆从剧团多次上演。伦敦。由托马斯·克里德(Thomas Creede),为托马斯·米林顿(Thomas Millington)和约翰·巴斯比(John Busby)印刷。"

毋庸讳言,这是一个糟糕的四开本,即"坏四开本"(Bad Quarto),或凭对剧团巡演时的脚本记录而来,记录者可能是饰演高尔和埃克塞特的演员。1602年,帕维尔将此本重印,即"第二四开本"。1619年,"第三四开本"印行,但其出版时间标为"1608年"。何以如此假托,要把出版时间前推十一年?只为逃避禁令:未经允许,不得盗印"国王剧团"之剧作。

说穿了,这三个四开本乃同一"坏四开本"。明摆着,《亨利五世》只有两个版本,一个"坏四开本",另一个是1623年"第一对开本"(the First Folio)《莎士比亚戏剧集》中的版本,不妨称之为"好对开本"或"足本"。两相比较,在篇幅上,"四开本"比"对开本"少1 700行(足本3 380行),而且字句错乱繁多,不堪卒读。除此,"四开本"不仅缺少所有幕次的"开场诗"和"收场白",漏掉三场戏:第一幕第一场、第三幕第一场和第四幕第二场,还在以阿金库尔为场景的戏中,法方出场阵容里,用波旁公爵(Duke of Bourbon)替代了王太子(the dauphin)。

由此可见,"四开本"是凭演员记录(或记忆还原)胡乱拼凑的本子,"对开本"则极有可能据莎士比亚或草稿(foul papers)、或手稿(manuscript)、或抄本(scribal)印制,堪称唯一的足本。

然而,"四开本"并非一无是处,可取有二:第一,接近舞台原味;第二,可为"对开本"提供参照。

二、原型故事与亨利五世的真实历史

(一) 莎剧《亨利五世》的原型故事

《亨利五世》是莎士比亚所写英国国王系列剧的最后一部,作为其原型故事的素材来源,主要有四:

第一,英国编年史家拉斐尔·霍林斯赫德(Raphael Holinshed, 1529—1580)所著1587年第二版修订本《英格兰、苏格兰及爱尔兰编年史》(*The Chronicles of England, Scotland, and Ireland*,以下简称《编年史》),是《亨利五世》最重要的素材来源。

第二,由于律师、史学家爱德华·霍尔(Edward Hall, 1497—1547)1548年第二版的《兰开斯特和约克两个卓越贵族之家的结盟》(*The Union of the two noble and illustre families of Lancastre and Yorke*)是霍林斯赫德《编年史》的主要来源,显而易见,霍尔这部《编年史》自然算《亨利五世》的一个素材源头。

第三,那部著者不详、名为《亨利五世大获全胜》(*The Famous Victories of Henry the fifth*)的旧戏,于16世纪80年代后期或90年代早期上演,并于1594年5月14日在伦敦书业公会登记。不难发现,莎士比亚构思《亨利五世》至少有四处灵感源出于此:

1. 第一幕第二场,英国王宫接见厅,坎特伯雷大主教以法国人制定的《萨利克法典》(*Salic Law*)为依据,力证亨利五世有权继承法兰西王位。

2. 第一幕第二场,法国王太子派使臣给亨利五世送来一箱网球,讥讽他不敢同法兰西开战。

3. 第四幕第四场,阿金库尔战场,一法军士兵向皮斯托求饶那场富于喜剧色彩的戏。

4. 第五幕第二场,法兰西王宫,亨利五世向凯瑟琳求婚那场戏。

第四,比莎士比亚年长 14 岁、并与莎士比亚同年去世的菲利普·亨斯洛(Philip Henslowe,1550—1616),是伊丽莎白时代炙手可热的剧场主兼剧院经理,他与之合作的"海军大臣剧团"(Admiral's Men)和与人合伙兴建的"玫瑰剧场"(Rose Theatre),是莎士比亚所属"内务大臣剧团"(Lord Chamberlain's Men)及其"环球剧场"的主要竞争对手。"玫瑰""环球"均位于泰晤士河南岸的南华克区(Southwark),相距不远。

亨斯洛在他那本颇具史料价值、记录当时伦敦戏剧情形的"亨斯洛日记"(*Henslowe's Diary*)中记载,在《亨利五世大获全胜》之前,女王剧团(Queen's Men)曾演过一部名为"亨利五世"的戏。遗憾的是,这部戏失传了。不过,这对于莎士比亚无疑是幸运的,因为他如何把这部失传的"亨利五世"当成"原型故事",从它那儿"借"了什么、怎么"借"的,我们一无所知。如此一来,莎剧《亨利五世》的"原创性"得以上升。事实上,后人眼里莎士比亚戏剧的原创性,都是这么来的!

把莎剧《亨利五世》同霍林斯赫德的《编年史》简单对比一下,会发现几处异同:

1. 莎剧《亨利五世》将《编年史》中对亨利五世在阿金库尔之战(Battle of Agincourt)以前的所有描述一概略去,从率军远征法国开场。

2.《亨利五世》第二幕,从《编年史》汲取零星"史实",用观众熟悉的《亨利四世》中的喜剧角色尼姆、皮斯托、桂克丽和福斯塔夫的侍童之间的插科打诨,制造喜剧氛围,把观众引向戏剧高潮的阿金库尔战场。这幕一共四场戏,第一场、第三场均为逗乐搞笑。

3. 第三幕照方抓药,七场戏中,正戏勉强占四场,且戏份并不充足:第一场极短,只是亨利五世一大段独白的独角戏,他在哈弗勒尔城下激励英军攻城,冲向突破口;第三场稍长,仅是攻城的亨利五世和守城的法国总督俩人间的对话,随后,法军投降,英军进城;第五场法国王宫和第六场英军军营两场戏,可算正戏,分从法、英双方视角展望大战在即的阿金库尔之战。但第六场前半场,分明是尼姆、皮斯托、弗艾伦和高尔在耍贫斗嘴;后半场,亨利五世分别与英军弗艾伦上尉和法国使臣蒙乔的对话,显然为搞笑而设计,这原本是莎士比亚最拿手的戏剧手段!

毋庸讳言,第二场哈弗勒尔城下一场大戏,由两场"闹戏"构成,上半场由尼姆、巴道夫、侍童、弗艾伦登场,下半场由来自四个地方的四名英军上尉联合亮相:英格兰人高尔、威尔士人弗艾伦、苏格兰人杰米、爱尔兰人麦克莫里斯。莎士比亚如此设计,绝非为展现亨利五世时代的民族融合,仅仅为了剧情热闹、好看。至于

第四场,一句话,法兰西公主凯瑟琳让侍女爱丽丝教她学英语,俩人的对白由英语、法语双语混杂,纯粹为博观众笑点。第七场,法军军营里,法兰西大元帅、朗布尔勋爵、奥尔良公爵与王太子之间,你一言我一语,比起尼姆、皮斯托、桂克丽和侍童之间的来言去语,顶多算言语不那么下流、粗俗的贵族式搞笑。

4. 全剧高潮的第四幕,共八场,第一场,阿金库尔英军营地,全剧最长的一场重头戏,其原创之功可算在莎士比亚头上,因为霍林斯赫德并未在《编年史》里让亨利五世身穿士兵军服同皮斯托斗嘴、跟威廉姆斯打赌。毕竟《编年史》以文字叙述战争和在舞台上以角色表演打仗不一样。

5. 霍林斯赫德《编年史》花在亨利五世身上的笔墨有三分之二落在阿金库尔战役之后,而莎剧《亨利五世》对亨利五世由法兰西得胜还朝、凯旋伦敦,"伦敦市民倾巢而出""迎接胜利的恺撒"的盛大场景,恰如剧情说明人在第五幕开场诗中所说:"直到哈里再次返回法国,此前发生的任何事,一律忽略不表。我们得把他带到法国;这中间的事情,我向您各位一语带过。"随后,正戏开场,亨利五世再次身临法国,直接迫使法国国王接受和平协议,签署《特鲁瓦条约》(Treaty of Troyes)。换言之,在莎剧《亨利五世》中,对《编年史》里亨利五世再次征战法兰西只字未提。

为吊观众胃口,第五幕第一场,莎士比亚让皮斯托、弗艾伦、高尔在法国的英军营地,上演了一场既动口又动手的"打闹"戏,以此为下一场英法两国的议和大戏预热,等真到了第二场,即落幕前最后一场戏,最大的戏份却是亨利五世向英语说得磕磕绊绊的凯瑟琳公主求婚。如前所言,"求婚"并非源于《编年史》,取自《亨利五世大获全胜》。

综上所述,莎士比亚在《亨利五世》中的原创,占到四或五成。

(二)亨利五世的真实历史

1386年9月16日,亨利生于威尔士蒙茅斯城堡的高塔之上,故也被称作"蒙茅斯的亨利"(Henry of Monmouth),1413年3月20日,继任国王,加冕为英国兰开斯特王朝(House of Lancaster)第二位君主。

亨利只当了九年国王,却赢得英法"百年战争"最辉煌的一次军事胜利,1415年阿金库尔一战,击败法国,使英格兰成为欧洲军力最强大的国家之一。莎士比亚紧抓这一点,在《亨利五世》中把他塑造成中世纪英格兰最伟大的国王战士之一,以戏剧使之不朽。

亨利四世统治期间,两场大战为年轻的亨利积累了战争经验:与威尔士的欧文·格兰道尔作战;什鲁斯伯里之战,击败诺森伯兰强大的亨利·珀西家族。随着父王身体每况愈下,亨利开始获得朝中权力,但父子之间因政治歧见产生龃龉。父王死后,亨利接过王权,并宣称有权继承法国王位。

1415年,亨利五世准备进攻法国,决心将"百年战争"(1337—1453)进行下去。随着阿金库尔战役大获全胜,亨利五世征服法国近在眼前。他利用法国内部的政治纷争,征服了法兰西王国大部分国土,第一次将诺曼底纳入英国版图,长达两百年。经过数月谈判,1420年,亨利五世以法兰西摄政兼法定王位继承人的身份,与法兰西查理六世(Charles Ⅵ,1368—1422)国王签订《特鲁瓦条约》,并与查理六世之女、瓦卢瓦的凯瑟琳(Catherine of Valois)结婚。凯瑟琳的姐姐,是理查二世的遗孀、瓦卢瓦的伊莎贝拉(Isabella of Valois)。但两年之后亨利五世突然去世,英法结盟一切向好的势头中断了。随后,亨利五世与凯瑟琳唯一的幼子继位,加冕为英格兰亨利六世(Henry Ⅵ,1422—1471)。

亨利五世是亨利·布林布鲁克(Henry of Bolingbroke)和玛丽·德·波恩(Mary de Bohun,1368—1394)之子,祖父是大名鼎鼎的"冈特的约翰"(John of Gaunt),曾祖是英王爱德华三世(Edward Ⅲ,1312—1377)。母亲在父亲成为亨利四世(Henry Ⅳ,1367—1413)之前过世,从未当过王后。亨利出生时,正值理查二世在位(Richard Ⅱ,1367—1400),"冈特的约翰"是国王的监护人。由于亨利并非王位直系继承人,连生日都没有官方记录。关于他生于1386年还是1387年,争论了好多年。只因记录显示,他弟弟托马斯(克拉伦斯公爵)生于1387年秋,且他父母是1386而非1387身在蒙茅斯,由此认定,他的生日是1386年9月16日。

1398年亨利的父亲流放期间,理查王收养了亨利,对他善待有加。之后,少年亨利陪同理查王一起去爱尔兰,造访米斯郡(County Meath)特里姆城堡(Trim Castle)的爱尔兰议会旧址。1399年,亨利的祖父"冈特的约翰"去世,同年,理查王被推翻,布林布鲁克登上王位,亨利从爱尔兰回国,成为王位继承人。在父亲的加冕典礼上,亨利成为威尔士亲王(Prince of Wales),并于11月10日,成为第三位享有兰开斯特公爵(Duke of Lancaster)尊号之人,他还有其他尊号:康沃尔公爵(Duke of Cornwall)、切斯特伯爵(Earl of Chester)和阿基坦公爵(Duke of Aquitaine)。据一份当时的记录显示,1399年,亨利在叔叔、牛津大学校长亨利·博福特(Henry Beaufort,1375—1447)照顾下,于王后学院(Queen's College)度过。从1400到1404年,亨利在康沃尔郡长的职位上履行职责。

不出三年,亨利有了自己的军队。他挥师威尔士,与欧文·格兰道尔(Owain Glyndwr)的军队作战,1403年,与父王合兵一处,在什鲁斯伯里击败亨利·"霍茨波"·珀西(Henry "Hotspur" Percy)。什鲁斯伯里一战,这位16岁的少亲王脸部中箭,险些丧命。若换成普通士兵,受此箭伤,必死无疑。他先得到最精心照料,几天后,御医约翰·布拉达莫(John Bradmore)为他实施手术,用蜂蜜和酒精处理伤口,把断在脸里的箭杆取出,但脸部留下的永久疤痕,成了他经受战争洗礼的标记。

亨利四世身体不佳,从 1410 年 1 月起,在两位叔叔亨利·博福特和托马斯·博福特(Thomas Beaufort)的帮助下,亨利改组政府,掌控了整个国家,开始推行自己的治国方略。1411 年 11 月,亨利四世重新掌权,围绕内政外交,父子间发生争吵。最终,父王废除了亲王的所有政策,并将他逐出枢密院。亨利四世如此震怒,除了父子间的政治歧见,很可能因亨利四世听到密报,说博福特兄弟私下商讨叫他退位。不难推断,亨利的政敌没少诋毁他。

显然,莎士比亚在《亨利四世》中把亨利王子塑造成一个放荡青年,可部分归于父子间的这种政治敌意。事实上,关于亨利卷入战争和政治的历史记录,并不支持这一说法。像最有名的亨利与大法官的争吵(即莎剧《亨利四世》中亨利掌掴大法官)事件,直到 1531 年才经外交官托马斯·埃利奥特爵士(Sir Thomas Elyot,1490—1546)之口第一次说出来。

福斯塔夫的原型是亨利五世早期结交的朋友、罗拉德派(Lollards)领袖约翰·奥尔德卡斯尔爵士(Sir John Oldcastle)。在莎剧《亨利四世》中,莎士比亚紧随其素材来源《亨利五世大获全胜》,最初给福斯塔夫起的名字就叫"奥尔德卡斯尔"("Oldcastle"),即"老城堡"之意,因其后人反对,为避名讳,才改为"福斯塔夫"(Falstaff)。事实上,福斯塔夫是由好几个真实人物构成的一个复合形象,其中包括参加过"百年战争"的约翰·福斯多夫爵士(Sir John Fastolf,1380—1459)。单从"福斯塔夫"来自"福斯多夫"亦可见出,莎士比亚真是改编圣手。当时,坎特伯雷大主教托马斯·阿伦德尔(Thomas Arundel,1353—1414)直言不讳反对罗拉德派,而亲王与奥尔德卡斯尔的友谊,可能给了罗拉德派希望。倘若如此,他们的失望可从死于 1422 年的教会编年史家托马斯·沃尔辛厄姆(Thomas Walsingham)的描述中找到答案:亨利当上国王,突然变成一个新人;恰如在《亨利四世》(下篇)结尾,以前那个放荡的哈里王子突然变成一个"新人"——亨利五世,随即福斯塔夫被丢弃。

1413 年 3 月 20 日,亨利四世去世,4 月 9 日,亨利在威斯敏斯特教堂加冕为英格兰国王。一场可怕的暴风雪为加冕典礼烙下印记,但平民百姓搞不清这种天象预示着怎样的吉凶祸福。亨利的形象被描绘成"身材高大(6 英尺 3 英寸)、修长,黑发在耳朵上方剪成一个圆圈,胡须剃净"。他肤色红润,鼻子尖尖,情绪之变化取决于眼神里透出"鸽子的温和还是狮子的智慧"。

继位之后，亨利明确一点，推行所有政策都是为建立统一的英格兰。一方面，他既往不咎，体面地将堂叔理查二世的骸骨重新安葬，奉于威斯敏斯特教堂；对有权继承理查二世王位的五世马奇伯爵埃德蒙·莫蒂默（Edmund Mortimer, 5th Earl of March, 1391—1425）加以恩宠；把那些在亨利四世统治时期倒霉的贵族后人的爵位和财产逐步恢复。另一方面，亨利看到国内危机的风险，1414年，坚决而无情地取缔了反对教会的罗拉德派，1417年，为免除后患，将他的老朋友约翰·奥尔德卡尔斯爵士判处绞刑，并焚尸。

国内日趋平稳。亨利在位九年，唯一的时局动荡来自1415年的"南安普顿阴谋"。这年7月，正当亨利厉兵秣马，准备从南安普顿起兵进攻法兰西，马萨姆的三世斯克鲁普男爵亨利·斯克鲁普（Henry Scrope, 3rd Baron Scrope of Masham, 1370—1415），与三世剑桥伯爵康尼斯堡的理查（Richard of Conisbough, 3rd Earl of Cambridge, 1385—1415）合伙密谋，打算把莫蒂默推上王位，取代亨利。莫蒂默是爱德华三世（Edward Ⅲ, 1312—1377）次子、一世克拉伦斯公爵安德卫普的莱昂内尔（Lionel of Antwerp, 1st Duke of Clarence, 1338—1368）的曾孙，是理查二世王位的合法继承人。但莫蒂默本人对亨利十分忠诚，不仅未卷入这一阴谋，还向亨利把两位密谋者告发了。一场走过场的审判之后，斯克鲁普和剑桥伯爵被处决。这位掉了脑袋的剑桥伯爵，是未来曾两度执政的英格兰国王爱德华四世（Edward Ⅳ, 1442—1483）的祖父。

对于历史上真实存在的"南安普顿阴谋"，《亨利五世》第二幕第二场做了戏剧性的专场处理，先由剧情说明人在第二幕正戏开场前交待，设置冲突悬念："三个贪腐之人：——第一个，剑桥的理查伯爵；第二个，马萨姆的亨利·斯克鲁普勋爵；第三个，诺森伯兰的骑士托马斯·格雷爵士，——为了法兰西的金子——真犯罪啊！——他们与担惊受怕的法兰西密谋，要在这位国王中的翘楚（即亨利五世），去南安普顿登船驶往法国之前动手，假如地狱和背叛信守诺言，国王必死无疑。"然后，在第二场正戏中，由国王揭穿阴谋，当众宣布判决："你们勾结敌国，谋反本王，收受贿金，欲置我于死地；你们要出卖、杀戮你们的国王，将他的亲王、贵族卖身为奴，叫他的臣民遭屈受辱，把他的整个王国败光毁灭。对于我本人，并不谋求报复。但王国的安全，我必须格外珍重；你们却要毁了它，我只得把你们交付国法。因此，去吧，你们这些卑贱的可怜虫，去受死吧。"

从1417年8月起，亨利五世开始推广使用英语，他的统治标志之一，便是"衡平标准英语"（Chancery Standard English），即中古英语（Middle English），正式出现。亨利五世是诺曼人在三百五十年前征服英格兰之后，第一位在私人通信中使用英语的国王。

国内平安无事,亨利把注意力转向国外。后世有位作家曾断言,亨利在教会政治家的鼓励下,把进攻法兰西作为避免国内乱局的手段。但这一说法毫无根据,显然,旧的商业纠纷和法国一贯支持欧文·格兰道尔,加之法国国内失序,和平难以为继,才是战争诱因。看法国,法兰西查理六世(Charles Ⅵ,1368—1422)身患精神病,他有时会把自己想成是玻璃做的,而且,从他在世的长子路易(Louis,1397—1415)身上看不到希望。同时,再看英国,从国王爱德华三世起,英格兰王朝开始追讨法兰西王位继承权,并自认有正当理由向法兰西开战。

阿金库尔战役之后,后来成为神圣罗马帝国皇帝(1433—1437年在位)的匈牙利国王、卢森堡的西吉斯蒙德(Sigismund of Luxembourg,1368—1437)到访英格兰,他此行的目的,是出于为英法间的和平着想,劝说亨利修改对法国人的权利要求。亨利盛情款待西吉斯蒙德,授予他嘉德勋章(Order of the Garter)。西吉斯蒙德投桃报李,把亨利召入由他在1408年创立的"龙骑士团"(Order of the Dragon)。为将英法王权合二为一,亨利打算对法国发动"十字架东征",但死神使他的所有计划落空。西吉斯蒙德在英格兰待了好几个月,临行前的1416年8月15日,与亨利签署《坎特伯雷条约》(Treaty of Canterbury),承认英国对法国拥有主权,而且,这份条约为结束西方教会分裂铺平了道路。

阿金库尔之战是英国对法国外交胜利的关键之战,堪称亨利辉煌生涯的顶点。1415年8月12日,亨利率军横渡英吉利海峡,围攻哈弗勒尔(Harfleur)要塞,9月22日,夺取哈弗勒尔。之后,他不顾枢密院的警告,决定部队穿越乡村挺进加来(Calais)。10月25日,在临近阿金库尔村的平原,一支法军拦住了英军去路。一路劳顿使英军疲惫不堪,营养不良,但亨利率军果断出击,以少胜多,彻底击败法军,英军伤亡很少。惯常的说法是,决战前夜,暴雨将法军士兵浑身浇透,次日,全副武装的法军身陷泥泞,一下成了侧面英国和威尔士弓箭手的箭靶。事实上,两军交战,当一方士兵深陷泥泞,极易遭对方骑兵砍杀。大部分法军士兵都是这么死的。

无疑,阿金库尔之战是亨利的最辉煌胜利,也是英国在"百年战争"史上取得的可比肩"克雷西之战"(1346)和"普瓦捷之战"(1356)的最伟大胜利。从英国人的观点来看,阿金库尔之战只是英国以战争手段收回被法国占领、本该归属英国王权的领土的第一步。正是阿金库尔的胜利使亨利意识到,他可以得到法国王位。

将法国的热那亚盟国驱离英吉利海峡,使英国的制海权有了保障。正当亨利忙于1416年和平谈判之时,一支法国和热那亚联合舰队包围了英军驻防的哈弗勒尔，另有一支法军地面部队包围了城镇。为解哈弗勒尔之围，亨利命弟弟兰开斯特的约翰、一世贝德福德公爵（John of Lancaster, 1st Duke of Bedford, 1389—1435），率一支舰队于 8 月 14 日从比奇角（Beachy Head）起航。次日，经过 7 小时激战，"法热舰队"落败，哈弗勒尔解围。

击败了两个潜在敌人，在阿金库尔之战胜利两年之后的 1417 年，经过精心准备，亨利再次远征法国。英军很快攻克下诺曼底（Lower Normandy），围困鲁昂（Rouen）。这次围城给亨利的国王声誉，投下比阿金库尔下令杀掉战俘更大的阴影。成群的妇孺从鲁昂城被强迫驱离，他们饥饿无助，本以为亨利会让他们穿过军营，放他们一条生路。但亨利不许！最后，这些可怜的妇孺都饿死在环城的壕沟里。

勃艮第派（Burgundian）和阿马尼亚克派（Armagnacs）之间的争执使法国限于瘫痪，亨利熟练地将两派玩儿于股掌，用一方反对另一方。

1419 年 1 月，英军攻陷鲁昂，那些抗击英军的诺曼法国人（Norman French）受到严厉惩处：将英军俘虏吊在鲁昂城墙上的弓弩手指挥官阿兰·布兰卡德（Alain Blanchard）被立刻处死；把亨利国王开除教籍的鲁昂大教堂教区牧师罗伯特·德·利维特（Robert de Livet）被押往英格兰，监禁五年。

8 月，英军兵临巴黎城外。交战，还是议和，法国人自乱阵脚。9 月 10 日，"无畏的约翰"勃艮第公爵（John the Fearless, Duke of Burgundy）在蒙特罗（Montereau）桥头，被"王太子派"的人暗杀。有"好人菲利普"（Phillip the Good, 1396—1467）之称的新勃艮第公爵，即勃艮第公国普利普三世（Phillip III, 1419—1467 年在位），取代被暗杀的父亲，与法国宫廷一起前往英军营帐。经过六个月谈判，英法签署令法国丧权辱国的《特鲁瓦条约》，法国承认亨利为法兰西摄政王和查理六世死后的法兰西王位继承人。1420 年 6 月 2 日，亨利在特鲁瓦大教堂与法兰西公主、查理六世之女"瓦卢瓦的凯瑟琳"（Catherine of Valois, 1401—1437）结婚。1421 年 12 月 6 日，俩人唯一的儿子在温莎城堡出生。

1420 年六七月间，英军攻占巴黎城外蒙特罗-佛尔特-伊庸（Montereau-Fault-Yonne）的军事堡垒要塞。11 月，英军攻占位于巴黎东南 40 多公里的默伦（Melun），此后不久，亨利返回英格兰。直到亨利死后七年的 1428 年，被称为"胜利者"（the Victorious）的法国瓦卢瓦王朝第五任国王、也是"百年战争"终结者的查理七世（Charles VII, 1403—1461），才重新夺回蒙特罗-佛尔特-伊庸。但很快，这些堡垒要塞再次落入英军之手。最后，1437 年 10 月 10 日，查理七世收复蒙特罗-佛尔特-伊庸。

亨利回英格兰,在法国的英军归克拉伦斯公爵托马斯指挥。1421 年 3 月 22 日,英军在与法国和苏格兰联军对阵的"波日之战"(Battle of Bauge)中损失惨重,托马斯公爵不幸阵亡。6 月 10 日,为扭转战局,亨利重返法兰西,进行生平最后一场战役。从 7 月打到 8 月,英军攻占杜勒克斯(Dreux),为沙特尔(Chartres)的盟军解围。10 月 6 日,英军围困莫城(Meaux),1422 年 5 月 11 日,攻陷莫城。8 月 31 日,亨利突然死于巴黎郊外的万塞纳城堡(Chateau of Vincennes),年仅 36 岁。据说,他可能在围攻莫城时身染痢疾。

亨利五世死前不久,任命弟弟兰开斯特的约翰、一世贝德福德公爵(John of Lancaster, 1st Duke of Bedford, 1389—1435),以他儿子、刚几个月大的亨利六世(Henry Ⅵ, 1421—1471)之名,为法兰西摄政王。亨利五世原本期待签署《特鲁瓦条约》后,能很快头戴法兰西王冠,但那位疾病缠身的查理六世,还比他这位王位继承人多活了不到两个月,于 10 月 21 日病逝。亨利的遗体由他的战友们和一世达德利男爵约翰·萨顿(John Sutton, 1st Baron of Dudley, 1400—1487)护送回国,11 月 7 日,在威斯敏斯特教堂安葬。

综上所述,总结三点:

第一,莎士比亚对再现亨利五世王朝复杂的真实历史毫无兴趣,他深知,一座小舞台搁不下这么多宫廷秘史,更无法、也没必要多次呈现"百年战争"的疆场厮杀。因此,他只截取亨利五世最彪炳英格兰史册的辉煌业绩——阿金库尔之战,即"亨利五世大获全胜",让伊丽莎白一世时代的英格兰人重温先祖战胜法兰西的最大荣耀。或许,时至今日,英国人(不知是否包括苏格兰人和北爱尔兰人)仍把亨利五世视为英国史上最伟大的国王战士。

第二,出于剧情急需,即让亨利五世娶凯瑟琳为妻,以便赶紧剧终落幕,莎剧《亨利五世》第五幕最后一场,把历史上持续谈判六个月之久才签署的《特鲁瓦条约》,安排在小半天时间之内尘埃落定。而且,亨利五世在等待谈判结果期间,向凯瑟琳求婚成功。这实在是莎士比亚擅长的"皆大欢喜"式的喜剧性结尾。何况,这是一个可以借祖宗荣耀令英国人喜上眉梢,叫法国人愁眉苦脸的结局。

第三,大胆推测,或许莎士比亚只惦记尽速从霍林斯赫德的《编年史》里取材,写戏挣快钱,对比他年长 178 岁的亨利五世的真历史,并不怎么熟悉。因为真实历史显示,1403 年什鲁斯伯里之战,箭伤在亨利脸部留下永久的疤痕。而莎士比亚在其《亨利五世》第五幕第二场,写到亨利五世向凯瑟琳求爱时,只是说:"唉,真该诅咒我父亲的野心!在我坐胎之时,他一心想着内战:所以我生来一副粗硬外表,脸色如铁,一开口向姑娘们求爱,吓不跑才怪。可是,说真的,凯特,等我上了岁数,会显得好看点儿。我的安慰是,把皱纹存满容颜的老年,也没办法再糟蹋我这张脸。"试想,假如莎士比亚熟知历史,让亨利五世在这儿适度吹嘘一下自己脸上这道由什鲁斯伯里之战留下的荣耀伤疤,不正是剧情需要的嘛!

除此之外,为使剧情衔接简单利索,别节外生枝,莎剧《亨利五世》对法国的勃艮第派和阿马尼亚克派两派内斗,以及勃艮第公爵被暗杀只字未提。

简言之,莎士比亚意不在剧中如何写出真历史,只在乎于舞台之上如何"戏说"历史的那些事儿。作为一名天才编剧,他的确善于在"史剧"中把"那些事儿"张冠李戴,仅举以上这段台词为例,此处所谓"在我坐胎之时,他一心想着内战"之"内战",在剧中指的是史剧《亨利四世》里,布林布鲁克(即后来的亨利四世)夺取理查二世王位的内战。但真实历史是,亨利五世于1386年出生时,当时的赫福德公爵(即后来的亨利四世)同理查王之间,尚未发生任何冲突。

一句话,莎剧中的"戏"历史并非英格兰的真历史!

三、剧情梗概

第一幕

伦敦。王宫一前厅。坎特伯雷大主教和伊利主教在谈论国王没收天主教会财产的事,他俩希望国王反对这项议案,因为假如通过这项议案,"我们将失去一多半财产。因为虔诚教友捐赠的所有非属教会的土地,都将从我们手里夺走"。他们深知,国王已从一个昔日的放荡青年,"突然变成一个学者;从没见改过自新像一股洪水,如此急流奔涌,冲掉一切罪过;没有谁像这位国王似的,倏忽间,一下子就叫九头蛇的任性丢了王座"。他们从心里敬佩这位年轻的国王精辩神学、洞悉国情,能用清辞丽句"把一场可怕的战事当音乐尽情演奏"。坎特伯雷大主教十分惊讶,"因为当时,他的嗜好就是游手好闲,他那些同伴都是大字不识的粗鲁、肤浅之徒;放荡、筵席、游乐填满了他的时间;从没谁见他远离公共场所、三教九流,去躲清静,抽出时间闭门学习"。大主教说,他打算以"灵体会"的名义,向国王捐一笔巨款,资助其对法国开战,因为国王不仅对好几个法兰西公国的头衔有无可争议的继承权,还有权继承法兰西王位。

王宫接见厅。国王请坎特伯雷大主教把法国的《萨利克法典》"清晰而虔诚地解释一下","因为上帝知晓,为尊驾您激励我所做之事,将有多少七尺男儿倾洒鲜血。所以,您得小心,您要让我做的事,将如何唤醒沉睡的刀剑"。为保住教会财产,大主教希望国王以《萨利克法典》为依据,向法兰西开战,于是,他详细讲述了《萨利克法典》的由来,强调"萨利克法典不是为法兰西王国拟定的:何况法国人直到法拉蒙国王死后,又过了四百二十一年,才将萨利克领土据为己有"。最后,国王确信自己有权从曾祖爱德华三世那儿,继承法兰西王位:"法兰西本该属于我,我要叫它臣服于我,如若不然,便把它整个击碎。"

接着,国王召见法国王太子派来的使臣。使臣捎来王太子的口信:"您过于年轻气盛,并提出警告,在法国没什么东西凭一场轻盈的欢快舞蹈便唾手可得;——单靠狂欢进不了那儿的公爵领地。所以,为更迎合您的脾气,他送您这一箱宝物;(呈上一箱子。)希望您别再要求什么公爵领地,就算您回敬这箱宝物了。"

王太子送给亨利五世一箱网球。亨利五世大怒,叫使臣"告诉那位快乐王子,他的这一嘲弄,已把网球变成炮弹;他的灵魂将在随炮弹飞来的毁灭性的复仇中,忍受痛苦的煎熬"。国王决心以上帝的名义远征法兰西,"尽力为自己复仇","把这一充满荣耀的远征,拉开序幕"。

第二幕

伦敦。东市街。全英格兰的青年燃起斗志,决心参军,"追随所有基督教国王的典范(即亨利五世)",远征法国。巴道夫中尉打算请尼姆下士吃早餐,叫他与皮斯托和好,二人结为兄弟,一起去法国。桂克丽原与尼姆相好、订婚,后来却嫁给了皮斯托。尼姆恨皮斯托,一见皮斯托和桂克丽夫妻俩前来,便拔出剑,要与皮斯托决斗。巴道夫竭力劝架。福斯塔夫的侍童跑来,说福斯塔夫"病得太厉害了"。桂克丽跟着侍童去探病。在巴道夫调解下,尼姆、皮斯托俩人和好。这时,桂克丽又跑回来,叫他们"快去看一眼约翰爵士",他"烧得浑身发抖,瞧着太可怜了"。

南安普顿。一议事厅。国王从南安普顿登船出征之前,发现了剑桥的理查伯爵、马萨姆的亨利·斯克鲁普勋爵和诺森伯兰的托马斯·格雷骑士三个人的阴谋,他们收了法国人的钱,发誓要杀死国王。国王给他们每人一纸罪状文书,三个人吓得面如死灰。国王命埃克塞特公爵以叛国罪"逮捕他们,依法追责"。三人见阴谋败露,认罪伏法,恳求国王宽恕。国王作出判决,将三人立即处死。祸患铲除,国王对远征法兰西心怀必胜之心,认为"这将是一场光荣、成功之战,因为上帝如此荣耀,揭露了潜伏在路上,阻碍我们进军的这一凶险叛逆。……让我们把军队交给上帝之手,立即行动"。

伦敦。东市街一酒店前。皮斯托、桂克丽夫妇,尼姆、巴道夫、侍童,为福斯塔夫之死悲伤不已。巴道夫说:"甭管他在哪儿,天堂还是地狱,我愿与他相伴。"桂克丽说:"他不在地狱,他在亚瑟怀里(即亚伯拉罕的怀里),……没人死得比他更好了,像一个还没出满月的婴儿。"尼姆记得福斯塔夫死前骂了萨克酒,侍童确认还骂了"女人是魔鬼的化身"。

  法国王宫。面对英格兰的进攻,法国国王要法军务必加强防御,"我们曾被致命低估了的英国人,在我们的战场,留下战败的先例"。王太子不以为然,认为"英格兰由一个如此不中用的国王统治,由一个虚荣、善变、浅薄、任性的年轻人如此异想天开地执掌王权,毫不足惧"。法军大元帅不敢掉以轻心,特意提醒王太子:"他以前干那些荒唐事,只是罗马人布鲁图斯(即缔造罗马共和国、并担任第一任执政官的布鲁图斯)的外貌,拿一件愚笨的外衣遮住睿智;真好比园丁用粪便藏起的那些根茎,必先萌发最娇嫩的蓓蕾。"国王回首往事,提及"当年克雷西之战惨败",便心有余悸。

  这时,埃克塞特公爵作为英格兰使臣觐见法国国王,转达亨利五世"以万能的上帝之名"发出的意愿,要他放弃"非法夺去"的法兰西"王冠与王国"。国王反问:"否则,怎么?"埃克塞特直言威胁:"刀光血影;哪怕你把王冠藏心里,他也要去那儿把它耙出来。"国王答应考虑。王太子不满父王软弱,表明态度:"除了与英格兰国王冲突,我别无所愿:为了这个目的,我才送他一箱巴黎网球,正与他的青春、虚荣相配。"埃克塞特再次撂下狠话,发出战争威胁:"他要叫你们的巴黎卢浮宫,强大欧洲首屈一指的宫廷,为这一箱网球震颤。"

第三幕

  法兰西。哈弗勒尔城下。战斗警号。英军把云梯架上哈弗勒尔城墙。守军抵抗十分顽强。亨利五世激励英军士兵"再冲一次那个突破口,亲爱的朋友们,再冲一次;否则,英国人只能用尸体把这城墙围困!……冲啊,冲啊,最高贵的英国人!你们的热血是久经疆场考验的父辈传下来的!"

  英军勇猛攻城,巴道夫、尼姆、皮斯托被炮声吓破了胆。弗艾伦用剑驱赶他们"冲上突破口"。在侍童眼里,"这仨小丑没一个够得上爷们儿"。威尔士人弗艾伦上尉向英格兰人高尔上尉抱怨,爱尔兰人麦克莫里斯上尉打仗只懂"罗马战法",简直是一头蠢驴,却对苏格兰人杰米上尉十分赞赏,认为他"是个特别勇敢的绅士"。弗艾伦和麦克莫里斯俩人一见面,便发生口角,争执不下之时,哈弗勒尔"城里吹响谈判的号角"。

  哈弗勒尔城门前。亨利五世向哈弗勒尔总督发出最后通牒:"这是我允准的最后一次停火谈判:……一旦我再次发起炮击,若不把这攻下一半的哈弗勒尔城埋入灰烬,决不收兵。仁慈的大门将全部关闭,……你们说吧? 投降,避免这祸患? 还是拼死抵抗,招致城毁人亡?"守城的总督曾向王太子求助,王太子竟然回复: "他的军队尚未备战,对如此强大的攻城无能为力。"因此,总督决定向亨利五世投降,哈弗勒尔不再设防:"伟大的国王,这座城和城中的生命,都献给您悲悯的仁慈。"

鲁昂。法国王宫。一间室内,凯瑟琳公主让侍女爱丽丝教她学说英语;另一间室内,国王召集大臣讨论军情。英军已渡过索姆河,正向加来挺进。法军大元帅、王太子、波旁公爵一致主战。国王决心一战,命传令官蒙乔,"把我们的锋利挑战告知英格兰"。同时,叫贵族们振作起来,"以比剑锋更锐利的荣誉之心,奔赴战场。……阻击英王哈里,他正挥舞染上哈弗勒尔血迹的旗帜,席卷我国:冲向他的军队,……抓他俘虏,关进囚车,押送鲁昂"。大元帅认为英军人数很少,不足为虑: "行军中,士兵们又病又饿,我敢说,等他一见我们的军队,勇气就会吓得掉在粪坑里,只求拿赎金换取荣誉。"国王传令:"火速派蒙乔去,让他问英格兰,愿付多少赎金。"

皮卡第英军军营。高尔和弗艾伦聊着旗官皮斯托"战法精妙,顶顶勇敢地守住了那座桥"。说话间,皮斯托来请弗艾伦出面,去找埃克塞特公爵为巴道夫讲情,因为他抢劫教堂,"偷了一个圣像牌(13 世纪时天主教会经常用的一种上面刻有耶稣和圣母像的小木牌,领圣餐时神父与教徒轮流吻圣牌。)",被公爵判处绞刑。弗艾伦拒绝,认为"军律应该执行"。皮斯托做出侮辱性的手势,骂他:"死了下地狱去吧! 你这交情算什么玩意儿!"见到国王,弗艾伦禀报此事,亨利五世赞同:"违反军令者,格杀勿论:——我已下令,部队在法国行军途中,所经乡村,任何东西不得强取,凡有所需,务必清账;对法国人,不得以轻蔑语言随意呵斥或辱骂;因为当悲悯和残忍拿一个王国打赌时,高贵的悲悯必先打赢。"

蒙乔带来法国国王的口信,要亨利五世认清英军劣势,考虑缴纳赎金,以免遭受重创。亨利五世要蒙乔转告法国国王:"我的赎金就是这不足道的虚弱身躯;我的军队也只是体弱多病的卫兵。可是,上帝助我,……叫你的主人想明白:若能通行,我军便通行;一旦受阻,我军必以你们的鲜血染红你们黄褐色的土地。"

阿金库尔附近法军军营。大元帅、朗布尔勋爵、奥尔良公爵、王太子在聊天,大元帅自信"有世上最棒的盔甲",他急盼天亮,好与英军一战。王太子夸自己的战马"真是一匹宝马良驹","它是坐骑之王;它的嘶鸣犹如君王下令,它的外观叫人顿生敬意"。他急等披挂上阵,"明天我要骑马跑一英里,一路铺满英国人的脸"。

信差来报,英军扎营,两军相距"不到一千五百步"。

第四幕

阿金库尔英军营地。亨利五世深感英军处境危险,势必拿出更大的勇气。为激活士气,国王披上欧平汉爵士的斗篷,独自巡视军营,遇见一个叫威廉姆斯的士兵。国王自称欧平汉爵士的下属,与士兵交谈:"我想,死在哪儿,也不如与国王同生共死令人欣慰;——他的事业是正义的,他为荣耀而战。"但在威廉姆斯眼里,假如开战的"理由不光彩,那国王自己的欠债就厉害了,这次战役中所有被砍掉的胳膊腿儿和脑袋,将在末日审判那一天,合起伙儿来,高喊'我们死在这么一个地方'"。国王强调:"每个臣民的灵魂属于自己。因此,战场上的每一个士兵都该像卧床的病人,洗去良心上的每一粒微尘,这样死去,死得有益。"威廉姆斯表示赞同:"每个在罪孽中死去的人,罪孽落他自己头上,国王概不负责。"微服的国王故意说:"我亲耳听国王说,他不愿交赎金。"威廉姆斯不信,说:"等我们的喉咙一被割断,他八成就被赎回来了。"国王说:"随便给我一件抵押品,我把它戴帽子上:到时候,只要你敢指认,我便拿它当挑战。"俩人交换手套,威廉姆斯说:"我也把这只戴帽子上:等过了明天,如果你来跟我说'这是我的手套',以这只手起誓,我就扇你一耳光。"

士兵们走了,国王独自慨叹:"平民百姓能享受无限的内心平静,国王偏就不能!……奴隶,分享国家之太平,且安享太平;但他愚钝的脑子并不知晓,在平民百姓最得好处之时,国王为维护和平,睡得多不安稳。"

阿金库尔附近法军营地。天亮了,法军的"战马,嘶鸣着恨不得立即交战!"信差来报,英军已列好战阵。大元帅自信满满:"法兰西勇士们的出鞘之剑,将因玩儿不尽兴而收剑入鞘。……吹响进军号角,/让军号催促将士上马:/我们的阵势将把英王/吓瘫在地、俯首称臣。"

英军营地。法军"足有六万兵力",对英军形成"五比一"的优势。威斯特摩兰感慨:"只愿今天在英格兰无事可做的闲人,来此补充一万兵力!"国王骑着马观察敌阵归营,闻听此言,放出豪言:"不,我可敬的老弟,倘若我们注定死去,这损失足以让英格兰痛惋;假如我们命不该绝,人越少,分享的荣誉越大。听凭上帝的旨意!恳请你,不要希望再增一兵一卒。……谁今日与我一同流血,谁就是我的兄弟;……眼下,在英格兰呼呼大睡的绅士们将因其身不在此而自认倒霉;而且,无论谁开口提及,在圣克里斯品节这天与我们并肩战斗,他们都会觉得英雄气短。"

英军士气高昂。法军传令官蒙乔受大元帅之命再次前来,问亨利五世:"在必遭灭顶之前,现在是否愿以赎金求和。"国王誓言决死一战:"别再为赎金劳神:除了我这把骨头,我发誓,他们什么也得不到;即便我这副骨架落他们手里,也没什么用。"

阿金库尔战场。两军交战。法军大败,全线崩溃,四散奔逃。奥尔良公爵不甘心失败,试图组织反击:"战场上我军幸存的兵力足够,只要想出怎么部署,哪怕我们挤在一起,也能把英国人闷死。"波旁公爵甘愿拼死一战:"叫部署见鬼去!我要冲进敌阵;/让我把命缩短,否则耻辱更长。"

亨利五世盛赞:"神勇的同胞们,打得漂亮。战斗尚未结束,战场上还有法军残余。"国王对约克公爵和萨福克伯爵浴血疆场,死得壮烈,悲伤不已。战斗警号再次响起,国王以为"四散的法军有了援兵",立即下令:"每个士兵把手里战俘统统杀掉!"

决斗结束,法军伤亡惨重,蒙乔来见亨利五世,恳求恩准:"伟大的国王,请准许我们,平安地查看战场,处理阵亡者的尸体!"

亨利五世打算开个玩笑,把威廉姆斯的手套给了弗艾伦,让他把手套插帽子上,并告诉他,谁向他挑战,谁就是国王的敌人。随即派格罗斯特公爵尾随,以免闹出人命。结果,俩人还是动手打了起来。最后,国王不仅没责备威廉姆斯,还请叔叔埃克塞特公爵把手套装满金币,送给了威廉姆斯。

阿金库尔战役英军大获全胜。"有一万名法国人被杀死在战场,其中阵亡的亲王和佩戴家徽的贵族,126 名。"亨利五世由衷赞叹:"谁见过,不用计谋,两军交锋,战场上硬碰硬,一方伤亡如此惨重,一方损失微乎其微?——接受它,上帝,因为它只属于您。"国王把一切荣耀归于上帝,并下令:"昭告全军:凡有夸耀此战,或窃取唯上帝可享受之赞美者,一律处死。"

第五幕

法兰西。从阿金库尔之战得胜回到英格兰的亨利五世,为签署条约,再次率军来到法国。英军营帐外,弗艾伦与皮斯托相遇,冤家路窄。头戴韭菜是威尔士的一个古老传统,是一种对荣耀的崇敬,也是对英勇死者的难忘纪念。但皮斯托多次"羞辱、嘲笑"头戴韭菜的弗艾伦,声称"闻见韭菜味儿就恶心",把弗艾伦惹急了,用棍子打他,非逼他吞吃一把韭菜不可。皮斯托只好把韭菜吃掉。吃完韭菜,皮斯托得知老婆内尔(奎克丽)死于性病。他打算溜回英格兰,一边拉皮条,一边偷东西,还要找绷带把弗艾伦打的一身棍伤包扎好,逢人便说这全是在高卢(法兰西)战场受的伤。

法兰西王宫。经勃艮第公爵调解,亨利五世与法国国王见面。亨利五世将条约内容逐条列出,并指派几位大臣,与法国国王谈判:"对我要求之内或之外的任何条款,你们全权批准、增加或修改,只要你们的慧眼认准对我的威严有利,我都签署。"同时,要求法方"把凯瑟琳公主留这儿陪我。她是我提出的主要要求,位列我方第一项条款"。

一边,英法双方和谈,另一边,亨利五世向只懂一点儿英语的凯瑟琳公主求爱:"我求爱,不懂那套矫情话,只会直接说'我爱您'。"凯瑟琳难以接受,反问:"我爱一个法兰西的敌人,可能吗?"亨利五世想用尽可能简单的英语,让凯瑟琳明白:"不,您不可能爱法兰西的敌人,凯特;可您爱我,就是爱法兰西的朋友,因为我如此钟情法兰西,随便一个村庄,都无法割舍。我要它全归我所有:到那时,凯特,法兰西是我的,我是您的,而法兰西是您的,您是我的。"随后,他用笨拙的法语特别强调:"这么说吧,法兰西是您的,您是我的。"见凯瑟琳依然没太听懂,亨利五世更动情地表述:"告诉我,最美丽的凯瑟琳,您愿得到我吗?丢掉您处女的羞涩,以王后的神情承认您的心思,拉起我的手,说:'英格兰的哈里,我属于您!'我的耳朵一听到这句祝福,我就大声告诉您,——'英格兰属于您,爱尔兰属于您,法兰西属于您,亨利·普朗塔热内(金雀花王朝)属于您。'"凯瑟琳用英法双语混着表态:"这要看父王是否高兴。"亨利五世保证"他一定很高兴"。凯瑟琳表示满意。最后,亨利五世亲吻凯瑟琳,说:"您双唇上有股魔力,凯特。在您唇上甜蜜一碰,比法兰西枢密院里的七嘴八舌更富于雄辩;您的双唇能比一封君王联名的请愿书,更快说服英格兰的哈里。"

谈判结束。法国国王接受所有和谈条款,并最终同意:"今后凡遇赐封官爵或土地,书写诏书之时",必须尊称亨利五世:"法文是'我至亲的亨利女婿,英格兰国王,法兰西继承人',拉丁文是'我至爱的亨利女婿,英格兰国王,法兰西继承人'。"

最后,法国国王向亨利五世表示:"停止仇恨吧,愿这次代价巨大的联姻,在两国心中种下基督徒般的友谊,战争之神永不向英格兰和美丽的法兰西举起血腥的刀剑。"王后伊莎贝尔祈愿:"英格兰人、法兰西人,彼此一家亲,/愿上帝对彼此亲如一家说声'阿门'!"

亨利五世传令准备婚礼。

四、戏中的史诗:中世纪英格兰伟大的国王战士

英国当代莎学家乔纳森·贝特(Jonathan Bate)在其"皇莎版"《莎士比亚全集·亨利五世》导言中开篇即说:"《亨利五世》已成为英国人爱国主义的同义词。

一个冲劲十足的年轻国王纯以言辞之力,激活军中将士之神勇,克服重重困难,赢得一场辉煌的军事胜利。这些言辞早已变成传奇:'再冲一次那个突破口,亲爱的朋友们,再冲一次。';'上帝保佑哈里、英格兰与圣乔治!';'我们这几个人,我们这几个幸运之人,我们这群兄弟。'莎士比亚写于16世纪90年代的其他历史剧,描绘的是一个四分五裂、为王位合法继承权焦虑不安的英格兰,该剧中的英格兰则似乎是统一的、所向披靡的王国。或许莎士比亚没有哪出戏情节如此简单:哈里国王宣称有权继承法兰西王位,挫败一个小阴谋,扬帆起航,攻陷哈弗勒尔,取得阿金库尔大捷,与战败的国王之女结婚。演员阵容几乎全由对他忠诚的将士及法兰西敌人组成,尤其法国王太子是对'暴脾气'(Hotspur)那类可怜人的戏仿。然而,像莎剧中常见的情形一样,在此'几乎'之中有不少预留。《亨利四世》(下篇)剧终收场白允诺后续故事中'里边有约翰爵士':胖爵士缺席为国王凯旋蒙上一层阴影。"

"情节如此简单",如何谱写、颂扬这位伟大的"国王战士"的辉煌业绩?问题在于,他不单是一个国王,更是一个战士!

答案十分简单,或者说,莎士比亚以最简单(当然并不简单)的戏剧手法,为《亨利五世》制造出了较为理想的戏剧效果,当然,这样的效果远不如《理查二世》,尤其《亨利四世》(上下篇)那么理想。具体讲,这位"中世纪英格兰伟大的国王战士"后世之所以成为"英国人爱国主义的同义词",还得归功于莎士比亚颇费心思地在剧中运用四种戏剧方式为国王"颂圣":

(一)开场诗的直白"颂圣"

莎士比亚在每一幕正戏开场前,都安排了"剧情说明人"出场,这在莎剧中十分少见。五幕戏,"剧情说明人"的五首开场诗,以富有想象力的诗体语言、简笔直白的方式,整体勾勒每幕剧情,直接描摹亨利五世这位罗马神话中战神一样的"国王勇士",赞美他为英格兰赢得古罗马恺撒大帝一样的胜利。

第一幕正戏开场前,剧情说明人登台亮相,他说的全剧开场诗(也是第一幕开场诗)的头一句是:"啊!愿火热的缪斯女神,引我们上升,到达最光明的灵感天国,——以王国作舞台,亲王们来演戏,宏伟的场景由君王来观看!然后,威武的哈里,一位国王勇士,以马尔斯①的姿态亮相。"点明国王在这一幕戏里的亮相姿态。

第二幕开场诗的头一句是:"眼下,全英格兰青年燃斗志,华美服装卧衣箱;现

---

① 马尔斯(Mars),罗马神话中的战神。

在,造盔甲的生意红火,荣誉思想主宰每个人的心胸:此时他们卖掉牧场去买马,像一群英格兰的墨丘利①,脚跟生双翅,去追随所有基督教国王的典范②。"点明全英格兰的爱国青年决心追随这位"所有基督教国王的典范"征战法兰西。

第三幕开场诗,剧情说明人仍然一开口就说:"凭着想象的翅膀,飞速转换场景,移动之快一点儿不比思想慢。想象您已目睹顶盔掼甲的国王在汉普顿③码头登船;他勇敢的舰队的华贵战旗,迎着福玻斯炽热的面容④猎猎飘扬。"点明头戴战盔身穿铠甲的国王将统率英格兰舰队迎着初升的太阳启航。

第四幕开场诗中的这段话——"啊!此时,若有谁看到这支注定毁灭之师的君王主帅,一处一处岗哨、一个一个营帐地走,让他⑤高喊:'愿赞美和荣耀降临在他⑥头上!'因为他巡访整支部队,面带微笑,向所有士兵道早安,称呼他们兄弟、朋友、同胞。面对强敌围困,他一脸威严、毫无惧色;整宿巡夜警戒,毫无倦容;只见他神情饱满,以愉快的面容和亲切的尊严战胜疲劳的迹象;每一个苦命人,身体虚弱、面色苍白,一见到他,便从他的神情里摘取了安慰。他那无拘无束的眼神,像普照宇宙的太阳,惠及每个人⑦,把冰冷的惊恐消融。"已可算"颂圣"的"赞美诗",——意在让观众反向去想,由这样坚毅、神勇、乐观、亲和、视士兵为手足兄弟的"君王主帅"统率的军队,怎么可能"注定毁灭"?!一个甘与士兵同命运的国王形象兀然而立。

这是阿金库尔大战前临危不惧的勇敢国王。

第五幕开场诗中的这一段——"想象的步伐如此迅疾,甚至眼下,您不妨想象他已来到布莱克希思⑧。在那儿,朝臣们希望把他凹痕的战盔和卷刃儿的宝剑,举在前面,穿街过市。可他不容许;他毫无虚荣心,毫不自骄自傲;所有胜利的标志、象征和炫耀,他一概不要,他把一切归于上帝。但现在瞧吧,在激活了想象的熔炉

---

① 墨丘利(Mercury),罗马神话中主神朱庇特的使者,鞋、帽皆有双翅,行走如飞。
② 指亨利五世是所有基督教国王的典范。
③ 在"第一对开本"中,此处为"多佛码头"(Dover pier),显然有误,因前边提到国王将于南安普顿(即汉普顿)登船。由此可看出当时莎士比亚写戏及剧团排演之仓促。
④ "福玻斯炽热的面容"(youth Phoebus),意即出生的朝阳。福玻斯(Phoebus),即希腊神话中的太阳神阿波罗(Apollo)。
⑤ "他",指假设的发现亨利五世巡视军营之人。
⑥ "他",即亨利五世。
⑦ 参见《新约·马太福音》5·45:"因为,天父使太阳照好人,也照坏人。"
⑧ 布莱克希思(Blackheath),位于伦敦南部的大片空地,属于肯特郡一地区。其他中译本多通译为"黑荒原"。

和作坊里,伦敦市民倾巢而出。市长,同他的所有议员,身着华服①,像古罗马元老们一样,身后跟着成群的市民,前来迎接胜利的恺撒。"——分明是"颂圣"的英雄史诗,意在把亨利五世定格为这样一种双重形象:虔诚的"基督教国王"和"胜利的恺撒"。

这正是英国人心目中那个赢得阿金库尔大捷,荣耀升至顶点的国王。

(二) 本国的集体"颂圣"

这集中体现在第一幕两场戏里。第一场一开场,由坎特伯雷大主教和伊利主教的交谈,把一个完全摒弃了哈尔王子身上放荡之气"改过自新"的亨利五世形塑出来,先是伊利主教说,国王"对神圣的教会真心挚爱"。坎特伯雷马上回应:"他年少时的品行没透出这种预示。他父亲刚断气儿,他便自己杀了野性,好像也跟着死了②;是的,就在那一刻,冥思,像一位天使,来了,把他体内的原罪用鞭子赶走③,留身躯作一处清纯之地④,包藏和容纳天堂的精灵。没有谁像他一样突然变成一个学者;从没见改过自新像一股洪水,如此急流奔涌,冲掉一切罪过;没有谁像这位国王似的,倏忽间,一下子就叫九头蛇⑤的任性丢了王座。"

这不算完,心里打定以"颂颂"保住教会资产的坎特伯雷大主教极尽赞美之词:"只要听他辩神学,你便打心里敬佩,唯愿国王担任大主教;听他论国事,你会说他精于研究,洞悉国情;听他讲战争,你会听到他把一场可怕的战事当音乐尽情演

---

① 或指装饰华美的长袍。
② 参见《新约·罗马书》8·13—14:"你们若服从本性,一定死亡;你们若依靠圣灵治死罪行,一定存活。凡被上帝的灵导引的人都是上帝的儿子。"《歌罗西书》3·5:"所以,你们必须治死在你们身上作祟的那些俗尘欲望,如淫乱、污秽、邪情、恶欲和贪婪(贪婪是一种偶像崇拜)。"
③ 典出《旧约·创世记》中亚当、夏娃违反上帝意旨,在伊甸园里偷吃禁果,犯下原罪,被逐出伊甸园。参见《新约·罗马书》6·5—6:"如果我们跟基督合而为一,经历了他的死,也必同样经历他的活。我们知道,我们的旧已经跟基督同钉十字架,为的是要摧毁我们的罪,使我们不再做罪的奴隶。"《哥林多后书》5·17:"无论谁,一旦有了基督的生命,便是新造之人;旧的已过去,新的已来临。"《以弗所书》4·22—24:"你们要挣脱那使你们生活在腐败中的'旧我';那旧我是由于私欲的诱惑腐化的。你们的心思意念要更新,要穿上'新我':这新我是照着上帝的形象造的,表现在真理所产生的正义和圣洁上。"《歌罗西书》3·9—10:"不可彼此欺骗,因为你们已经脱掉旧我和旧习惯,换上新我。这新我,由造物主上帝按自己的形象不断加以更新。"
④ 清纯之地,指像亚当、夏娃犯下原罪之前的伊甸园那样清纯的地方。
⑤ 九头蛇,希腊神话中生有九头的蛇怪,每被砍掉一个头,便立刻生出两个头。

奏。甭管向他提什么政治问题,他都会像解袜带一样,熟练地解开戈耳狄俄斯之结①;——当他一开口,连空气,这享有特权的自由的精灵,都静止了,无声的惊异藏在人们的耳朵里,想偷走他美妙的清辞丽句;由此可见,一定是生活的艺术和实际经验,教会他如何论辩推理:真是个奇迹,陛下是怎么学的呢?因为当时,他的嗜好就是游手好闲,他那些同伴都是大字不识的粗鲁、肤浅之徒;放荡、筵席、游乐填满了他的时间;从没谁见他远离公共场所、三教九流,去躲清静,抽出时间闭门学习。"

两位主教一唱一和,为第二场正式亮相的无所不能的国王做足了铺垫。

第二场开场,国王要坎特伯雷大主教一定要"清晰而虔诚"地解释清楚《萨利克法典》:"我亲爱的、忠诚的主教大人,上帝不准您蓄意曲解,或按您内心的理解巧立名目,对我要求的权利,做出与真理不匹配的虚假解释;因为上帝知晓,为尊驾您激励我所做之事,将有多少七尺男儿倾洒鲜血。"这里,表面上意在彰显国王的美德,即他必须在确定自己有权继承法兰西王位之后才率军征战法国,为继承权而战;实则称赞国王远大的政治谋略,同时,他对战争将给两国带来什么一清二楚:"因为这两大王国交战,非流太多血不可;每一滴无辜的血便是一件惨祸,一声悲号,抗议那个把积怨付于刀剑,如此草菅人命之人。在这样的恳求下,说吧,主教大人,因为我愿听,会留心听,并从心底相信,您所说的话都经过良心的洗涤,清纯如经洗礼洗净的罪孽②。"之后不久的阿金库尔战役的确是一场血战。

坎特伯雷大主教掰开揉碎把《萨利克法典》详细解释一番,归结一点:"法兰西历代国王承传至今,可他们还一厢情愿,要以这个萨利克继承法,阻止陛下您拥有母系继承权;他们宁愿网里藏身,也不愿把从您和您先人那儿夺来的虚假的王位继承权,公然昭示出来。"此时,亨利五世并不急于决断,只是明知故问:"我可以名正言顺、凭着良心要求这一继承权吗?"莎士比亚如此设计台词,匠心在于,他要让这位满腹韬晦的国王等那些主战的主教和贵族们内心燃起征战的烈焰之后,再顺手

---

① 戈耳狄俄斯之结(Gordian knot):希腊传说中,弗里吉亚(Phrygia)国王戈耳狄俄斯(Gordius)为感激宙斯之恩,打算将给他带来好运的牛车献给宙斯,为防止有人把车偷走,他用绳子把车捆住,打了一个难解的结,并留下预言,解开此结者将统治亚洲。后来,亚历山大大帝(Alexander the Great)用剑劈开此结。

② 参见《新约·使徒行传》2·38:"彼得告诉他们:'你们每个人都要离弃罪恶,并奉耶稣基督的名受洗,好使你们的罪得到赦免,以领受上帝所赐的圣灵。'";22·16:"你还耽误呢?起来,吁求他的名,领受洗礼,好洁净你的罪。"《希伯来书》10·22:"我们应该用诚实的心和坚定的信心,用已经蒙洁净、无亏的良心和清水洗过的身体,亲近上帝。"

往火里添一把柴。

于是,主教和贵族们的集体"颂圣"开始了。先由坎特伯雷大主教发出赞美:"罪责恶名算我头上,威严的君王!因为圣经《民数记》里这样写着:——人死后,遗产由女儿继承。仁慈的陛下,捍卫自己的权利;展开血红的旗帜;回顾您伟大的先王们:去吧,威严的陛下,拜谒您曾祖(爱德华三世)的陵墓,您的权利由他那儿继承(爱德华三世是法国国王菲利普四世母系的后裔传人。);向他勇武的精神求助,还要向您的叔祖黑王子爱德华求助,他在法国的土地演过一出悲剧(1346年8月26日克雷西之战),叫法军全军覆灭;那时,他最伟大的父亲站在一座小山上,含着笑看自己的幼狮贪婪地捕食血泊中的法国贵族。啊,高贵的英国人!你们以一半兵力,足与法军全部精锐交战,让另一半发着笑驻足旁观,无事可做,闲得浑身发冷!"

伊利主教见坎特伯雷大主教抬出爱德华三世和"黑王子"征战法兰西的荣耀,不甘落于其后,立刻响应,祈愿国王:"唤醒对这些神勇死者(指亨利五世的先祖)的回忆,用您强有力的臂膀再展他们的功勋:作为他们的继承人,您坐在他们的王座上,令他们扬威的鲜血和勇敢在您的血管里流淌;而且,我神勇无比的陛下年方青春的五月之晨(亨利五世时年27岁),正值建功立业的最好时机。"

紧随两位主教之后,两位善于领兵打仗的贵族将军先后表态,国王的叔叔埃克塞特公爵说:"当世兄弟国家的君王们,无一不盼着您,像您狮子(狮子是王权的象征,出现在王室盾徽上)般的先王们那样振奋起来。"威斯特摩兰伯爵接着说:"他们都知道陛下您名义、财力、兵马样样俱全;陛下您的确无一不备。从没哪个英格兰国王有过更殷实的贵族、更忠诚的臣民,他们身在英格兰,心却早已躺在法兰西战场的营帐里。"坎特伯雷大主教火上浇油:"啊,让他们的身体随心同往,亲爱的陛下,用血、用剑、用火,去赢得您的权利。为援助陛下,我们教会愿捐您一笔巨款,数额比以前教会捐给先王们的任何一次都多。"

这正是国王需要的,开战的钱财和将军们的征战之心一应俱全!亨利五世随即传令,面见法国王太子(1349至1830年间法国对王储的称呼。)派来的使臣。同时,他对主教和贵族们表示,决心对法兰西开战:"凭上帝神助,有你们相帮,你们是我军中的高贵支柱,法兰西本该属于我,我要叫它臣服于我,如若不然,便把它整个击碎:要么,我在那儿端坐王位,统治广阔富足的法兰西帝国,及其所有高贵的公爵的领地;要么,就把我的骸骨埋在一只不值钱的瓮里,没有坟墓,上面也没有任何纪念物;要么,未来的史书极力称颂我的业绩;要么,就让我的坟墓像一个土耳其奴隶,空有一张无舌之口,连一行蜡刻的祭奠碑文也没有。"闻听此言,坎特伯雷大主教立刻"颂圣"赞美:"进军法兰西吧,陛下。把您幸运的英格兰一分为四;您只率四分之一挥师法国,便足以威震整个高卢(法国)。倘若我们不能以四分之三的国内兵力,将这条狗拒之门外,那就让我们在狗嘴里颤栗,将勇武之族、谋略之国的美名丧失殆尽。"

这是莎士比亚写人物刻意讲究的地方,他透过戏剧对白刻画出坎特伯雷大主教复杂的微妙心理,他急于开战的初衷与贵族将军们不同,后者为国王和英格兰的荣誉而战,对于他,当时迫在眉睫的形势是,只有国王远征法国,才能保证他统领下的英格兰教会的资产。至于国王,有钱开战,去赢得法兰西的王位继承权乃第一要务,至于教会资产,一句话搞定。

一番苦心得到回报,两位主教的戏剧作用完成,从第二幕到剧终没再出场,毕竟远征法兰西是军人们的事儿。

(三) 敌国的反向"颂圣"

这类"颂圣"集中体现在第二幕第四场,王宫,法兰西国王查理六世正与法军大元帅和贵族们商讨,如何面对英格兰"犹如激流吸进一个漩涡"的"凶猛"进攻。国王提出必须"立即行动,火速发兵,用精兵良将和防御物资,加强、新修我方战备城镇的防御设施"。但王太子认为,"万不可惊慌失色","英格兰由一个如此不中用的国王统治,由一个虚荣、善变、浅薄、任性的年轻人如此异想天开地执掌王权,毫不足惧"。

这时,敌国的反向"颂圣"正式开场,先由法军大元帅由衷赞叹:"啊,别说了,王太子殿下!您把这位国王看错了。殿下,问一下您最近派去的使臣,——他在听取他们的使命时,是何等威严;他身边有多少高贵的忠臣,他们提出异议时有多么委婉;还有,他坚定的决心有多么令人恐惧,——您就会发觉,他以前干那些荒唐事,只是罗马人布鲁图斯的外貌①,拿一件愚笨的外衣遮住睿智;真好比园丁用粪便藏起的那些根茎②,必先萌发最娇嫩的蓓蕾。"然而,在此给大元帅预留下一个自我反讽,第三幕第七场,阿金库尔决战在即,大元帅仿佛换了一个人,他根本没把英

---

① 此处指公元前六世纪的古罗马贵族卢修斯·朱尼厄斯·布鲁图斯(Lucius Junius Brutus),他为替父兄报仇,装疯卖傻,于公元前509年,将罗马王国(Roman Kingdom)第七任国王"骄傲的塔克文"卢修斯·塔克文·苏佩布(Lucius Tarquinius Superbus, ?—495BC)推翻、驱逐,缔造罗马共和国,并担任第一任执政官。此处"布鲁图斯的外貌",即指布鲁图斯装疯卖傻的愚笨样子。

② 指用粪便给花草施肥。

军放眼里,信心爆棚地说:"今天,法兰西勇士们的出鞘之剑,将因玩儿不尽兴而收剑入鞘。只要冲他们吹口气①,我们的豪勇之气就能把他们掀翻在地。"或曰,这是莎士比亚因写戏仓促留下的戏剧破绽?

  法国国王则不敢掉以轻心,他郑重其事地表示:"让我们把哈里国王视为强敌,诸位王公贵族,要确保以强大的军力对付他。他的亲族曾尝了血腥的滋味追猎②我们;他就是在我们自家熟悉的路上,那追逐我们的嗜血家族养大的。当年克雷西之战③惨败,我方所有王公贵族,都成了那个恶名叫威尔士的黑王子爱德华④的俘虏,这是永记不忘的奇耻大辱;那时,他那位体壮如山的父亲⑤,站在一座小山上,高居半空,金色阳光照在头顶,——看他英雄的儿子,微笑着,看他残害生灵,损毁上帝和法兰西父老历时二十年打造的典范⑥。这个国王便是那胜利的树干的一根树枝⑦;对他天生的勇武和命运⑧,我们要当心。"

  为颂扬亨利五世,莎士比亚颇费心思,他替法国国王设计的"颂圣"方式是曲笔赞美,没让法国国王直接夸赞亨利五世,而是极力称颂亨利五世两位伟大的祖先——爱德华三世和黑王子爱德华,他们给法兰西历史留下"永记不忘的奇耻大辱"。然而,在此又给法国国王预留下一个自我反讽,第五幕第二场,剧终幕落之前,查理六世必须吞下更大的"奇耻大辱":签署丧权辱国的和平条约(即《特鲁瓦条约》),按英格兰国王的要求,"今后凡遇赐封官爵或土地,书写诏书之时,必须以这种尊号称呼陛下,法文是'我至亲的亨利女婿,英格兰国王,法兰西继承人',拉丁文是'我至爱的亨利女婿,英格兰国王,法兰西继承人'⑨。对,没错,和平条约的"第一条款"就是逼迫法国国王把女儿凯瑟琳嫁给英格兰国王。真是赔了女儿又折兵!

---

① 参见《旧约·以赛亚书》40·24:"他们像幼小的植物,/刚抽芽长根。/上主只一吹,便都干枯;/旋风一起,他们就像麦秸被吹散了。"
② 此为狩猎用语,指猎人用血腥的肉喂食猎狗,以激发猎狗追逐。
③ 即1346年8月26日的"克雷西之战",英王爱德华三世大胜法军。
④ "黑王子"爱德华的绰号源于他作战时惯穿一身黑色盔甲,并非因其皮肤黝黑。据记载,"黑王子"面色白皙,一双蓝眼睛,头发淡色。
⑤ 爱德华三世身材魁梧,像一座小山。此处或暗指爱德华三世出生在多山的威尔士。
⑥ 指历时二十年造就的法兰西一代精英。
⑦ 意即亨利五世与爱德华三世血脉同宗,是其血统的一个支脉。
⑧ 命运,命中注定的要完成的功业。
⑨ 此处条款分别用法文、拉丁文书写,意思一样。按"新剑桥版"注释,对亨利五世在称呼上有法文"我至亲的"和拉丁文"我至爱的"的区别。

(四) 史诗的自我"颂圣"

这种史诗般的自我"颂圣",从第一幕第二场后半段亨利五世召见法国使臣就开始了。法国使臣奉王太子之命觐见亨利五世,开门见山转述王太子的口信:"陛下最近派人去法国,以您伟大的先王爱德华三世的权利为依据,要求拥有几处公爵领地。为回应这一要求,我主太子殿下说,您过于年轻气盛,并提出警告,在法国没什么东西凭一场轻盈的欢快舞蹈便唾手可得;——单靠狂欢进不了那儿的公爵领地。所以,为更迎合您的脾气,他送您这一箱宝物;(呈上一箱子。)希望您别再要求什么公爵领地,就算您回敬这箱宝物了。"

国王听完,只轻描淡写问埃克塞特公爵一句"什么宝物,叔叔?"埃克塞特查看箱内装着网球,回复说"网球,陛下。"面对如此嘲弄,亨利五世丝毫不动怒,而是表现出一代圣君才有的从容大度,他对使臣说:"很高兴王太子拿我如此打趣;感谢他的礼物和你们的辛劳:等我给这些球配好网球拍,我愿去法国,凭着上帝的恩典,跟他打一局,一定把他父亲的王冠打进球洞①。告诉他,跟他对局的,是个喜欢找茬儿的对手,法国的所有球场都将因回球弹地两次②变得骚乱不安③。我很懂他的心思,他拿我过去的荒唐日子嘲弄我,却对我怎样利用了那段日子,一点判断也没有。我从不看重英格兰这可怜的王位;所以,远离宫廷逍遥,放纵自己的野性,像人们一旦离家便会找乐子一样稀松平常。但告诉王太子,我会占据王位,我一旦振作起来登上法兰西王位,就会像国王一样,扬帆展示伟大的君威王权。因为我曾把威严丢一边,像普通人一样成天东跑西颠;但我将满怀一种荣耀在法兰西崛起,以至于所有法国人都会望之目眩,是的,王太子看了我,就会刺瞎眼睛。告诉那位快乐王子,他的这一嘲弄,已把网球变成炮弹;他的灵魂将在随炮弹飞来的毁灭性的复仇中,忍受痛苦的煎熬:因为他这番嘲弄,将造成一千多失去亲爱丈夫的寡妇;母

---

① 亨利五世在此表达的是双关意,"配好网球拍"指为进军法国做好准备。"球洞"指网球场两头墙上的豁口,将球打进豁口者,得分;其双关意指"危险","把他的父亲的王冠打进豁口",意为:到时他父亲就有王冠被打掉的危险。此处的网球指古式网球,最早源于12、13世纪法国传教士在教堂回廊用手掌击球的游戏,后成为法国宫廷的一种游乐消遣,14世纪中叶传入英国,为爱德华三世所喜爱。得分方式与现代网球不同。现代网球源于19世纪70年代早期英国的草地网球。
② 弹地两次(chaces),古式宫廷网球术语,指球被对方击中墙上球洞后,弹地两次不过网,失分。在此的双关意指,等英法一旦交战,法军将连吃败仗。"chace"有"狩猎"(hunt)、"追赶"(pursuit)之意,亨利五世意在表明,一旦英法对决,他将像追逐猎物一样击败法国。
③ 亨利五世在此以球场将变得骚乱不安,意指两国一旦交兵,法国全境将不得安宁。

亲因嘲弄失去儿子，城堡因嘲弄而坍塌；还有好些在腹中尚未成胎、尚未落生的孩子，都将有理由诅咒王太子的这一嘲弄。但这一切全听凭上帝意旨，我会向上帝申诉；告诉王太子，我会以上帝的名义前来，尽力为自己复仇，并在一件神圣的事业中生出我正义之手。"这不怒自威的豪言，是亨利五世在剧中的第一篇自我"颂圣"，昭示出一代雄主舍我其谁的霸气。

这是向敌国传递发动战争的信号：亨利五世对英格兰王位兴趣不大，他要在法兰西攫取君威王权的伟大荣耀。最后，亨利五世叫使臣转告王太子："他的玩笑只是耍小聪明的逗趣，/有人发笑，却更有千万人哭泣。"

全剧中，几乎每篇亨利五世的大段独白都是一首英雄颂歌，颂歌的主人公是国王自己。第二幕第二场，南安普顿，出兵之前，亨利五世不动声色，事先搜集好确凿证据，然后当众揭穿斯克鲁普勋爵、剑桥伯爵、格雷爵士三位贵族的阴谋。

在此，亨利五世有两大段独白，第一段义正词严地逐一指责这三个"反咬"君王"仁慈之心"的叛国者："我本有一颗鲜活的仁慈之心，却被你们的秘密击败、杀死；你们若知羞耻，必不敢谈什么仁慈，因为就像群狗反咬主人，你们的心胸被自己的论调①撕咬。——我的亲王、贵族们，看吧，——这些英格兰的怪物！……背叛与谋杀，向来合二为一，像两个共负一轭②誓言互助的魔鬼，为同一个目标如此公然合作，对邪灵孽妖来说十分自然，不必大惊小怪；而你，却违背一切常理，竟使背叛和谋杀变成奇迹；如此不合人情蛊惑你，不管这个狡猾的恶魔是谁，都足以当选地狱精英。别的恶魔诱人叛变，还假装拿发光的虔诚当幌子，用计谋、外表和外在品行，把该受诅咒下地狱的罪恶，笨手笨脚掩饰一下；但诱惑你、叫你谋反的这个恶魔，除了授你一个叛徒的名义，并未给你之所以谋反的动机。倘若这样耍弄你的那个魔鬼，像狮子似的在人世走一圈③，回到广阔的塔尔塔罗斯④，没准会对群鬼说：'我赢得一个人的灵魂，从未像赢得一个英国人的灵魂那样容易。'啊，你用怀疑玷污了信任的美德！人会显出恭顺的样子？咦，你就这样。他们似乎一本正经、学识渊博？咦，你就这样。他们出身名门显吧？咦，你就这样。他们好像是敬畏上帝的？咦，你就这样。或者说，他们饮食节俭；避免过喜、过悲之情；性格坚定；不一

---

① 论调，指这三位贵族叛臣在密谋杀死国王时提出不露半点仁慈。
② 共负一轭，指两个魔鬼被一个牛轭套住，彼此只能为了同一个目标，公然合作。
③ 参见《新约·彼得前书》5·8："要警醒戒备！你们的仇敌——魔鬼正像一头咆哮的狮子走来走去，寻找可吞食之人。"
④ 塔尔塔罗斯(Tartarus)，古典神话中地狱里暗无天日的深渊。亦指地狱。

时冲动;衣着得体、谦逊儒雅;凡事非亲眼所见、亲耳所闻,绝不轻信妄断,是这样吧?你好像就是这样一个细筛①出来的人:既如此,你的堕落留下一种污点,使溢满美德和天赋超凡之人,也叫人怀疑了。我会为你哭泣;因为在我眼里,你这次背叛就像人类又一次堕落②。——(向埃克塞特。)这三个人罪行昭彰,逮捕他们,依法追责;——愿上帝赦免他们的罪恶阴谋!"

这是一篇作为上帝代表的国王的宣言,面对如此"仁慈"之君,三位叛臣俯首认罪,恳请宽恕。接着,是亨利五世的第二段长篇独白:"愿仁慈的上帝宽恕你们!听着,这是判决:你们勾结敌国,谋反本王,收受贿金,欲置我于死地;你们要出卖、杀戮你们的国王,将他的亲王、贵族卖身为奴,叫他的臣民遭屈受辱,把他的整个王国败光毁灭。对于我本人,并不谋求报复。但王国的安全,我必须格外珍重;你们却要毁了它,我只得把你们交付国法。因此,去吧,你们这些卑贱的可怜虫,去受死吧:愿仁慈的上帝给你们耐性,经受死神的考验,真心忏悔一切可怕的罪行!——把他们带走!(剑桥,斯克鲁普,与格雷被押下。)——现在,诸位,向法兰西进军:这场战事对你们、对我同样荣耀。我毫不怀疑,这将是一场光荣、成功之战,因为上帝如此荣耀,揭露了潜伏在路上,阻碍我们进军的这一凶险叛逆。我现在毫不怀疑,前进路上的一切障碍都已铺平。那么,亲爱的同胞们,出发吧:让我们把军队交给上帝之手③,立即行动。"

至此,已不难发现,莎士比亚为亨利五世的每篇自我"颂圣",都委以不同的戏剧作用,这番独白作用有二:以仁慈的上帝的名义对叛臣进行宣判;以国王的名义发布英格兰王国团结一心征战法兰西的战前誓言。莎士比亚善于运用戏剧人物长篇独白的语言张力,在这段对白最后,他让紧张的语境一下松弛下来,以一首两联句韵诗,把亨利五世铲除叛徒后内心轻松、振奋精神的状态显露出来:"开心去海上,高举起战旗:/若不称法王,誓不作英王。④"

戏剧舞台空间十分窄小,无法像电影全景镜头那样表现宏大的战争场景。莎士比亚不必操心在他死后三百多年产生电影之后电影导演操心的那些事,而只需透过舞台表现出戏剧人物和情景的戏剧力便足矣。

---

① 细筛(bolted),指像面粉一样细筛。亨利五世在此意在反讽斯克鲁普是一个精选出来的优雅十足之人。
② 在基督教信仰中,人类第一次堕落指人类始祖亚当、夏娃偷食禁果,并因此被上帝逐出伊甸园。
③ 参见《旧约·诗篇》31·14—15:"上帝啊,我依然依靠你,我终身之事在你手中,求你救我脱离仇敌和迫害我的人。"
④ 直译为:若不在法兰西称王,也不做英格兰国王。

第三幕第一场,英军兵临哈弗勒尔城下,莎士比亚只安排国王发表一篇最典范的英雄史诗作为攻城动员令,英军便突破了哈弗勒尔的防守:"再冲一次那个突破口,亲爱的朋友们,再冲一次;否则,英国人只能用尸体把这城墙围困!和平时期,人之为人,莫过于适度静默和谦恭,但当战争的狂风吹过耳际,我们就要模仿老虎的动作;绷紧肌肉,激起热血,用丑陋的狂暴掩盖美好的天性;然后目露凶光;让眼睛像铜炮似的,透过头上的观察孔向外窥探;让悬在眼睛上的眉毛,令人恐惧得像一块受过磨损的巉岩,孤悬着凸伸出去,俯视被狂野的、毁灭性的海洋冲蚀的荒废山脚。现在,咬紧牙,张大鼻孔,深憋一口气,绷紧全身每一分勇气!——冲啊,冲啊,最高贵的英国人!你们的热血是久经疆场考验的父辈传下来的!——父辈们曾像亚历山大①一样,在这一带血战,从早杀到晚,直到把敌人杀得一个不剩,才刀剑入鞘。——莫让你们的母亲蒙羞②:现在证明,确实是你们喊作父亲的那些人生了你们。现在,给那些出身低微之人做个榜样,教他们如何打仗!——你们,好样儿的自耕农③,你们的四肢是英格兰造的,在这儿向我显出你们土生土长的特性吧;我发誓你们配得上生养你们的土地:我对此毫不怀疑;因为你们没一个低贱之辈,没一双眼睛不闪烁高贵。我看你们站在这儿,活像被皮带勒紧的猎犬,随时准备出击。猎物在移动:由着你们的血性,炮响一声,高喊:'上帝保佑哈里、英格兰与圣乔治!'④"

这恰是《亨利五世》最迷人、最成功的地方,既然莎士比亚要以戏剧的方式为国王写史诗,那最简单、直接、又有效的方式,便是在国王一个人身上做足文章,让国王以一篇又一篇爱国主义演说把自己彰显到最大化。因此,在剧中,观众一次又一次看到演说中的国王。他修辞力量之巨大,足以攻陷敌方城池。但显然,国王的演说常有空洞的自我吹嘘之嫌,内容高大上,手法单调,缺少戏剧性。这一来,国王的演说又变成《亨利五世》艺术上的短板。诚然,莎士比亚从开始动笔就为《亨利五世》选定了这样的戏剧方式,即让"戏中的史诗"远远大于"史诗中的戏"。

---

① 即亚历山大大帝(Alexander the Great,前356—前323),古希腊马其顿王国的国王,被誉为欧洲历史上最伟大的四大军事统帅之首(亚历山大、恺撒、汉尼拔、拿破仑),一生征战,统一希腊全境,占领埃及,荡平波斯,大军挺进到印度河流域,征服面积约达500万平方公里,曾感叹世界再无可征服之地。
② 亨利五世意在激励士兵,暗示:假如你们拿不出勇气,便证明你们的母亲跟别的男人私通,你们不是你们勇敢的父亲所生。
③ 自耕农(yeoman),或自由民,拥有土地,身份低于绅士。
④ 圣乔治(Saint George),英格兰的守护神。

第三幕第三场,亨利五世再次以长篇演说的方式,对哈弗勒尔总督发出最后通牒:"城里的总督还没决定①?这是我允准的最后一次停火谈判;所以,接受我最大的仁慈,否则,就像那些毁于自傲之人,把能使的手段都使出来②,拼死抵抗;因为,作为一名军人,——在我心里,这个称谓最适合我,——一旦我再次发起炮击,若不把这攻下一半的哈弗勒尔城埋入灰烬,决不收兵。仁慈的大门将全部关闭③,能征惯战的士兵,——良知犹如敞开的地狱,满怀粗暴之心,——伸出血腥的手肆意屠戮;把你们姣好的处女和茂盛的婴儿,像割草一样杀光除净。假如罪恶的战争,像队列整齐浑身冒火的魔鬼④,露着被硝烟熏黑的脸⑤,干下使一切荒废与凄凉的残忍暴行,那与我何干?假如你们的清纯处女,落入淫欲和残暴之手,那是你们自己作孽,与我何干?当有人向山下猛冲,什么缰绳⑥能勒住放荡的邪恶?让我下令被激怒的士兵不要劫掠,活像给利维坦⑦传令叫它上岸一样无效。因此,哈弗勒尔的将士们,趁我的士兵还听从我的命令,要怜悯这座城池和城中百姓;趁此时,清凉、温和的仁慈之风,还能吹散暴力、凶杀、劫掠、恶行的污浊毒雾。如若不然,哼,转瞬之间,你们就将看到,不顾一切、嗜血成性的士兵,用邪恶的手,把你们发出刺耳尖叫的女儿们的秀发⑧弄脏;你们父亲们的银须被揪住,他们最为可敬的头颅猛撞在墙上;你们赤裸的婴儿被刺穿挑在枪尖上,与此同时,疯狂母亲们撕心裂肺的哭嚎冲破云霄,就像犹太⑨的女人们面对希律王手下血腥猎杀的刽子手⑩。"

① 可有另一译法:城里的总督还那么死硬?
② 此为一种用来挑战的习惯性用语。梁实秋译为:顽抗到底,尝尝我的厉害。
③ 参见《旧约·诗篇》77·9:"难道上帝已忘记开恩?/难道愤怒已取代他的怜悯?"
④ 亨利五世意在表明,英军士兵在哈弗勒尔城门下严阵以待,随时发起魔鬼般毁灭性的进攻。
⑤ 按传统说法,魔鬼面黑如矿工。参见《新约·马太福音》9·34:"可是,法利赛人说:'他是仗着鬼王来赶鬼。'";12·24:"法利赛人听见这话就说:'他会赶鬼,无非是依仗鬼王别西卜罢了。'"
⑥ 缰绳(rein),与"统治"(reign)具双关意。
⑦ 利维坦(liviathan),《圣经》中象征邪恶的巨大海怪,也有的译为巨鲸。参见《旧约·约伯记》41·1:"你能用鱼钩钓上海怪,或用绳子绑住它的舌头吗?"《诗篇》74·14:"你打碎了海怪的头。/把它的肉分给旷野的野兽吃。";104·26:"船只往来航行,/你所造的海兽游戏其中。"《以赛亚书》27·1:"那一天,上主要用刚硬锐利的剑惩罚利维坦,就是那扭曲善变的蛇,并杀死那海中的龙。"
⑧ 秀发(lacks),有"守护着的贞洁"之意涵。
⑨ 犹太(Jewry),古罗马统治的巴勒斯坦南部地区,今位于以色列境内。
⑩ 希律王(King Herod),公元前37年至公元前4年间罗马帝国犹太行省(加利利和犹太地区)的统治者,为杀死圣婴耶稣,下令将伯利恒(Bethlehem)及周边地区所有两岁以下男婴全部诛杀。事见《新约·马太福音》2·16—18。

然而,毋庸置疑,这种"颂圣"方式为后人眼里的国王留下了名誉的污点,即这一段充满血腥的诗意文字,刻画出的这位"国王战士"恰是"国王"与"战士"的组合:一个无坚不摧的国王,一个"嗜血成性"战士。只是对此,无法断定莎士比亚是有意、还是无意为之。或许这里透露莎士比亚这样的反讽:一个怀有"仁慈之心"的基督教国王,对另一个信奉上帝的基督教王国,可以"伸出血腥的手肆意屠戮"?不得而知!

剧情发展到第三幕第六场,阿金库尔决战前夕,亨利五世向奉命前来讨要赎金的法军传令官蒙乔,故意示弱:"你很好履行了使命。回去,告诉你的国王,——眼下我还不会追击他,只想毫无阻碍挺进加来。因为,老实说,——向一个狡猾和有军事优势的敌人透露这么多,一点不明智。——我的兵力因疾病削弱很多,人员减少,现有兵力不见得强于法军;可我告诉你,传令官,身康体健时,一双英国军人的腿,抵得上三个法国兵。——不过,宽恕我吧,上帝,我竟然如此自夸!——你们法国的空气吹胀了我这一恶习:我必须自责。——所以,去吧,告诉你的主人,我在这儿;我的赎金就是这不足道的虚弱身躯;我的军队也只是体弱多病的卫兵。可是,上帝助我,告诉他,哪怕法国国王本人,再加一个和他一样的邻国国王挡在路上,我也要向前冲。辛苦了,蒙乔,这是酬劳。(递一钱袋。)去吧,叫你的主人想明白:若能通行,我军便通行;一旦受阻,我军必以你们的鲜血染红你们黄褐色的土地;那再见吧,蒙乔。我的整个答复归为一句话:照目前的情形,我不会挑起战斗;可是,照目前的情形,我要说,我也不避战。就这么告诉你的主人。"

这是一个无比自信、勇往直前的国王!

第四幕第一场,亨利五世乔装打扮,微服巡营。在此,莎士比亚把国王自我"颂圣"的口吻,变成对一个普通人的内心书写。考特、贝茨和威廉姆斯三个普通士兵,谁也不知道跟他们交谈的正是国王本人,他们自然流露出临战之际的胆怯。自称"一个朋友"、在欧平汉手下当兵听差的亨利五世毫不避讳地透露英军的处境"真好比遭受海难的一群人困在沙洲上,只等下一次潮汐将他们冲走"。然后,他这样描述"自己":"这么跟你说吧,我觉得国王,不过是一个人,跟我一样:紫罗兰的味道,他闻、我闻一样香;头顶这片天,对他、对我都一样;他所有的感官跟常人的特性没两样,把他的国王威仪撇一边,赤身露体,只是一个人而已;虽说他的情感比我们的更为崇高、复杂,但当他向下猛扑①之时,也扑得跟我们没两样。因此,当他发现恐惧的由头儿,毫无疑问,他也担惊受怕,跟我们尝到的恐惧一模一样。不过,按理

----

① 猛扑(stoop),放鹰捕猎术语。

说,没谁能使他露出哪怕一丝一毫的恐惧,不然,他一旦畏惧,军队就会丧失勇气。"可士兵们仍然心有疑惑,他们担心一旦开战,国王为保命,便会向法军缴纳赎金。对此,这位极不普通的"普通士兵"以普通一兵的身份激励他们:"我想,死在哪儿,也不如与国王同生共死令人欣慰;——他的事业是正义的,他为荣耀而战。"

这是一个临危不惧、视死如归的国王!

士兵们走了,亨利五世独自一人。这时,莎士比亚再不惜笔墨,以长篇独白让国王敞开心扉:"责任都算国王头上!——让我们把生命、把灵魂、把债务、把揪心的妻子、把子女、把罪过,都加在国王身上!我必须承受一切。困境啊,与伟大同时落生,要遭受每一个傻瓜的指摘,而那傻瓜,除了他自己各式各样的病痛,什么也感受不到!平民百姓能享受无限的内心平静,国王偏就不能!除了威仪,——除了公开的威仪,国王还有什么,是百姓没有的?而没用的威仪,你算什么东西?你是哪路大神,要比你的崇拜者遭受更多人间苦楚?你有多少税金?你有多少收益?威仪啊,让我看看你值几个钱!你的灵魂叫人崇拜,凭什么呀?除了地位、等级、威仪,叫人敬畏、害怕,你还有什么?正因为你叫人害怕,你比怕你的人更不开心。除了奉承的毒液,替代崇敬的蜜汁,你还能常喝什么?啊,伟大的权力,生一场病,叫你的威仪给你治!你以为单凭奉承吹出来的头衔,就能使你降温退烧?一有人冲你屈膝打躬,病就没了?你有权叫一个乞丐给你下跪,可你能对健康下命令吗?不,你这骄傲的梦想,竟如此狡诈地耍弄了一个国王的安宁。我这个国王看透了你的本性,我知道,不论圣油①,王笏,金球②,宝剑,权杖,帝国王冠,镶金嵌宝的王袍,国王名字前一长串矫饰的尊号,端坐在上的王座,还是拍打这尘世高高海岸的浮华的潮汐,——不,这一切都没用,哪怕把所有炫目华贵的威仪都堆在君王的床榻上,也不能让他像贱奴似的酣然入眠。贱奴的身子,填满凭力气挣来的面包,脑子空空,倒头就睡;他永远见不到可怕的黑夜③,地狱之子;他像个仆人似的,从日出到日落,在福玻斯眼皮底下流汗,整夜在伊利西姆④睡觉;第二天,黎明破晓,他与太阳同起,帮亥伯龙⑤套马;他如此追随岁月流光,辛劳一生,走进坟墓。除了威仪,这样一个可怜虫,白天干苦力,夜里睡大觉,比一个国王占便宜。奴隶,分享国家之

---

① 圣油(balm),国王加冕典礼时涂在头上的膏油。
② 金球(ball),君主的圆球,象征国王作为上帝代理人在地球上的权力。
③ 指贱奴辛苦一天,疲乏劳累,天黑以前便呼呼大睡。
④ 伊利西姆(Elysium),希腊神话中贤人死后的居所,代指极乐世界,或乐园。
⑤ 亥伯龙(Hyperion),古典神话中的泰坦巨神之一;有时指太阳之父;有时指太阳自身。

太平,且安享太平;但他愚钝的脑子并不知晓,在平民百姓最得好处之时,国王为维护和平,睡得多不安稳。"

这是一个勇于担责、洞悉世相的国王!

第四幕第三场,终于到了阿金库尔战场。双方军力对比"众寡太悬殊了",法军对英军占据"五比一"的优势。身处劣势,连能征惯战的威斯特摩兰将军都不由感叹:"啊,只愿今天在英格兰无事可做的闲人,来此补充一万兵力!"谁曾想,亨利五世竟会反唇相讥:"谁有如此愿望? 是威斯特摩兰老弟? ——不,我可敬的老弟,倘若我们注定死去,这损失足以让英格兰痛惋;假如我们命不该绝,人越少,分享的荣誉越大。听凭上帝的旨意! 恳请你,不要希望再增一兵一卒。周甫①在上,我非贪财之人,不在乎有谁吃我喝我;谁穿了我的衣服,我也不心疼,这些身外物全不在我心上。但假如贪求荣誉也算一宗罪过,我便是世上最有罪的那一个。不,说实话,老弟,别希望英格兰再添一兵一卒:愿上帝保佑! 为我最美好的心愿,我不愿因多加一人,使这样伟大的荣誉受损,不愿再有人分享这荣誉。啊,不要希望再多添一人! 干脆告知全军,威斯特摩兰,凡无意参加这次战斗者,让他离开②,给他签发通行证③,把旅费放进他钱袋:我不愿与那贪生怕死之人同生共死。"说到这儿,国王转向众人:"今天这个日子被称作圣克里斯品节④:凡活过今天、安然回乡之人,每当忆起这一天,都会心绪高昂,都会因克里斯品的名义而振奋;凡活过今天、安详终老之人,每年都会在节前头一天傍晚,宴请街坊邻里,并说'明天就是圣克里斯品节!'然后,卷起袖子,露出伤疤,说'这些全是我在圣克里斯品节受的伤。'人老健忘;但哪怕忘掉所有往事,他仍会不无夸饰地记得,他在那一天立下怎样的战功。然后,像聊家常一样,顺嘴说出我们的名字,——哈里国王,贝德福德和埃克塞特,沃里克和塔尔伯特,索尔斯伯里和格罗斯特,——举杯祝酒之时,清晰记起旧时往事。老人家会把这故事讲给儿子;从今天直到世界末日,圣克里斯品节将不再虚度,只因它记住了我们的名字,——我们这几个人,我们这几个幸运之人,我们这群兄弟;因为谁今日与我一同流血,谁就是我的兄弟;甭管他地位多么低下,这一天将使他身份变

---

① 周甫(Jove),即罗马神话中的主神朱庇特(Jupiter)。
② 参见《旧约·申命记》20·8:"官长要对手下说:'你们中有谁胆怯、惊惶,可以回去。否则,他会影响全军士气。'"
③ 通行证(passport),指获准通行法国、登船返乡的证件。
④ 圣克里斯品节(the feast of Crispin, i.e. Saint Crispin's day),10月25日,为耶稣基督殉道的克里斯品孪生兄弟设立的纪念日。公元285(或286)年10月25日,克里斯品兄弟在罗马皇帝戴克里先(Diocletian, 244—311)统治期间(284—305)被砍头。

得高贵;眼下,在英格兰呼呼大睡的绅士们将因其身不在此而自认倒霉;而且,无论谁开口提及,在圣克里斯品节这天与我们并肩战斗,他们都会觉得英雄气短。"

置之死地而后生,兵力越少,荣耀越大,这是身先士卒、神勇豪迈的国王!

在剧中,此前发生的一切都是为了阿金库尔,阿金库尔战后发生的一切又都源于阿金库尔。胜者为王,阿金库尔成就王者。

终于,莎士比亚为国王设计的一连串自我"颂圣"接近顶点——阿金库尔之战一触即发。法军大元帅派蒙乔前往英军营帐,再次觐见亨利五世,像英格兰国王威胁哈弗勒尔总督那样,发出最后通牒:"哈里国王,我再次前来,想获知,你在必遭灭顶之前,现在是否愿以赎金求和;因为你的确身临漩涡,势必被吞没。"

亨利五世答道:"请你把我原来的答复带回去:叫他们先赢①了我,然后卖我的骸骨。仁慈的上帝!他们为何如此嘲弄可怜人?狮子还活着,有人先卖狮子皮,结果猎狮丢命②。毫无疑问,我们大多数人将葬于故土③,我相信,坟茔之上还将以黄铜纪念碑永远见证这一天的功绩。那些把骸骨留在法兰西的勇士,死得壮烈,哪怕埋在你们的粪堆里,势必名垂青史;因为在那儿,太阳向他们致敬,会把他们的英烈之气④带入天堂,留下他们的尸骸窒息法兰西的空气,那气味必将滋生一场瘟疫。到那时,看我们英国人的豪气,人虽死,却像子弹的跳射,当他们尸体腐烂时,还能以致命的弹射再度杀敌。让我骄傲地说:——告诉大元帅,我们是打仗的勇士,不是来度假的;我们耀眼的戎装和镀金的佩饰,全在艰苦地形的冒雨行军中褪色。全军将士的头盔上已不剩一片羽毛⑤,——我希望,这恰好证明,我们无法飞逃,——时间把我们磨损得凌乱不堪。但我以弥撒起誓,我们的心都已精心打扮⑥。我可怜的士兵们对我说:天黑前,他们要穿上光鲜的袍子;要不,就把法国士兵艳丽的新衣服,从头顶生剥硬拽下来,把他们遣散⑦。倘若他们这么干——如蒙上帝恩

---

① 赢(achieve),战胜;也可解作"擒获",即"叫他们先擒获我"。
② 此句源自谚语:"熊(狮子)还没逮先卖熊(狮子)皮","to sell the bear's (lion's) skin, before the beast is caught."指愚蠢、危险之举。
③ 亨利五世对打赢阿金库尔之战充满信心,指参战的大多数英军将在战斗中活下来。
④ 呼吸(reeking, i.e. breathing),亦可解作"气息"(smelling),或指在战斗中留下的血污之气。
⑤ 指装饰头盔的羽毛。
⑥ 转义指:我们都已做好备战。
⑦ 此句稍有费解,意思应是把解雇仆人的做法——仆人遭东家解雇,离开之前,要将东家给的衣服脱下来。——用在法军身上,即再次凸显亨利五世自信满满:法国士兵最好别等英军动手,就把光鲜的袍子拱手送给英军穿上,如若不然,英军在打赢这一仗之后,就要把法军的新衣服生剥硬拽下来。

准,他们会的——那我的赎金很快就筹齐了。使者,省点儿力气:高贵的使者,别再为赎金劳神:除了我这把骨头,我发誓,他们什么也得不到;即便我这副骨架落他们手里,也没什么用①,告诉大元帅吧。"

这是豪气冲天、宁死不降的勇士!

舞台不是战场,表现战争之惨烈简单至极,在舞台上,几个演员走个过场,双方鏖战立见分晓;阅读中,舞台提示"战斗警号。舞台过场两军交战"。已宣告两军正在厮杀;戏文里,法军奥尔良公爵一句"今日一战,满盘皆输",王太子一句"谩骂和永久的耻辱坐在戴羽毛的头盔上嘲笑我们"。便昭示法军惨败。难怪奥尔良公爵反问:"这就是那位我们派人去要赎金的国王吗?"

对,正是这位国王,在第四幕第八场,手拿法军阵亡名单喜不自胜:"这份清单告诉我,有一万名法国人被杀死在战场,其中阵亡的亲王和佩戴家徽的贵族,126 名;加上骑士、乡绅②、英勇的绅士,共计阵亡 8 400 人,其中的 500 名骑士是昨天授封的。所以,在他们损失的一万人中,只有 1 600 名雇佣兵,其余全是亲王、男爵、勋爵、骑士、乡绅,以及门第显贵的绅士。"反观英军阵亡人数呢?除了约克的爱德华公爵,萨福克伯爵,理查·柯特利爵士,乡绅大卫·加姆,"再没有身份高的了,把所有阵亡者加起来,不过 25 人③。"国王随即把自我"颂圣"改为颂扬上帝:"啊,上帝,全凭您的力量!我们丝毫不敢贪功,只因有您神助!谁见过,不用计谋,两军交锋,战场上硬碰硬,一方伤亡如此惨重,一方损失微乎其微?——接受它,上帝,因为它只属于您④。"

这是炫耀荣耀、名垂青史的国王!

从剧情发展来说,阿金库尔一战不仅注定了英法两国胜者王侯败者寇的主从地位,还给国王自我"颂圣"的方式和文风带来改变。这当然是莎士比亚有意为之。第五幕第二场,亨利五世的自我"颂圣",在向凯瑟琳的求爱里自然透出征服者难以掩饰的霸气:"以圣母玛利亚起誓,凯特,如果您叫我为您写情诗或跳个舞,那就把我毁了,要说写情诗,既没话可说,又无韵可押;跳舞嘛,别看我一身力气,但

---

① 亨利五世言下之意,自己会拼死血战,即便战败,尸体落在法军手里,也只剩一副骨架。
② 乡绅(esquires),等级位于骑士和绅士之间,低于骑士,高于绅士。
③ 历史中的阿金库尔之战,法军阵亡约 7 000 人,英军阵亡近 500 人(另一说近 1 200 人)。此处说法不实,是莎士比亚为赞美英军之威武和亨利五世之神勇。
④ 此处体现基督徒一切荣耀归于主的信念。参见《旧约·诗篇》44·3:"你的子民不是倚靠刀剑征服那片土地,/也不是靠自己的力量取胜;/是靠你的臂膀,你的力量,你的同在,/因为你喜爱他们。";98·1:"要向上主唱新歌;/因他行了奇伟之事!/他以右手和圣臂取得胜利。";115·1:"上主啊,荣耀只归于你;/不归我们,只属于你!/因为你有信实不变的爱。"

跳起来步子缓慢。如果玩儿跳背游戏，或身穿战甲跃上马鞍，就能赢得一位小姐，我能很快赢回①一个老婆，我若吹牛就罚我。再不然，如果为我爱的人跟谁搏斗，或为讨她欢心飞身上马，那我能像屠夫似的猛力一击②，还能像一只猴子似的稳坐马背，绝不掉下来。可是，在上帝面前，凯特，我不能像一个毫无经验的小情人似的，要么喘着气吐露爱意，要么花言巧语发誓爱你。我只有直白的誓言，任谁怂恿，从不发誓；一旦发誓，谁劝也绝不背誓。如果您能爱一个这种性情的人，凯特，他的脸已如此难看，太阳不能把它晒得更丑③，他从不照镜子，怎么照也看不出哪儿好，——那就让这道菜④给您的眼睛开胃吧⑤。我对您说的，是一个军人的大实话：如果您能因此爱我，就接受我的求爱；如若不能，听我说，我就去死，这是真话。但为了爱您，主在上，我不会死。可我还是爱您。在您有生之年，亲爱的凯特，接受一个坦率、诚实、毫无杂质的人吧，他一定会真心对您，因为他没本事在别的地方求爱。那些能说会道的家伙，能把韵诗写进姑娘的芳心⑥，却总有理由再变心。哼！谁会说话谁唠叨，韵文都是顺口溜儿。好看的腿会变瘦，挺直的腰会变弯，黑胡子会变白，卷发的头顶会变秃，漂亮脸蛋儿会枯萎，透亮的眼睛会凹陷；但一颗仁慈之心，凯特，是太阳，是月亮，——干脆说，是太阳，不是月亮，因为它闪耀光芒，始终不变，永守轨道。如果您愿接受这样一个人，接受我：接受我，就是接受一个军人；接受一个军人，就是接受一个国王。您对我的求爱有什么说的？说呀，我的美人儿，好好说，我恳求您。"

这是一个击溃法国军队的英国军人，一个征服法兰西的英格兰国王！

但这是求爱，还是胁迫，抑或掠夺？莎士比亚不告知答案。至少，把亨利五世视为"英国人爱国主义的同义词"的英国人，有理由继续沉浸在征服者的浪漫豪情里。因为，亨利五世的自我"颂圣"尚未结束，他对被自己打败的法国王的女儿说："我心底足以救赎的信仰⑦告诉我，您必将属于我⑧，——我凭一场混战得到您，所

---

① "赢回"(leap into, i.e. gain)，有"跳入""进入"之义，或含性意味，暗指性交。
② "猛力一击"(lay on, i.e. strike vigorously)，或含性意味，暗指在性交中"猛力一击"。
③ 伊丽莎白时代，人的肤色以白为美。此处为亨利五世的谦辞，表达自己因常年征战，风吹日晒，皮肤被太阳晒得很黑，已不能再丑。
④ "这道菜"，即"他(亨利五世)的脸"。
⑤ 此句意译为：那就让您的眼睛瞧着办吧。
⑥ "芳心"(favours)，或含性意味，指用花言巧语哄骗姑娘上床。
⑦ 指对上帝的信仰。
⑧ 参见《新约·路加福音》7·50："耶稣对那女人说：'你的信仰救了你；平安回去吧。'"《彼得前书》1·9："因为你们得到信仰的结果，就是你们灵魂的救赎。"《以弗所书》2·8："你们是靠上帝的恩典，凭信仰得救；这并非出自你们自身的行为，而是上帝所赐。"

以,您必将证明自己是孕育军人的好母亲。难道您和我,就不能在圣丹尼斯和圣乔治的护佑下,共同创造一个男孩儿,一半法兰西血统,一半英格兰血统,有朝一日跑到君士坦丁堡,去揪土耳其人的胡子①?难道不成吗?说话呀,我美丽的百合花②!"

这是一个血脉里充盈着野性浪漫,誓言再孕育下一代征服者的国王!

最后,全剧即将落幕,国王的自我"颂圣"升至顶点。亨利五世以名誉起誓,用纯正的英语,向被征服的法兰西王国的公主说:"凯特,我爱您!……虽说我貌不惊人,难以软化女人心。唉,真该诅咒我父亲的野心!在我坐胎之时,他一心想着内战③:所以我生来一副粗硬外表,脸色如铁,一开口向姑娘们求爱,吓不跑才怪。可是,说真的,凯特,等我上了岁数,会显得好看点儿。我的安慰是,把皱纹存满容颜的老年,也没办法再糟蹋我这张脸。如果您得到我,是在我最糟的时候得到了我;如果您享用④我,会觉得越用越好。——因此,告诉我,最美丽的凯瑟琳,您愿得到我吗?丢掉您处女的羞涩,以王后的神情承认您的心思,拉起我的手,说:'英格兰的哈里,我属于您!'我的耳朵一听到这句祝福,我就大声告诉您,——'英格兰属于您,爱尔兰属于您,法兰西属于您,亨利·普朗塔热内⑤属于您。'这个人⑥,当他面我也要说,即便他不是国王中最好的一个,您会发现他是好人里顶好的国王。"

这是在自我"颂圣"的国王眼里一个"好人里顶好的国王"!

这到底是怎样一个国王呢?或许爱尔兰诗人威廉·巴特勒·叶芝(William Butler Yeats,1865—1939)在其《善恶观》(*Ideas of Good and Evil*,1903)一书中给出了答案,叶芝说:"塑造一个又一个人物,且让他们彼此关联,堪称莎剧艺术的一个特色;每一部莎剧中都有许多互为补充的人物。他笔下的亨利五世与理查二世性

---

① 君士坦丁堡(Constantinople),今土耳其伊斯坦布尔,原为东罗马帝国的首都,1453 年被土耳其人占领;直到 1922 年,一直是土耳其帝国的首都。此为羞辱说法,意思是欲将土耳其人赶出君士坦丁堡。根据事实,土耳其人于 1453 年占领君士坦丁堡之时,亨利五世已去世三十一年。显然,莎士比亚写戏并非为讲真实的历史。
② "百合花"(Flower-de-luce, i.e. lily),法国王室徽章图案,蓝底儿上绘制金色百合花。
③ 此处是莎士比亚造成的又一处历史谬误,亨利五世生于 1386 年,其时,他的父亲亨利四世(当时的赫福德公爵),与理查二世之间尚未产生任何冲突。
④ "享用"(use),含性意味,亨利五世暗指自己性能力强,能给凯瑟琳带来性享受。
⑤ 普朗塔热内(Plantagenet),即"金雀花王朝"(House of Plantagenet),乃亨利五世所属王朝的名号。亨利二世(Henry II,1133—1189)是金雀花王朝的首位国王,从他 1154 年登基到 1485 年理查三世(Richard III,1452—1485)战败身亡,王朝持续三百多年。
⑥ 亨利五世在此自称。

格截然相反。亨利五世性情粗野、蛮横果决，把朋友一脚踢开毫不留情，像某些自然力一样残酷、令人捉摸不透。剧中最引人之处，是他的老友伤心地离他而去，最后被他送上绞架。人们极易看清他的目的。他似乎成功了，实际上却失败了。他在国外的征战成果被他的妻、儿化为乌有。他和凯瑟琳所生'一半法兰西血统，一半英格兰血统'的孩子，没'跑到君士坦丁堡，去揪土耳其人的胡子'，却成为圣徒，最后不仅断送了手里的江山，还丢了命。事实上，莎士比亚并没把他处理成一颗空想的伟大灵魂，而是把他写成一匹英姿勃勃的骏马。莎士比亚的亨利的故事，像他笔下的其他故事一样，带有悲剧性的反讽意味。"

显然，替亨利五世唱赞歌的人会对此持有异议，因为在他们眼里，《亨利五世》堪称内容与形式的完美结合，其主题之精髓寓于文体、结构之中。不仅理想的国王自身保持一种理想的秩序，还为他的王国设计出有序、和谐的生活，恰如埃克塞特公爵在第一幕第二场所说，"因为政府，虽有上、下、次下三个阶层，各有分工，却能聚成一个整体，像音乐一样，节奏和谐，韵律天成"。他们甚至认为，战争在剧中只是作为装饰品，仅用来衬托英雄业绩，剧中既无战争喧嚣，也无实际征战，甚至毫无战争紧张感，因为人们知道上帝与国王同在，英国人一定能赢。不是吗？谋杀国王的阴谋露了馅儿，亨利掌控一切。莎士比亚设计的所有剧中人，包括国王本人，只为"颂圣"，即便英军中的那几个小人物，苏格兰人杰米、爱尔兰人麦克莫里斯及威尔士人弗艾伦，其作用都只在表明，一个理想基督教国王治下的国家秩序之和谐，与上帝治下的宇宙之和谐异曲同工。

或许，此处，坎特伯雷大主教在第一幕第二场回应以上埃克塞特的那段诗意描绘，是这些歌者求之不得的完美答案："的确：所以上天赋予人类不同的功能，并使之不断奋进；目标或箭靶一旦确立，便要听命行事：因为蜜蜂就这样工作，这自然界守规则的生物，把有序的行为教给人类王国。他们有一位国王（亚里士多德认为蜂王是雄性）和各类官员：有些，像治安官，维持着地方秩序；有些，像商人，到海外冒险经商；还有些，像军人，拿蜂刺做武器，劫掠夏日柔软的蓓蕾，他们欢欣鼓舞一路行进，把战利品带回国王的营帐；国王呢，忙着履行他的职责，在察看哼着歌的石匠建金屋顶；有序的公民正揉捏蜂蜜，可怜的搬运工把身上的重负堆在他门口；庄严的法官用严厉的嗡嗡声，把懒散的呵欠连天的雄蜂（雄蜂的唯一功能是使蜂王受孕；交配后即死，或被逐出蜂房后死去）交给沉着脸的刽子手。我要表明这一点，——许多事，为既定的目标一起工作，方式可有不同：比如许多箭，可从多个方向，射向同一靶心；又像多条道路皆通一城；还像多条溪流汇入一条咸海；也像多条日晷线归于圆心。如此，千种行动，一经实施，目标一致，一切执行到位，万无一失。"

总之，撇开阅读，单从舞台演出的角度来说，饰演亨利五世的演员，得是一架多么强力的记忆机器！要把那么多的自我"颂圣"背得滚瓜烂熟，并神气活现地表演出来。

《亨利五世》对莎士比亚是一次挑战，他以"戏"说的方式完成了"史诗"；对饰演这个角色的演员是一个挑战，他需要以"史诗"的姿态演"戏"；对今天的观众，尤其读者，恐怕是更大的挑战，他们（不算英国人）对亨利五世会有爱国主义的认同吗？不得而知！

五、史诗中的戏：搞笑、历史的尴尬及国王的名誉污点

（一）搞笑：逗趣的戏剧冲突

在剧中，亨利五世的英雄史诗由他的长篇独白构成，那每一大段独白都堪称极富感染力的演说。例如，第三幕第一场，英军士兵将攻城云梯架上哈弗勒尔城墙，亨利五世把总攻击令变成一篇鼓舞士气的战时演说。整场戏只由一篇演说构成。对此，乔纳森·贝特分析说："哈里鼓舞士气的演说显示出一种敏锐的政治智慧在起作用。比如，'再冲一次那个突破口，亲爱的朋友们，再冲一次'，被精心调整为三部分。开头的'亲爱的朋友们'，是国王的至亲密友，他们率先垂范。随后，注意力转向贵族和绅士——'最高贵的英国人！'他们的作用是'给那些出身低微之人做个榜样，教他们如何打仗！'然后是'自耕农'（'自由民'），最后是'低贱之辈'。只要他们冲进哈弗勒尔城墙的突破口，'没一双眼睛不闪烁高贵'。这番演说颁布了贯穿全军的指挥命令，树立起军官阶层冲锋陷阵的教科书形象。甚至下级旗官巴道夫也一时受到鼓舞。不过，尼姆、皮斯托和福斯塔夫的侍童无动于衷。他们待在掩体里，被忠诚的弗艾伦上尉一顿打着赶向突破口。在此，对国王言辞的力量要打个问号。"

然而，贝特认为，剧中对亨利五世这种智慧表现的"最透辟之处在于决战前夜乔装打扮的哈里·'勒鲁瓦'（原为法文，'国王'之意）与迈克尔·威廉姆斯之间的争论"：

但假如这理由不光彩，那国王自己的欠债就厉害了，这次战役中所有被砍掉的胳膊腿儿和脑袋，将在末日审判那一天，合起伙儿来，高喊"我们死在这么

一个地方"；——有的赌咒，有的哭着喊军医，有的抛下了可怜的老婆，有的欠了一屁股债，有的甩下了年幼的子女。战场上恐怕没几个死得有人样儿，当流血成为主题，还能指望以基督徒的仁慈精神打理一切吗？

"迈克尔决战前夜这番话刺中了哈里的良知，导致他以独白的方式慨叹领导之责任，并祈祷上帝别在此时因父亲篡位之错惩罚他。打完仗，国王先以他典型的两面手段顺利地令威廉姆斯陷入尴尬，然后再犒赏他。但他始终没找到这个问题的完整答案：每个臣民的责任皆归于国王，但每个臣民的灵魂属于自己，可事实仍然是，一个人要草拟自己的灵魂账单，与上帝言归于好，从这个意义上说，血腥的战场并非'得好死'之地。"

接着，贝特意味深长地比较了《亨利四世》和《亨利五世》两剧开场之不同："《亨利四世》（上篇）以苏格兰（道格拉斯）和威尔士（欧文·格兰道尔）反叛开场，《亨利五世》则以整个英伦三岛联合征战法国启幕。亨利国王的联军由英格兰（高尔）、威尔士（弗艾伦）、苏格兰（杰米）和爱尔兰（麦克莫里斯）四方组成。但我们不能肯定地说，该剧赞美了四国合兵对法作战，因为在亨利王率军征战法国期间，军队内容并非不紧张。尤其，爱尔兰人麦克莫里斯是个怪人，与待人和善的弗艾伦都不能和睦相处"：

弗艾伦	麦克莫里斯上尉，我觉得，您注意，若蒙您允准，这儿没多少您贵国的人，——
麦克莫里斯	我贵国？我贵国又当如何？恶棍、杂种、流氓、无赖。我贵国招惹谁了？谁议论我贵国？

"第五幕开场诗，赞美了埃塞克斯伯爵（Earl of Essex），因为，当1599年观众在伦敦看这出戏时，伯爵正用'剑尖儿'挑着爱尔兰人的脑袋。可在第三幕戏文里，莎士比亚为爱尔兰吐露了心声。倒不如说，他在质疑，——因为威尔士人弗艾伦出于对蒙茅斯的哈里（以前的威尔士亲王、眼下的英格兰国王）之忠诚，为英格兰代言。——质疑英格兰是否有权利为爱尔兰代言。什么样的英格兰人，或英化的威尔士人，胆敢谈论麦克莫里斯的国家？当英国人把爱尔兰人同恶棍、杂种、流氓和无赖画等号时，爱尔兰能是何种民族？这就是伊丽莎白时代英格兰民族诗人埃德蒙·斯宾塞（Edmund Spenser）的论调成为主流的原因所在，斯宾塞在其16世纪90年代中叶的对话录《论爱尔兰目前之状况》（*A View of Present State of Ireland*,

1596)里,就以这样的论调分析爱尔兰人。但就连斯宾塞本人,也有不同的声音。《论爱尔兰目前之状况》以对话形式写成,此书对住在爱尔兰的'老英格兰'移民的批评,远比对爱尔兰人本身的批评更尖锐,与此同时,斯宾塞在其《仙后》(The Faerie Queene)中写了一个类似爱尔兰的野蛮国度,其中的最高贵之人居然是个野蛮人。"

莎士比亚有意通过英军中的爱尔兰上尉麦克莫里斯之口,对斯宾塞的"主流论调"做出回应吗?不得而知。

或许,这仅仅是莎士比亚的戏剧技巧,或曰手段,作为一名天才编剧,他对如何掌握剧情发展节奏,在赞美国王的史诗中不断插入喜剧甚至闹剧的搞笑轻车熟路。他深知,只有这样,才能把观众牢牢吸在剧场里。伊丽莎白时代去剧场看戏的观众,对阅读戏文几无兴趣。

下面,花些篇幅把《亨利五世》剧中史诗、搞笑如何轮番上演做个较为详细的梳理:

第一幕两场都算正戏,由坎特伯雷大主教向亨利五世详述《萨利克法典》,拉开英格兰对法开战的大幕。

第二幕第一场,便是尼姆、皮斯托、桂克丽和福斯塔夫的侍童联袂主演的搞笑剧。第二场转入正戏,亨利五世在南安普顿议事厅宣布处决叛臣。第三场,皮斯托、尼姆、桂克丽、巴道夫和侍童在东市街一酒店前,再次上演闹剧。第四场,法国王宫的戏亦庄亦谐。

第三幕第一场,亨利五世攻打哈弗勒尔,这场正戏很短,只是亨利五世的独角戏,高喊"上帝保佑哈里、英格兰与圣乔治!"激励英军攻城。第二场,闹戏很长,分几个轮次搞笑:第一轮,由尼姆、巴道夫、皮斯托和侍童;第二轮,由高尔与弗艾伦;第三轮,由四名联军上尉,英格兰的高尔、威尔士的弗艾伦、苏格兰的杰米和爱尔兰的麦克莫里斯(杰米和麦克莫里斯英语说得磕磕绊绊,本身就是搞笑)。第三场,依然很短,哈弗勒尔城下,在亨利五世慷慨陈词,发了一大通"伸出血腥的手肆意屠戮"的威胁之后,守城的法军总督宣布投降;第四场,鲁昂的法国王宫,凯瑟琳公主让英文不灵光的侍女爱丽丝教她说英语,属于温馨谐趣的搞笑;第五场,鲁昂,法国国王、王太子、大元帅、波旁公爵等齐聚王宫,国王下令备战迎敌,誓言把亨利五世"抓他俘虏,关进囚车,押送鲁昂"。这是莎士比亚为法方设计的"正戏",但他表明的正戏只在让现场观众领受大元帅说"这才符合君王的伟大。遗憾的是,他人数很少,行军中,士兵们又病又饿,我敢说,等他一见我们的军队,勇气就会吓得掉在粪坑里,只求拿赎金换取荣誉"时的喜剧效果,拿大元帅当笑料而已。第六场,英军营地,分两个半场,上半场依然是闹戏:皮斯托找弗艾伦出面向埃克塞特公爵求情,因巴道夫抢劫教堂被判绞刑,遭弗艾伦拒绝;下半场,才又轮到亨利五世的正戏,面对前来劝交赎金的法国使臣蒙乔,英格兰国王铁骨铮铮地表示:"我军必以你们的鲜血染红你们黄褐色的土地。"第七场,阿金库尔附近法军营地,一整场是由大元帅、王太子、奥尔良公爵、朗布尔公爵联手合演的闹戏,除了国王,剧中人物表里的法方贵族全部亮相。

第四幕第一场,阿金库尔附近英军营地,属逗趣的正戏,亨利国王乔装巡营,先与皮斯托闲聊,后与三个普通士兵约翰·贝茨、亚历山大·考特、迈克尔·威廉姆斯恳谈,为鼓舞士气,激励士兵为国王而战,还与威廉姆斯互换手套,誓约打赌;第二场,法军营帐,王太子、大元帅等急等天亮,盼与英军立即决战,但这一场莎士比亚让他俩的对白都透出对英军不屑,以此凸显骄兵必败的屈辱;第三场英军营地,十足史诗式赞美亨利五世的正戏,威斯特摩兰等几位将军深感敌众我寡,但亨利国王两大段掷地有声的独白,瞬间把伟大的国王战士的英雄形象树立起来;第四场,又是纯搞笑的一场戏,皮斯托俘虏一名法军士兵,趁机勒索钱财,侍童发誓"要是这个胆敢偷什么东西,也得吊死";第五场是全剧最短的一场戏,法军"全线崩溃",四散奔逃;第六场也很短,由埃克塞特公爵向亨利五世通禀,约克公爵和萨福克伯爵英勇杀敌,喋血疆场,死得无比壮烈;第七场,分上中下三个半场,上半场由弗艾伦和高尔打趣,弗艾伦把亨利五世与亚历山大大帝相提并论,中半场稍短,由蒙乔前来求情:"伟大的国王,请准许我们,平安地查看战场,处理阵亡者的尸体!"下半场稍长,国王打算亲自导演一出"闹剧",让弗艾伦替国王把威廉姆斯的手套戴帽子上,以便引威廉姆斯前来挑战;第八场,国王营帐前,分上下半场,上半场是国王导演的"手套闹剧":威廉姆斯见自己的手套戴在弗艾伦帽子上,果然"应约"(威廉姆斯与国王互换手套打赌时,一因天黑,二因国王身披欧平汉爵士的斗篷,威廉姆斯不知在跟国王打赌,这本身就是喜剧)挑战,两人动手打起来,国王讲明实情之后,不仅丝毫未怪威廉姆斯"侮辱了本王",还命人把手套装满金币犒赏威廉姆斯。

第五幕同第一幕一样,只有两场,第一场,英军营地,弗艾伦、高尔、皮斯托三个人,你一言我一语地逗趣搞笑:皮斯托出口伤人,拿威尔士人的纪念物韭菜侮辱弗艾伦,弗艾伦大怒,一边用棍子打皮斯托,一边逼他吃下一把韭菜。纯粹一场闹戏;第二场,巴黎法国王宫,这场戏很长,当属全剧高潮之一。亨利国王此番二度赴法,只为迫使法国签署和平条约。双方谈判期间,亨利王爱上法国公主凯瑟琳。此当属正戏,但亨利王只是粗通法语,而凯瑟琳几乎不会说英语。因两种语言引起的搞笑戏份儿，占到整场戏的三分之二。最后，求爱成功，法国查理六世同意签约。至此，亨利五世大获全胜！

不难看出，整部《亨利五世》，史诗的正戏不算多，搞笑的闹戏真不少。莎士比亚如此费心，确如梁实秋在其《亨利五世》译序中所说："这出戏有史诗的意味。莎士比亚自己亦可能意识到他要处理的乃是一连串的会议，行军，围城，谈判，议和，中心人物只有一个亨利五世，故事没有曲折穿插，但又需要伟大的场面，所以每幕之前加了'剧情说明人'，其任务除了报告两幕之间发生的事，还用口述的方法描绘了舞台上不易表演的动作。这戏以战争为主题，但是舞台上并无打斗出现，就连两个人挥剑对打的场面也没有。我们不能不说这是一种戏剧化的处理。"

莎士比亚剧中穿插的搞笑戏到底有多闹腾？这里举三个例子，透过注释一看便知：

第一个例子，第二幕第一场，伦敦东市街，巴道夫要撮合尼姆和皮斯托讲和，因老板娘曾是尼姆的相好，后来却嫁给了皮斯托。尼姆恨情敌抢走所爱，不再搭理他。巴道夫和尼姆正说着话，皮斯托、桂克丽夫妇来了：

巴道夫　旗官皮斯托和他老婆来了。好下士，先在这儿忍一下。——怎么样，皮斯托老板①？

皮斯托　贱杂种，你喊我老板？现在，我以这只手起誓，我瞧不起这称呼；我的内尔②也不招房客了。

桂克丽　以我的信仰起誓，不再招了；因为我们没法子，把一打或十四个靠针线活儿本分过日子的良家妇女留下过夜，不叫人马上认为我们开了一家妓院。（尼姆和皮斯托拔剑。）啊，天哪，圣母作证，他③若这会儿还不拔家伙！我们就会看到有人蓄意通奸、谋杀④。

巴道夫　好中尉⑤，——好下士，——别在这儿惹事。

尼姆　呸！

---

① （店）老板（innkeeper），巴道夫暗指皮斯托是"拉皮条"的客栈老板。
② 内尔，皮斯托对妻子桂克丽的昵称。
③ "他"，指皮斯托。此处带有性暗示，桂克丽希望丈夫面对尼姆的挑衅，要把"家伙"（阴茎）硬起来。
④ 桂克丽指，假若丈夫不拔剑保护自己，尼姆就会对她先奸后杀。
⑤ 皮斯托是旗官。此处称呼有误。或许，旗官的军衔相当于中尉。

皮斯托	呸你,冰岛狗①!你这竖耳朵的冰岛狗!
桂克丽	好尼姆下士,有勇气②,把剑收好。(二人收剑入鞘。)
尼姆	你愿跟我一起走吗?我想和你单独在一起③。
皮斯托	"单挑?"狗东西!啊,卑贱的毒蛇!在你最叫人吃惊的脸上"单挑";在你牙齿、在你喉咙里"单挑";在你可恨的肺里,对了,在你胃里,上帝作证,更糟的,还要在你的臭嘴里,"单挑"!我要把"单挑"扔回你内脏;因为我会打火儿,皮斯托的家伙竖起来了,火光一闪就发射④。
尼姆	我不是巴巴逊⑤:你甭想叫我的魂儿⑥。我真想由着性子好好打你一顿。如果你对我说脏话,皮斯托,我就拿长剑当通条⑦,公正地把你清干净。你若往外挪一步,我就把你的肠子,正当地戳破⑧那么一点儿:这事儿得由着性子干。
皮斯托	啊,卑鄙的牛皮匠,该诅咒下地狱的狂徒!坟墓裂开口⑨,宠爱你的死神临近了:拔剑吧!(二人再次拔剑。)
巴道夫	(拔剑)听我说,我只说一句:谁先动手,我一剑刺穿他,刺不到剑柄不收手,我是军人,说话算数。(二人收剑入鞘。)
皮斯托	一句赌咒的狠话,就叫人消了怒气。——(向尼姆。)把你手给我,把你爪子给我;你胆子大极了。
尼姆	不定什么时候,我会堂而皇之地割断你的喉咙:这事儿得由着性子干。

---

① 冰岛狗(Iceland dog),一种冰岛哈巴狗(lap dog),毛长而粗糙。此处或含性意味,皮斯托暗指尼姆像哈巴狗一样,喜欢钻女人裤裆(laps)。

② 直译为:展示了你的荣誉。

③ 尼姆所说"单独在一起"(solus),用的是拉丁文,与英文"alone"(单独)等同。但皮斯托不怎么识字,误以为尼姆向他挑衅,要跟他"单挑"。

④ 此处有强烈性暗示意味,"打火儿"暗指性行为,"家伙竖起来了"暗指阴茎勃起,而"皮斯托"(Pistol)名字的字义就是"火枪"(pistol),故有"打火儿""发射"(射精)之说。

⑤ 巴巴逊(Barbason),魔鬼的名字。

⑥ 直译为:你不能用符咒镇住我。或:你不能念咒召唤我。

⑦ 长剑(rapier),一种轻巧细长、适于击剑和随身佩戴的剑。通条,指清理枪膛的工具。因"皮斯托"在上句自比火枪,尼姆在此反唇相讥,表示要以剑为通条,把皮斯托"这把枪"清理干净。

⑧ 戳破,或具性意味。

⑨ 参见《旧约·以赛亚书》5·14:"阴间正张开大口要吞吃他们,把在耶路撒冷作乐的显要和狂欢的人们一齐吞灭。"

皮斯托　"割断喉咙!"①单凭这句话,我再向你挑战。啊,克里特猎狗②,想抢我媳妇儿? 没门儿;去医院,从治可耻性病的蒸汽浴③盆里,拽出一个克瑞西达④似的患麻风病的贪婪婊子⑤,娶她,她名叫道尔·蒂尔西特⑥;我把从前的桂克丽⑦娶到手,我得守住喽,哪个女人都比不上她;——"简短截说"⑧,这就够了。去吧。

剧情至此,莎士比亚还嫌给舞台添乱不够,又安排福斯塔夫的侍童上场,告知福斯塔夫"病得很厉害"。在《亨利四世》中与福斯塔夫有过旧情的桂克丽赶紧去看,一会儿又回来,跟吵闹的男人们说:"你们若是女人生的,快去看一眼约翰爵士。啊,可怜的人! 他得了'日发热''间日热'的疟疾⑨,烧得浑身发抖,瞧着太可怜了。好人们哪,去看看他吧。"

在乔纳森·贝特眼里,"正是从这些散文写的场景透出的情感最吸引人:老板娘桂克丽对福斯塔夫之死滑稽而动人的讲述;女人们与奔赴战场的丈夫们话别的温情瞬间;对弗艾伦的形象刻画(以饱蘸深情之笔描绘他的忠诚和军人素养,但同时也对他在战争历史和理论上的迂腐做了调侃);还有,决战前夜,普通士兵与乔装的国王辩论,表现出畏惧、常识和血气方刚相融合,真实可信"。

第二个例子,第二幕第三场,东市街一酒店前,皮斯托、桂克丽、尼姆、巴道夫和福斯塔夫的侍童悉数登场,联手演了一整场闹戏:

---

① 原文为法文"Couple a gorge!",皮斯托没什么文化,此处法文说错了,应为"Couper la gorge!",即英文"Cut the throat!"。
② 克里特猎狗(hound of Crete),克里特盛产猎狗,长毛,善斗。
③ 当时人们认为,蒸汽浴可以治疗性病。
④ 克瑞西达(Cressida),在古典传说里,是特洛伊国王之子特洛伊罗斯(Troilus)的不忠情人;在苏格兰诗人罗伯特·亨利森(Robert Henryson, 1460—1500)的叙事诗《克瑞西达的遗嘱》(*The Testament of Cressid*)中,患有麻风病。
⑤ 贪婪婊子(kite),原指一种食肉猛禽,代指贪婪之人,此处指贪欲的妓女。
⑥ 道尔(Doll),妓女常用名;蒂尔西特(Tearsheet),有性行为之意涵。
⑦ 女性婚后随夫姓,故皮斯托在此提到已跟他结婚、随了他的姓的妻子时,为"从前的桂克丽"。
⑧ 皮斯托故意拽文,此处说的是拉丁文"pauca"(简短截说)。
⑨ 疟疾发热,病理上有"日发热"(每天发热,即"日发疟")和"间日热"(隔一或两天发热,即"间日疟")之分,桂克丽不懂医学,把两种发病合在一起。

桂克丽　求你了，亲爱的宝贝丈夫，让我陪你去斯坦斯①吧。
皮斯托　不；因为我这颗强壮的心够悲伤的了；——巴道夫，开心点儿。——尼姆，打起精神；——孩子们，鼓足勇气。——因为福斯塔夫一死，我们还得赚钱呐。
巴道夫　甭管他在哪儿，天堂还是地狱，我愿与他相伴。
桂克丽　不，当然，他不在地狱，他在亚瑟怀里，假如真曾有人投在亚瑟怀里②。没人死得比他更好了，像一个还没出满月的婴儿；刚好在十二点和一点之间咽气，正是落潮的时候③：我眼见他摸索被单，玩儿那些花④，冲着手指尖微笑，就知道只有那一条道儿了；因为他鼻子尖得像一支鹅毛笔⑤，嘴里念叨着绿色原野⑥。"约翰爵士，这会儿怎么样啊？"我问他，"怎么样，爷们儿，打起精神来。"于是，他叫起来，"上帝啊，上帝啊，上帝啊！"连叫三四遍。这时，为宽慰他，我叫他别想上帝，不该动这念头儿。于是，他叫我在他脚上多盖几条毯子。我把手伸进被子，一摸，两只脚像石头一样凉。然后，摸他膝盖，再顺着往上，再往上，整个身子都冷得像块石头。
尼姆　听说他还叫骂萨克酒⑦。
桂克丽　唉，骂了。
巴道夫　还骂女人。

---

① 斯坦斯(Staines)，通往南安普顿一城镇，位于伦敦以西17英里。
② 亚瑟的怀抱(Arthur's bosom)，为"亚伯拉罕的怀抱"(Abraham's bosom)之误用。故此，莎研者有两种解释：1. "亚伯拉罕的怀抱"即天堂之代称；2. 指"亚瑟王的怀抱"，即在桂克丽脑子里，福斯塔夫骑士死后，投在亚瑟王的怀抱，加入了其他圆桌骑士的行列。此处是对《圣经》的化用，参见《新约·路加福音》16·22："后来那讨饭的(拉撒路)死了，被天使带到亚伯拉罕的怀里。"
③ 亚里士多德之后西方的迷信说法，认为病危之人将在落潮时死去。
④ 用于保持病房空气清新的花。
⑤ 鹅毛笔，以此代指临死之前的福斯塔夫的鼻子又白、又冷、又尖。
⑥ 这句话按"第一对开本"译，则为：他鼻子尖得像绿色赌桌上的一支鹅毛笔("for his nose was as sharp as a pen on a table of green fields.")。1726年，莎士比亚戏剧家编辑家西奥博尔德(Lewis Theobald, 1688—1744)将其改为"for his nose was as sharp as a pen, and a" babbled of green fields.'此处或化用《圣经》，参见《旧约·诗篇》23·2："他(耶和华)使我躺在青草地上，/领我到静谧的水边。"(He makes me lie down in green pastures; he leads me beside still waters.)
⑦ 萨克酒(sack)，一种西班牙白葡萄酒。

桂克丽　不,那倒没有。

侍童　　是的,他骂了;说女人是魔鬼的化身。

桂克丽　他根本受不了康乃馨①;从没喜欢过那颜色。

侍童　　有一次他说,魔鬼会因为他玩女人把他抓走。

桂克丽　聊起女人,的确,他说过这类话,可他那时候得了风湿病②,在胡扯巴比伦妓女③。

侍童　　你不记得吗,他见巴道夫鼻子上粘了一只跳蚤,就说那是在地狱之火中燃烧的一个黑色灵魂④。

巴道夫　好啦,如今供着烧这股火儿的燃料没了:那是我孝敬他攒下来的全部财富⑤。

尼姆　　咱们动身吧?国王要从南安普顿出发了。

皮斯托　走,咱们开路。——我的爱,让我吻你的唇。(吻。)把我值钱的东西盯紧喽;遇事动脑子,机灵着点儿;照俗话说的"付现金,不赊账"⑥;谁也别信;因为誓言如稻草,男人的信仰就是薄脆饼;最好的看门狗,便是一抓在手⑦。因此,我的宝贝儿:得把"一切留神"⑧当顾问。去吧,擦干眼泪。——全副武装的伙伴们,让我们杀向法兰西;像大蚂蟥⑨一样,小伙子们,去吸,去吸,拼命吸他们的血!

侍童　　听说,吸人血对身体有害。

皮斯托　碰一下她柔弱的嘴,开拔了。

---

① 化身(incarnation)和康乃馨(carnation)两词发音相近,桂克丽听错弄混了。
② 桂克丽没什么文化,原本想说福斯塔夫当时已"精神失常,胡言乱语"(lunatic),结果口误,说成"得了风湿病"(rheumatic)。
③ 在马丁·路德(Martin Luther, 1483—1546)宗教改革以后,"巴比伦妓女"成为腐烂的罗马天主教会的流行形象。在《圣经》中,这也是新教徒对罗马天主教会的蔑称,参见《新约·启示录》17·5:"她(妓女)额上写着一个隐秘的名号:'大巴比伦——世上淫妇和一切可憎物之母!'"
④ 福斯塔夫讥讽巴道夫的酒糟鼻子为"地狱之火"。黑色灵魂,代指堕入地狱的罪人的灵魂。
⑤ 供着烧这股火的燃料,指福斯塔夫生前给巴道夫喝的、让他鼻子发红的萨克酒。"财富",巴道夫以此调侃自己的酒糟鼻子。
⑥ 这句话按"第一对开本"译,则为:在这个世上,"只认现金,概不赊账"。
⑦ 旧时谚语:"吹牛是好狗,抓牢更可靠。"(Brag is a good dog, but Hold-fast is a better.)
⑧ "一切留神"(Caveto),此为拉丁文。
⑨ 参见《旧约·箴言》30·15:"蚂蟥有两个女儿,名字都叫'给我!'"

巴道夫　（亲吻。）再见，老板娘。
尼姆　　我不能亲，这事儿得由着性子干；不过，告辞。
皮斯托　管好家：我命你，别出门①。
桂克丽　再见；告辞。（众人分下。）

显然，这伙儿曾跟福斯塔夫一起鬼混过的酒肉朋友，打算随国王远征法国，像当年福斯塔夫参加什鲁斯伯里之战一样骗取军功。理由嘛，皮斯托毫不避讳，说出心里话："因为福斯塔夫一死，我们还得赚钱呐。"可是，除了没有写明皮斯托结局如何，莎士比亚让其他几个人都"没得好死"。由此联想一下第四幕第一场，士兵威廉姆斯同乔装巡营的亨利国王辩论，提及若国王对法开战的"理由不光彩，那国王自己的欠债就厉害了，这次战役中所有被砍掉的胳膊腿儿和脑袋，将在末日审判那一天，合起伙儿来，高喊'我们死在这么一个地方'；……假如这些人都没得好死，那把他们带入死路的国王就干了一件邪恶之事"。

或许，莎士比亚如此设计台词，意在让喜欢福斯塔夫及其狐朋狗友的观众得到些许心理安慰。言外之意，即便国王不对他们的灵魂负责，却要对他们的死负责，毕竟最后，是国王一声令下——"违反军令者，格杀勿论。"——要了巴道夫的命。

对此，乔纳森·贝特分析道："福斯塔夫已死，但他的精神在他那些跟随征战法国的朋友们身上复活。由《亨利四世》（上下篇）和《亨利五世》构成的三部曲，有一条潜在的评注贯穿始终，削弱了哈尔王子成长为国王勇士兼爱国者的作用：一种令人困惑却富于活力的散体声音，与表现法律、秩序和军功的优美诗体形成对照。曾服侍过福斯塔夫的侍童，为这个声音做出最简明的归纳。当国王高喊战斗是赢得不朽声明的机会时，作为回应，侍童说：'真愿我在伦敦的一家啤酒馆儿！我愿拿一切声名换一壶麦芽酒和平安。'这不仅是一个脱离了亚瑟王（King Arthur）怀抱的小号儿福斯塔夫的心境：它是每一个时代的士兵发出的声音。阿金库尔一战，阵亡的英国人不到三十个，国王为这一奇迹感谢上帝。他的死者名单，没把福斯塔夫的代理人包括在内，而正是这几个代理人之死，最令观众伤感：巴道夫和尼姆，被吊死；侍童，看守行李时被杀；桂克丽或道尔因'法国病'（即性病）死于医院。他们不是为哈里、是为福斯塔夫的英格兰而死；他们不是为威斯敏斯特的王宫或议会、是为东市街的一家酒馆而战。"

从乔纳森·贝特以上所说"这不仅是一个脱离了亚瑟王（King Arthur）怀抱的

---

① "别出门"，皮斯托意在提醒桂克丽要遵妇道、守贞节，别出门给他戴绿帽子。

小号儿福斯塔夫的心境"自然获知,贝特把剧中原文"亚瑟的怀抱"(Arthur's bosom)理解为"亚瑟王的怀抱",而不是桂克俐对"亚伯拉罕的怀抱"(Abraham's bosom)的误用。换言之,贝特认同在桂克俐脑子里,福斯塔夫骑士死后,投在了亚瑟王的怀抱,成为他圆桌骑士中的一员。

第三个例子,第五幕第一场,在法兰西英军营地,弗艾伦逼皮斯托吞吃韭菜那场戏,完全是一场打闹。圣大卫节已过,威尔士人弗艾伦依然把韭菜戴在帽子上,他对高尔说,一定要让皮斯托这个"卑鄙、低劣、下贱、好色、吹牛皮的无赖""把我的韭菜吃喽"。顺便解释一下,圣大卫(Saint Davy)是威尔士的守护圣人,韭菜是威尔士的国家象征,每年三月一日圣大卫节,威尔士人头戴韭菜,纪念圣大卫。皮斯托对这一威尔士的民俗取笑嘲弄,惹怒了弗艾伦:

高尔　　唉,他来了,牛气哄哄,像只火鸡①。
弗艾伦　管他牛气,还是火鸡,都无所谓。——上帝保佑你,旗官皮斯托。你这个卑鄙下流的无赖,上帝保佑你!
皮斯托　哈!你疯了?狗奴才,你想叫我像帕尔开②似的把你生命线剪断?滚开,我闻见韭菜味儿就恶心。
弗艾伦　我衷心恳求你,卑鄙下流的无赖,按我的心愿、我的要求、我的恳请,你瞧,把这把韭菜吃下去。理由嘛,你瞧,你不喜欢它,你的癖好、你的口味、你的肠胃,也都跟它犯冲,所以我要你吃了它。
皮斯托　哪怕把卡德瓦拉德③的所有山羊都给我,我也不吃!
弗艾伦　我给你一山羊,(打皮斯托。)赏个脸,下贱的无赖,吃了吧?
皮斯托　狗奴才,你非死不可。
弗艾伦　对极了,下贱的无赖,死活全凭上帝。这会儿我要叫你活着,给我吃东西。来,添点儿佐料。(打他。)昨天你叫我"野乡绅",今天我把你

---

① "火鸡"(Turkey-cock),转义指妄自尊大之人。
② 命运三女神之说,最早源于北欧神话。在北欧神话中,命运三女神统称"诺伦三女神"(Norns)。在希腊神话中,命运三女神统称"摩伊拉"(Moirai)。在罗马神话中,命运三女神被通称为"帕尔开"(Parcae)。希腊神话中,小妹克罗托(Clotho)专司纺织生命线,二姐拉克西丝(Lachesis)专司生命线的长度,即决定人的寿命长短,大姐阿特洛波斯(Atropos)专司剪断生命线,即以此结束人的生命。
③ 卡德瓦拉德(Cadwallader),公元7世纪不列颠最后一位国王,曾英勇抵抗撒克逊人的进攻。传统上,山羊常与威尔士有联系。

	变成一个贱乡绅。我请你开吃：你有本事取消韭菜，就得把韭菜吃喽。
高尔	够了，上尉，你都把他吓傻了。
弗艾伦	我说，得叫他吃点儿我的韭菜，不然，就敲他四天脑袋瓜儿。——请你，咬一口；这对你刚受的伤和血里呼啦的脑袋都有好处。
皮斯托	非咬不可？
弗艾伦	是，当然，毫无疑问，不成问题，绝不含糊。
皮斯托	以这韭菜起誓，我要下狠手报仇。我吃，我吃，我发誓——（吃。）
弗艾伦	（威胁打他。）请你，吃！给你的韭菜再添点儿佐料？哪儿那么多韭菜叫你拿来发誓。
皮斯托	别动棍子，你看，我在吃。（吃。）
弗艾伦	对你大有好处，下贱的无赖，尽心吃。不，请你，一点儿别扔；这皮儿对你破裂的脑壳有好处。以后再得空见着韭菜，请你，只管嘲笑，完事儿了。
皮斯托	很好。
弗艾伦	对，韭菜很好。——拿着，这儿一格罗特①给你治脑伤。（给一枚硬币。）
皮斯托	给我，一格罗特！
弗艾伦	是，真的，不假，你得拿着，不然，我兜里还有韭菜叫你吃。
皮斯托	拿你的格罗特当我报仇的定钱。
弗艾伦	如果我还欠你什么，就用根子罚你。你干脆当个木材贩子，跟我打交道，只有棍棒。上帝与你同在，保佑你，治好你的脑袋。（下。）

想想吧，若没有如此搞笑的闹戏，伊丽莎白时代的剧场观众会耐着性子看国王一个人的史诗吗？

美国学者巴雷特·文德尔（Barrett Wendell, 1855—1921）在其《威廉·莎士比亚，伊丽莎白时代文学研究》（*William Shakespeare, a study in Elizabethan Literature*, 1894）一书中，说过一段值得玩味的话："美国人推崇《亨利五世》乃因其自身的英国血统，使我们对它有一种诚实的虚伪情感。以常人情感而论，大多数人不得不承认，至少作为戏剧，《亨利五世》令人生厌。乏味之余，剧中还有精彩细节……每人

---

① "格罗特"（groat），一种币值仅四旧便士的小银币。

都看得出亨利的台词之流畅。更值得注意的是,莎士比亚的文风在坎特伯雷大主教论述《萨利克法典》的那段文字中清晰凸显出来。这段文字以谈论问题的方式讲述了法律和许多历史细节,像伊丽莎白时代一位律师的辩词。……《亨利五世》中有不少值得注意的喜剧场景,那里的喜剧角色都是在伊丽莎白时代被称作'幽默'的人,是我们今人所说的'古怪'的喜剧人。剧中还用了具有喜剧意味的方言(这种方法在《温莎的快乐夫人们》中用得最妙),杰米、麦克莫里斯、弗艾伦用的都是方言。他们虽都是传统喜剧角色,却让人感到真实。"

不过,比较起来,还是英国作家兼出版商查尔斯·奈特(Charles Knight, 1791—1873)在其《莎士比亚研究》(*Studies of Shakespeare*, 1849)一书中说得更直白:"《亨利五世》给我们的印象是:倘若我们伟大的诗人没涉及这一题材,倘若此前舞台上未曾有过旧戏《亨利五世大获全胜》就好了;《亨利四世》作为一个戏剧整体,若没有《亨利五世》这个后续已经圆满。从莎士比亚这次并不成功的尝试不难发现,他对这一几无戏剧性的题材十分担心,他很可能是为迎合观众才把故事写下去的。另外,他显然设想要靠福斯塔夫来提升本剧的趣味,却不知为何,他又把原来的打算放弃了。旧戏提供的戏剧材料和诗人在史实中搜寻到的东西,乏善可陈,差强人意。因此,我们认为,他先构思好了《亨利五世》的样貌,即四开本的样子,匆忙赶出剧本,以满足观众需求,然后再把这一题材打磨成颇具抒情风格的剧作。于是,《亨利五世》成了他整体构思的一个例外,剧中没有命运和意志搏斗之描写,没有堕入罪孽与痛悔的人性之脆弱——没有罪恶,没有固执,没有忏悔;有的是崇高的、无法战胜的国家和个人的英雄主义精神。我们不该忘掉那些浴血疆场的英雄,他们最后的声音就是荣耀昂扬的颂歌。说到家,莎士比亚应把这一素材写成一篇抒情巨制,而非戏剧。"

简言之,从人物塑造来说,亨利五世是抒情史诗中的英雄,而非戏剧人物。那个《亨利四世》中的哈里王子,跟这个《亨利五世》中的亨利国王一比,那么鲜活!

(二)法兰西:历史的尴尬瞬间

莎士比亚懂戏,更懂舞台,深知要让这部颂扬亨利五世的英雄史诗搬上舞台,且好看卖座,仅有"本土"的喜剧角色在戏里来回折腾显然不够,还必须叫"敌国"的大人物当陪衬,以法国兵败阿金库尔签订丧权辱国的《特鲁瓦条约》这一历史的尴尬瞬间,凸显亨利五世的辉煌业绩。

剧中人物表已预先将法兰西兵败阿金库尔、签订城下之盟的历史尴尬显露无遗:国王查理六世、法军大元帅、勃艮第公爵、哈弗勒尔总督、波旁公爵、奥尔良公爵、贝里公爵、朗布尔勋爵、格兰普雷勋爵等。莎士比亚在《亨利五世》第五幕第二场,也是最后一场戏里,如此设计剧情:亨利国王本人不出面,全权委托叔叔埃克塞特公爵、弟弟克拉伦斯公爵和格罗斯特公爵等人,一同与以查理六世为首的强大法方阵容谈判,他单独留下来,老鹰捉小鸡般地向凯瑟琳求爱。最后,查理六世不得不签署条约,并同意亨利五世与女儿凯瑟琳结婚。

毋庸讳言,亨利五世一生荣耀的这一巅峰时刻,是他向法兰西开战赢来的。

由此,可以返回到与终场戏形成前后呼应的第一幕第一场,也就是开场戏里。恰如乔纳森·贝特指出的:"该剧未以一场庆典仪式和盛大的宫廷场面开场。最先,剧情说明人在光秃秃的舞台上独自亮相。观众受邀只想一件事:他们即将观看的是表演,并非事实,而且,为便于舞台转换和剧团投入战场及军队,观众一定要有想象力。该剧意在像哈里国王影响其追随者那样影响我们:超凡的言辞力量在极度有限的资源里创造出胜利。每一幕之间,剧情说明人返回舞台,提醒我们,这一切都是一种戏剧技巧:我们只是假设自己被运到法兰西,那一小群演员及临时演员组成一支伟大的军队,或行军,或在肉搏战中一决生死。恰如麦克白(Macbeth)和普洛斯彼罗(Prospero)会提醒后来的莎剧观众,演员只是一个影子。沙漏颠倒两三次之后,狂欢结束,行动消失,恍如一梦。哈里的胜利也如此这般:剧终收场白是一首巧妙的十四行诗,将作者具有想象力的作品('把伟大人物限定在小小空间')与胜利的国王在位时间之短两相比较('生命虽短,但这英格兰之星活过/辉煌一生')。那哈里成功之秘钥在于语言之威力,而非事业之正义,可能吗?"

贝特的疑问值得反思,他接着分析:"一开场,教会的代表确认国王已'改过自新',由《亨利四世》里的'野蛮'转为虔诚。他把自身变成一个神学、政治事务和战争理论的大师。两位主教的对话,还引出16世纪因历史上的改革而为人熟知的另一主题:国家扣押教会资产。这促成一笔政治交易:大主教将为国王意图入侵法兰西提供法律依据,作为回报,国王将在教会与议会的财产辩论中支持教会。在随后一场戏里,大主教以冗长的演说,详述先例、宗谱及有关《萨利克法典》适用性的争论,装置起一整套法律依据,这是在为政治目的做伪装。国王的问题只有一句话:'我可以名正言顺、凭着良心要求这一继承权吗?'他得到了他想听的答案:是的。"

贝特头脑锐敏,笔锋犀利,他认为:"莎士比亚以惯耍阴谋的主教们开场,意在暗示,战争动因更多出于政治实用主义,而非高尚原则。哈里国王对苏格兰人可能伺机入侵不无担心,意识到自己王位不稳,因此有必要处决叛国者剑桥、斯克鲁普和格雷,这场戏表明他仁慈之心与严厉执法兼而有之,把他的外柔内刚展露出来。听了那么多英国自古对法国拥有王权和把网球之辱反弹回去之类的话,人们不禁怀疑,哈里对法开战的真正动机,是受到他父王临终教诲的驱使:'因此,我的哈里,你的策略是:叫不安分的人忙于对外作战;在外用兵打仗,可以消除他们对往日的记忆。'【《亨利四世》(下篇)第四幕第二场】要团结一个分裂的国家莫过于对外用兵。"

贝特归纳道:"至此,对哈里王子之所以在《亨利四世》中行为放荡,一清二楚了,那是一个精心设计的游戏,一场作秀之戏。当了国王,他继续玩游戏:第二幕中他对几个叛国者以及阿金库尔战役之后对帽子上戴手套的处理,都是事先设计好的戏剧手段,意在展示他具有近乎神奇的魔力,能看穿臣民的灵魂。一个饰演哈里国王的演员,其表演风格很大程度上取决于他把角色的表演才能演到什么程度。在这点上,向凯瑟琳求爱是一个关键:他的表演在多大程度上是魅力、睿智、稚气的尴尬和喜欢权力的合成?('可您爱我,就是爱法兰西的朋友,因为我如此钟情法兰西,随便一个村庄,都无法割舍。'【5.2】)要么,哈里真的折服于凯特?"

由贝特所说仔细分析,不知这是否莎士比亚苦心孤诣的匠心所在:表面看,他塑造了一个英雄的国王战士,有剧中那么大篇幅的史诗颂歌为证,一点不假;但同时,更深层面上,他刻画的是一个手段高超、将所有人玩于股掌的国王政治家。一方面,他利用坎特伯雷大主教,以暂时保住教会资产作为交换,得到教会的巨额捐款,使对法开战有了钱财保障;另一方面,他确认自己拥有法国王位的继承权,只为可以名正言顺地远征法兰西,践行父王亨利四世的遗嘱,"对外用兵",将"一个分裂的"英格兰团结起来。

这是亨利五世的光荣与梦想,抑或英国历史上的尴尬瞬间? 历史本身不提供答案。

现在,再看"法方"在剧中对英雄国王的巨大反衬作用。这个不复杂,全部透过以揶揄之笔嘲弄法国王太子和大元帅来表现。这里举三个典型例子:

第一个例子,第二幕第四场,法国王宫,国王查理六世下令"立即行动,火速发兵,用精兵良将和防御物资,加强、新修我方战备城镇的防御设施;因为英格兰进攻凶猛,犹如激流吸进一个漩涡。这倒适合我们,我们要深谋远虑,因为恐惧带给我们教训:我们曾被致命低估了的英国人,在我们的战场,留下战败的先例①"。王太子不以为然,他自恃法国军力占优,根本没把年轻的英格兰国王放眼里:

---

① 此处尤其指在英法百年战争中,黑王子率英军分别于 1346 年、1356 年两次击败法军,取得"克雷西之战"(the Battle of Crecy)和"普瓦捷之战"(the Battle of Poitiers)的胜利。

> 王太子　我最崇敬的父王,武装御敌,乃当务之急。因为,即便没有战争或值得在意的公然冲突,一个王国也不该身处和平,如此麻木,而应当维持防御、征募新兵、时刻备战,仿佛战争一触即发。所以,依我看,我们全部出发,巡查法国的病弱环节:我们万不可惊慌失色;——不,就好像我们只是听说,英格兰正忙着跳圣灵降临节的莫里斯舞①:因为,高贵的陛下,英格兰由一个如此不中用的国王统治,由一个虚荣、善变、浅薄、任性的年轻人如此异想天开地执掌王权,毫不足惧。

第二个例子,第三幕第七场,阿金库尔法军军营,大战在即,王太子、大元帅与奥尔良公爵优哉游哉,以性双关语插科打诨乐此不疲。自夸癖十足的王太子,夸起自己的战马喜不自胜:

> 王太子　浑身像姜一样火辣。分明就是珀尔修斯的坐骑:它是纯粹的风与火;除了静待骑手翻身上马那一刻,通身找不出半点儿水和土的呆滞②。真是一匹宝马良驹。别的破烂马只配叫牲口。
> 大元帅　的确,殿下,那真是一匹绝世好马。
> 王太子　它是坐骑之王;它的嘶鸣犹如君王下令,它的外观叫人顿生敬意。
> 奥尔良　别再说了,老弟。
> 王太子　不,谁若不能从云雀高飞到羔羊归圈入睡③,变着花样赞美我的坐骑,便是无才之人。这是个像大海一样流畅表达的④话题:把无穷的沙粒变成无数巧辩的舌头,我的马也足够做他们的谈资。它是君王的论题,是王中王的坐骑;世间之人,——甭管我们熟悉与否,——一见之下,都会把事情放一边,对它啧啧称奇。一次,我写了首十四行

---

① 圣灵降临节(Whitsun),也称五旬节(Pentecost),是复活节后的第七个礼拜天。莫里斯舞(Morris-dance),古老的英格兰民间舞蹈,由男性佩戴铃铛表演,有小提琴、六角手风琴等伴奏,舞者通常代表民间传说中的角色。据说,这一舞蹈是由冈特的约翰(John of Gaunt)从曾统治西班牙的摩尔人(即当时的摩尔王国)那里传回英格兰。

② 古希腊哲学家认为宇宙由风(空气)、火、水、土四大元素构成。风与火清纯上扬,水与土浑浊下沉。

③ 以"云雀高飞"代表早晨,以"羔羊归栏"代表晚上,意思是:从早到晚一整天。

④ 流畅表达的主题(fluent theme),修辞学术语。梁实秋译为"像海洋一般广阔的题材"。另有译为:像海洋一般滔滔不绝的主题。

	诗赞美它,这样开头儿:"大自然的奇迹!"——
奥尔良	我听过一首写给情人的十四行诗也这样开头儿。
王太子	那他们模仿了我写给骏马的那首,因为我的马是我的情人。
奥尔良	您的情人很好骑①。
王太子	我骑才好;这是对一位独享的好情人再合适不过的赞美。
大元帅	不,我昨天见你的情人把您的背晃得很厉害。
王太子	也许您的情人这么晃。
大元帅	我的情人不配笼头②。
王太子	啊,兴许她变得老而温顺;您骑着像个爱尔兰步兵,脱掉法国马裤,套上紧身裤③。
大元帅	您对骑术很有一套④。
王太子	那听从我的警告:这么骑下去,一不留神,就会掉进烂泥⑤。我情愿把我的马当情人。
大元帅	我情愿把我的情人当一匹破烂马⑥。
王太子	听我说,元帅,我情人的头发是天生的⑦。
大元帅	倘若有头母猪当我情人,我也能这么吹牛。
王太子	"狗吐的东西,它掉头就吃;母猪洗净了,还在泥里滚。"⑧什么东西您都能利用。
大元帅	反正我既没把马当情人用,也没用过这类谚语。

----

① 奥尔良公爵此句暗含性意味。
② 言下之意:我的情人是女人,不是马。
③ 法国人穿马裤(宽松的灯笼裤),爱尔兰人穿紧身裤。因前边提及像爱尔兰步兵,故要脱了法国马裤,换上爱尔兰紧身裤(意即裸腿)。
④ 此句或具双关意:您对妓女很有一套。
⑤ 烂泥(foul bogs),或暗指染上性病的阴道。
⑥ 此为大元帅对王太子前边所说"别的破烂马只配叫牲口"的回应。"破烂马"在此指"妓女"。
⑦ 此处暗指大元帅的情妇因身染梅毒掉光头发,只能戴假发。
⑧ 此句原为法语"le chien est retourne a son propre vomissement, et la trule lavee au bourbier." 即英文"The dog is returned to his own vomit, and the washed sow to the mire." 此处应是化用《圣经》,参见《新约·彼得后书》2·22:"The dog is turned to his own vomit again; and the sow that was washed to her wallowing in the mire." 国王版《圣经》中文为:"'狗回头吃它吐出来的东西',或是'猪洗干净了,又回到泥里打滚。'"

第三个例子,第四幕第二场,阿金库尔附近法军营地,大元帅满心以为,只要吹响进军号,"让军号催促将士上马",法军的强大阵势便足以把英格兰国王"下瘫在地、俯首称臣":

> 大元帅　上马,英勇的贵族们,立刻上马!只要看一眼那边那帮饥饿的穷汉①,你们壮观的军阵便足以吸走他们的灵魂,叫他们只剩一副徒有人形的皮囊。没多少活儿,用不着我们都出马;他们病态血管里的血,还不够我们每一把出鞘的短剑沾上一滴,今天,法兰西勇士们的出鞘之剑,将因玩儿不尽兴而收剑入鞘。只要冲他们吹口气②,我们的豪勇之气就能把他们掀翻在地。这一切都是明摆着的,诸位大人,我们军中侍从、乡民过剩,——无事可做,把他们聚拢起来,组成方阵,——便足以将这群可鄙的敌人清出战场;我们索性驻足这山脚下作壁上观,——只是,我们为荣誉而战,不能这样做。还有什么说的?我们只要稍微卖点劲儿,一切就结束了。

第四幕第五场,阿金库尔战场,两军交手,转瞬间,法军溃败。王太子仰天长啸:"永久的耻辱!——我们干脆刺死自己!"奥尔良公爵惊呼:"这就是那位我们派人去要赎金的国王吗?"大元帅哀叹:"混乱,毁了我们,现在成全我们吧!让我们都把命献给战场。"战役结束,法军大元帅命丧黄泉,奥尔良公爵、波旁公爵等一大批法国贵族成了俘虏,两军阵亡对比,"有一万名法国人被杀死在战场",而英军阵亡者"不过二十五人"。

显而易见,莎士比亚置历史上真实的阿金库尔一战两军伤亡对比于不顾,在戏里写出如此悬殊的阵亡差距,只为成就亨利五世一世英名:"谁见过,不用计谋,两军交锋,战场上硬碰硬,一方伤亡如此惨重,一方损失微乎其微?"当然,信神的国王不忘把这胜利的荣耀归于上帝:"接受它,上帝,因为它只属于您。"【4.8】

有趣的是,细心的读者/观众不难发现,莎士比亚自始至终从未像嘲弄王太子似的取笑过查理六世,此应恰如著名古典学者蒂利亚德(E. M. W. Tillyard, 1889—1965)在其《莎士比亚的历史剧》(*Shakespeare's History Plays*)一书中猜想的:"因为

---

① 法军大元帅以"那帮饥饿的穷汉"代指英军。
② 参见《旧约·以赛亚书》40·24:"他们像幼小的植物,/刚抽芽长根。/上主只一吹,便都干枯;/旋风一起,他们就像麦秸被吹散了。"

他是凯瑟琳的父亲,而凯瑟琳在亨利五世死后嫁给欧文·都铎(Owen Tudor,1400—1461),成为亨利七世(Henry Ⅶ,1457—1509)的先辈。法国国王讲话总十分庄重。"亨利七世是开启英国都铎王朝(House of Tudor,1485—1603)的第一任国王,是其继任国王亨利八世(Henry Ⅷ,1491—1547)的父亲,是统治莎士比亚所生活时代的女王伊丽莎白一世的祖父。

回首英法百年战争,英王爱德华三世对法国瓦卢瓦王朝首任国王腓力六世(Philippe Ⅵ,1293—1350)的"克雷西之战"(1346)、"黑王子"爱德华对瓦卢瓦王朝第二任国王约翰二世(John Ⅱ,1319—1364)的"普瓦捷之战"(1356)和亨利五世对法王查理六世的"阿金库尔之战",三次大战均以寡敌众、以弱胜强,阿金库尔是英格兰盛极到顶的胜利。在莎剧《亨利五世》第二幕第四场,莎士比亚特意透过查理六世的"庄重"之口,赞美亨利五世的祖先如何威震法兰西:"当年克雷西之战惨败,我方所有王公贵族,都成了那个恶名叫威尔士的黑王子爱德华的俘虏,这是永记不忘的奇耻大辱;那时,他那位体壮如山的父亲,站在一座小山上,高居半空,金色阳光照在头顶,——看他英雄的儿子,微笑着,看他残害生灵,损毁上帝和法兰西父老历时二十年打造的典范。"

1422年,亨利五世去世。历史的脚印落在阿金库尔战后二十年的1435年,法兰西、英格兰再次决裂,勃艮第公爵开始拒绝与英格兰联盟,拥立查理七世(Charles Ⅶ,1403—1461)为法兰西国王,他只有一个条件:国王必须惩处1419年杀死他父亲(即莎剧《亨利五世》中撮合英法谈判的那位勃艮第公爵)的凶手。

国王更迭,使英法两国的国力、时运发生改变,英格兰到亨利六世(Henry Ⅵ,1421—1471)统治时代的1449年,丢掉了在法国的最后一块领地——诺曼底。爱读古典经文、喜欢编年史的亨利六世,对治国理政、行军打仗毫无兴趣,他不仅把他英雄父亲亨利五世以武力赢得的丰硕战果丧失殆尽,还使整个王国陷入兰开斯特(House of Lancaster)和约克两大王室家族(House of York)之间血腥的内战——"玫瑰战争"(Wars of the Roses,1455—1485)!

英格兰亨利六世与法兰西查理七世的对决,成为亨利五世与查理六世对决的大反转。法国的戏剧家大可以写一部历史剧《查理七世》来回敬英国人,因为,查理七世是人类战争史上持续时间最长的百年战争的终结者。

这是历史的诡异吗?历史本身不提供答案。

然而,无论历史还是戏剧,都能在人们需要的时候为现实服务。乔纳森·贝特说:"有许多现代将领在部队冲入敌阵之际,援引圣克里斯品节(Saint Crispin's day)演说(即亨利五世阿金库尔之战的战前动员)。劳伦斯·奥利弗(Laurence

Olivier)将他1944年投拍的电影《亨利五世》献给正把欧洲从纳粹手里解放出来的英、美和其他盟军部队,这是由莎剧改编的军事影片中最著名的一部(据说因丘吉尔坚持,奥利弗将三个叛国者那场戏剪掉,——在如此生死攸关的历史时刻,精诚团结乃盟国间当务之急)。哪怕死硬的愤世嫉俗者,当国王向他那群兄弟发表演说时,也发现自己变得爱国了,尤其在电影中,全景镜头和令人振奋的音乐,使这番言辞的效果得到进一步加强。"

或许至少对于英国人,莎剧《亨利五世》永远不过时。

(三)杀战俘:国王的名誉污点

在乔纳森·贝特眼里,亨利国王的征服力主要源于坎特伯雷大主教称之的"美妙的清辞丽句","精于辞令是他最伟大的天赋:他善辩,会哄骗,好下令,能鼓舞人心。莎士比亚给他的台词比剧中任何其他角色都多两倍以上"。在诗剧的写作技巧上,莎士比亚让"哈里能在精湛的韵诗和散体的对话之间随意切换,这一点只有哈姆雷特堪与相比"。

由此或不难推断,让亨利国王下令杀战俘,不应是莎士比亚故意为亨利五世最荣耀之军功抹上的名誉污点:阿金库尔,大获全胜的英军在打扫战场,此时,响起"战斗警号",亨利国王以为"新吹响的战斗警号"表示"四散的法军有了援兵",故而传令:"每个士兵把手里战俘统统杀掉!"这是第四幕第六场最后一句台词。

切记,切记,第四幕第七场,开场头一句是在"战场另一部分"的弗艾伦的台词:"把看守行李的侍童全杀了!这完全违反交战法则。"明摆着,亨利王下令杀战俘时,法军尚未偷袭英军营帐,并杀掉看守行李的所有侍童,其中包括福斯塔夫的侍童。而且,从高尔与弗艾伦的对白可知,国王的具体命令是叫"每个士兵把俘虏的喉咙割喽"。换言之,亨利王传令杀战俘,绝非似乎合理的残忍报复。若放在今天,国王这一血腥之举乃公然违反保护"战争受难者、战俘和战时平民"的《日内瓦公约》(Geneva Convention)之战争暴行。显然,这份于1950年10月21日生效的国际公约,对莎剧中的亨利五世不具约束力,更束缚不住1415年扬威阿金库尔的这位国王战士。

有理由为亨利五世稍感庆幸的是,莎剧《亨利五世》的剧情并未延展到阿金库尔大捷两年之后的1417年,历史上的亨利国王再次远征法国。如前所述,英军在这次征战中,很快攻克下诺曼底(Lower Normandy),随即围困鲁昂(Rouen)。英军兵临城下,成群的妇孺从鲁昂城被强迫驱离,他们饥饿无助,只要亨利国王下令英军放行,便能保住他们的性命。但亨利五世不准放行!最后,环城壕沟成了这些饿死的可怜妇孺的坟场。

莎剧不具有现代性吗？

事实上，正是从现代视角，乔纳森·贝特认为："弗艾伦相信打仗要按常规战法，相当于一个思想自由而严守《日内瓦公约》打仗的现代军官。但正是他这种思维模式，把国王道德盔甲上的裂隙暴露出来。把蒙茅斯（Monmouth）的哈里国王比作马其顿（Macedon）的亚历山大大帝，不仅因为两人都是伟大的战士（他们都生在字母带'M'的地方，两地都有一条贯穿境内的河流，'两条河里都有鲑鱼。'）还因为'好比亚历山大在贪杯之下杀了他的朋友克雷塔斯，蒙茅斯的哈里也这样，在脑瓜灵活和明辨是非之下，赶走了那个腆着大肚子穿紧身夹克的胖爵士：他一肚子笑话、风凉话、鬼点子、恶作剧'。这里提醒观众，哈里之伟大是以他杀了福斯塔夫的心为代价。"

这样的国王值得赞美、传颂吗？

显然，现代英国人再也绕不开这个致命问题。恰如乔纳森·贝特所说，"不仅奥利弗的战时电影，还有肯尼斯·布莱纳（Kenneth Branagh）摄于1989年、更犀利描绘阿金库尔之战的电影，也引人注目地把杀法军战俘一事删去了。对于弗艾伦，法军杀死那些孩子和行李看守人，'完全违反交战法则'。高尔回答，既然法国人坏了规矩，英国人只能照着来，'所以，国王下令每个士兵把俘虏的喉咙割喽，理所当然。啊，好一个英勇的国王！'然而，戏文写得一清二楚，哈里国王下令杀死那些战俘，是在闻听随军平民遭攻击之前。即刻杀死战俘的理由是，每一个幸存的士兵都需应对法国援军的到来。这是个实用的决策，既谈不上英勇，也与正当无关。稍早在哈弗勒尔也是这样：虽说只是威胁，并未付诸行动，但强奸少女和屠戮无辜市民的想法，无法令人一下子联想起'英勇'或'理所当然'之类的字眼儿"。

诚然，作为亨利五世和莎士比亚的后代同胞，生于1907年的奥利弗和生于1960年的布莱纳，这两位现代英国人的做法是在为圣人讳！不过，杀战俘这件事，一来不能怪活在伊丽莎白时代靠写戏挣钱的莎士比亚把它赫然写出，二来还可以拿今人的后见之明替莎士比亚做道德升华，说他这样写乃出于国际人道主义精神，是不为尊者讳！但事实上，莎士比亚可能真没想这么多，他只想以诗剧形式为亨利五世写一部英雄史诗急就章。结果，"英雄史"削弱了"国王戏"的戏剧性。或许，莎士比亚对此心知肚明。

其实，对这一点，美国莎学家托马斯·肯尼（Thomas Kenny）早已看清楚，他在一个半世纪之前出版的《莎士比亚的生活与天才》（*Life and Genius of Shakespeare*，1864）一书中，即提出："莎士比亚对国家和个人生活的态度在《亨利五世》中有目共睹。在莎士比亚的其他剧作中,这种情况并不存在,但我们无法把该剧同他那些天才的伟大作品剥离开。从戏剧表现生活这个角度来看,该剧在广泛性、多样性、戏剧深度和真实性等多方面及想象的力度上,肯定逊于那些著名悲剧,甚至连那几部混合剧都比不上。剧中没一段堪称技法纯熟深入刻画人物、情感的描写,这说明莎士比亚对题材的处理并不完满。这是一部英雄史,对它做史诗式或抒情性的处理才最有效。但这是一部戏剧,假如把亨利五世塑造成一个完美的、极易被理解的人物,那便失去了戏剧性。描写伟大人物、伟大业绩的史诗自应如此,但戏剧不应受这些因素影响。在剧作中,我们理应见到搅在情感冲突中的戏剧人物。我们知道我们的本性中也存在这种因素,只不过这种存在既久远又潜在。史诗这类叙事文体主要为唤起我们的崇敬感,而戏剧则应以表现生活作用于我们的同情心。《亨利五世》正是这样一部戏剧:不表现伟大情感,只表现重大事件。因此,它当然获得最强的戏剧生命。"

莎剧《亨利五世》的确"只"在"表现"阿金库尔之战这一"重大事件",且由此塑造一位理想的完美国王。但显然,它"最强的戏剧生命"似乎也只源于英国人的爱国主义。

由此,不难看出,在这一点上,倒是托马斯·肯尼的著名前辈,英国散文家、评论家威廉·赫兹里特(William Hazlitt,1778—1830)看得更为透辟,他在其《莎士比亚戏剧人物论》(*Characters of Shakespeare's Plays*,1817)中犀利地指出:"亨利五世是英国人极为敬仰的民族英雄,也是莎士比亚最青睐的君王。因此,莎士比亚极力为他的行为辩护,写他性格中好的一面,称他'善良民众的国王'。可他不配享此名誉。他爱打仗,喜欢跟下流人交朋友;他粗鲁放荡,有野心;除了干坏事儿,别无所为。他的个人生活有害健康。他过着一种无人管束的浪荡生活。在公共事务上,他只懂强权,没什么是非标准。他以对宗教伪装的虔诚和对大主教的劝诫遮掩是非。他并未因环境、地位之改变,改变自己的生活信条。他在盖德山的冒险恰是他阿金库尔生涯的前奏,只不过没有流血。福斯塔夫放纵暴虐的罪恶,同教会为保住财产而以王位继承权为由替国王大肆敛财和谋杀比起来,简直不值一提。莎士比亚让坎特伯雷大主教讲出国王发动战争的背后动因。亨利因不懂如何治国理政,决定向邻国开战。他在国内尚未坐稳王座,又不知如何掌控刚刚到手的偌大权力,便向法国要求继承王位。动武是他的看家本领。"

亨利五世是怎样一个国王呢?

简言之,莎士比亚戏剧中的"哈里",并非英国历史里的"亨利"!

2019 年 1 月 6 日

著述

《孟子·离娄》读法

《孟子·离娄》读法

■ 文/张定浩

离 娄 上

惟仁者宜在高位

孟子曰:"离娄之明,公输子之巧,不以规矩,不能成方圆;师旷之聪,不以六律,不能正五音;尧舜之道,不以仁政,不能平治天下。今有仁心仁闻而民不被其泽,不可法于后世者,不行先王之道也。故曰,徒善不足以为政,徒法不能以自行。《诗》云:'不愆不忘,率由旧章。'遵先王之法而过者,未之有也。圣人既竭目力焉,继之以规矩准绳,以为方圆平直,不可胜用也;既竭耳力焉,继之以六律,正五音,不可胜用也;既竭心思焉,继之以不忍人之政,而仁覆天下矣。故曰:为高必因丘陵,为下必因川泽。为政不因先王之道,可谓智乎?

是以惟仁者宜在高位。不仁而在高位,是播其恶于众也。上无道揆也,下无法守也,朝不信道,工不信度,君子犯义,小人犯刑,国之所存者幸也。故曰:城郭不完,兵甲不多,非国之灾也;田野不辟,货财不聚,非国之害也;上无礼,下无学,贼民兴,丧无日矣。《诗》曰:'天之方蹶,无然泄泄。'泄泄,犹沓沓也。事君无义,进退无礼,言则非先王之道者,犹沓沓也。故曰:责难于君谓之恭,陈善闭邪谓之敬,吾君不能谓之贼。"

《孟子》一书,自《离娄》一篇开始,孟子与同时代人论辩与行事的记述渐少,孟子个人思想记述渐多。南怀瑾认为自《梁惠王》至《滕文公》的前三篇,是《孟子》上半部,从《离娄》开始的后四篇,是《孟子》的下半部,"要想真正了解孟子,了解他继承孔子的思想,延续中国传统的文化、政治哲学,其精神就在下半部的几篇里"。也可以说,自《离娄》开始,孟子就彻底从他失败的教育君王的政治实践中摆脱出来,他接下来要做的,是秉承孔子,面对一代代读书人立法。

《离娄》首节,就是一篇古典议论文的典范,论题是有关士君子的政治教育。"徒善不足以为政,徒法不能以自行",是第一个小论点,善是个人修为,法是普遍准则。离娄之明,公输子之巧,师旷之聪,尧舜之道,都属于个人修为的善,只不过前三者是外在的聪明智巧,尧舜之道则是内在的性善(可参看前面的"道性善,称尧舜"一节),从离娄向尧舜的排比推进,因此就不是跳跃式的修辞,而是有其从外向内的严格逻辑次序。规矩,六律,仁政,则都属于脱离个人而独立存在的普遍准则的法。我们从前面章节也应该已经看到,仁政在孟子这里从来不是一句空谈,它出发于人人皆有的不忍人之心(见前"人皆有不忍人之心"节),也就是恻隐之心,进而和民本、井田、明堂、什一、世臣等等具体制度性措施紧密相连。孟子用一系列漂亮的排比,论证善和法、个人修为和普遍准则之间相互依存的关系,随后,再落脚于当下。"今有仁心仁闻而民不被其泽,不可法于后世者,不行先王之道也",这是孟子一生痛处。想他当年在魏国已经说动具有仁心的梁惠王施行王政,无奈其突然驾崩,于是,没有制度性保障的魏国王政,在换了一个不同品性的梁襄王之后,一切都付诸泡影。"仁心仁闻",对应个人的善,"先王之道",对应普遍的法。如此短短几句,一样样对应,一层层递进,行文可谓密不透风。

"不愆不忘,率由旧章。"不愆,不犯错;不忘,不遗忘;旧章,即先王之法。从修辞的角度,这句引诗既是论据,也是叙述句法的转圜之所。此前,都是一系列"不……不……"的必要条件假言命题,从反面行文,叙述重心是在"先王之法";此后,"圣人既竭……继之以……"一段,则从正面行文,叙述重心落在有条件行先王之法的"那个人"。

如此反说正说,自然推导出全文核心论点,"是以惟仁者宜在高位"。仁者,是既竭个人之善,又继之以法的人,而唯有身处高位者都为仁者,一方面可影响君王,如前面薛居州一节所说,"在于王所者,长幼卑尊,皆薛居州也,王谁与为不善";另一方面,可为下面官吏做表率。如此调节上下,才有可能将法推行出去,这也回应之前所说的"徒法不能以自行"。

接下来,"不仁而在高位,是播其恶于众也",再从反面立论,详述当世之痼疾。

大约每个朝代都是如此,所谓"上行下效",盛世如此,乱世也如此,然而"从善如登,从恶如崩",社会风气从坏到好,如登山之慢;从好到坏,却如山崩之速。观孟子所言战国社会恶劣状况,竟如在目前。

"天之方蹶,无然泄泄。"这里又出现一句引诗。此节文章前后两处引诗,皆来自《诗经·大雅》。"雅者,正也,言王政之所由兴废"(《诗大序》),兴盛之时不忘警惕自省,是为《假乐》一诗中的"不愆不忘,率由旧章";沦废之际却也不放松弛缓对自我的要求,是为《板》这首诗里所说的"天之方蹶,无然泄泄"。这两句引诗,从兴废两端说起,与前后文意密合,却举重若轻,随手拈来,这是孟子文章不可及之处。

"泄泄",过去一直有两种解释,一为啰嗦多言,二为弛缓懈怠。观文意,似以第二种解释为优。因为若从"啰嗦"的意思,"无然泄泄"是强调顺服;而若从"弛缓"的意思,则是强调一种积极的行动力。孟子想说的是,即便身在乱世,时代啊社会啊大环境小环境统统糟糕,作为读书人,依旧有不可推卸的责任和义务要尽。"吾君不能谓之贼",一个做臣子的把责任推给国君,一说到国家不好就认为是国君无能,这就和我们现在一面骂社会一面又屈从投机,都是"贼"的表现,用我们现在流行的说法,就是"鸡贼"。

"责难于君谓之恭,陈善闭邪谓之敬",你看,在古典儒家思想里,"恭敬"根本不是像我们现在以为的那样,仿佛仅仅是一种可以伪装的态度,它是一定要落实到具体的、要承担后果的行动中去。

法尧舜

> 孟子曰:"规矩,方圆之至也;圣人,人伦之至也。欲为君尽君道,欲为臣尽臣道,二者皆法尧舜而已矣。不以舜之所以事尧事君,不敬其君者也;不以尧之所以治民治民,贼其民者也。孔子曰:'道二:仁与不仁而已矣。'暴其民甚,则身弑国亡;不甚,则身危国削。名之曰'幽厉',虽孝子慈孙,百世不能改也。《诗》云'殷鉴不远,在夏后之世',此之谓也。"

有关尧舜的传说,据顾颉刚考证,比禹都要晚,是到了春秋末年才大量产生的。当时诸子百家为了宣传自己学说,纷纷托古言今,比如目前《尚书》里所存尧舜记述,就是经过孔子整理的,他"祖述尧舜,宪章文武"(《礼记·中庸》),重新整理过去的典籍传说,为后世立法。孟子私淑孔子,"言必称尧舜",极力发挥尧舜传说故事里有关人伦的部分,"尧舜之道,孝悌而已矣"(《告子下》)。

我们在自然界见到的方与圆,或者我们手绘出来的方与圆,都不可能做到绝对的方和绝对的圆,都是某种近似品,唯有圆规和矩尺,可以刻画出绝对的方和圆,也就是"方圆之至"。人伦,是指人与人之间的伦理关系。《孟子·滕文公上》:"人之有道也,饱食、暖衣、逸居而无教,则近于禽兽。圣人有忧之,使契为司徒,教以人伦:父子有亲,君臣有义,夫妇有别,长幼有序,朋友有信。"人既然生活在社会中,就不是完全孤独的个体,而是始终处在各种关系中的人。父子、君臣(可以置换成今天的领导下属关系)、夫妇、长幼和朋友,我们今天的每个普通人,依旧生活在这五种关系中。在中国思想里,所谓圣人,不是宗教里那种品行完美的遗世独立者,他是生活在社会中的人,是人与人之间伦理关系的绝对典范。以规矩喻圣人,也是在暗暗表达一种理念:如同用规矩制出的方圆并不能完全和日常生活里遇到的方圆吻合,尧舜这样的圣人是否在历史中真的具体存在过也并不重要,重要的是,他们被孔子呼唤出来,以此树立了一种理想的人,即"人伦之至"。

"暴其民甚,则身弑国亡",指夏桀与商纣;"不甚,则身危国削。名之曰'幽厉'",指周幽王、周厉王。尧舜是理想,但桀纣与幽厉,却是近在眼前的历史。"虽孝子慈孙,百世不能改也",这是史官的力量。在孔孟这里,理想和历史并陈为当下的镜子。

恶醉而强酒

> 孟子曰:"三代之得天下也以仁,其失天下也以不仁。国之所以废兴存亡者亦然。天子不仁,不保四海;诸侯不仁,不保社稷;卿大夫不仁,不保宗庙;士庶人不仁,不保四体。恶死亡而乐不仁,是犹恶醉而强酒。"

此节承上两节余意,发挥"孔子曰:'道二:仁与不仁而已矣'"一句。读者可体味其中自三代、国、天子、诸侯、卿大夫、士庶人,自远古传说至切身个体的修辞推进,像观看某种宇宙洪荒的景象慢慢聚焦为眼前微茫个体。"恶死亡而乐不仁,是犹恶醉而强酒",犹是从生死这个最为切身的问题入手,并归之于日常。

既讨厌喝醉又每每强要酒喝,看上去荒唐,却正是普通人最常见的心态。当他要酒喝的时候,他并没有想喝醉,只是一晌贪欢,忘记其后果。然而,酩酊大醉尚可以醒过来,国破身死,却是无可挽回之事。

反求诸己

孟子曰:"爱人不亲反其仁,治人不治反其智,礼人不答反其敬。行有不得者,皆反求诸己,其身正而天下归之。《诗》云:'永言配命,自求多福。'"

这里的"反",不是现代意义上的"违反",而是"回返"。在中国古典思想里,一个人做的任何事情,其结果其原因,都要回返落实到自己身上。从结果的角度,一个人所做的事情最终要作用于自身,且用自身去衡量,所谓"己所不欲,勿施于人";从原因的角度,而当这个事情遭遇困境的时候,也首先回返到自身去找原因,即"反求诸己"。

"爱人不亲",你觉得自己对一个人好,但对方并不能就此和你亲切起来。我想这可能是人世间常有的遭遇。然而,要知道自己之所以对另一个人表达善意,所谓的"爱人",本就不该是为了回报,而是源自潜藏于每个人内心的善念,如果自己不这么做,自己会感到不安。"反其仁",就是回到自己对人好的那个出发点,也就是重新检查自己的"恻隐之心"。"恻隐之心,仁之端也;羞恶之心,义之端也;辞让之心,礼之端也;是非之心,智之端也。"(《公孙丑上》)同理,"反其智",即检查自己的"是非之心";"反其敬",即检查自己的"辞让之心"。

对方的"不亲""不治""不答",一切的"行有不得",这些外在的困扰,或者莫名的敌意,对于一个有志者,都将转化成一次次难得的自我反省和自我提高的机会。"永言配命",就是对"天行健"的认识,天地流转,宇宙动荡,原本就不是旁人可以左右的;"自求多福",就是"君子以自强不息"。这是中国古典思想最为强悍的地方。

天下国家

孟子曰:"人有恒言,皆曰'天下国家'。天下之本在国,国之本在家,家之本在身。"

"人有恒言",很接近《诗经·大雅》里经常会提到的"人亦有言",就是引用一句老话,老得已经失却了署名权,不知道是谁说的,但这句话留下来了,非常有名,是为"恒言"。恒,是恒常。比如"天下国家"这句经典名言,大家听久了,习以为常,口耳相传,人人皆以为然,却未必知道其所以然。这是"皆曰"两个字背后的意思。

如果说孟子这段话的前半句,是对经典的转述,那么后半句,就是对经典的解释。这种解释,既紧扣经典本身,又有其创造性拓展,比如最后一句"家之本在身",就是"天下国家"这句话里没有的,但可以从这句话里合情合理地推导出来,也就是言外之意。可参考《礼记·大学》里所说的"古之欲明明德于天下者,先治其国;欲治其国者,先齐其家;欲齐其家者,先修其身"。也相应于上一节所说的"反求诸己"。

得罪不得罪

> 孟子曰:"为政不难,不得罪于巨室。巨室之所慕,一国慕之;一国之所慕,天下慕之;故沛然德教溢乎四海。"

这是孟子经常被现代人诟病的一段话,但问题其实出在"得罪"这一词义的古今差异上。"得罪"这个词,在现代语境下基本相当于"触怒""冒犯"之类的动词,当我们说"A 得罪 B",也就是说 A 使 B 不高兴,而判断这种得罪与否的标准,是在于 B 是否不高兴了,而不在于 A 是否真的做错什么事,只要 B 因为 A 的言行而不高兴,就是 A 得罪了 B。因此,"不得罪于巨室"的意思就是不要做让高门巨族不高兴的事。如果是这样,尤其在后世"巨室"一点点变成难以撼动的利益集团之类的贬义词的时候,孟子看起来就成为现代功利主义者的同伙了。为此,前人在解释的时候会把"巨室"解释为"贤巨室",也就是贤良中正的贵族大家,而"不得罪于巨室"就是不让这些优秀的人不高兴,这本身似乎就并没有什么可指责的。但这种增义式的解释,多少还是欠缺说服力,因为倘若古典注疏可以随意增义,那么离指鹿为马也就不远了。

在古典语境下,"得罪"其实是一个词组,即获得罪咎,它的重心是在"罪",而"罪"本身是相对客观的判断。朱熹其实解释得很清楚,"得罪,谓身不正而取怨怒也",所谓"不得罪于巨室",是指自己立身行事没有过错,让巨室无可挑剔。如此,这个"A 是否得罪 B"的标准,首先在于 A 是否真的有罪过,而不在于 B 是否不高兴。这依旧是"反求诸己"的思路,可以说与现代语境里的"得罪"截然相反。

总结一下,在现代语境里,"得罪"是一个与对象息息相关的主观判断,而古典语境中,"得罪"是一个相对客观的判断。可以再参考《论语·八佾》里的一段话:

> 王孙贾问曰:"'与其媚于奥,宁媚于灶',何谓也?"子曰:"不然,获罪于天,无所祷也。"

奥是指古人居处西南隅,是一家尊者所居,在这里暗喻国君亲信;灶是灶台之所,暗指外朝实际主事者。王孙贾的意思是说与其取媚于有名义上的身份地位的人,不如取媚于有实权之人,孔子对此的回答是,倘若"获罪于天"(在常理看来确实有罪),取媚于谁都是没用的。而现代语境里的"不得罪于",恰相当于这里的"媚于";而古典语境里的"不得罪于",则相当于这里的"获罪于"。

古典著作在今天招致的种种误解,往往就在于忽略了同一个词在不同语境下意思的变迁。

执热以濯

> 孟子曰:"天下有道,小德役大德,小贤役大贤;天下无道,小役大,弱役强。斯二者天也。顺天者存,逆天者亡。齐景公曰:'既不能令,又不受命,是绝物也。'涕出而女于吴。今也小国师大国而耻受命焉,是犹弟子而耻受命于先师也。如耻之,莫若师文王。师文王,大国五年,小国七年,必为政于天下矣。《诗》云:'商之孙子,其丽不亿。上帝既命,侯于周服。侯服于周,天命靡常。殷士肤敏,裸将于京。'孔子曰:'仁不可为众也。夫国君好仁,天下无敌。'今也欲无敌于天下而不以仁,是犹执热而不以濯也。《诗》云:'谁能执热,逝不以濯?'"

"谁能执热,逝不以濯",这句诗出自《大雅·桑柔》。《桑柔》是一首乱世里的哀诗,诗人既悲愤于国运危亡,民穷财尽,君王暴虐愚狂,同僚为虎作伥,逼得民众也趋向奸邪,也悲愤于自己势单力薄,无力救民于水火。"执热",用手抓取热物,这很难做到,我们今天还会用"烫手山芋"来形容困难之事;"以濯",用冷水洗手,这是最原始简单的降温法,却也是遵循冷热传递的常理。面对很难做的事情,有两个选择,一个是不做,听天由命;另一个是做,如果要做的话,就要遵循常理。如同用冷水解热是常理,用仁政治天下也是常理,这是孟子此节给出的结论,即"欲无敌于天下而不以仁,是犹执热而不以濯也",我们先知道了这个结论,再重头看这段文字。

"天下有道,小德役大德,小贤役大贤;天下无道,小役大,弱役强。斯二者,天也。"这里的役,是"为……所役"的意思。太平世,以品德贤能论高下,乱世则弱肉强食,这是自然法则。人并不能选择在什么样的世间生活,但一个有智慧的人,可以看清楚此身所在的是什么样的世间,以及这个世间的自然法则,看清楚之后,就不会单纯地抱怨哀叹。倘若现在是乱世,那么,理解这个乱世,本身就是"顺天者存"的意思。孟子举齐景公的例子,齐景公作为春秋霸主之一,理解当下是一个弱肉强食的时代,齐国既然没有能力命令吴国,那就要暂时听命于吴国的要求,老老实实把女儿嫁过去,否则,那就是"逆天者亡",绝路一条。

"涕出而女于吴。"齐景公虽然懂得"顺存逆亡"的道理,但他在嫁女之际依旧会哭泣难过。孟子抓住这个情感缝隙,也就是人人皆有之"不忍人之心"(参见"人皆有不忍人之心"节),具体而言就是"羞恶之心",指出齐景公似乎尚有一丝羞耻感,并以此人人皆有的羞耻感出发,在"顺天者存,逆天者亡"这一自然法则之外另开辟出一种人伦境界,即"如耻之,莫若师文王"。

因为治世和乱世永远在流变之中,所谓"天命靡常","天下之生久矣,一治一乱"(《孟子·滕文公下》),而这种流变的关键,依旧是人。孟子时常举尧舜、文王乃至孔子的改天换地为例,辅以夏桀、商纣的亡国教训为例,为的就是激人向上,明白在"顺存逆亡"的天理之间,依旧还有人力可为的缝隙。姚永概《孟子讲义》此节说得好:"此章以'天命'二字作主。然前半'顺天者存'二句,虽是的确至理,犹是垫笔;至'如耻之'以下,乃入正面。诗中'上帝既命,天命靡常',足见人力可以挽回天心。令亡国孤臣读之,为之涕下;英雄志士读之,可以奋激。"

沧浪之水

  孟子曰:"不仁者可与言哉?安其危而利其菑,乐其所以亡者。不仁而可与言,则何亡国败家之有?有孺子歌曰:'沧浪之水清兮,可以濯我缨;沧浪之水浊兮,可以濯我足。'孔子曰:'小子听之!清斯濯缨,浊斯濯足矣,自取之也。'夫人必自侮,然后人侮之;家必自毁,而后人毁之;国必自伐,而后人伐之。太甲曰:'天作孽,犹可违;自作孽,不可活。'此之谓也。"

孟子文章漂亮,此节又是一个例子。起笔就是两个递进式的反问句,点出论点之严肃与必要,随后是三个例证,取自民谣、哲人和悔过自新的君王,反复致意,又层层递进,短短数句之间,从江湖逍遥到家国兴亡,气象万千,而将之上下贯通的,是"自取之也"这四个字,随后的自侮、自毁、自伐、自作孽,可以说是步步惊心。

"安其危而利其菑,乐其所以亡者。"这是三个并列词组。菑,即灾。所以亡者,即造成灭亡的那些事情。杨伯峻在《孟子译注》里将"安其危而利其菑"里的"其",解释为"别人的",即眼见别人的危险无动于衷,利用别人的灾祸来谋取利益,杨逢彬进一步将"乐其所以亡者"解释为"别人亡国败家的惨祸,他把旁观当享受",这样的解释,似乎符合现代人对于"不仁者"的理解,即对他人的痛苦麻木不仁,然而,如果我们知道在古典语境中,仁是本心,那么不仁也就是丧失本心,它就不单单是一个罔顾他人的问题,更重要的,是不自知,也就是无知。朱熹对这句的解释原本很清晰,"不知其为危菑而反以为安利也",可对应《易经·系辞》里的话,"是故君子安而不忘危,存而不忘亡,治而不忘乱,是以身安而国家可保也"。君子与不仁者的差别,在于是否自知,进而自立和自强,一切从自身做起,再推己及人,如果抛开这一层单讲"利他"和"救国",看似铿锵有力,却很容易陷入伪善。

沧浪,前人有解释为地名,也有解释为水名,这样的解释虽通,但只是考证到后世的地理名物,没有进一步深思词根诞生之时的深义。焦循《孟子正义》此节考证梳理得清楚通透,概而言之,"沧浪"本义是青色,是水清时的样貌,后世成为水名或地名,亦是得名于清,正如我们现在还能见到有些河流的名字就叫作清河或清水。清是水的本质,正如仁是人的本质,"在山泉水清,出山泉水浊",水慢慢变浊,如同人渐渐失去本心。同样是这条河水,用来濯缨还是濯足,全凭其自身清浊而论,就像同样为人,仁者天下无敌,不仁者亡国败家,也是"自取之也"的事。

在《楚辞·渔父》里的末尾,也可以看见这段民谣。屈原在江边游荡,形容枯槁落寞,渔父见他就问,何以至此?屈原回答:"举世皆浊我独清,众人皆醉我独醒,是以见放。"渔父就建议他:"圣人不凝滞于物,而能与世推移。世人皆浊,何不淈其泥而扬其波?众人皆醉,何不餔其糟而歠其醨?"屈原正色说:"吾闻之,新沐者必弹冠,新浴者必振衣……宁赴湘流,葬于江鱼之腹中。安能以皓皓之白,而蒙世俗之尘埃乎?"渔父遂歌此民谣:"沧浪之水清兮,可以濯吾缨;沧浪之水浊兮,可以濯吾足。"

若将此段故事与《论语》《孟子》对读,可知屈原之想法更接近后世文人,而非先秦儒家。在孔子和孟子那里,世界和自我并非这么截然对立的,即便世界是污浊的,但因为自我就在这个世界中,就需要承担一部分这种污浊的责任,而自我的任务就是通过自我澄清与更新,一点点影响周围,从而让这个世界变得清澈新鲜一点。《论语·卫灵公》:"直哉史鱼!邦有道,如矢;邦无道,如矢。君子哉蘧伯玉!邦有道,则仕;邦无道,则可卷而怀之。"史鱼刚直,可比屈原,但还不是孔子心目中的君子。卷而怀之,并非退缩逃避,而是换一种方式来改善世界,具体到君子那里就是教育和著述。

渔父歌沧浪之谣,将自我之外的世界比作流水,故曰"清可以濯吾缨,浊可以濯吾足",无论世界清浊,我依然是我,或对之以缨,或对之以足;孔子闻沧浪之谣,视流水为己身,故曰"清斯濯缨,浊斯濯足",世界之清浊,就是我之清浊,而濯缨或濯足,恰是不同的我所需要承受的不同遭遇。在这两种言辞的微妙差异背后,是对于自我和世界之间关系的不同体认。

载胥及溺

> 孟子曰:"桀纣之失天下也,失其民也;失其民者,失其心也。得天下有道:得其民,斯得天下矣;得其民有道:得其心,斯得民矣;得其心有道:所欲与之聚之,所恶勿施尔也。民之归仁也,犹水之就下、兽之走圹也。故为渊驱鱼者,獭也;为丛驱爵者,鹯也;为汤武驱民者,桀与纣也。今天下之君有好仁者,则诸侯皆为之驱矣。虽欲无王,不可得已。今之欲王者,犹七年之病求三年之艾也。苟为不畜,终身不得。苟不志于仁,终身忧辱,以陷于死亡。《诗》云'其何能淑,载胥及溺',此之谓也。"

包世臣《艺舟双楫·文谱》:"文势之振,在于用逆;文气之厚,在于用顺。"孟子文章之振拔之厚重,就在于他擅用顺叙和逆叙的交错,此节可以说是一个证明。

"桀纣之失天下也,失其民也;失其民者,失其心也。"这是第一层从反面逆推,"得天下有道:得其民,斯得天下矣;得其民有道:得其心,斯得民矣;得其心有道:所欲与之聚之,所恶勿施尔也。"这是第二层从正面逆推,与第一层相比,在重复式的警醒中又进一层,即"得其心有道:所欲与之聚之,所恶勿施尔也"。

"民之归仁也,犹水之就下、兽之走圹也。"这里的比喻是先本体、后喻体式的明喻,靠一个"犹"字逆挽;随后,"故为渊驱鱼者,獭也;为丛驱爵者,鹯也;为汤武驱民者,桀与纣也。今天下之君有好仁者,则诸侯皆为之驱矣。"却是先举喻体,一路铺陈,顺势而至本体之意。"今之欲王者,犹七年之病求三年之艾也。"再度逆溯至"民之归仁"一句的"犹"字句法,以下从"三年之艾"的比喻出发顺推至结论,"苟为不畜,终身不得。苟不志于仁,终身忧辱,以陷于死亡",可以说,文气行至此处,已如滔滔江水,虽由急入缓,却不可挡。《诗》云"一句,又凭空引入一个新境界,借此收束,余味不绝。

"其何能淑",这如何能弄得好;"载胥及溺",那么只好相率一起陷溺在这糟糕的境况中。这两句出自《大雅·桑柔》,紧接着之前提到的"谁能执热,逝不以濯"而言,前段从正面激励,此处则从反面警醒。

此段大义,即得民心者得天下,于《孟子》一书中可谓反复申之,故读《孟子》至此处,当不赘述。

自暴自弃

> 孟子曰:"自暴者,不可与有言也;自弃者,不可与有为也。言非礼义,谓之自暴也;吾身不能居仁由义,谓之自弃也。仁,人之安宅也;义,人之正路也。旷安宅而弗居,舍正路而不由,哀哉!"

《礼记·王制》:"田不以礼,曰暴天物。"古时天子诸侯打猎,要遵循相应的礼法,比如说频率、时间、地点都有具体要求,不能随性而为,而打猎的时候也要遵循各种礼,比如不能四面合围一网打尽,要给鸟兽留一个出口。种种这些礼,都是一种对人的约束和节制,避免人去残害糟蹋天地万物。而孟子所谓"自暴",正是从《礼记》这句话里来的,打猎不遵循礼,是对天地万物的损害,言语不遵从礼义,就是对自己的损害。这是一个很大的提醒,尤其对于现代人。我们通常会认为不恰当的言语会伤害别人,比如狂妄,比如造谣诽谤之类,但一个人说出不恰当的言语,其实也是对自己人性中黑暗一面的放纵,它暴露出自己的问题,随之也必然会对自己造成损害。我们今天说"自暴自弃"这个成语,其实只取了其中"自弃"的字面意思。

黄宗羲《孟子师说》:"'自暴''自弃',不是两样人,自其言而言之谓之暴,自其行而言之谓之弃。大凡言之粗鄙者,其行事必苟且;行之灭裂者,出言必浮夸。二者相因。"我们常说一个人应当言行一致,仿佛言行原本可以不一致的,但假如认真观察,会发现大部分普通人的言语和行为都是互为镜像的,他所说的未必他能做到,但可以从他措辞中辨识、判断出他即将要做的行为,从这个角度来讲,言语即行为,现代语言学似乎也在证明这一点。

"居仁由义",这个词又见于《尽心上》,"居仁由义,大人之事备矣"。此处也是《孟子师说》解得好,"仁者,人心也。常人心在身中,所居血肉之内,如何得安?仁者身在心中,藏身于密,祸患不至,故为'安宅'。义唯一条,更无他歧。所见唯路,则千蹊万径;所见唯义,大地无寸土矣,故为'正路'"。黄宗羲是明朝人,宋明时期解读先秦古典多吸收禅宗精神,"大地无寸土"即典出自禅宗名句"若人识得心,大地无寸土",他讲,你若是仅仅从路的角度,也就是外部视角去看路,则有无数条路,所谓"人生多歧路";但你若是从义的角度,从一个读书人的内心原则去审视,那么就只有一条路,古往今来的士君子们都走在这同一条道路上,最后将他们相互区分开的,不是各自不同的路,而是在同一条路上各自走了有多远。是所谓"天行健,君子以自强不息"。

尔与易

孟子曰:"道在尔而求诸远,事在易而求之难。人人亲其亲、长其长而天下平。"

此节承之前数节而言,是孟子对自暴自弃者与亡国败家者的感慨。尔通迩,是近的意思;尔又有"你"的意思,这一节又仿佛孟子在冲着我们说话,说离你最近的那个需要毕生求索的秘密,就是你自己。易,是平易、简易而非容易,是易于理解和开始,但未必易于抵达和完成。所谓"人人亲其亲、长其长而天下平",正如"人人皆可为尧舜",这是对普通读书人的振拔鼓励,但在振拔鼓励之后,每个人到底能成为什么样的人,天下到底能成为何种天下,依旧是未知数。但无论如何,推己及人,由近至远,从易到难,这是先秦儒家的基本思想次序,以此扎实切身的次序开始一个人的一生,不管走多远,都不至于歧路亡羊,穷途而归。

思诚与明善

孟子曰:"居下位而不获于上,民不可得而治也。获于上有道:不信于友,弗获于上矣;信于友有道:事亲弗悦,弗信于友矣;悦亲有道:反身不诚,不悦于亲矣;诚身有道:不明乎善,不诚其身矣。是故,诚者,天之道也;思诚者,人之道也。至诚而不动者,未之有也;不诚,未有能动者也。"

此节从开头至"不诚其身矣"援引自《中庸》,是子思所引孔子的话,文字略有出入,从"是故"到结尾的后半段则是浑括《中庸》里孔子、子思随后的阐发。由此可略窥孟子的思想来路,即《离娄下》里所说的,"予未得为孔子徒也,予私淑诸人也"。

而这一节被置于此,也是为了接应上一节"人人亲其亲、长其长而天下平"的判断。大概孟子也觉得这个判断虽然言之凿凿,无懈可击,却仍难以使人信服,因为很简单,天下自从三代以来就没有太平过,而三代的太平盛世其实也只是儒家的一个理想而已。亲其亲,长其长,看似简单易操作,但终身如此,人人如此,又谈何容易?

"居下位而不获于上,民不可得而治也。"古典思想区分上下,孟子进而区分士与民,"有恒产者有恒心,无恒产者无恒心",是为民;"无恒产者有恒心",是为士,这种区分是依据精神品性,而非固化的阶级地位。从这句话可以看到,原来从"人人亲其亲、长其长"到"天下平"之间还有一个跳跃,上一节没有讲,此节才隐约讲出来,那就是"治民"。然而,有治理教化民众才能的基层官员要获得上层的认可擢拔,才能有所作为,但在"治民"和"获于上"之间,对先秦儒家来讲,显然后者更为困难,所以后面一大段逆推论述都在试图解决"不获于上"的问题。后世中国文学有一个基本主题是"怀才不遇",其重心是上层没有眼光,或是生不逢时,总之会将自身的不遇归结为不可解决的外部原因,故常怨艾放荡;而"不获于上",其重心从"信于友"到"悦亲"再到"诚身"和"明善",是一步步向内,从自身内部找可以解决的办法,于是能自强不息。两相对比,可见先秦思想之刚健有力。

我们现在说"诚实",仿佛这是一个主观意愿,一个人似乎可以选择诚实或不诚实;但在古典语境中,诚者,实也,"诚"是一个客观实存,也就是如其所是,万物以它本来应有的面目出现。"诚者,天之道也",天地始终如其所是,不会撒谎,星辰、石头和鲜花也不会撒谎,它们所具备的这种诚是与生俱来的,"不诚无物",人世间可以略作媲美的是上幼儿园之前的小孩子,以及修辞立其诚的艺术,所以丰子恺有句云:"天上的神明与星辰,人间的艺术与儿童。""思诚者,人之道也",人渐渐长大,被社会熏习,不能做到像万物一样始终如其所是,只能努力去追求如其所是。孟子拈出一个"思"字,也是拈出人与万物的区别。万物无思无虑,故自然为"诚";人有思虑,故无法直接达致"诚",但人可以通过思索万物的诚,来体会人性里类似于"诚"的存在,那就是"善"。在《中庸》里,"思诚"原为"诚之",是名词作动词用,"诚之者,择善而固执之者也",这里的"善",也是一个类似于"诚"的客观实存,孟子说性善,就是说人性里本来就有这种"善"的实存,如"乍见孺子将入于井,皆有怵惕恻隐之心"(《公孙丑上》),如"人少,则慕父母"(《万章上》)。善之于人性的关系,一如诚之于天地万物。

最后两句讲诚与动的关系。之前说诚者即如其所是,但这个"是"并非一潭死水,而始终处于变动不居当中,如日月星辰,山川万物,都是如此。至诚,即人通过对"诚"的持之以恒的"思",最终抵达了如其所是的"诚",也就自然要如其所是的运转不息,影响作用于周围人群,具体次序就是悦亲、信于友、获于上,以及最终的,民得以治,若是参照《大学》,也就是修身、齐家、治国、平天下的次序。

一作一兴

> 孟子曰:"伯夷辟纣,居北海之滨,闻文王作,兴曰:'盍归乎来!吾闻西伯善养老者。'太公辟纣,居东海之滨,闻文王作,兴曰:'盍归乎来!吾闻西伯善养老者。'二老者,天下之大老也,而归之,是天下之父归之也。天下之父归之,其子焉往?诸侯有行文王之政者,七年之内,必为政于天下矣。"

辟,通避,伯夷、姜太公都躲避纣王的统治。"盍归乎来",何不归到文王那边去呢,这里的"来"是语气助词,后世陶渊明"归去来兮"用法与之相似。

这一节,隐隐应承上一节末尾的"动",是两个具体的至诚则动的例子。要注意这里的作与兴之间的关系,周文王在西岐有所作为,伯夷、太公、一北一东,相隔遥远,竟然都有所感应和兴起,更可见上节所说的"动"并非外力强迫性的推动,而是以己之诚激发他人内心之动,令他者自己有所行动。此时,政治简直就完全相通于文学。

中国文化里的动,多半就是这种感应兴起之动,如物换星移,看似极慢极缓,一旦形成趋势,就不可阻遏。

率土地而食人肉

> 孟子曰:"求也,为季氏宰,无能改于其德,而赋粟倍他日。孔子曰:'求非我徒也,小子鸣鼓而攻之可也。'由此观之,君不行仁政而富之,皆弃于孔子者也,况于为之强战?争地以战,杀人盈野;争城以战,杀人盈城。此所谓率土地而食人肉,罪不容于死。故善战者服上刑,连诸侯者次之,辟草莱、任土地者次之。"

求,即冉求,孔子的弟子。季氏,是孔子所在鲁国的当道权臣。此段故事见于《论语·先进》。冉求是孔门七十二贤人之一,本身未必很糟糕,孔子之所以用很严厉的语气将他逐出师门,是因为他作为季氏家族的行政总管却不能劝勉季氏改过自新,反倒纵容迎合季氏聚敛财富剥削民众的行为。所谓《春秋》责备贤者",

一个人地位越高能力越大,就越要有与之相配的德行。孟子私淑孔子一脉,对君王和民众都不做要求,只对处于中间地带的君子有要求。他们理想中的君子,是一个社会承上启下的精英阶层,对君王,能改于其德,对民众,能施以教化。

看到君王不行仁政却帮助其敛财的,是冉求之类,已为孔子鄙弃,何况那些帮助君王发动战争的呢?"争地以战,杀人盈野;争城以战,杀人盈城。"这是孟子看到的战国场景。"率土地而食人肉",带领无生命的土地来吞食作为万物之灵的生命,这是孟子极形象的比喻。以下他列举几种"率土地而食人肉者"的类型,一为"善战者",是孙膑、吴起之流的兵家,他们通过战争赤裸裸地掠夺土地,造成伤害最大,故要被判最重刑罚;二为"连诸侯者",是苏秦、张仪之流的纵横家,他们玩弄欺诈手段,帮助一个国家从另一个国家骗取土地,这是次等;三为"辟草莱、任土地者","辟草莱",是开垦荒地,"任土地",是把土地分发给农民私有,任凭他们耕种,这两种举措大约暗指农家和随后的商鞅,他们不重德行教化,只重经济发展,遂以土地为诱饵,使农民愚守于耕种,成为国家机器的一部分,这虽然居于末等,但依旧是在"率土地而食人肉",让百姓成为贪图小利、惟命是从的行尸走肉,好被他们任意驱使,某种程度上,这一等"食人肉者",因其隐蔽,更为可怕。

听其言观其眸

> 孟子曰:"存乎人者,莫良于眸子。眸子不能掩其恶。胸中正,则眸子瞭焉;胸中不正,则眸子眊焉。听其言也,观其眸子,人焉廋哉?"

存,是察的意思。要观察一个人,最好的办法是观察他的眼神。心正则眼明,心有邪念则眼神昏暗,这是没办法掩盖的事。廋,是隐匿的意思。听一个人讲话的时候,要看着他的眼睛,他就无从隐藏。

这段话里的意思非常简单,没有什么可解释的。唯一可以多加思索的是,这个"观其眸子"的人,他的眼神又是否足够明亮锐利,能否足以辨识清楚一切的昏暗与躲闪?以及,他是否在审视对方的时候,也能经得起对方的审视?

名与实

> 孟子曰:"恭者不侮人,俭者不夺人。侮夺人之君,惟恐不顺焉,恶得为恭俭?恭俭岂可以声音笑貌为哉?"

前节谈察人之法,听其言,观其眸。然而,单看眼神,或有未安,因为还有一层对观看者的考验,此外,眼神或可判断基本善恶,但若面对更为复杂的分辨,比如判断一个人是好诗人还是坏诗人,恐怕就有些困难。故此节可以作为一个补充,也是对孔子"听其言而观其行"这句话的应和。

侮人、夺人与否,这是显而易见的实际行为;声音笑貌,也是显而易见的实际表象;恭者,俭者,和诗人一样,则都是名,是一种指认符号。而一个符号之所以有力量,或者说,被我们所接受,是因为它和易于判断的实际行为相关联,而非仅仅和易于判断的表象关联。所谓腐败,人也好,制度也好,都是从名不符实开始的。所以孔子又说,"必也正名乎"。

嫂溺援手

> 淳于髡曰:"男女授受不亲,礼与?"孟子曰:"礼也。"曰:"嫂溺则援之以手乎?"曰:"嫂溺不援,是豺狼也。男女授受不亲,礼也;嫂溺援之以手者,权也。"曰:"今天下溺矣,夫子之不援,何也?"曰:"天下溺,援之以道;嫂溺,援之以手。子欲手援天下乎?"

礼,是经,是法,是正常情况下必须遵守的准则。然而有正常情况就有极端状况,权,就是在这种极端状况下的变通。经与权的辩证关系,是理解古典思想的一个入口,这里面的一个关键在于,到底何为极端情况?《公羊传·桓公十一年》:"权者,反于经然后有善者也。权之所设,舍死亡无设。行权有道,自贬损以行权,不害人以行权。杀人以自生,亡人以自存,君子不为也。"可见,唯有涉及他人生死之际,才存在行权的可能性,君子宁可自己蒙受违背经义的指责,也要施行权变之法以救人。除此之外,若是为了一己之利,动辄谈变通,那就成了后世惯用的权术,而非先秦儒家所说的权。

嫂溺是生死大事,故用权。这回答可以说堂堂正正,毫无问题,但其实淳于髡也完全预料到孟子的回答。这段对话大概是发生在孟子去齐之际,齐国重臣淳于髡想挽留孟子继续待在齐国担任客卿,又怕孟子一口回绝,遂苦口婆心绕了一个弯子,让孟子自己讲出"权"这个字。"今天下溺矣,夫子之不援,何也?"这里面"嫂溺"虽被悄然置换成"天下溺",但因为同时暗含了"救国救民非你莫属"的奉承之意,一般人听了其实很难抵挡,血气上涌,也就应承了。但孟子很清醒。原本在"嫂溺援之以手"这个逻辑关系里,"溺—援"是核心关系,淳于髡偷换了"溺"的前提,再省略了"援"的方式,孟子就顺势把"援"的方式也作一番补足,"天下溺,援之以道;嫂溺,援之以手",这个区分实在太漂亮。孟子深谙字词关系的变动不居,可以说无一字死于句下。

"其何能淑,载胥及溺。"孟子之前引过此句,他显然明白,留在齐国"手援天下"的结果,就是"载胥及溺"。七篇《孟子》,就是他的"援之以道"。

古者易子而教

公孙丑曰:"君子之不教子,何也?"

孟子曰:"势不行也。教者必以正;以正不行,继之以怒。继之以怒,则反夷矣。'夫子教我以正,夫子未出于正也。'则是父子相夷也。父子相夷,则恶矣。古者易子而教之,父子之间不责善。责善则离,离则不祥莫大焉。"

大凡中国人,大概都知道一句《三字经》里的古话,"养不教,父之过",所以乍一见公孙丑所说的"君子之不教子",不免有些纳闷。其实,这两者是不矛盾的,"养不教,父之过",指父母应对子女的教育负有责任,是对教育问题的宏观认识;而孟子此节所阐发的,是父母具体该如何教育子女,涉及的是教育问题上的微观方法。

教育有两种方式,家庭教育和学校教育,家庭教育重身教,学校教育重言传,所谓"传道、授业、解惑",韩愈所说的为师者的这三个职责,其实都可以归为言传。易子而教,其实就是学校教育的雏形,孟子说"古者易子而教之",其实就是暗指在他那时候已经不再流行"易子而教"了,为什么呢,因为学校制度当时已经基本完善了。所以,公孙丑其实是在问,为什么君子都把言传教育的任务交给学校和老师?

孟子说,"势不行也"。为什么这么说?因为教育的目的本是为了小孩子好,但假若在这种"为了小孩子好"的过程中,产生了其他一些有悖社会最基本准则的副作用,那在孟子看来也是万万不行的。这社会最基本的准则,用孟子的话讲就是人伦,"父子有亲,君臣有义,夫妇有别,长幼有序,朋友有信"(《滕文公上》),而这五种人伦的根本,又在于"父子有亲",因为"仁之实,事亲是也"(《离娄上》)。在孟子看来,教育的根本是让人懂得仁和义,如果因为教育子女,父子双方意见不一,互相伤害,反让子女陷于"不仁"的境地,那还教育个什么呢?

"父子之间不责善",这个话可以分两层来看,一是责善不是父子之间的事,而是朋友之道,也是老师对待学生的原则;二是父子之间虽不相责以善,但却要相责以义,在遇到大是大非的问题上,也不能一味相互纵容、溺爱。

我们若是读熟了《孟子》,就会发现,孟子判断任何事情,其实都有一个既简单又根本的原则,就是符合不符合仁义之道,而在孟子这里,仁义之道根本不是抽象的思辨,也不仅是庙堂之上的作为,而就是在百姓日常生活之中,比如说,就在像"教育小孩子"这样家家户户都会遇到的问题之中。

其实,我们今天还常会听到不少教育工作者提及孟子在这里所说的"易子而教",觉得这样可以避免父母溺爱小孩,让小孩健康成长,这虽然也没错,但其实是把孟子的意思给说小了。孟子关心的不光是小孩子的教育,而是整个社会的安宁。

事亲若曾子

孟子曰:"事孰为大?事亲为大;守孰为大?守身为大。不失其身而能事其亲者,吾闻之矣;失其身而能事其亲者,吾未之闻也。孰不为事?事亲,事之本也;孰不为守?守身,守之本也。曾子养曾皙,必有酒肉。将彻,必请所与。问有余,必曰'有'。曾皙死,曾元养曾子,必有酒肉。将彻,不请所与。问有余,曰:'亡矣',将以复进也。此所谓养口体者也。若曾子,则可谓养志也。事亲若曾子者,可也。"

上节说父教子,此节说子事父,相互映照。"失其身而能事其亲者,吾未之闻也",此句相应于之前"思诚与明善"一节提到的"悦亲有道:反身不诚,不悦于亲矣"。守身,也就是反身而诚,持守心里原初就有的善念,省察自己内心的心事,也通过这种省察去明了其他人的心事。这个心事,就是志,在己曰持其志(见"知言,养气,不动心"节),事亲曰养志,如曾子侍奉曾皙。

"将彻,必请所与",是说父亲吃完之后撤席,会请教父亲剩下的酒肉怎么处理,该给谁吃。曾家并不富有,只是平凡耕读人家,可以想见家里每顿饭一定是算计着吃,酒肉未必能做到顿顿皆有,人人皆有,只能先供长辈享用。"必请所与",其实是把酒肉的分配权交给父亲,让垂垂老矣的父亲依旧还有一家之主的感觉。酒肉滋养身体,而这种心意体察,它滋养一个人的精神。"问有余,必曰'有'",父亲曾皙问厨房是否还有剩余饭菜,无论实际有没有,曾子一定回答说还有。这是为了让父亲吃的安心,分配的也安心。

"将彻,不请所与。问有余,曰:'亡矣',将以复进也。"到了曾子的儿子曾元侍奉曾子时,他就只在意让老人家吃好喝好的表象,分配权悄悄撤回,问他厨房还有剩余么,他总是回答没有。"将以复进",打算省下来,自己和妻儿都不得享用,只留着下顿再端给父亲进用。

说起来,曾元也是一个孝子,他倾全家之力侍奉父亲,只不过,他侍奉的心思只放在饮食上,所以孟子讥嘲他是"养口体";而曾子能体察老父亲的心事,不让他为生计担心,一切委屈艰难自行承担。

曾子和曾元,面对父亲的询问,一个说有,一个说无,可能都说了假话。由此也可以看到,古典语境里的"诚",不是现代意义上简单地说实话,而是用自己天性里的善念去面对一样事情的内在实质,所谓素面相对。在侍奉亲人这个具体事情上,曾元的善念是为了通过节俭的方式让亲人衣食无忧,但衣食无忧只是孝的表象,让亲人心情愉快没有挂碍,才是孝的实质。

曾子"必曰有"也是善念,然而他若是无能之辈,没有一个稳定的生计来源,这个善念大概坚持不了多久。于是,即便是为了让父亲宽心,大概曾子也会努力向上,精进一生的。这才是最大的孝顺,也是子夏所说的,"事父母能竭其力……虽曰未学,吾必谓之学矣"。

政不足间

> 孟子曰:"人不足与适也,政不足间也,惟大人为能格君心之非。君仁莫不仁,君义莫不义,君正莫不正。一正君而国定矣。"

适,通谪,责备;间,读四声,非议;格,正也,纠正。这三个动词,是这段话的文眼。当权小人不值得与他责备计较,目前的政事也不值得非议,因为这种责备和非议,属于消极情绪,无济于事,唯有卓越的辅臣知道从这种消极情绪中摆脱出来,自己做到"居仁由义",再以己心之正去纠正君心之非,这是孟子认为的能直取治国核心的积极做法。

上节言子事父,归为"养志";此节讲臣事君,归为"正君心",要点都在内不在外,在己不在人。欲事其亲,必守其身;欲格君心之非,必先让自己成为"大人"。

毁誉无责

> 孟子曰:"有不虞之誉,有求全之毁。"
> 孟子曰:"人之易其言也,无责耳矣。"

这两节可以放在一起看。君子行世，每每会经历意料之外的赞美，和过于苛求的诋毁，而人们之所以轻易发出这些赞美和诋毁，只是因为他们不需要承担责任罢了。

而正因为无须承担责任，所以这种毁誉是无效的，好比当下网络上常见的吹捧和骂战，若涉及自己，不必挂心，若涉及他人，也不必以此作为判断标准。

只有预备承担责任的言辞，才是有效的。

好为人师

> 孟子曰："人之患，在好为人师。"

教育，是一个民族最为重要的事情，而尊师重教，正是中华民族的美好传统。所以，为人师是一件很值得骄傲的事，但问题出在一个"好"字上。

在中华古典思想深处，一个人有了好东西是绝不会一厢情愿地要去四处传播和推广宣扬的，而一定是别人先看到我这有好东西，然后他自己跑来学，所谓"有来学无往教"。在这一点上，可以和西方的启蒙思维做一个比较。西方人惯说的启蒙，是我要来开启你的蒙昧，是一种由高向低的扩张；而中国传统的启蒙，是《易经·蒙卦》所谓"非我求童蒙，童蒙求我"，是一种由中央向四周的吸纳，那些蒙昧的童子自己受到吸引，主动前来向老师学习。

这不是拿架子，而是因为，一个人一生最要紧的，是要先把自己做好，让自己足够优秀，"己欲立而立人，己欲达而达人"，所谓立德、立功、立言，这对社会对民族做出贡献的三不朽，其前提条件，都要先让自己立得住，让自己足够优秀才行。而这又是多么艰难的事情。在西方，歌德有所谓学习时代和漫游时代的划分，一个人在经历一段时间的学习和漫游之后，可能就踏入著书立说的阶段了；而在中国，《礼记·大学》所谓修身、齐家、治国、平天下，这人生四阶段是不断往上走，学习不止，精进不已，一刻都不得松懈，哪能有"好为人师"的空闲呢？

好为人师，即会有自满自足、故步自封的危险，一个人的向上之路可能就此中断。因此，在中国，其实真正好的老师从来都是不得已而为之的，是因为碰到有好的学生要来学，所以只好割舍一点精力，帮助一下，永远都是先有学，才有教。所谓"君子如响"（《荀子·劝学》），小叩则小鸣，大叩则大鸣，好的老师，是你问到什么程度，他显到什么程度，在关键处提携你一把，剩余时候都会放手让你自己去努力。而老师和学生这两方，又不是一个授和受的简单关系，"学然后知不足，教然后知困。知不足，然后能自反；知困，然后能自强"（《礼记·学记》），无论学生的自反还是老师的自强,最后都又归诸自身。

在中国历史上,有两个"好为人师"成为社会风气的阶段,一个是晚明,学人各立山头,清谈误国;一个就是战国,杨朱墨翟,各执一说,蛊惑人心,而孟子的这句话,在当时即有其极强的现实针对性。

徒哺啜也

> 乐正子从于子敖之齐。乐正子见孟子。孟子曰:"子亦来见我乎?"曰:"先生何为出此言也?"曰:"子来几日矣?"曰:"昔者。"曰:"昔者,则我出此言也,不亦宜乎?"曰:"舍馆未定。"曰:"子闻之也,舍馆定,然后求见长者乎?"曰:"克有罪。"
>
> 孟子谓乐正子曰:"子之从于子敖来,徒哺啜也。我不意子学古之道,而以哺啜也。"

我们之前在《梁惠王下》"行止非人所能"一节里曾经见过乐正子,那时候他在鲁平公那里为臣,欲劝平公见晚年离开齐国退隐故乡之孟子,遇小人受阻而不得。此节,当是乐正子年轻时,见到出使鲁国的齐国贵臣子敖,也即王驩,被其吸引,遂与他同回齐国,求见此时在齐国客居的孟子,遭到当头棒喝。我们不知道乐正子在齐国又待了多久,但后面《告子下》里有"鲁欲使乐正子为政",《尽心下》里有孟子对乐正子"善人也,信人也"的品评,可以想见,乐正子是被孟子斥责之后,幡然醒悟,遂弃子敖而归鲁国,并学有所成。他也是日后孟庙大殿里唯一陪祀的孟子弟子。克,是乐正子的名。

哺啜,即饮食;"徒哺啜也",只是混口饭吃。这段孟子对乐正子的教训,可以看作老师在教训学生,然而又置于"人之患,在好为人师"之后,颇有深意。孟子并没有告诉乐正子具体该做什么,他只是先树立其恭敬之心,再激发其羞耻之心。知耻而后勇,知敬而后义。义是一个人应该做什么,勇是敢作敢为。乐正子是一个好人,善人,而好人善人往往容易软弱,关键时刻被他人所左右,所以孟子就要激发他心里的勇义,未必能做到"虽千万人吾往矣",至少可以"孳孳为善"。

无后为大

> 孟子曰:"不孝有三,无后为大。舜不告而娶,为无后也,君子以为犹告也。"

无后，即没有后嗣，也就是没有继承人，祖庙祭祀香火就会断绝。这一点旧解一直没有歧义，且对中华民族思想影响很大，近代以来也最被人诟病。到了最近几十年，有一种新观点就企图为孟子辩护，认为"无后"是指"没有尽到做后辈的责任"，如此一来，孟子没错，不结婚生子也没错，仿佛皆大欢喜。

但指认"无后"是"没有尽到做后辈的责任"，是缺少文献和训诂依据的。考察《孟子》一书中另外出现"无后"的一处文字，"仲尼曰：'始作俑者，其无后乎！'"（《梁惠王上》），以及与《孟子》相近时代的《左传》中有关"无后"的多处记载，基本都是做"没有后嗣"解。新观点的另一个依据是《孟子》中另有"不孝者五"（《离娄下》）的明确记载，都是从子女如何对待父母的角度来讲，未提到"没有后代"这一点，但孟子其实原文说得很清楚，"世俗所谓不孝者五"，而此节所说的"不孝有三，无后为大"，则恰恰是超越世俗不孝的范畴，两者并不矛盾。

"舜不告而娶"，舜没有禀告父母就娶了尧的两个女儿，世俗会认为这是不孝，即不尊重父母心意，但君子认为舜这样做是可以的，因为他是要避免更大的不孝，他的没有禀告也就等于禀告，此种在道义轻重之间有所选择后的变通，是孟子反复强调的权。具体关于舜娶尧二女之事，在《万章上》里更有详细回答弟子这方面疑问的记录，兹不赘述。

至于"不孝有三"，除了"无后"之外，另外两种是什么，孟子没有明言，我们似乎也不必凿之过深，可以视之为一种有趣的枚举修辞法。

仁义之实

> 孟子曰："仁之实，事亲是也；义之实，从兄是也。智之实，知斯二者弗去是也；礼之实，节文斯二者是也；乐之实，乐斯二者，乐则生矣；生则恶可已也，恶可已，则不知足之蹈之、手之舞之。"

仁，义，礼，智，这些都是概念，是名词，名词概念帮助人思考，但也隐伏种种危险，比如仁义礼智，后世人人皆挂在口上，人人依旧各行其是。具体而言，名词概念的危险似有三种，即假、大、空。名不符实，是假；华而不实，是大；有名无实，是空。要避免这些危险，就要找到名词概念背后的那个实质性的具体行动，找到因为这种行动所导致的词与物之间具体的关系。在仁义礼智这个具体例子里，这个具体的由行动所构成的关系，对孟子而言，就是事亲和从兄。侍奉父母，敬长爱幼，这都是一个人打小就会遭遇到的极亲切和素朴的事，却也是可以维系终生的事。此节所说的"实",与假、大、空对应,兼具真实、朴实和实质三义,并侧重于朴实之义。

"智之实,知斯二者弗去是也",智慧的实质,是一个人知道自己应该做什么和不做什么,而最朴实的智慧,是知道事亲和从兄;"礼之实,节文斯二者是也",礼仪的实质,是在节制和华美之间找到一种平衡,而最朴实的礼仪,是有关事亲和从兄的家庭礼仪。

而这些概念、行动和认知,最后都要转化为身心自然生出的愉悦,也就是"乐",才能有效,才能既不沦为自欺欺人,又不至于变成扭曲人性的教条。

"生则恶可已也",判断这种"乐"之真假的标准,是看它是否源源不断、不会休止。这种不可休止的感觉,是一个人顺从自己内心天性和人伦秩序召唤之后的满足。当然,这种满足感,可能我们现代人尤其在年轻的时候是最不能体会的,因为对年轻人而言,似乎父兄都是需要被推翻打倒的对象,他们只从反抗而非顺从中获得短暂的满足,直到有一天,他们自己也为人兄,也为人父。

瞽瞍厎豫

> 孟子曰:"天下大悦而将归己,视天下悦而归己,犹草芥也,惟舜为然。不得乎亲,不可以为人;不顺乎亲,不可以为子。舜尽事亲之道而瞽瞍厎豫,瞽瞍厎豫而天下化,瞽瞍厎豫而天下之为父子者定,此之谓大孝。"

"天下大悦而将归己",这是政治层面的胜利;"天下化",则是教化层面的胜利。今日将归己者,明日或也将归人,故如草芥,只是随风摇摆,并不足道。而"天下化"者,是天下人自心被感化,是每一个普通人从一个至高典范身上吸取力量,并诉诸自身,安定自己的父子人伦。

厎,达到;豫,快乐。瞽瞍作为舜的父亲,不能理解舜的杰出,丧失分辨能力,如同盲人,所以被讥嘲为瞽瞍。在舜和瞽瞍的关系上,舜不期待瞽瞍有明辨是非或慧眼识珠的能力,他只是按照自己身为人子的内心道德律来做事,"不得乎亲,不可以为人;不顺乎亲,不可以为子",而舜的孝道,又不是一味盲目服从父母旨意,比如之前提到的,他也会"不告而娶",因为他"尽事亲之道"的宗旨,是要父母亲由衷感到快乐。前一节是说孝子之乐,此节说父母之乐,在孟子这里,孝道并非僵化教条,而是和真实的身心感受相一致的,后来朱熹《孟子集注》于此节阐发甚好,"子孝父慈,各止其所,而无不安其位之意,所谓定也。为法于天下,可传于后世,非止一身一家之孝而已,此所以为大孝也"。

与舜对应的例子,是春秋时候的申生。申生是晋献公长子,受献公宠妾骊姬一再陷害,申生知道父亲年老离不开骊姬,故不做辩驳,忍辱自杀。王夫之《读四书大全说》:"如申生固能为人之所不能为,却令天下之父子许多疑难处依旧不得个安静在。中材以下,要死既难,贤智者又虑死之犹未为尽道,从此便开出歧路,以致不忍言之事而亦犯之。舜却平平常常,移易得恰好,依旧父爱其子,子承其父,天下方知无难处之父子,何用奇特张皇,不安其所而强有事也。孟子此语,笼罩千万世智愚贤不肖父子在内。"

《离娄上》篇从离娄开始,以瞽瞍结束,堪称巧思。以离娄之目明,仍需规矩;遇瞽瞍之心盲,亦可感化。将一切有利和不利因素,都转化为自身的努力进取,这是儒家思想的刚健之处。

离 娄 下

其揆一也

孟子曰:"舜生于诸冯,迁于负夏,卒于鸣条,东夷之人也。文王生于岐周,卒于毕郢,西夷之人也。地之相去也,千有余里;世之相后也,千有余岁。得志行乎中国,若合符节;先圣后圣,其揆一也。"

古典著作里的"中国",基本上是一个形容词,意谓中央之国,天下之地,"下"又通"夏",与"夷"相对,这种对应既是地理意义上的中央和四周边疆的对应,也是文化意义上的,即文明与野蛮的对应。

《滕文公上》:"吾闻用夏变夷者,未闻变于夷者也。"文明必然胜过野蛮,这是儒家的信仰。"得志行乎中国"的"志",不是个人一统天下的私欲,而是圣人教化天下之心。这种教化之心,因为是从人之为人的本心生长出来的,故无惧古今之分,地域之别。符节,是古代表示印信之物,一剖两半,各执其一,合在一起可验真假。是谁拿着符节并不重要,准则是符节本身,同理,具体是谁掌管天下也不重要,准则只在于他是否施行仁政,是否能用文明变化野蛮。"其揆一也",这个准则是不会变的。

惠而不知为政

子产听郑国之政,以其乘舆济人于溱洧。孟子曰:"惠而不知为政。岁十一月,徒杠成;十二月,舆梁成,民未病涉也。君子平其政,行辟人可也,焉得人人而济之?故为政者,每人而悦之,日亦不足矣。"

孔子谈论过子产,说他具备四种君子之道,"其行己也恭,其事上也敬,其养民也惠,其使民也义"(《论语·公冶长》)。而在另一个场合,子游和孔子讨论过子产之惠,"子游问于孔子曰:'夫子之极言子产之惠也,可得而闻乎?'孔子曰:'谓在爱民而已矣。'子游曰:'爱民谓之德教,何止惠哉?'孔子曰:'夫子产者,犹众人之母也,能食之,而不能教也。'子游曰:'其事可言乎?'孔子曰:'子产以所乘之车济冬涉,是爱而无教也。'"(《孔子家语·正论解》)

此节,可以说是孟子对孔子"爱而无教"这个判断的再阐释。

子产是春秋时候郑国著名的贤相,先秦文献记载他很多的事迹,大体而言,他既刚直不阿,又深谋远虑,对内任贤使能,制定刑法,宽猛相济,对外讲求实际,有外交手腕,郑国在他执政期间,达到最好的状态,可以说他是救国之能臣。他死后,"丁壮号哭,老人儿啼,曰:'子产去我死乎!民将安归?'"(《史记·循吏列传》)

就是这样一个人,孔子和孟子也都深知其好,但仍有微词,这并非"求全之毁",而是"责备贤者"。此外,更重要的是,孔子和孟子的理想典范是文王、周公,是舜,他们不仅身为优秀的治国者,更通过王政教化,奠定后世绵延日久的太平基业,不像郑国,安危只系于子产一身。

孟子批评子产"惠而不知为政",又说"君子平其政",可见为政之道,在平不在惠。惠是以一己之力取悦一部分个体,然而一己之力终归有限,"焉得人人而济之";平,是通过教化令每个人找到自己的社会位置,各安其所,各司其职,各尽其力,如此表面看似不平等,如为政者出门竟然要民众避让("行辟人可矣"),却是儒家政治理想中的"至平"境界。

君臣相视

孟子告齐宣王曰:"君之视臣如手足,则臣视君如腹心;君之视臣如犬马,则臣视君如国人;君之视臣如土芥,则臣视君如寇仇。"王曰:"礼,为旧君有服,何如斯可为服矣?"曰:"谏行言听,膏泽下于民;有故而去,则君使人导之出疆,又先于其所往;去三年不反,然后收其田里。此之谓三有礼焉。如此,则为之服矣。今也为臣,谏则不行,言则不听,膏泽不下于民;有故而去,则君搏执之,又极之于其所往;去之日,遂收其田里。此之谓寇仇。寇仇何服之有?"

在先秦儒家那里,核心人伦秩序是父子关系和兄弟关系,也就是孝悌,君臣关系是父子关系的衍伸,相对而言也更具弹性。比如在舜和瞽叟的父子关系上,即便瞽叟待舜不好,欲致舜于死地,舜依旧要待瞽叟很好才行,所谓"不得乎亲,不可以为人;不顺乎亲,不可以为子",虽然也可以有一些变通,比如"不告而娶",但绝对不可以反目成仇,"父子相夷,则恶矣"(《离娄上》)。但君臣之间,至少在孟子看来,这种类似于父子和兄弟之间的绝对秩序,其实是不存在的,君如何待臣,臣就应当如何待君,必要时可以一走了之。

南怀瑾讲此节的时候有一段发挥,他说,"这一段文字很容易了解,而且很多人读来都会发生共鸣。但要注意的是,人看书时容易将好的比成自己,看《三国演义》,每把自己比成诸葛亮,绝对不自比曹操,读经书也一样"。如今读此节文字,可能大多数人都会自比为臣,也就是下属,把自己不好好工作的原因归结于领导不器重自己,少有人自比为君,并省思自己是否善待下属。

君臣关系放到今天,除了领导下属关系的类比之外,可能更贴切有效的,是强弱关系的类比。我们每个人都生活在各种强弱关系中,可能在此关系中是强者,在彼关系中就是弱者。那么,在一段强弱关系中,孟子认为,强者更有义务来做那个主动维系关系的人,也有责任付出更多。

"礼,为旧君有服",齐宣王作为强势一方,却只看到礼制里对弱势一方的要求,即已经离职的臣子依然要为过去的已故君主服孝,"何如斯可为服矣?"君主怎样做就可以让一个离职的臣子为他服孝呢?这看起来是在请教孟子,其实是在反击,你口口声声说君要先对臣如何,臣才会如何对君,那么一个离职的臣子,君主和他都没有关系了,他依旧还会为君主服孝,这又是为什么?齐宣王想说的意思其实是,君臣关系是礼制规定,而非孟子所说的恩义关系。

看到齐宣王开始谈礼,孟子并不回避,反而就礼的问题深入展开,这是孟子一贯的谈话进路,以子之矛攻子之盾,因此具有极强的说服力。"为旧君有服",是臣待君之礼;"谏行言听,膏泽下于民;有故而去,则君使人导之出疆,又先于其所往;去三年不反,然后收其田里",听从臣子谏言,因此善对百姓;假如臣子因为某种原因不得不离开,就派人引导他出国,且先行安排好其新环境里的生活;离开三年还不回来,这才收回他的土地房屋,这是君待臣之礼。"此之谓三有礼焉",齐宣王说一个礼,孟子回应三个,这也是反复重申在强弱关系中强势一方所肩负的责任。

乱世守则

> 孟子曰:"无罪而杀士,则大夫可以去;无罪而戮民,则士可以徙。"
> 孟子曰:"君仁莫不仁,君义莫不义。"
> 孟子曰:"非礼之礼,非义之义,大人弗为。"

这三节可以连起来看。之前是孟子在朝廷上对齐宣王说话,此三节则是回到家中,意犹未尽,故又讲给弟子们听。虽然是一样的意思,并且中间还有一些重复的地方(比如"君仁莫不仁,君义莫不义"之前在《离娄上》就出现过),但讲给不同的人听,其叙述方法和唤起的感受也是不一样的。

如果说面对君主,孟子采取的多少还是循循善诱的设喻举例,那么在面对弟子时,也就是面对真正能够听得进去他话的人,他所做的就是斩截果决的判断和行动的建议,这三句话,仿佛讲给弟子同时也讲给自己听的乱世守则。

君子见微知著,当机立断。机,是机会,也是几微之时,是一切征兆刚刚萌芽的时候,看到一个趋势,赶紧做决断。然而,风虽起于青萍之末,但一个人也不能见到任何风吹草动就惶惶不可终日,"无罪而戮民,则士可以徙","无罪而杀士,则大夫可以去",这里面有一个严密的次序,士比民高一级,大夫比士高一级,在百姓被无辜杀害之际,士可以走但大夫不可以走,因为大夫尚且还有力量和机会改变这个状况。

因为,在"无罪而戮民"这个层面,还不能判断君主的仁义,可能是基层官员胡作非为,所以作为高层官员有责任和义务阻止局势恶化,但到了"无罪而杀士"的阶段,那么就可以判断君主的不仁不义,故高层官员也无力回天,唯有赶紧离开。"君仁莫不仁,君义莫不义",也可以视为"君不仁莫仁,君不义莫义"的隐语。但这时候,"大人"却不走,他只是"弗为"。

在古时,"大人"一词通常有两种指向,一是外在身份上的尊贵,如指代君王、贵族或长者;一是内在德行修养上的卓越。这两种指向,在先民那里最初是相通的,唯有内在卓越者才能拥有外在的尊贵,唯有外在的尊贵才能将其内在卓越最大限度地激发出来,后来随着周王朝衰落,六经流散民间,世俗政治和道德教化日渐分离,这两种指向也慢慢分离,孔子是这种分离的最极致体现,即内在最为卓越者却在这世上惶惶如丧家之犬。然而,孔子也为后世开辟出另一条道路,一个人内在的卓越从此可以作为一种独立追求的目标,不受其外在偶然身份的束缚。

《孟子》一书,"大人"一词出现过九次:

> 有大人之事,有小人之事。(滕文公上);
> 唯大人为能格君心之非。(离娄上);
> 非礼之礼,非义之义,大人弗为。(离娄下);
> 大人者,言不必信,行不必果,惟义所在。(离娄下);
> 大人者,不失其赤子之心者也。(离娄下);
> 养其小者为小人,养其大者为大人。(告子上);
> 从其大体为大人。(告子上);
> 有大人者,正己而物正。(尽心上);
> 居仁由义,大人之事备矣。(尽心上)。

综上可见,诸如"格君心""礼义""养""正己""居仁由义"等等,孟子对"大人"的称扬,可谓苦口婆心,反复叮咛,然其要点,均是落在内在德行修养的层面上,这也是他一生以孔子为楷模追求卓越的自我证悟。

士和大夫,都是具体的外在政治身份,这个政治身份对某个具体国家负责,而当这个国家败坏之际,他们可以自己取消这样的政治身份,通过流亡的方式来保护自己。但"大人",这是一个内在道德身份,这个身份"无可逃于天地之间",所以对"大人"来讲,并没有留下还是离开的选择,他的选择只在于,在一堆混乱的思想中,辨认出礼义真正的面目,从而有所为有所不为。

才能之为责任

> 孟子曰:"中也养不中,才也养不才,故人乐有贤父兄也。如中也弃不中,才也弃不才,则贤不肖之相去,其间不能以寸。"

前几节讲君臣之间的伦理,有点类似于契约伦理,大家互相商定以仁义为契约,"君仁莫不仁,君义莫不义",但倘若君主违背仁义之道臣子就可以弃他而去。而此节讲的是家庭内部的责任伦理,即作为贤父兄的一方,有责任教育和涵养那些缺乏才能或不守中道的子侄辈,这种责任既是家庭血缘关系赋予的,也是才能本身赋予的责任。

中,不是中等,是中和之道,既不过度也不缺少,这是古典德行的至高境界。教育,不仅是培养优秀的人,也是涵养帮助平庸者和走极端者,给不同程度的人以不同的向上空间,而不是千军万马过独木桥般的优胜劣汰。

不为与有为

> 孟子曰:"人有不为也,而后可以有为。"

这段话,可以视为前面数节的总结,在乱世里种种看透政局的"不为"之后,依旧有不能离弃的可为之事,那就是教育。这也正是孟子对自己的总结。

不为,是懂得选择。少年时候,拥有无限精力,仿佛无限可能,此时,一个人未必能早早就确信自己这一生将做什么,但他多少会知道自己此刻不喜欢做什么,而越诚实确切地认识到哪些事情是自己不想做的,将它们排除之后的人生道路,也就越清晰,"有为"的可能性就越大。

而成年之后呢,在人生之路渐渐清晰之后,时间和精力的压力就涌现出来了,这时候,必须"有所不为",才能最大限度地将精力和时间集中在最想做的事情上,如此,"有为"才真得以实现。

如何批评

> 孟子曰:"言人之不善,当如后患何?"
> 孟子曰:"仲尼不为已甚者。"

说人家的不好,有了后患,该怎么办?这个问题引发的担心,造就了后世的好好先生和乡愿。

但孟子并不是一个好好先生和乡愿之徒。他面斥君主,怒责杨墨,哪里是一个唯唯诺诺之辈。他抛出这个问题,只是要人想清楚,批评的言语是要有后果的,一个人不能贪图一时口舌之快,要想到自己这些批评言语对他人的影响,以及,这些影响会如何反作用于自身。而唯有这么想过之后,想过要承担批评他人的后果,那批评言语才真正有力量。

"仲尼不为已甚者。"这句对孔子的赞美,可以视为孟子自己对这个问题的回答。也就是说,当一个人指出他人错误的时候,要明白其中蕴含的危险,那么,他要做的并不是沉默,而只是不要过分,注意分寸。

惟义所在

孟子曰:"大人者,言不必信,行不必果,惟义所在。"

《论语·子路》:"子贡问曰:'何如斯可谓之士矣?'子曰:'行己有耻,使于四方,不辱君命,可谓士矣。'曰:'敢问其次?'曰:'宗族称孝焉,乡党称弟焉。'曰:'敢问其次?'曰:'言必信,行必果,硁硁然小人哉!抑亦可以为次矣。'"孟子很多的话,都是对《论语》的解释,此处亦然。

"行己有耻",就是有所不为也;"使于四方,不辱君命",就是有所为。既有道德感,又有做实际事情的才能,这在孔子看来,是"士"的楷模。放低一点要求,是未必有很大才能做事,但作为人的品质很好,能够孝敬亲人,尊老爱幼,度过认真平凡的一生。再其次,是说过的话必定算数,要做的事一定将它做到底,像块石头一样坚定,但这种坚定不是基于内心道德律和价值判断,而是拘泥于言行本身的承诺,这种是乡间任侠使气之辈,故孔子称之为"小人"。

"言必信,行必果",孔子并不反对这样,只是觉得这样还不够,如果你有志成为一个"士",这只是起点而已。孟子顺着孔子的话,拈出一个"义"字,来作为"小人"与"大人"的分辨。这种分辨,是教人再上一层,而非让人作为不守承诺的借口。

赤子之心

孟子曰:大人者,不失其赤子之心者也。

这句话要注意其言说次序,大人只是不失赤子之心,并非不失赤子之心者即为大人,倘若是后者,大人与赤子相通,那就流于所谓"复归以婴儿"的老庄之清净,与儒家思想恰恰相悖。

所谓赤子之心,即人之初的性善,是人之为人的源泉和开端,但不是终点;所谓大,孟子在另一处曾明确指出过,"充实而有光辉之谓大"(《尽心下》)。在孟子看来,理想的人生,正是要从这最初人人都具有的赤子之心出发,一点点扩充、修养,最后达臻"充实而有光辉"的大人境界。

养生送死

孟子曰："养生者不足以当大事,惟送死可以当大事。"

康有为《孟子微》此节说的甚好,不妨全文录之:

此明事亲当慎终追远,乃尽孝义。盖亲之于子,所赖以生,顾复抚育勤劳至矣。欲报之德,昊天罔极,岂有穷已？故不惟生事之以礼,更葬祭尽礼,终身慕之,且累孙曾慕之,无有穷已也。故《礼记》于生事不详,而葬祭最详者,以人性易忘,生或知事,而死则忘之,故特详于死。在孝子,则事死亡如事生存,又以见死犹不忘,生更不待言也。既以教厚,又加倍之教也,故以送死为大事。盖至送死,然后孝子之事无所加益,当尽其思慕也。

养生者,尽力侍奉亲人,家庭和睦愉快,父母安康,这本身也是对自我身心极大的滋养。孟子说"不足以当大事",可以视为一种反语式的激励,因为"不足以",所以更要日复一日,孜孜不倦,直至生命尽头。

深造自得,博学反约

孟子曰："君子深造之以道,欲其自得之也。自得之,则居之安；居之安,则资之深；资之深,则取之左右逢其原,故君子欲其自得之也。"

孟子曰："博学而详说之,将以反说约也。"

"深造"这个词,现在还在用,比如说某人去研究院深造,出国深造,等等,但都是用外部的学术环境来代替学术探索本身,其实是把这个词给简化了。深造,本义即深入探索,然而探索什么呢,这里却不曾明示,只用一个"之"字囊括,深造之,自得之,居之,资之,取之,博学而详说之,这是古典文法的灵活和严密。

一方面是极度开放的可能性,另一方面,是"以道"和"将以反说约也"的至简无二,这种矛盾,仿佛就是人置身于天地之间的隐喻,他具有无穷的可能性,他只能走在他命定的唯一道路上。

这个"之",是真理,是道路,却也是生命本身,这三者是一体的,可分别对应于"深造""以道"和"自得",这三件事原为一件事,并归于"自得",在中国思想里,这真理、道路和生命,不在他处,而是要在每个君子身上自我完成的事情。

然而单纯讲"自得",或许还会遭遇自我认知的盲区,一个人如何真的知道自己有所得了呢,所以还要反复加以检验,其中,"居之安"是切身体会,"资之深"是日积月累的客观效果,"取之左右逢其原",意谓近取诸身远取诸物都能得其本原,这整个从"深造"到"左右逢其原"的问学过程,是从万物到身心再回到万物,流转不息,其中,"自得"是其枢纽。

以善养人

> 孟子曰:"以善服人者,未有能服人者也;以善养人,然后能服天下。天下不心服而王者,未之有也。"

我们之前在"以德服人"节(《公孙丑上》)探讨过"服"字在这种句式中的用法,是"使……服从"的使动用法还是"服从"的动词用法,结论是应当依从赵岐的古训,作"服从"解。

此节的"以善服人",通行解释为"根据善来使人服从",且根据上下文意思,视"服人"为与"养人"对立的贬义。这在义理上,显然和之前《公孙丑上》中"以德服人"一段是矛盾的。

赵岐将"善"不作名词解,而是作"善于"来解,虽然避免了这个义理矛盾,但又似乎陷入句法的矛盾。"以德服人者"和"以善服人者"太相似,很难认为会是两种完全不同的句法。

不妨将此节的"以善服人者"视为和之前我们谈论过的"以德服人者"是一种句法,这里的"服"也同样作"服从"解,唯一作使动用法的,是"服天下"的"服",那么这整句话的解释就是:

"依据善来服从人,并不真的能够服从人;依据善来教养人,然后才能让天下人归服。天下人没有心悦诚服就能称王天下的,从来没有过。"

在孟子看来,"德"不同于"善",前者是有为君子抵达的一个高级阶段,后者是人性的一种自然状态。"善"是人皆有之的状态,不像"德"一样可以作为一个人服从另一个人的一个标准,但可以用"善"来教养人心。这是善的实质,在后面《告子上》还有讨论。

不祥之实

> 孟子曰:"言无实,不祥。不祥之实,蔽贤者当之。"

此节字面略费解,故朱熹认为可能有阙文。一种解释将"实不详"连读,即言语没有什么实质性的不祥,实质性不祥的是阻碍贤者任用;另一种常见解释,是把"言无实"与"不祥"断开,如杨伯峻《孟子译注》,"说话而无内容、无作用,是不好的;这种不好的结果,将由妨碍贤者进用的人来承当它",但杨伯峻把同一句话里的"实"字作两解,第一个"实"解释为"内容和作用",第二个"实"解释为"结果",似乎也是有点勉强。

胡毓寰《孟子本义》认为此节可能省略了一个与"实"相对的"名",即"言无实者,受不祥之名;蔽贤者,受不祥之实",说话虚浮没有实质内容,这将蒙受名义上的不好,譬如被称为小人;阻碍贤者的任用,则要承受实质上的不好,譬如遭遇具体的祸患。

个人觉得这种解释更合理。

水之德

> 徐子曰:"仲尼亟称于水,曰:'水哉,水哉!'何取于水也?"孟子曰:"原泉混混,不舍昼夜,盈科而后进,放乎四海,有本者如是,是之取尔。苟为无本,七八月之间雨集,沟浍皆盈;其涸也,可立而待也。故声闻过情,君子耻之。"

水在西方是四大元素(土、气、水、火)之一,在中国也名列五行(金、木、水、火、土),中西哲人一直将水视为人生的镜像。当代法国哲学家加斯东·巴什拉有《水与梦》一书,对西方思想中的水德多有梳理,侧重纯洁和净化;在中国,对水至为推崇的是道家,所谓"上善若水",侧重其"善利万物而不争""以柔弱胜刚强"的一面;孔子对于水,曾有"逝者如斯夫,不舍昼夜"的感叹,孟子此处是对孔子的发挥,他列举出水的四点美德,可以见出儒家独特的选择。

"原泉混混",有来源的水滚滚奔流,这是重本源;"不舍昼夜",这是激励人一生向上,精进不已,自强不息;"盈科而后进",科是坑坎的意思,从源泉涌出的涓滴细流，日夜不休，流到任何一个沟坎坑洼处，一定会将之注满，直至溢出，才能继续向前奔流。君子见此，悟人生之无从逃避，也无从取巧，从而保持沉静之心态，有不足便补之，有余力方进之。"放乎四海"，流水最终是要抵达四面的海洋，这是在最初源泉时就感受到的目标，也是孟子所说的"先立乎其大者，则其小者不能夺也"（《告子上》）。

与有本之流水相对应的，是无本之雨水。那些猛然积聚又迅速干涸的雨水，正如人世间流行一时的名声，来得快去得快。声闻，即名声、名誉，是一个人在外界引发的反响，和被别人所听闻的程度。情，就是实。在古典汉语中，情、事、实三个字意思相通，比如我们今天依旧会说，事情、事实或情实。在中国思想里，情不单单是感情，也是事实，或者进一步说，感情不是空洞的，它本也是一种事实。声闻过情，也就是名不副实，即前面提到的"不虞之誉"。一般普通人，只追求名，他们的满足感只寄托在他人的反应上，只有君子会为名不副实而感到羞耻，因为君子要的是实实在在的美好，而并非在别人眼中的虚名和浮名。

去存之间

> 孟子曰："人之所以异于禽兽者几希，庶民去之，君子存之。舜明于庶物，察于人伦，由仁义行，非行仁义也。"

康有为《孟子微》和姚永概《孟子讲义》均将此节和以下三节合并，视为一篇文章，颇有洞见。如此一来，从人与禽兽区别说起，历数舜、禹、商汤、文王、周公，一路而下至孔子，由王者而至哲人，最后归结到自身，既有对整个中华文明进程谱系的判断，也有对自身来源的交代，可以说是一气贯注，宽广而诚挚。

但从解读的层面来讲，因为每一节涉及的问题都比较细密，可能还是分开来讲比较好。

"几希"，一点点，几乎等于没有。然而，"几者动之微"，中国思想恰恰特别重视这个"几乎等于没有"的地方，它既是源头之水，要慢慢涵养集聚，也是毛姆援引《奥义书》里所谓的"很难越过的刀锋"，是对人的考验。

"庶民去之，君子存之"，儒家强调人与人之间存在高低之分，但这种等级判断，最初主要是精神层面的，而且直接取决于自身的选择。人和人的差别，就决定在这去存之间，而这个去存又不是一次性的，而是点点滴滴，朝朝暮暮。去之，即抹杀这个"几希"的差别，听任感官欲望的统治，像动物一样的生活；存之，感受到自己在动物性生存之外某种微小而强韧的精神性需求,并把这个感受保存下来,努力辨认作为一个人在此世的意义。

"明于庶物",万物中皆有秩序和道理,譬如山水有德,四季有情,虎狼狮豹似有舐犊之仁,蜜蜂蚂蚁亦近君臣之义,但这些德、情、仁、义,都是从人的角度看出来的。因为人的存在,万物才从混沌中挣脱,变得明亮而有意义。"察于人伦",是在父子兄弟这样的人类自然秩序中察觉人天性里的仁和义。

"由仁义行",此时并不知道仁义为何物,只是按照天性里仁义的方式在做事,类似之前所说的"以善养人";"行仁义",则是先树立一个仁义的概念来指导行为,类似之前所说的"以善服人"。

三王四事

> 孟子曰:"禹恶旨酒而好善言。汤执中,立贤无方。文王视民如伤,望道而未之见。武王不泄迩,不忘远。周公思兼三王,以施四事;其有不合者,仰而思之,夜以继日;幸而得之,坐以待旦。"

三王,夏商周三代立国之王,夏禹,商汤,周文王周武王;四事,即此节所言禹、汤、文、武之事。

夏禹治国,民智初开,故筚路蓝缕,以勤苦为本,拒绝美酒声色,而喜爱有价值的谏言。可参考《论语·泰伯》:"孔子曰:'禹,予无间然矣。菲饮食而致孝乎鬼神,恶衣服而致美乎黻冕,卑宫室而尽力乎沟洫。'"

商汤治国,已处在一个大变动时代。执中,秉持中和之道;无方,即无常。不固定某一方式,也不被某一范围所束缚。执中是内在的看不出来的原则,无方是外在表象,合在一起,是在不断变化中仍有不变者存。

文王处于商纣末年,民不聊生,故"视民如伤",对待百姓就像对待有疾病的人,此时一切以不惊扰百姓和安抚为主。"望道而未之见",此句旧解有二,但都用了变换法,或将"见"解释为"至"(赵岐),或将"而"解释为"如"(朱熹),都表示文王谦虚不自满之意,但其实就字面直解,已经是很好的意思。望是遥相远望,见是执手相见,望道而未之见,是在明确自己这一生的目标之后,依旧始终清醒地知道自己尚未曾抵达终点,如此才能激励人一生求索。如此,也才可以体会孔子所谓"朝闻道,夕死可矣"的境界。今人有陈望道,亦由此处得名。

"不泄迩,不忘远",不轻慢近处的人事,也不遗忘远处。这个近和远,既指具体空间里的廷臣与诸侯,也暗指时间。

与之前的舜、禹、汤、文、武相比,周公不是王,但孟子给予的篇幅,却与之前"三王四事"相等,可见周公是一个关键转圜处,他也是孔子最倾慕之人。周公之前,是在位之君王,各自凭借事功开宗立法;周公之后,再至孔子,开辟不在位的素王一路,以集大成和重新思考传统的思想方式为后世立法。"仰而思之,夜以继日;幸而得之,坐以待旦。"亦是一代代有志君子的写照。

王者之迹熄

> 孟子曰:"王者之迹熄而《诗》亡。《诗》亡,然后《春秋》作。晋之《乘》,楚之《梼杌》,鲁之《春秋》,一也。其事则齐桓、晋文,其文则史。孔子曰:'其义丘窃取之矣。'"

这一节很重要,它涉及《诗经》与《春秋》这两本书到底是什么样的书。我们今天似乎很自然地将《诗经》视为文学,将《春秋》视为历史,但仔细研读孟子这段话,我们会发现在古人眼里,似乎并不是这么回事。

王者之迹,是承接上一节"周公思兼三王"而来,也是实指。商、周时期,天子派遣官员去民间采诗,这些官员由于代表的是天子的旨意,其乘坐的马车在乡土大地上留下的车辙轨迹,自然就被视作王者之迹;王者之迹,又是抽象的虚指,它指的是圣王留存给这个世界的种种典章制度和礼仪风俗等等。"迹"这个字,有点类似"道",既具体,又抽象,但和"道"相比,"迹"显得更微弱一些,仿佛随时都会消失。

那么,为什么说"王者之迹熄而《诗》亡"呢?从实指的角度,也就是最肤浅的角度,就是说从东周平王末期开始,周天子对诸侯已不再有约束力,各种王家的典章制度都荡然无存,其中,天子从民间采诗这项非常重要的活动也停止了;但从抽象的角度,它暗指《诗经》与城邦统治之间存在一个相当重大的依存关系。

我们都知道《诗经》是由风、雅、颂三部分组成,那么,什么叫风?风是一种来自大地的气息,不同地方有不同地方的风,这是风的特殊性;而暖风习习,能化育万物,冷风一吹,却也能让人头脑清醒,这又是风的普遍性。《诗大序》讲:"上以风化下,下以风刺上,主文而谲谏,言之者无罪,闻之者足以戒,故曰风。"在上,人君通过诗来教化臣下;在下,人臣通过诗来讽谏君上。言之者无罪,因为诗讲究敦厚委婉,并不直接批评君王;闻之者足戒,是因为人君通过听取诗中的讽谏来反省自己的过错。因此,所谓风,其实是一种君臣之间沟通交流的方式,是为城邦统治服务的。

那么，风、雅、颂的区别在哪里呢？"是以一国之事，系一人之本，谓之风；言天下之事，行四方之风，谓之雅。雅者，正也，言王政之所由废兴也。政有小大，故有小雅焉，有大雅焉。颂者，美盛德之形容，以其成功，告于神明者也。"（《诗大序》）简而言之，风涉及的是一个诸侯国范围内的事情，所以有十五国风；雅涉及的是整个天下的事情，也就是王政之事；颂呢，则是涉及神人关系，也就是类似宗教祭祀之类的事情。综上，无论风雅颂，都不仅是现在意义上的文学，而是一种关乎城邦统治的诗教，具体方式简单而言，是通过委婉的讽谏来褒贬善恶是非，以达到政治教化的目的。

所谓"《诗》亡"，本质上，就是这种诗教消失了；所谓"《诗》亡，然后《春秋》作"，也就是说这种消失的诗教，又被孔子私下继承，用以作了一部《春秋》。这种对诗教的继承，正是《春秋》不同于晋、楚、鲁三国史书的地方，史书只是秉直记录当时的事情，没有褒贬，即只有"其事""其文"，但无"其义"，而孔子所作《春秋》是有义的，则通过褒贬是非来为后世君王定制立法，而这个"义"，正是从《诗》中所汲取的。

因此，也可以说，孔子通过作《春秋》，让已经消失的王者之迹，又重新显现了。

五世而斩

> 孟子曰："君子之泽五世而斩，小人之泽五世而斩。予未得为孔子徒也，予私淑诸人也。"

父子相继是一世，三十年亦是一世。世代变迁，万物流转，好东西不长久，一代不如一代，这不难理解，但孟子在目睹此种悲观场景之后却更向上一层，"小人之泽五世而斩"，坏东西也同样不会永久。

私淑，是通过阅读那些伟大作者的书来进行自我教育。而唯有见到君子、小人这两层流转同时存在于世间，一个人方有自我教育的动力：见"君子之泽五世而斩"，知自我教育之必要；见"小人之泽五世而斩"，知自我教育之可能。

两可之间

> 孟子曰："可以取，可以无取，取，伤廉；可以与，可以无与，与，伤惠；可以死，可以无死，死，伤勇。"

《离娄下》一章,诸多名实之辨,如为政、君臣、仁义等,孟子必细究这些名词背后的实质,务求名副其实。而名实之辨的困难,往往不在那些显而易见的挂羊头卖狗肉或指鹿为马,而是在那些两可之间。

"廉",是"有分辨,不苟取也"(参见"仲子恶能廉"节)。既然如此,在可以取又可以不取的时候,如果一个人取了,就损害了廉洁之名,这个好理解。不好理解的,可能是关于"惠"的部分。在既可以给予别人帮助也可以不给予别人帮助的时候,我们一般会觉得应该选择给予帮助,这是忠厚的表现,但既然"可以无与",一定有其理由,譬如此人并不值得帮助,或只是某种人情绑架,倘若不细细分辨,有求必应,那就是所谓"老好人"或"好好先生",就会损伤"惠"这个词在人们心中的分量。

关于"勇",可参见之前"知言,养气,不动心"一节对"血气之勇"和"道德之勇"的区分。战国时刻,豪侠之徒轻掷生死,圣人君子忍辱负重,前者为小勇,后者为大勇,若一味以死为勇,则是舍大勇而逐小勇,求一时之虚名,"勇"这个名词本来蕴含的激人奋进的力量,也就被损伤了。

此节的三个"可以无",以及随后在两可之间的决断,亦相应于之前提到的"人有不为也,而后可以有为"。

逢蒙学射

逢蒙学射于羿,尽羿之道,思天下惟羿为愈己,于是杀羿。孟子曰:"是亦羿有罪焉。"

公明仪曰:"宜若无罪焉?"

曰:"薄乎云尔,恶得无罪?郑人使子濯孺子侵卫,卫使庾公之斯追之。子濯孺子曰:'今日我疾作,不可以执弓,吾死矣夫!'问其仆曰:'追我者谁也?'其仆曰:'庾公之斯也。'曰:'吾生矣。'其仆曰:'庾公之斯,卫之善射者也,夫子曰"吾生",何谓也?'曰:'庾公之斯学射于尹公之他,尹公之他学射于我。夫尹公之他,端人也,其取友必端矣。'庾公之斯至,曰:'夫子何为不执弓?'曰:'今日我疾作,不可以执弓。'曰:'小人学射于尹公之他,尹公之他学射于夫子。我不忍以夫子之道反害夫子。虽然,今日之事,君事也,我不敢废。'抽矢扣轮,去其金,发乘矢而后反。"

《告子上》:"羿之教人射,必志于彀。"王夫之据此判断"逢蒙学射于羿"一节里的羿并非旧解所言夏朝有穷氏之后羿,而是唐虞之世的大羿,即传说中嫦娥的丈夫。鲁迅小说《奔月》里,也曾记述大羿和弟子逢蒙之事,可作旁证。当然,在鲁迅的故事中,大羿并没有被逢蒙射死,他留了一手"啮镞法",躲过一劫。

学射不光是学射箭技术,也是学射箭之道。射箭之道,讲求"正己而后发。发而不中,不怨胜己者,反求诸己而已矣"(《公孙丑上》),所以孟子讲,"仁者如射",从射箭这门技艺中可以体会何谓仁,从身正、手正到心正。"逢蒙学射于羿,尽羿之道",却杀羿,可见"羿之道"中本就没有"仁"的位置,孟子以此判断羿亦有罪。

美德可教吗? 这是西方古典政治哲学的一个基本问题。而在儒家思想中,这个教育问题被首先严厉地转化为教育者本身是否具备美德的问题。"夫尹公之他,端人也,其取友必端矣。"这句判断也是反过来指向羿的,正因为羿本身不够端正,他对于弟子的选择也就自然难以端正。

西子与恶人

孟子曰:"西子蒙不洁,则人皆掩鼻而过之;虽有恶人,齐戒沐浴,则可以祀上帝。"

西子,即西施;恶人,是指相貌丑陋之人,对应于西子。

此节依然是在区分名与实,表与里。名词和表相或许一时不变,但内涵与实质却时时在发生变动,堕落与自新,全在此时此刻的动心起念之间。

行其所无事

孟子曰:"天下之言性也,则故而已矣。故者以利为本。所恶于智者,为其凿也。如智者若禹之行水也,则无恶于智矣。禹之行水也,行其所无事也。如智者亦行其所无事,则智亦大矣。天之高也,星辰之远也,苟求其故,千岁之日至,可坐而致也。"

故者,本也,大家所说的人性,是人本来就具有的一部分;利者,顺也,既然是人本来就具有的,那么基本的做法就是自然而然,因势利导。这是孟子对于人性的基本态度。可与此节对照的,是《荀子·性恶篇》里的一段话,"凡礼义者,是生于圣人之伪,非故生于人之性也"。孟子说"天下之言性也,则故而已矣",这和荀子所说"故生于人之性也",是一致的,他们都认为人性中有一些天生之物,只不过,荀子看到这天生之物中不好的一面,故强调外在教化,而孟子看到这天生之物中好的一面,强调因势利导,涵养体味。

"所恶于智者,为其凿也。如智者若禹之行水也,则无恶于智矣。"智慧之本,在于理解和顺应人和事物本来的特性,就像大禹治水一样,根据水的自然之势来引导它,而不是像拿钢钎凿石一样硬来,强逞一己之私智。可参考《告子上》所说的"人性之善也,如水之就下也;人无有不善,水无有不下"。

"千岁之日至",一千年以后的夏至和冬至的日子。天文犹如人性,亦有其本,有智慧的人只要懂得星辰运转的本性,坐在家里就可以推算出千年之后夏至冬至的时间。

"行其所无事",并不是说真的什么都不做,这有一点点像《庄子·养生主》里说的"游刃有余",其从容不迫的前提,是对万物和人心的提前洞察。

不与右师言

> 公行子有子之丧,右师往吊,入门,有进而与右师言者,有就右师之位而与右师言者。孟子不与右师言。右师不悦曰:"诸君子皆与驩言,孟子独不与驩言,是简驩也。"
>
> 孟子闻之,曰:"礼,朝廷不历位而相与言,不逾阶而相揖也。我欲行礼,子敖以我为简,不亦异乎?"

这段文字,可以当一篇短剧看。

王驩,字子敖,是齐国贵臣,位居右师。右师,是春秋战国时的官职名,在齐国当时可能近似于后来的宰相,权倾一时。因此,当他来赴公行子的儿子丧礼之时,一进门,先到的朝廷官员们就纷纷向他示好,有的迎上去跟他说话,有的跑过来跟他说话。唯独孟子不上前搭话。王驩就很不开心,和人抱怨说孟子怠慢他。孟子听说之后,就对人说了一番古礼,意思是说他和王驩之间官职差了好几个等级,不能逾越身份去搭话,这种不搭话本身正是礼节所在。

孟子看不起王驩。之前当王驩只是盖地大夫随孟子一起出使滕国的时候,他就不与王驩多话(参见"予何言哉"节);后来又对跟随王驩从鲁国来到齐国的乐正子当头棒喝(参见"徒哺啜也"节);此处,当是两人正面发生的最严重冲突,有趣的是,这冲突表现出来的形式,只是沉默。两个人的言辞都是在事后对其他人说的,是一种事件发生之后的余响,但恰恰是这样的余响为整个事件赋形。

孟子"不与右师言",这在一片阿谀奉承的氛围中自然显得醒目,但孟子并非莽撞蛮勇之辈,他自有分寸,"朝廷不历位而相与言,不逾阶而相揖也",此二句和之前的"有进而与右师言者,有就右师之位而与右师言者"相对应,更显孟子之庄重,群臣之不堪。

"孟子独不与驩言,是简驩也。"我们之前只知道孟子没有和王驩说话,借王驩之口,我们才知道这样做的唯独只有孟子,这里面有叙事者的深心。孟子并非后世那种用特立独行来自我标榜之徒,他只是做一个有操守的官员在这个葬礼场合该做的事,他是来吊丧,并不是来社交的。但对王驩这样的大官来讲,任何场合都只是显示自己的场合,所以他就能一下子敏感到孟子的"独",当然,反过来说,孟子也做好了被王驩察觉的准备。

"我欲行礼,子敖以我为简,不亦异乎?"这是对王驩的嘲弄,也是对整个礼崩乐坏的时代的嘲弄。但这嘲弄是引而不发的。

修身心法

> 孟子曰:"君子所以异于人者,以其存心也。君子以仁存心,以礼存心。仁者爱人,有礼者敬人。爱人者人恒爱之,敬人者人恒敬之。有人于此,其待我以横逆,则君子必自反也:我必不仁也,必无礼也,此物奚宜至哉?其自反而仁矣,自反而有礼矣,其横逆由是也,君子必自反也:我必不忠。自反而忠矣,其横逆由是也,君子曰:'此亦妄人也已矣。如此则与禽兽奚择哉?于禽兽又何难焉?'是故,君子有终身之忧,无一朝之患也。乃若所忧则有之:舜人也,我亦人也。舜为法于天下,可传于后世,我由未免为乡人也,是则可忧也。忧之如何?如舜而已矣。若夫君子所患则亡矣。非仁无为也,非礼无行也。如有一朝之患,则君子不患矣。"

孟子论理,极显豁。此节言一个人如何才能成为一个健全的人和杰出的人,层层道来,千载之后仍如在目前。一代代中国人,依旧在被这样的教导所滋养。

存心,就是有一个东西时时刻刻存放在心上。人和人之间的品性差异,就在于这个时刻存放在心上之物的不同。君子时刻存放在心上之物,是仁和礼。仁者,二人也,是感受到世间同类的存在,以及对一切弱小事物的同情;礼者,履也,是行走在世间,感受到有超乎自己之上之物,抑或与己不同之物,对这些东西保持一种敬重。以仁存心,在此世就不会孤独;以礼存心,可知晓万物在相似相通之后依旧有差别。

"爱人者人恒爱之,敬人者人恒敬之。"这是孟子给出的人世定律,但这个定律可能立刻就会被有生活经验的人反驳,以下,从"有人于此"到"于禽兽又何难焉",是对此种反驳的回答。遇到有人无端对自己不好的时候,"君子必自反",时刻首先反省自己有无问题,这也是孟子再三提及的生活态度。即便对于那些孟子觉得有问题的人,譬如上一节说到的王骧,孟子仍旧是"以礼存心",并没有过于轻慢。但孟子同时也强调,这个反省是有限度的。在认真反省过自身的缺失之后,倘若依旧遭遇恶意,就无须再理会,可以认定对方不过是一个和禽兽一般的妄人。"于禽兽又何难焉",人不会和一个禽兽计较,也就无须因此再责备自己。

孔子讲,"不患人之不己知,患不知人也",君子反复自省,就是担心错怪和没有理解别人,担心自己没有遵循仁和礼的待人准则,担心自己没有能力区分君子和妄人。如果这些都做好了,那么就不用患得患失。"君子疾没世而名不称焉",这同样还是孔子的话,君子对于自我的担心,最终是落实在怎样做才能不荒废这一生。

"君子有终身之忧,无一朝之患也。"这句话是在孟子之前就有的古语,但孟子赋予其前所未有的积极意味。君子以仁存心,以礼存心,如此可以成为一个美好健全的人,但倘若还想再进一步,成为一个杰出的人,那还要去患存忧。仁和礼是因人而发,忧与患是对己而言。

"忧之如何?如舜而已矣。"在严厉地省察过自己的生活之后,他把目光投向那些在他之前就已存在也将继续存在下去的最为杰出的心灵。

易地则皆然

> 禹、稷当平世,三过其门而不入,孔子贤之。颜子当乱世,居于陋巷,一箪食,一瓢饮,人不堪其忧,颜子不改其乐,孔子贤之。孟子曰:"禹、稷、颜回同道。禹思天下有溺者,由己溺之也;稷思天下有饥者,由己饥之也,是以如是其急也。禹、稷、颜子易地则皆然。今有同室之人斗者,救之,虽被发缨冠而救之,可也。乡邻有斗者,被发缨冠而往救之,则惑也,虽闭户可也。"

上节讲一个人对自己内心的省察辨识,仁与礼否,忠否,所患何物,所忧何物,以及在自我省察辨识之后对他人的辨识,是君子、普通人还是妄人。此节,进而讲到对自己所处时空和位置的辨识。

夏禹、后稷,相传都是尧舜时期的贤臣,禹为司空,负责治理水土,稷为司农,负责耕种稼穑。他们处在儒家传说中的太平世,政通人和,又身居要职,自然要竭尽全力。"由己溺之","由己饥之",这里的"由"一直有两种解释,一种就是字面意思,即"由于":我既然负责水土,或负责农耕,那么天下有被洪水淹没的人,有身受饥饿的人,我会认为这是由于我的责任没有做到才让他们如此;另一种解释是"由"通"犹":好像是我自己使他们淹没,使他们挨饿。通行的似乎是第二种,但第一种意思更好,百姓的困苦和高级官员的责任之间,不是一种"好像有"的关系,而就是真实存在的联系。

颜回,是孔子非常器重喜爱的学生,他所在的时代是春秋时期,诸侯混战的乱世。《论语·雍也》:"子曰:'贤哉,回也!一箪食,一瓢饮,在陋巷。人不堪其忧,回也不改其乐。贤哉,回也!'"孟子在这里几乎是原文复述,只是加了一个"乱世"的注脚,但这个注脚至为重要。

颜回在乱世竟然"不改其乐",禹、稷在盛世依旧"如是其急",这种反差和对照的拈出,看似随意实则精密,是孟子文章的优长。禹、稷急在何处,孟子明白讲出,但颜回乐在何处,孔子没有具体讲,孟子也不讲,他只讲他们三个是同道。"禹、稷、颜子易地则皆然",假如禹、稷在颜回所处的春秋乱世,他们也不会获得什么功名,只是闭户读书,安贫乐道;假如颜回在尧舜的太平盛世,他也定会得到重用,且鞠躬尽瘁。他们是同样的人,但处在不同的时空里,看似遭遇完全不同的命运,但他们同样清醒,同样自觉,知晓自己的命运,并承担自己的责任。所以君子孜孜一生,只是"尽人事,知天命"。

同室和乡邻的区分,并不是教人"两耳不闻窗外事",而只是一个比喻,教人辨识自己所处位置,只做自己这个位置当做的事,"不在其位,不谋其政"。既然世间已经非常混乱,那么君子就不要增加这种混乱,也不要企图从混乱中牟利,同时也不抱怨混乱,而只应该从自己做起,从身边做起,一点一滴通过自己的行为影响身边的"同室之人"。

匡章的心事

公都子曰:"匡章,通国皆称不孝焉。夫子与之游,又从而礼貌之,敢问何也?"

孟子曰:"世俗所谓不孝者五:惰其四支,不顾父母之养,一不孝也;博弈好饮酒,不顾父母之养,二不孝也;好货财,私妻子,不顾父母之养,三不孝也;从耳目之欲,以为父母戮,四不孝也;好勇斗狠,以危父母,五不孝也。章子有一于是乎?夫章子,子父责善而不相遇也。责善,朋友之道也;父子责善,贼恩之大者。夫章子,岂不欲有夫妻子母之属哉?为得罪于父,不得近。出妻屏子,终身不养焉。其设心以为不若是,是则罪之大者,是则章子已矣。"

"通国皆称不孝",这是"不孝之名";"世俗所谓不孝者五……章子有一于是乎",唯有孟子知匡章无"不孝之实"。名者,容易人云亦云;实者,却需要回到具体中来,观其言,察其行。君子与人交往,是看对方实际上是怎样一个人,如果对方真的很好,就不避流言,"虽千万人,吾往矣"。

之前"古者易子而教"节讲过父子不责善,责善会伤感情,是针对父母教育子女而言,此节措辞稍变为"子父责善",是暗指匡章作为儿子在对父亲进行指责。但假如我们知道,匡章是因为母亲被父亲在一怒之下杀死,并且还埋在马厩里,这才奋而指责,导致父子反目,大概就不会觉得匡章责父有什么不妥。孟子此处没有明言匡章责父内情,他略去前因,只谈之后匡章的所作所为:匡章把妻子送回娘家,又把儿子赶得远远的,不要子女赡养他,孤独一身,以此来弥补自己无法赡养父亲的内疚和罪过。匡章的父亲虽有错在先,但君子始终在省察自己所作所为是否得当,他人的过错并不能抵消自己的过错。匡章是带兵打仗的将军,忠孝耿介之人,他既不愿意原谅父亲杀母,同时认为父子反目也有自己的过错,"出妻屏子"虽是下策,在匡章的性格来讲却只能如此。孟子可谓深知匡章者。

曾子、子思同道

曾子居武城,有越寇。或曰:"寇至,盍去诸?"曰:"无寓人于我室,毁伤其薪木。"寇退,则曰:"修我墙屋,我将反。"寇退,曾子反。左右曰:"待先生如此其忠且敬也。寇至则先去以为民望,寇退则反,殆于不可。"沈犹行曰:"是非汝所知也。昔沈犹有负刍之祸,从先生者七十人,未有与焉。"子思居于卫,有齐寇。或曰:"寇至,盍去诸?"子思曰:"如伋去,君谁与守?"

孟子曰:"曾子、子思同道。曾子,师也,父兄也;子思,臣也,微也。曾子、子思易地则皆然。"

《离娄下》反复于名实之间的对应。世间每一样语词符号,都来自具体事物和行为,又指向具体事物和行为,并受到具体事物和行为的限定,这里面的一一对应关系,使得人和人之间得以通过语词符号进行正常交流和相互规范。一旦语词符号脱离实质内容,可以任由说话者来解释,那就变成一种权力话语,语言也就变得腐败;或者看上去相似的不同行为,被在语词层面混为一谈,也会让人无所适从,而整个社会的腐败和不公正也就随之而来。所以孔子讲,"必也正名乎"。

"曾子,师也,父兄也;子思,臣也,微也。"为人师长,和为人臣子,其名不同,其遵循的行事规范也不同。古人最重师道。师者,旨在传道授业解惑,是超越政治秩序规训的,所以《学记》里讲,"当其为师则弗臣",做国君老师的人,国君不能把他当臣子对待。"夫人必自侮,然后人侮之"(《离娄上》),同理,人必自重,然后人重之。做老师的,如果要别人尊重你,首先你要尊重老师这个身份。曾子遇到越寇和负刍之祸,都赶紧避开,这就是认清和尊重自己身为师长的职责。但子思(伋是他的名)遇寇不走,是因为他当时是卫国臣子,肩负守卫之责。他们的行为虽然相反,但秉持名实相应的道理,却是一致的。

沈犹行,是曾子弟子,沈犹是复姓。他出面替曾子辩护,但他的辩护方式不是像孟子这样论理,而是讲先例。他说你们不要觉得曾子这样不对,以前曾子在我们家的时候,也是这样遇到祸乱就带弟子一起走的。这其实是很多人习焉不察的思维方式,他们只是根据先例知道应该如何做,但不知道为什么应该这样做。

"易地则皆然",之前已经出现过,但在禹、稷和颜回之间,是侧重对自我时空的辨识,在此节,则侧重对自我身份的辨识。

尧舜与人同

> 储子曰:"王使人瞯夫子,果有以异于人乎?"孟子曰:"何以异于人哉?尧舜与人同耳。"

瞯,窥探,即找人暗中调查孟子。赵岐认为"瞯"是指相面,即找相面的人来相一下孟子的形状。

"人之所以异于禽兽者几希",圣人之所以异于常人者亦是在几微之间,这一点极其微妙的差别,不管是暗探还是相术师,都是没有能力看出来的。

"尧舜与人同耳",但单就圣人和常人相同的一面来讲,是对人的激励,也是一种自我保护。

齐人有一妻一妾

　　齐人有一妻一妾而处室者,其良人出,则必餍酒肉而后反。其妻问所与饮食者,则尽富贵也。其妻告其妾曰:"良人出,则必餍酒肉而后反;问其与饮食者,尽富贵也,而未尝有显者来,吾将瞷良人之所也。"

　　蚤起,施从良人之所之,遍国中无与立谈者。卒之东郭墦间,之祭者,乞其余;不足,又顾而之他,此其为餍足之道也。其妻归,告其妾,曰:"良人者,所仰望而终身也,今若此。"与其妾讪其良人,而相泣于中庭,而良人未之知也,施施从外来,骄其妻妾。

　　由君子观之,则人之所以求富贵利达者,其妻妾不羞也而不相泣者,几希矣。

　　先秦诸子的著作,不仅富含哲理,而且大多也深谙写作艺术的精髓,落墨不多,却层次丰富,详略得当,蕴藉不尽。这个特点,在《孟子》一书中表现得尤为明显。后世诸如唐宋八大家和清代桐城派,都曾反复浸淫其中,探寻和体会文章写法的高妙之境。本节就是一个在文章写法上很著名的例子。

　　与惯常的"子曰"之类的对话体不同,我们可以将此节视作孟子自己写的一个小故事,它的结构有点像伊索寓言,以第三人称叙事为主,在虚构了一个拥有人物和情节的完整故事之后,忽然插入画外音,为这个故事总结出一两句抽象的道理。但在具体叙事技巧上,又比伊索寓言更为精妙。

　　整个故事,有点像一部微型侦探小说,有嫌疑犯(丈夫),有侦探(妻),还有一个不说话的配角(妾),不要小看这个不说话的妾,她的作用,有点像华生之于福尔摩斯,对破案没多少帮助,却起到一个烘托叙事的重要作用。我们可以想象一下,假使这个故事中没有妾,只有良人和妻,两次妻妾之间的对话都改成"妻心想或自言自语如何如何",最后也是妻一个人在庭院里哭泣,我们设想一下这样的场景,就会发现,整个故事忽然就变得单薄和无趣很多。

　　再看"妻跟踪丈夫"这段叙事,对于丈夫的行踪,连用了四个"之"加以铺陈:"之国中"是全景扫描,"之东郭墦间"是聚焦,"之祭者,乞其余",则是更微观也是揭开整个故事谜底的瞬间定格,随后的"之他",又一笔荡开,整个过程宛若电影镜头,慢慢地由远至近,再至远,可以说是如在目前,又含蕴无限。

最妙的,是最后良人的出场,他依旧蒙在鼓里,装出一番骄横的神气,看穿他真面目的妻妾置身悲剧之中,唯有哭泣,但同样看穿他的我们,却如同观看一出喜剧,不由地发出笑声。

你看,寓言、小说、电影、戏剧,于这短短的几百字里,竟然都能容纳得下。

《社会主义的世界主义：1945年到1965年的中国文学宇宙》(Socialist Cosmopolitanism: The Chinese Literary Universe, 1945—1965)，傅朗（Nicolai Volland），Columbia University Press，2017

书评与回应

社会主义世界主义的世界有多大？
——评傅朗 Socialist Cosmopolitanism

作为世界文学的中国文学
——评傅朗 Socialist Cosmopolitanism

世界主义视野下的社会主义中国文学：谁的世界，哪个主义？
——评傅朗 Socialist Cosmopolitanism

现代中国文学及其世界主义传统

社会主义世界主义的世界有多大?
——评傅朗 Socialist Cosmopolitanism

■ 文/黄 琨

中国社会主义文学的世界性

在"历史的终结"之后谈论社会主义,彼时面向未来、面向世界的革命理想成为部分地区——冷战中的共产主义阵营——的特殊历史阶段,似乎被"普世"的自由主义民主制所超越。这一过程中的吊诡之处在于,一个曾经触手可及、任何力量都无法阻挡其前进的未来图景,成为被人们不屑一顾、甚至早已遗忘的过去时;而曾经斗志高昂地迈向并试图统领全世界的革命步伐,如今被"世界"所排除在外。

而西方学界中人文学科与区域研究的分野也遵循相似的逻辑。人文学科关注"普世的"、从而是"人性的"的真理,区域研究则关注的是"特殊的""人类学式的"知识体系。超越特定国家、族群而上升到某种抽象人性层面的问题,往往被视为人文学科的真谛所在。因此,西方人文学科(humanities)的预设立场是普适的"世界主义",强调个体的自我启蒙与对另一个个体跨越时空的关怀。而区域研究(area studies)预设的是对象特殊性——对象是孤立的、静止的,被置于"世界"之外、历史进程已超越的瞬间;它尚未具有自我反思、自我超越的能力,无法论述自身,因而只能成为现代学科探索的原材料,被现代意义上的学者审视和论述。

这种背景下,中国的社会主义文学似乎处于双重特殊化的境地:中国不但是一个远东的他者,更是冷战时期西方的敌人,在后冷战时期也仍然对西方持续地产生意识形态和地缘政治的威胁。而美国与其他东亚的国家与地区更为密切的关系使得美国的东亚研究倾向于自由化民主化的论述。这使得社会主义中国既难以符合东方主义式的古典文明框架,也有悖于特定的现代化叙事。而中国的社会主义文学亦常被视作意识形态下的特殊产物,是钳制人心的政治宣传及道德说教,难以企及去政治、去历史化的世界主义、人文主义的高度。

如何重构社会主义中国文学的世界性,是傅朗(Nicolai Volland)在《社会主义的世界主义:1945年到1965年的中国文学宇宙》(*Socialist Cosmopolitanism: The Chinese Literary Universe, 1945-1965*)中尝试解决的问题。傅朗提议把中国社会主义文学作为世界文学来解读。当刚成立的中华人民共和国加入了苏联所领导的社会主义阵营时,中国文学也成为全球文化生产及消费网络的一部分。通过分析纵横交错的联结纽带及其交点——具体的文本、文学类型、文学翻译、作者、读者等,傅朗探究了中国本土文学生产与消费如何内置于跨国的文化流通体系中,从而展开阅读社会主义文学文本的新路径。基于这种被忽视的世界性,傅朗提议把中国社会主义文学视为"世界中的文学、关于世界的文学,和给世界的文学"。相异于上文提及的以孤立性、特殊化、过去时为特征看待社会主义中国的倾向,傅朗强调社会主义阵营所构成和想象的"世界"是完整而自主的。这个世界并不被西方世界包含——不管在全球地理还是历史进程的层面,而是与其同时存在、相互竞争。这个社会主义世界也不仅仅在政治、经济、意识形态等意义上成立,还支撑并形塑着一整个文学世界,而中国社会主义文学正是这个文学世界重要的参与和组成部分。

傅朗强调,要理解中国社会主义文学的世界性,要分清几种文学"世界化"(worlding)的方式,以及它们又是如何协同运作的。为此,傅朗引用但又超越了传统的"世界文学"理论框架,来重绘中国文学的世界版图。首先,在文本流动方面,大卫·达姆罗施(David Damrosch)的世界文学理论认为,"世界文学包括以原文或翻译在超出其原本文化及语言范畴流通的所有文学作品"。世界文学关注文本在全球范围的流动、传播,从而提供了在地理上去中心化、不以作家为论述核心、重视文本(包括正视翻译作品)的文学研究框架。

根据达姆罗施的理论,有几个重要的因素决定了文本如何在世界中流动:翻译者个人的阅读选择、全球文学空间中文化资本的不对称、跨国资本流动和智识劳动的商品化。但傅朗认为,这些因素都未能很好地解释20世纪中期社会主义文学流动的特征。社会主义文学跨国流动的一个"独特"因素,便是由国家政策和资源支持,并纳入外交范畴的文化交流网络。这些网络在中国方面由中苏友好协会、国务院的对外文化联络局、文化部、作协等组织构成节点,通过外交部和各种双边协定支撑。在20世纪50年代,从波兰、匈牙利、民主德国开始,中国逐渐与整个东欧和亚洲地区的社会主义国家签订了促进文化交流的双边协定,并以此为基础制定详尽的工作计划,包括将要派出的代表团及文化工作者的类型及人数等。

  傅朗认为,虽然文化的外交化使非官方交流的渠道减少、难度加大,并让文化活动与政治斗争、官僚程序挂钩,但不可否认的是它为文化工作者和文本流通提供了极大的方便和雄厚的资源。比如诗人冯至在20世纪30年代便在德国学习文学、哲学与艺术史,并在1935年于海德堡大学以有关浪漫主义诗人诺瓦利斯(Novalis)的论文获得博士学位。但在当时,德国的文化圈并未向冯至等中国年轻学者和作家打开大门。直到十多年以后,社会主义国家之间文化交流的官方网络初具雏形,这些在民国时期的"世界公民"式的文人才真正获得机会,走进社会主义国际文学世界的聚光灯之下。

  文学翻译亦因此得到蓬勃发展。据傅朗估计,中华人民共和国成立之后的第一个五年内就大约有两千种苏联文学译作面世。时代出版社在这一过程中发挥了重要作用。时代出版社由苏联电讯社上海分部出资,于1941年在上海创办,于50年代国有化,旗下拥有《时代》期刊及《苏联文艺》月刊,并雇用了姜椿芳、陈冰夷、叶水夫、草婴等当时中国最好的俄语翻译家。因其强大的外交背景,时代出版社有能力紧跟苏联的文艺动态,向中国读者译介最新最重要的作家作品。除了苏联,还有来自捷克斯洛伐克、波兰、匈牙利、民主德国、罗马尼亚、保加利亚、朝鲜,甚至阿尔巴尼亚和蒙古的文学书目涌入国内的书店。而《译文》期刊可以说是50年代最重要的文学翻译平台。它不仅译介世界各国经典的及最新的作家作品,还通过脚注等方式阐明相关背景知识,并翻译主要来自苏联的文学理论及批评——这些文学理论及批评往往对国内作家和批评界产生重要影响。除了中国对外国小说的翻译,斯大林奖这类文学奖项也把中国作家的作品介绍给社会主义世界更广泛的读者。

  文学流通的理论框架难以解释一个文本如何与其他文本、与更大的文学世界产生联系。因此,傅朗引入了伊泽尔(Wolfgang Iser)的接受美学,巴赫金和克里斯蒂娃(Kristeva)的"互文性",及普拉特(Mary Louise Pratt)和索恩伯(Karen Thornber)的"跨文化"概念,来强调文学世界是在创作和阅读的过程中,通过文本之间或明或暗的相互指涉、关联、归类才被实现的。在此过程中,每个文本都是文学世界中通向其他文本和整个文学宇宙的一个节点。

  在第二至第五章中,傅朗分别通过土改小说、工业题材小说、科幻小说及儿童文学,讨论了社会主义世界中文学类型的相互影响及借用——前两者为社会主义现实主义的经典类型,后两者为常被置于经典之外的流行体裁。第二章中,傅朗分析了周立波的《暴风骤雨》、苏联作家肖洛霍夫《被开垦的处女地》,与朝鲜作家李箕永的《土地》之间主题、情节、意象、文学手法的相似和共用。这种相似性并不是表面或者偶然的——周立波正是《被开垦的处女地》的译者,李箕永也在其作品中对《被开垦的处女地》进行模仿致敬。社会主义农村的土地改革因此可以被看作一个社会主义世界共通的、由不同作家和版本互动构成的时空体(chronotope)。

工业题材小说可以看作另一种在社会主义世界中流通的体裁,尽管其获得的关注不及农村题材小说。第三章着重分析草明的《绝地》《原动力》和《火车头》,及其与苏联作家革拉特科夫的经典著作《水泥》的相互映照。草明的几部作品以工人阶级为主角,讲述了工厂中的生活和斗争,并通过引入科技名词、描绘机器运转的知觉感受,发展出独特的工业美学。尽管《原动力》最终并未获得斯大林奖,但它被翻译为俄语、保加利亚语、匈牙利语、波兰语、捷克语、罗马尼亚语、德语、朝鲜语等,成为社会主义中国流通最广的文学作品之一。

第四章探究苏联科幻作品在中国的传播,以及中国本土的科幻小说创作。通过科幻小说这种通俗体裁,可以看到社会主义未来图景与大众娱乐的结合,以及社会主义现实主义之外的跨国文学实践。潮锋出版社在50年代开始翻译苏联科幻小说,如别利亚耶夫向宇航先驱齐奥尔科夫斯基致敬的《"康爱齐"星》和奥霍特尼柯夫的《探索新世界》等。中国本土方面,受过系统天文学训练并懂得俄语的郑文光,不仅创作了大量科幻作品,还翻译了不少苏联科学文献,并把这些来自苏联的科学知识融入科幻文学和科普作品的创作中去。

社会主义科幻文学对青少年读者以及社会主义未来的重视,同样体现于跨国传播的儿童文学。与其他几种以创作主题所命名的文学类型不同,儿童文学以目标读者为导向,以培养社会主义接班人为目的。第五章主要关注苏联文学中的"儿童理想型"及其在中国被翻译、删节、改编、挪用的跨国传播过程。苏联导演卢柯夫的电影《普通一兵》、卡捷耶夫的小说及其同名电影《团的儿子》和科斯莫杰米扬斯卡娅的《卓娅和舒拉的故事》均为中国观众及读者熟知,并通过跨文化的改造形塑了符合中国社会主义要求的儿童形象。

在文本流通及文学宇宙中的相互联系这两种文学世界性之外,傅朗提出第三种看待文学世界的途径,即文本内部的世界及其对真实世界的结构、等级和意义的重组。虽然傅朗主要在第六章中通过分析《译文》所构建的全球版图,来描绘社会主义文学所想象的世界,但这一层面的世界性在前面的章节中也有所体现,比如社会主义农村及工厂的普适体验、对技术进步及繁荣安定的社会主义未来的线性想象,以及把未来寄托于社会主义接班人对政治理想的内化和实现等。而《译文》所构建的世界框架则是超出社会主义世界本体之外的,它重新划分了区域的组合及其边界、边缘与中心的等级秩序。在这个新的世界秩序中,中心区为定义了社会主义文艺核心标准的苏联;第二区为东欧和亚洲的社会主义国家,提供了在民族国家层面实践社会主义文艺的蓝本;第三区为正在探索现代性或者进行反殖斗争的第三世界国家;第四区为欧美资本主义国家及自其内部进行批评的左倾进步作家。傅朗认为《译文》对全球文化空间的想象挑战了 1949 年前由欧洲文学传统统治的"世界文学"概念,并提出新的、反霸权的"世界文学"框架。在这种新的(重构的)世界图景中,横向的空间差异——资本主义的"西方"——被放置在历史的纵轴上,成为必定被超越的社会主义及全球历史的过去时。

这三种不同而又相辅相成的文学世界性,让社会主义的世界主义不同于启蒙时代人文主义式的世界主义。如果后者可以理解为个人主义与资本主义的合流,前者则肯定了作为行为主体的集体和作为文化生产参与单元的国家。而傅朗的社会主义世界主义则与以往拥抱"世界公民"理想的世界主义不同——国家不再被视为对个体的桎梏,而是文化生产者和文本加入跨国流动的支持者与代表者;它以挑战资本主义秩序为理想,以平等主义而非精英主义为原则,对原来被排除在"世界主义"之外的边缘地区和群体重新赋权,从而重划世界文学地图,实现对世界中心和边缘的重置。

在这种意义上,傅朗的社会主义世界主义与近二十年来美国学界重新诠释世界主义的理论热潮异曲同工。这些从不同领域——包括哲学、文学、历史、人类学——区域化(provincialize)和复数化(pluralize)世界主义的尝试,均以更为在地(localized)、特殊(particular)的跨国联系对以往的"世界主义"进一步地去中心化。新的世界主义必须考虑世界主义产生的历史、区域及对话对象的具体性。而"实际存在"(actually existing)——而非规范性的(normative)——的世界主义必然是复数的,它不必以抽象的"全人类"作为其关怀的立足点,其视野之下的"世界"也可以是以多种规模、不同身份标准所构建的。而作为其主体的世界主义者也从人文主义式的欧洲精英知识分子转移到更为"边缘"、弱势的群体,比如移民、难民、穷人等。这些新的世界主义与国家、民族及其他族群身份也有更为复杂的关系,强调世界主义与更小的社群身份并存的可能性,而非提倡纯粹原子化的个人与抽象的全球主义的结合。复数化的"世界主义"也推动了文学史和文化史方面新的探索。傅朗在书中也提到的,可以在一定程度上看作"社会主义世界主义"的先行者的,包括波洛克(Sheldon Pollock)的"梵文世界主义",里奇(Ronit Ricci)的"阿拉伯语世界主义",克拉克(Katerina Clark)关于苏联30年代的世界主义,以及列文森(Joseph Levenson)对民国戏剧中的"共产主义世界主义"的研究。因此,傅朗的著作不仅重新给中国50年代社会主义文学赋予了缺失的世界性,更通过社会主义文学世界的互动特征与对社会主义世界主义的理论化,补充并挑战了有关世界文学和世界主义已有的论述。

缺席的第三世界

傅朗认为,中国社会主义文学的世界主义仅在50年代短暂持续。中苏交恶之后,中国社会主义文学的世界主义被反苏和不断革命的激进化浪潮所吞没,原有的社会主义文学的运作机制也陷入困境。以《译文》在1959年改名为《世界文学》为标志,中国由此进入下一个阶段——把苏联作为美国之外的另一个霸权主义对手来对待,把自身塑造为第三世界革命的领导者。因此,傅朗仅仅在第六章用了不多的篇幅描述中国与"第三世界"以及"西方"的文学交流,以此给中国社会主义世界主义画上句号。吊诡之处在于,傅朗在第一章中强调,本书所关注的社会主义世界不能够化约为苏联,而应理解为一个庞大的跨国网络,国与国之间的双边关系比苏联对各国的影响更为重要。但以中苏交恶为中国社会主义世界主义的终结,似乎过于依赖苏联作为社会主义世界核心的格局。如果说中国社会主义世界主义是对世界格局的边缘和中心的重置,那么这种重置似乎是不够彻底的。

尽管书中第六章关于第三世界的部分提及万隆会议之后和由于亚非作家会议中国对第三世界文学的译介——比如在万隆会议举办的1955年,《译文》大量翻译了"第三世界"文学,包括越南的诗歌、印度的小说、印尼的诗歌、缅甸的民间传说等——傅朗主要强调第三世界文学的政治任务及其与苏联为首的社会主义国家文学之间的差异。为了突出这种差异,傅朗引用且比较了茅盾在《译文》1958年九月号和十月号(亚非作家文学专号)发表的前言,前者着重于亚非国家反帝反殖的斗争,后者则突出了亚洲社会主义的共通经验及其先进性。傅朗认为《译文》对亚非作家的重视,预示了《译文》逐渐采取去苏联化的策略,以及最终对社会主义世界主义的离弃。

对比傅朗对中国与第三世界文学关系的理解,王中忱在其关于亚非作家会议的研究中提出了不同的看法。王中忱认为当时中国受制于被美国为首的资本主义国家拒绝承认的狭仄国际空间中,在社会主义阵营也受到苏联大国沙文主义的挤压,亚非作家会议因此提供了跨越阵营的广阔空间。茅盾作为中国代表团团长在1956年亚洲作家会议上的发言,谈到中国文学和世界文学的关系时,没有像同时期在国内发表的文章那样强调苏联文学的地位和作用。对比相隔两天他在庆祝中德友好的文章中把苏联放在首位,王中忱认为:"在亚洲作家会议的语境中,中国作家不必拘泥于'阵营'立场……获得了以一个民族国家文学代表的身份与其他国家作家进行广泛对话的可能。"而早在1957年1月,《译文》已把稿约的第一条从强调"苏联、人民民主国家及其他国家古今文学作品译稿"改为"世界各国优秀的现代文学作品以及富有代表性的古典文学作品的译稿"。而在1957年底刊行的"苏联文学专号"也意味着《译文》把苏联文学当作一个国别文学来对待。①

有关中苏关系的历史研究也能说明,中国的"第三世界"转向不是与苏联交恶之后一蹴而就的举措,而是与其社会主义世界视野的探索并行的。虽然毛泽东在1974年才正式提出"三个世界"理论,并把中国纳入"第三世界",但早在二战之后的1946年他便提出了"中间地带"的概念,把美苏两巨头与两者之间由欧洲、非洲、亚洲所组成的"中间地带"区分开来,认为冷战的首要矛盾主要在于后者的反帝斗争。"中间地带"论在60年代发展为"两个中间地带"论——一为亚非拉地区争取或者已经获得独立的落后国家,二为西欧各国、澳大利亚、加拿大、日本等发达资本主义国家,这两个中间地带都与美苏霸权形成张力:前者后来成为"三个世界"中的"第三世界",后者则是"第二世界"。② "中间地带"论的发展表明中国在50年代的世界视野并不完全从属于苏联和东欧所确立的框架,反而与其后来跟"第三世界"的关系有很强的延续性和兼容性。

同时,五六十年代两大阵营与第三世界的疆界也并非那么固定而明确。各阵营内部其实充满张力,并处于不断扩张、渗透、反扩张反渗透的动态中。所谓的第三世界并不完全符合"不结盟运动"的理想。两大阵营之外的亚非拉诸国,在意识形态及外交、军事关系上,与两大阵营有千丝万缕的关系——不管是与美国签订防御条约,还是各地的共产党武装革命。而美苏内部以被殖民者或少数族裔身份、借用左翼理论抗争的声音和运动也不在少数。若把社会主义世界局限于苏联及东欧和亚洲的少数社会主义国家,未免忽视了在西方阵营和"第三世界"内部的社会主

---

① 王中忱:《亚非作家会议与中国作家的世界认识》,《中国现代文学研究》,2003年第2期。
② Chen Jian, "China's changing policies toward the Third World and the end of the global Cold War", Artemy M. Kalinovsky and Sergey Radchenko, ed., *The End of the Cold War and the Third World: New perspectives on regional conflict*, Routledge, 2011, p.104.

义实践——包括社会主义倾向的文化实践。可以说,看起来相对静止的三个世界模型,在中国包括文艺交流的对外关系实践中,实际上是相互嵌套、来回游移、充满张力的。

更重要的是,中国与"第三世界"——甚至(或者包括)第一世界中"受压迫的人民"——的交流或许比傅朗所描绘的要更为紧密充分。万隆会议之后,除了傅朗提及的《世界文学》(前身为《译文》)以外,国内的其他文艺报刊也相继呼应亚非作家会议的精神与决定,向中国读者介绍第三世界文学。各大出版社——如人民文学出版社、作家出版社等,亦大量翻译亚非文学作品,比如人民文学出版社于1959年出版的《亚非文学丛书》。① 据刘禾统计,在1959—1962年间,《世界文学》翻译出版了380种亚非作家的诗文,比如早于西方世界翻译了阿切贝(Chinua Achebe)的《瓦解》(*Things Fall Apart*)。② 而在这段时间翻译的作家作品,仅仅是非洲就包括南非、肯尼亚、阿尔及利亚、埃及、喀麦隆、塞内加尔、埃塞俄比亚、津巴布韦、尼日利亚、突尼斯、马里、安哥拉等国。其体裁亦涉及小说、诗歌、戏剧、民间故事、儿童文学等。中国的翻译家和作家也写了不少关于非洲文学的论文,包括水景宪的《介绍阿拉伯现代文学》、潘朗的《突尼斯民族文学的传统和新生》和《东非文艺的新生》、董衡巽的《非洲的反殖民主义文学》、方土人的《几内亚文学中的喜剧和悲剧》、丰一吟的《略谈非洲文学》等。③

除了文本的翻译和流动,中国当时亦维系着与第三世界的文化交流及互访。诗人田间不仅如傅朗提到一般在1954年访问了民主德国,还于1962年出访开罗,并写作了一系列关于非洲的诗歌,收录在诗集《非洲游记》中。《非洲游记》借鉴非洲诗人的诗句、民间故事、反殖斗争,并把中国和非洲的意象并置,谱写独特的亚非诗篇。田间在序中写道,"我们要用火把作笔、要用笔来作火把,去书写亚非人民自己的新历史"。韩北屏亦在60年代初出访阿联、加纳、几内亚、马里、摩洛哥等国,并把抒情游记收录于散文集《非洲夜会》中。同样出访亚非国家并留下文学作品的还包括出访墨西哥的周而复等。而从亚非拉各国来中国进行访问的文化交流团体亦数不胜数。

50年代末至60年代初对美国黑人文学的关注,也进一步体现了中国的社会主

---

① 李永彩:《非洲文学在中国》,《世界文学》,1986年第4期。
② 刘禾:《冷战壁垒中的一场亚非文学翻译运动》,澎湃新闻,2017年8月1日,https://www.thepaper.cn/newsDetail_forward_1747749。
③ 李永彩:《非洲文学在中国》。

义文学世界对第一世界内部的激进的反霸权文化实践的认同。比起傅朗在书中所提到的第一世界左翼作家,这种认同模式或许更应该看作中国与第三世界认同的延续。早在50年代末,美国泛非主义思想家及政治领袖杜波伊斯博士(W. E. B. Du Bois)访华,其经典著作《黑人的灵魂》与《约翰·布朗》也被翻译成中文出版。尽管两书主要针对美国奴隶制与种族问题,但杜波伊斯在中译本的序文中表达了对马克思思想的认同。[①] 其妻雪莉·格雷汉姆的创作和生平轨迹或许更能体现中国与美国黑人之间的世界主义联系。她为黑人歌手保罗·罗伯逊写的传记《黑人罗伯逊》(原名《世界公民罗伯逊》)和为弗雷德里克·道格拉斯写的传记《从前有个奴隶》于50年代翻译成中文。杜波伊斯去世后,雪莉·格雷汉姆辗转回到中国,经历了"文化大革命",最后于1977在北京去世。

而泛非主义和非洲的反殖斗争在中国文艺创作留下的最深刻痕迹,莫过于欧阳予倩的《黑奴恨》以及以《赤道战鼓》为主的一系列关于刚果危机的创作和演出。曾于1907年在日本与春柳社出演《黑奴吁天录》(林纾对《汤姆叔叔的小屋》的翻译)的欧阳予倩,在1959年和1961年重新诠释斯托夫人的废奴名著,把汤姆这一逆来顺受、悲天悯人的基督徒形象改编为启发革命的黑人烈士。田汉在评价《黑奴恨》时引用了杜波伊斯的《约翰·布朗》,认为改编后的汤姆有了初步的阶级觉悟,跟约翰·布朗就义的遗言互相呼应。如果《黑奴恨》在时间上与美国民权运动遥相呼应,那么《赤道战鼓》则毫无疑问地响应了卢蒙巴被暗杀之后,刚果的民族主义游击战士反抗新殖民主义的斗争。海政文工团的李恍等剧作家不仅写作出原创剧本,更把这个以非洲为背景的故事搬上舞台,让中国演员把全身上下涂黑出演刚果战士。《黑奴恨》与《赤道战鼓》均以"涂黑脸"的手法来表达对反殖斗争和泛非主义的支持,似乎可以看作第三世界的世界化与本土化于中国社会主义文艺世界同时实现。

由此看来,中国与"第三世界"的文学交流或许并不应该被视为对社会主义世界主义的叛离,而应该看作中国对其自身社会主义世界性的内部探索和向外延伸;这不是一种终结或剧烈转向,而是中国社会主义世界性脉络的动态延续。这种对世界革命的延续性探索并非抛弃社会主义本身,而是对中国社会主义文化的再定义,其话语逻辑仍是对世界秩序反霸权式的重塑——在这种意义上似乎完全符合傅朗对社会主义世界主义的定义。

[①] Yunxiang Gao, "W.E.B. Du Bois and Shirley Graham Du Bois in Maoist China", *Du Bois Review*, 10: 1 (2013) 59-85.

或许社会主义世界主义这一理论框架的最终困境在于，如何在社会主义的语境下协调"世界主义"与"文学世界"之间的根本差异——前者指向边界相对稳定的文本体系，而后者则强调跨越时空及单一群体的道德联结。若世界主义的跨国联系及认同完全化约为文学世界，这样的世界主义似乎已然把社会主义革命排除在外，特别是当革命不再停留在文学空间，而是在现实世界具象化时。当社会主义世界主义试图超越社会主义"国际主义"所强调的政治结盟和左派理想的局限性时，却似乎未能进一步地革命化世界主义本身，也见证着"第三世界"的世界性也相应地从社会主义及后社会主义的"世界"中消失。社会主义世界主义是否能有更为广阔的想象？那些曾经闪现于中国社会主义文学世界边缘的文艺联结又应该如何承续？这种似曾相识又无所依从的断裂感又在当代呼唤着何种世界主义式的追寻呢？与傅朗在书中开头援引的《苏联祭》相比，王蒙1982年的散文《墨西哥一瞥》似乎代表了改革开放后的中国与"第三世界"之间更为暧昧的症候："我知道她是一个遥远的、美丽的、有着古老的文化传统的国家，我知道她是一个与中国有着许多共同的或者类似的经验，有着许多共同语言和友好情感的国家……特别是，当我知道，除去周而复同志曾经以政府副部长的身份访问过墨西哥以外，我是第一个以作家身份访问墨西哥的中国人的时候，我怎么能不兴奋，不感到自豪和使命的重大呢？"

作为世界文学的中国文学
——评傅朗 Socialist Cosmopolitanism

■ 文/张德旭

20世纪90年代以来,经济全球化程度日益加深,世界文学也随之在北美学界呈现爆发式增长。尤其是进入千禧年之后,出版物、学术会议、机构设置、课程安排等方面的活跃度直观地体现了人们对世界文学的极大兴趣。世界文学话语主要呈现为两种模式:一是作为文学批评实践,它聚焦世界各国文学跨地域、跨语言、跨文化的交流互动,力图借此打破民族文学的局限性,用更为宏大的框架重新思考民族文学与文化;一是作为教学实践,它把其他国家的经典文学引入课堂,使学生了解别国的文化,以期促进学生的国际视野和跨文化交际能力。当今世界文学领域的学者正是围绕文学研究和教学法这两个方面,从各式各样的角度切入世界文学,重新构想世界文学观念。

大卫·达姆罗施的著作《什么是世界文学》(2003)和《怎么阅读世界文学》(2008)极大地普及、推广了世界文学的研究与教学。顾名思义,两书分别从概念和方法两个维度阐述世界文学。在概念上,他认为只有当作品原文或译本跨越本国疆域,活跃地存在于别国的文学体系,才能称之为世界文学;在方法上,他相应地提倡对文本进行"现象学的"而非"本体论的"解读,因为播散到不同时空的文本会被不同的读者透过各色镜片阅读,并不存在放之四海而皆准的统一阅读法。究其本质,达姆罗施的世界文学观与歌德的文明乐观的世界主义理念可谓一脉相承。与歌德式的世界文学观相比,帕斯卡尔·卡萨诺瓦的世界文学理念更接近马克思的构想。马克思和恩格斯在《共产党宣言》中展望未来的经济全球化远景的时候,捎带预言各国的精神产品——世界文学——也必将为全人类所共享。如果说马克思把物质商品和世界文学相类比,卡萨诺瓦则使商品市场与文学市场互为镜像。在《文学世界共和国》(2004)中,卡萨诺瓦揭示了全球文学空间里充斥的不公、龃龉和竞争。她化用布罗代尔的"世界体系"理论和布迪厄的"力场"概念,把世界文学空间视为各国文学之间相互影响、影响力大小有别的竞争市场,着重分析世界文学场域里展开的国际竞争。她认为国家通过自主划分世界文学的中心和边缘、规定文学史的格林尼治标准时间来争夺国际话语权,文学资本最雄厚的国家才有资格评判作品的质量。与前两者相比,弗兰科·莫瑞蒂的世界文学观最为原创,也最惹争议。他心目中的世界文学,不是由各国经典文学汇总之后形成的客体,而是需要采取何种新批评方法来加以关照的"问题"。在《线形图、地图、树形图:文学史的抽象模型》(2005)和《远读》(2013)等专著中,莫雷蒂质疑传统的文学研究方法,认为仅仅对几部经典作品进行文本细读无法宏观地把握文化生产的实际情况,只有尽可能地扩大文学样本才能提高阐释效度。面对人类无法逐一品读的浩瀚文本,他主张用量化方法,从更广阔的时空范围来考察文学形式的进化及其折射的文化地理学。

与这些呼声相伴的,是批判与质疑之音。艾米丽·阿普特在《反抗世界文学》中指出,世界文学研究范式主要依靠翻译,而跨语际与跨文化翻译存在大量无法转译的语意,因此译本未必能捕捉原文的复杂性——这种"不可译性"阻碍了国际交流与互相理解。在《学科之死》(2003)中,斯皮瓦克认为比较文学为了追求普世性,消抹了差异和他异性,这种本质上欧美中心的思考框架迫使该学科走上末路;于是,她预言该学科在新世纪需要借鉴区域研究与人文研究相结合的方法,同时学习全球南方的文学乃至文学阅读模式,从而挑战"美国风格的世界文学"研究范式的霸权(39页)。与阿普特全面否定世界文学的态度不同,斯皮瓦克实际上以哀叹学科文学之死的方式来召唤新的学科路径。

在众声喧哗之中,傅朗的新书《社会主义的世界主义:1945年到1965年的中国文学世界》力图提供一个"世界文学新视角"。"世界性"是探索该视角的核心词语,用来分析中华人民共和国成立前后二十年间的中国文学的世界主义特性。具体而言,"世界性"体现在三个截然不同却又关联互补的层面:首先,"世界性"涉及文本的流通与互动,因为文本只有"进入"世界才能成为世界文学;其次,"世界性"是由作者和读者合力铸成的文本建构,是一个文本与其他文本乃至更广阔的文学世界形成的互文性,因此它是各种关系的节点,既指向整个文学世界,又指向真实世界,是文学世界与现实世界的接合点和交界面;最后,文学文本无论创造了文本内部的虚构世界抑或文本外部的现实世界,都提供了一系列结构原则,为外部世界提供规则和价值等级。为了具体地解释这个概念,并验证世界文学新视角的有效性,傅朗系统地阐释了20世纪50年代的中国文学,因为冷战时期美苏两大阵营的对峙不仅迫使人们重新思考世界本质的复杂性,也把中国文学推入了一个跨国和跨文化的流通系统之中,从而其内含的世界性异常地显著、典型、丰富。

20世纪50年代的中国文学生发于全球文化生产与消费日趋紧密的网络体系之中,具有鲜明的世界主义。1955年的万隆会议开启了亚非拉的团结之旅,随后在万隆精神的感召下第三世界社会主义阵营内部成立了亚非人民团结组织和亚非作家协会等机构,旨在促进文化交流与合作。在这个全球南方的文化流通网络之中,民族文学和电影经由翻译在别国流通,管弦乐队和歌舞团在多个国家之间互访演出,民族手工艺和其他的艺术形式也跨越国界进入他者文化。在50年代,新中国与苏联以及其他社会主义国家有着深入的文化交流,中国文学也因此沾染鲜明的社会主义风格。如傅朗在书中所言,"在整个20世纪50年代,社会主义世界弥漫于、并深刻影响着中国文化",即便60年代中苏关系破裂、仇外孤立取代了融合交流,"50年代中国文学的世界主义基因仍然深刻地塑造了一整代人的世界观"(3页)。也就是说,中国文学在20世纪50年代具有鲜明的世界性或"文化国际主义"(3页)。正是在这个意义上,本书作者论断,中国社会主义文学即为世界文学。这个论断不是一个空洞的口号,它要求我们在阅读方法上作出相应的调整。在阅读实践中,我们必须重探文本生成的历史语境和认识论语境,理清中国文学的生产与消费所处的交通脉络,考察其在跨国文化回路中形成的节点、交叉、链接,从而打开文本的阐释空间。

在结构上,本书依循"世界性"的三个层面渐次展开论述。第一章讨论文学跨越国界得以在社会主义阵营流通的文化合作机制;第二章到第五章通过对各式文体与主题的小说进行文本细读——从农业土改小说到工业小说,从社会主义科幻小说到儿童文学——探析世界文学新视角如何重塑我们对中华人民共和国成立前后的中国文化生产和消费的理解,考察中国社会主义文学世界的诸种动力机制;第六章通过对当时最权威的外国文学翻译杂志《译文》进行文本细读,试图重构杂志所折射出的中国世界观及其牵涉的复杂多变的权力互动关系,重绘社会主义中国的文学世界。

在上述三个层面上审视中华人民共和国成立前后的中国文学,中国文学折射出的社会主义世界主义也相应地呈现出三种形态:它首先是一种流通实践——中国在积极译介外国文学的同时,也输出自己的本国文学,中国社会主义文学正是在这样的持续流动中自我生成;"观念、意识形态、文体、叙事声音、诗意语体、人物塑造模式"等元素的多向流动,促使不同层次的文学创造力得以交流碰撞,融汇成我们称为"世界文学"的东西。其次,它是一种文化融汇现象,即在流通与分享之后,本国文学不可避免地受外国文学影响,于是国别文学的阅读和书写实践都留有跨文化的印记。最后,跨越边界的文学阅读实践构成了我们对世界本身的理解;展开来讲,文学世界必然表征了文本之外的主权领土、权力较量、影响力排序等全球空间秩序,所以文学阅读实践能让我们窥见世界的动态结构,以及我们在其中的位置和自我身份的形塑,从而给予我们一个更大的视野和更敏锐洞察力。傅朗告诉我们,中国文学在与跨国文学与文化的持续交流互动中生成的世界主义,使我们能够大胆地构想世界,重绘世界。

《社会主义的世界主义》很好地阐述了外国文学如何经由译介在中国流通、进而影响中国文学生产和消费的各个环节,揭示了新中国通过其民族文学的世界化而进入世界的复杂文学与政治博弈。尤其在该书第六章,作者专门探讨了《译文》杂志在划分文学世界版图方面所起的重要作用。该杂志不仅让中国读者了解世界文学,也成为他们通往新世界的一扇窗,激发了20世纪50年代中国人的地域想象。傅朗具体指出,《译文》通过文本选择、社论、编后记等编辑活动,把文学世界地图划分为四个区域,即苏联、东欧与东亚的社会主义国家、亚非拉的第三世界国家、欧美资本主义国家。四个区域形成了由内向外扩散的同心圆,其中苏联居于最中心,1949年前占据中国读者想象中心的资本主义国家文学被驱逐至最边缘。可以看出,傅朗的论述着眼于中国内部的文学地理,而不是从世界文学体系视角审视中国文学。在他看来,中国进入世界后重绘的文学世界版图,完全是依照冷战逻辑而划分为美国帝国主义阵营与苏联社会主义阵营。虽然新的绘图法"重新定义了全球等级制度和权力关系,逆转了传统的中心—边缘观念"(153页),但是这种反霸权的重绘行为既浪漫化、同质化了以苏联为中心的社会主义世界文学体系,忽视了社会主义文学阵营内部的差异与等级结构,又未能说明中国文学在世界文学体系里的位置。世界文学体系实为充满激烈竞争的文学进出口市场,哪些文本能被视为好的"文学"从而进入全球文化流通系统,涉及文学价值评估问题,而文学价值判定的话语权掌握在欧美和苏联等强国手中——也就是说,世界文学体系内的文本流通,在很大程度上反映了不平等的权力关系。无论是莫雷蒂所谓的"叙事市场",还是卡萨诺瓦的"国际文学市场",两人都把文学的跨国流通比作文学的进出口贸易,视文学为国家之间争夺象征性霸权的场所。诸如此类关于文本跨国流通的政治经济学,傅朗显然未能给予充分考虑。葆拉·伊尔维尼在《过去的未来:当代中国文学的期望和结局》(2014)一书中认为,中国根据自己对未来的展望——而不是跟风巴黎、伦敦和纽约文学圈的潮流——选择性地在《译文》《世界文学》杂志上译介外国文学,虽然依此暂时裁定了自己的"文学时间"、扭转了本国文学市场内部的欧美中心的格局,但是作为世界文学体系的"迟到者",中国文学以及文学批评对外国作家和国际文学市场"不能施加任何影响"(79页)。傅朗虽然分析了受苏联资助的《译文》杂志于1959年更名为国家独资的《世界文学》背后体现的中苏领导力的此长彼消,指出中国作家和批评家从此不再奉苏联的文学与评论为圭臬,开始自我赋权制定亚非拉的文学标准,但是他对中国文学史与批评史的世界流向却语焉不详。换句话说,他的论证主要停留在单向的而非双向或多向的文本流通,这必然减弱了中国文学的世界性内涵,及其在世界体系下所象征的民族国家地位的变化。

另一不足之处是,该书史料有余,选择细读的文学作品数量不够多,不够重视文学性。在文本细读部分,作者拣选了四种社会主义现实主义中国小说,从经典的土改小说到鲜为人知的工业小说,从科幻小说到儿童文学,着力阐释文本的世界性。与国内外同类主题的研究相比——比如,伊尔维尼的《过去的未来》和蔡翔的《革命/叙述》——该书选择的文体(皆为小说)略显单一,且数量不多,也就无法做出莫雷蒂为提高阐释信度而提倡的"远读"。另外,傅朗指出,在社会主义阵营里,不仅各个民族国家同时涌现出泛社会主义小说文类,这些小说经由译介与国际斯大林奖等机构因素进入跨国文化空间,被不同国家的读者阅读,从而呈现出愈加强烈的世界性。比如,中国土改小说《暴风骤雨》对应的是苏联作家肖洛霍夫的《被开垦的处女地》,两者不仅在题材上极为相似,前书的作者周立波也是后书的译者;工业题材文学《原动力》对应的是苏联作家革拉特科夫的《士敏土》;郑文光在50年代创作的一系列科幻小说得益于他翻译的苏联文学文献。傅朗此处的分析是有理有据的,但同时我们不免觉得,文本细读似乎只是为了找出中国小说与外国小说的互文性,进而印证20世纪50年代中国小说的世界性。我们知道,阿普特的《反抗世界文学》出版以后,文本的可译性、语际的可通约性、政治的兼容性已成为世界文学研究无法忽视的问题。也就是说,在中苏文学的互文性之外,我们自然期待傅朗找到无法互文的文本症候,并探究症候背后的语意损失及其文化意蕴。倘若作者聚焦这类德里达意义上的"文本难题"(aporia)等文学形式,论证中国小说的文学性,阐释50年代中国特有的审美观念如何溢出苏联的社会主义美学范式,从而显示出独具特色的世界主义,并反向影响其他社会主义国家的文学创作,也许更具说服力。因此,对于受过文学理论训练的读者来说,文学性和批评想象力的缺乏或许是本书的一处瑕疵。当然，为了阐述文学性而千回百转地在不同语言文本之间游走细读，至少需要作者精通中文、俄文甚至某些东亚语言，停留在主题分析也实在情有可原。

瑕不掩瑜，傅朗用扎实的文本考据功夫、清晰流畅的学术语言、充实可信的档案材料，丝丝入扣地剖析了20世纪50年代中国文学的世界化过程，让我们看到中国文学在那一历史时刻充盈的世界主义。傅朗为中国文学提供了一个世界视角，同时也为世界文学提供了中国范例，这种"世界"视角与"在地"文本互相融汇的动态跨国文学批评实践，颇值得国内外世界文学研究者借鉴。对国外——尤其欧美——学界来说，本书回应了斯皮瓦克在《学科之死》里提倡激活来自全球南方的本土文学的"文学特异性"的伦理召唤；对国内学界而言，本书力图开拓的"世界文学新视角"，在某种程度上推进了陈思和等中国学者提倡的"世界性"文学研究理论，即"不仅仅是为研究提供一种视角、一种方法来指导学术研究，而且能够提供一种世界观来认识整个学科（或者研究对象）的带有本质性的特征"（10页）。本书也许没能为普遍意义上的世界文学地图的绘制锻造出新工具，它至少用全球视野颇为成功地论证了世界性作为特定历史时期的中国文学的本质特征。

参考文献

Apter, Emily. *Against world literature: On the politics of untranslatability*. Verso Books, 2014.
Casanova, Pascale. *The world republic of letters*. Harvard University Press, 2004.
Damrosch, David. *How to read world literature*. John Wiley & Sons, 2017.
Damrosch, David. *What is world literature?*. Princeton University Press, 2003.
Iovene, Paola. *Tales of Futures Past: Anticipation and the Ends of Literature in Contemporary China*. Stanford University Press, 2014.
Moretti, Franco. "Conjectures on world literature." *New left review* 1 (2000): 54.
Moretti, Franco. *Atlas of the European novel, 1800-1900*. Verso, 1999.
Spivak, Gayatri Chakravorty. *Death of a Discipline*. Columbia University Press, 2003.
Volland, Nicolai. *Socialist Cosmopolitanism: The Chinese Literary Universe, 1945-1965*. Columbia University Press, 2017.
陈思和."我对20世纪中国文学的世界性因素的思考与探索."中国比较文学2（2006）：9-15.
蔡翔."革命/叙述：中国社会主义文学—文化想象（1949-1966）."（2010）.

世界主义视野下的社会主义中国文学：
谁的世界，哪个主义？
——评傅朗 Socialist Cosmopolitanism

■ 文／王思维、曾健德、洪华（Benjamin Joseph Kindler）、
许大小（David Xu Borgonjon）、宝根

当作家王蒙2006年站在莫斯科红场回忆年少时对苏联的向往时，这一画面所唤起的不仅仅是我们对于记忆深处熟悉的苏联文学、电影和歌曲的怀旧，还是对一个已经消失的社会主义世界的文化的好奇。这一时期中国文学的世界性在哪里？中国人在这一时期是如何想象世界的？傅朗的新书《社会主义的世界主义：1945年到1965年的中国文学宇宙》就是从这些问题出发，将中国文学置于更广阔的社会主义世界来重新审视。作者指出冷战的结束使得中国社会主义文学的跨国语境被逐渐遗忘，对社会主义文学的研究退回到民族国家的界线以内，因此重提中国社会主义文学的世界性。作者以文本为中心，选取了土改文学、工厂文学、科幻文学和儿童文学这几个非常有趣的类型来讨论中国文学与其他社会主义国家文学的互文性。比如将周立波的《暴风骤雨》和肖洛霍夫的《被开垦的处女地》、李箕永的《土地》这几个社会主义文学的经典文本放在一起分析，也选择了科幻文学和儿童文学这两类研究较少的类型。这一视角非常新颖，对于当前的中国文学研究是及时而且必要的拓展。

这本书的理论架构主要基于两点：一方面作者对世界文学理论很感兴趣，并对此提供了委婉的批判和概念的补充。与其引用的达姆罗施（David Damrosch）、伊泽尔（Wolfgang Iser）和阿约（Eric Hayot）等人不同的是，作者认为世界性的关键不

仅在于文本的跨国流动、互文和其世界想象,而更在于其背后的权力关系。但更根本的问题是,世界文学理论能否概括社会主义中国与其跨国语境? 在1978年外国文学研究工作规划会议上讨论世界文学时,周扬曾指出:"我们的文学应当是社会主义文学同民族民主革命文学的联盟。从世界范围来说,我们的文学要与第三世界民族主义革命文学建立联盟。"[①]可以看出马克思对于世界文学的批判是社会主义中国理解世界文学的最重要的理论基础。对资本主义的批判、与社会主义国家和第三世界的结盟是其基本的立场。这种对世界文学的理解本身更适合于用来批判拥抱全球化、多元文化主义的世界文学理论,而非被其俘虏。这造成了这本书的理论结构的内在冲突。而且很重要的一点是,虽然作者多次在书中提到生产和消费,但社会主义计划经济下的文学的译者、作者、读者的关系不同于市场经济下的文学生产和消费关系。作者在分析时一方面没有对此作出区分,另一方面也缺乏对社会主义国家把文化生产作为一种劳动、作家作为"文化工人"的语境的具体分析。比如说,改革开放以来的中国文学对于诺贝尔奖的渴慕在某种程度上反映了对于世界市场的向往,这一现象其实衬托了先前社会主义文学的不同。但在解释中国工厂小说类型的没落时,傅朗恰恰是将斯大林大奖的话语作用和物质效应简化成社会主义诺奖,两个奖项所代表的不同文学政治经济体继而混为一体了。

另一方面,作者有意使用了"世界主义"而非大家更熟悉的"国际主义"来概括中国社会主义文学的世界性。这是对既有的发掘被左翼话语边缘化的世界主义的研究的补充。可以理解的是,作者使用社会主义世界主义一词是为了打破对于1949年造成的文学断裂性的印象,强调其对五四以来的民国文学、特别是非左翼文学传统的延续性。另辟蹊径的是,他更强调社会主义世界主义对先前世界主义的修正,将其特质概括为它更强调集体性、国家的与跨国的张力以及平等主义(13—15页)。但这里的世界主义是一个很模糊宽泛的概念,既可以用来说儒家的大同世界,也可以用来说20世纪30年代国际化的上海或是伪满洲国。世界主义仿佛变成了一个可以脱离任何具体的政治语境无限复制的术语。但国际主义为什么不足以概括这一时期的文学? 国际主义与世界主义的根本性区别在哪里? 尽管书中几次提到国际主义,但却并没有给出准确的理论解释两者的区别,更不用说这些概念对于历史中的个体的意义。因此这本书的问题在于忽略了国际主义和世界主义各自的历史脉络,将国际主义仅仅视为意识形态而将世界主义视为去政治化

---

① 《全国外国文学研究工作规划会议在广州召开》,《外国文学研究》,1979年第1期,第105—106页。

的纯粹实践。

当前围绕着世界主义的学术话语在很大程度上是激进的国际主义政治实践失败的产物。这种世界主义的观念既是当代比较文学的话语的一部分,也继承了后殖民主义对于个体可以轻易超越国家或者既定身份的迷思。用世界主义来替代国际主义的结果就是中国社会主义文学的前史——中国左翼作家作为国际主义文学运动的一部分——在这样的叙述中位置不清晰。许多苏联小说是在30年代左翼国际主义的潮流下被译介的。30年代也是理解左翼作家译介选择的一个重要的历史节点,作家们在译介同时把自己视为共产主义国际主义的一部分。在这一时期大量在苏联文学领域已经退场的文学和理论——多数通过日文——被译介到中国,比如未来主义、波格丹诺夫等等。除此之外,茅盾、周扬等人一直以来也很重视译介"弱小民族文学"。中华人民共和国成立后,很多第三世界文学的译介也是依靠30年代以来建立的左翼国际主义联结才得以进口。作者并不是没有注意到马克思主义作家对世界主义的批判,所以他引用了克拉克(Kateriana Clark)对于30年代苏联的世界主义的研究。但具体到中国的语境,这些为什么是世界主义的而不是国际主义的?当然我们不能过于苛责作者没有将这些包括在内,但是世界主义的脉络如果能够对我们更为熟悉的国际主义的脉络的不足有更明确的批评,也是对目前文学史研究的一个很好的补充。

让人忧虑的是,对于文学的理解如果局限于美国当前流行的世界文学或者世界主义理论框架,会很难对文学在社会主义革命实践中的位置和作用进行更深入的检视。因为社会主义革命是要提供一种不同于资本主义的世界想象和文学实践,文学实践本身也是政治实践的一部分,因此需要更谨慎地探讨文学与政治的关系。脱离对具体政治实践语境的分析,就容易去政治地讨论政治、把社会主义作为一种文化而非革命实践。比如在第一章作者谈到"文化外交"时说这种由毛泽东《在延安文艺座谈会上的讲话》发展而来的文化概念与先前国民党政府所推动的新生活运动在本质上一样,都是实用主义的、为了国家的某种目的而服务的。但是,延安文化政策是在整风运动中产生的,与游击战、土地改革、民众动员和党内意识形态斗争的历史密切相关。因此不论是在意识形态还是实践层面上都不同于苏联的文化政策,更不用说国民党的文化政策。

这种对文学生产的意识形态和实践的抽空在一些时候也会导致其文本分析产生混淆。比如在分析周立波的《暴风骤雨》时,作者认为其对方言的使用是"真实性话语的关键因素"(45页)。这里他借用了杜赞奇对伪满洲国的研究,即"真实性作为一个话语系统深受民族主义和资本主义的浸润"(45页)。抛开其对土地改革的历史的省略不谈,周立波所参加的土地改革是一个旨在消除土地私有化和资本主义的实践,其"真实性"如何深受资本主义浸润呢? 其次,将日本在伪满洲国推动的民族主义等同于社会主义中国的民族主义、用伪满洲国的身份政治(姑且不说彼时有没有身份政治)来解释社会主义中国的文化政策本身是很让人困惑的解读。这样的分析其实无意中抹除了权力关系,把殖民地傀儡国和由殖民地独立的国家的民族主义的文化逻辑视为一样的、可以直接拿来比较的。

另一点顾虑是,如果局限于社会主义的国际/世界想象是否在某种程度上也忽略了第三世界主义的兴起对社会主义中国文学的影响? 以及第三世界文学在社会主义中国的世界文学地图上的重要意义? 作者对于文学翻译的观察是很敏锐的。比如他提到《译文》对于塔什干会议的重视表明了社会主义阵营内部微妙的权力关系变化,以及《译文》改名为《世界文学》反映了中国试图重新绘制世界地图和调整自我定位的努力。他也指出,这样的宏伟目标并不是一本杂志能够做到的,社会主义阵营内部的分裂等等因素给杂志编辑第三世界文学翻译带来了许多困难(179页,184—186页),这让我们意识到世界文学地图的绘制极大地受制于冷战本身的复杂的政治张力。但是,倘若能够更深入地理解第三世界主义,也会有助于我们分析国家、跨国这些概念在社会主义中国的语境。比如是否可以参考普拉沙德(Vijay Prashad)在《有色国家》(*The Darker Nations*)中对第三世界民族主义作为"跨国的民族主义"的讨论? 普拉沙德认为在第三世界运动中国家并不是一个建立在种族或宗教基础上的封闭的整体,而是一个有意识地被理解为一个在运动中不断从更大的全球力量集合中汲取动力的建设。我们不能忽视这种试图超越两极对立的普世主义的去殖民运动的联结,而简单将之概括为以中国为中心的新的统识权(hegemony)的建立(186页)。将中国社会主义文学置于其成功和失败经验中会令我们更好地思考当前对于中国帝国主义的讨论和对第三世界主义的盲目怀旧。

总的来说,这本书的视角非常独特,它从更广阔的视野让我们重新检视中国的社会主义文化遗产,对当下流行的社会主义怀旧进行反思。这种视角给未来的中国文学研究打开了更多的方向。但同时它也带给我们一些对于既有理论框架局限性的思考:冷战的渐行渐远让对社会主义文学的研究获得了更多可能,但是是否一定要将社会主义加入当前的世界文学菜单里才能让它得到合法化的论述? 同时这种操作是否可以超越左翼的国际主义,而仅仅将之视为意识形态建构? 一种可能的后果是,这样会简化与社会主义文学密切关联的政治实践,把社会主义文学视为多元文化的一员,与其他各类文学并列。看上去差异似乎仅仅是社会主义文学是某种带有集体特色的国家政治强势主导的世界主义。然而这样很容易把一切都简化为文化问题,这种倾向在当前的理论研究中很普遍:将文化从一系列更广泛的决定性因素中切割出去,而迷思于文化自身可以成为反抗的基础。我们是否如卢卡契所说,正在回到资产阶级思想的二律背反?① 更远一点说,将来的研究如何能够提供更为深入的理解社会主义中国文学的角度,而不忽略其革命实践的政治语境?单就世界文学来说,我们是否只能想象一种世界、一种世界文学?

---

① Lukacs, Georg. "Antinomies of Bourgeois Thought." *History and Class Consciousness*. Cambridge: MIT (1971).

现代中国文学及其世界主义传统

■ 文／傅朗（Nicolai Volland）

> 万船齐发上海港
> 通往五洲三大洋
> 站在码头放眼望
> 反帝怒火燃四方
> 世界人民声势壮
> 相互支持力量强
> 《海港》

1970年初冬是北京青年精神上的一个早春。两本最时髦的书《麦田里的守望者》和《带星星的火车票》向北京青年吹来一股新风。随即，一批"黄皮书"传遍北京：叶甫图申科的《娘子谷及其他》、贝克特的《椅子》、萨特的《厌恶及其他》等。

多多

革命样板戏《海港》，以反帝国主义斗争为主题。台风逼近时，上海港口工人揭露阶级敌人的破坏计划，保证援外小麦装上船艇，支持非洲人民的反殖民奋斗。中国与第三世界国家的团结和联盟，是京剧《海港》的意识形态核心。《海港》初演于1964年，随即多次改写而成为样板，定稿于1972年发表。几乎同时，诗人多多下放到白洋淀,行李中带有多本"黄皮书",即"内部发行"的世界文学名著。多多和《海港》对"世界"的定义虽截然不同,但值得注意的是,无论样板戏的编纂组或北京的地下文艺青年,在"文革"浪潮的旋涡中,都没有忘记放眼世界。"文革"通常被视为思想封闭、禁区重重的时期,中国同外部世界隔断来往,尤其是文化来往。然而,官方与地下文化创造中,仍然能发现对世界的关怀、对世界的兴趣。世界的痕迹从极端舆论的表面下时而露出。

现代中国的世界主义传统始于20世纪初。美国汉学家列文森(Joseph Levenson)曾指出,清末民初文人面临儒家世界的崩溃,原本普世(universal)的思想文化突然显得特殊(particular)、封闭、狭窄。文人从而转向新的"世界",重建自己的普世视野,建立20世纪中国的世界主义。[①] 从"五四"到20世纪30年代的摩登上海,中国文学的世界主义不难看到。翻译大量的外国文学,将中国文学重新写入这种地球想象,是二三十年代作家最主要的创作工程之一。冷战初年,香港和台湾地区的现代文学继承了这一世界视野,探究现代主义的多种新方向。而80年代,无论中国内地还是台湾地区、香港地区、东南亚等,均出现新的文学浪潮,积极怀抱世界文学的多样性。

世界主义在上述几种历史状况下的兴起,可以说是公认的事实。然而,世纪中叶文学——尤其是1942年《在延安文艺座谈会上的讲话》至70年代末——到底要如何看待?"社会主义文学"是否意味着世界主义传统的断裂?中华人民共和国建立后,文学的世界主义是被消灭、排除、压抑,抑或是变形、换像、改装、转向?从本文开头所引入的案例,即"文革"时期官方与非官方文学同样对"世界"的关怀,可见世界主义在世纪中叶的命运,并不是简单的问题,反而可能是现代中国文学最为核心的课题。换言之,世界主义传统到底有多强、多深,试金石不是那些最开放、外国文学最流行的时期,而恰恰是最排外、世界主义受压最大的时代。据此逻辑,我们必须将视野投诸50至70年代的社会主义文学。

拙著《社会主义的世界主义:1945年到1965年的中国文学宇宙》重读1949年前后的中国文学,并将文学生产与文学消费置于社会主义世界(即苏联及东欧、东亚社会主义国家)的跨国脉络中。感谢三位评论者,从不同角度对本书的解读与商酌,并提出书中的不同漏点或缺点。后文将从第三世界、国际主义、文学宇宙等三方面切入,对于几项较为重要的问题提供答案与更正,并且补充说明世界主义传统

[①] Joseph Levenson. *Revolution and Cosmopolitanism: The Western Stage and the Chinese Stages*. Berkeley: University of California Press, 1971.

的课题。

第三世界

社会主义世界及其世界主义的"世界"到底有多大？世界主义并非全球主义（globalism），亦非地球主义（planetarism）。概念史上，世界主义出于欧洲的人文传统，从歌德1830年左右对世界文学的反思到1848年的《共产党宣言》。世界主义最初与（后）启蒙价值体系紧密相关；因此也同欧洲殖民主义及其暴力扩张有所牵连。不过，近年来部分学者提倡对世界主义概念进行去中心化，承认并强调世界主义内部原有的多样性，使得世界主义成为更为灵活的典范与分析工具。[1] 本书同样主张世界主义的多元性、多种世界主义的并存，将社会主义世界主义视为社会主义国家在二战后所有意建立的跨国、跨文化体系。书中指出，社会主义世界主义的特点主要有三：（一）国家/政府不与世界主义对立，而为世界主义提供物资与非物资方面的条件；（二）世界主义跟民族主义的兼容与合并；（三）世界主义对现有世界权力体系的颠覆与挑战，从而成为反霸权的思想势力。在这三方面，社会主义世界主义同传统的世界主义显然不同。从以上定义也不难看出，社会主义世界主义同社会主义世界（socialist world）的关系十分亲密。所谓社会主义世界，即苏联及东欧、东（南）亚社会主义国家。更具体地说，社会主义世界包括：苏联、波兰、民主德国、捷克斯洛伐克、匈牙利、罗马尼亚、保加利亚、中华人民共和国、朝鲜、越南民主共和国（1954年后）（即冷战舆论中的"社会主义阵营"）。

《社会主义世界主义的世界有多大？》一文质问，亚非拉的位置何在？南半球的新兴独立国家及被殖民区域，在冷战二元化体系中，有不少依靠苏联和社会主义世界的经济援助，受其意识形态渲染，并且跟新中国建立多种文化来往。更进一步说，西方的左派知识分子及其组织（包括各国共产党与社会民主党在内），是否也属于社会主义世界？这些问题十分关键，牵涉到社会主义世界的规模及其地理想象，应当更进一步说明。

从历史脉络来看，北半球与南半球处于明显不平等的位置，参与社会主义世界

---

[1] 可见 Pheng Cheah, Bruce Robbins (eds.). *Cosmopolitics: Thinking and Feeling Beyond the Nation*. Minneapolis: University of Minnesota Press, 1998; Carol A. Breckenridge, Sheldon Pollock, Homi K. Bhabha, Dipesh Chakrabarty (eds.). *Cosmopolitanism*. Durham: Duke University Press, 2002。

主义的能力相差颇大。1950年,非洲大陆仅仅有四个独立国家,其中没有一个跟中华人民共和国建立外交关系。五六十年代更多国家陆续摆脱殖民主义统治,获得独立,并开始选择将来的发展道路——在冷战环境下,要么是走资本主义道路,要么是走社会主义道路。在非洲,新中国的首个外交伙伴是埃及:两国于1956年5月30日正式建立关系。随后,更多国家陆续进入中国和其他社会主义国家的外交范围。然而,上述情况却说明,在50年代初、中期,非洲对于中国外交官基本上是禁区,在社会主义世界版图上非洲根本不存在。亚洲大陆的国际政治情况对新中国便利些;但50年代中国外交(包括文化外交)绝大部分都集中于苏联、东欧,即狭义的社会主义世界。

大约1955年以后,新中国的文化外交版图渐渐扩大,社会主义世界主义的地理想象也随之扩展。这种发展,主要有两种原因。其一,是万隆会议以来不结盟运动的兴起,以及中国向南半球的开放政策。在周恩来的倡导下,中国开始跟亚非世界更亲密的合作;在文化方面有1958年的塔什干亚非作家会议,以及随后建立的组织机构,成为中国同南半球文化来往的主要渠道。其二,是中苏关系从兴荣走向紧张乃至破裂。这两种去向,虽有不同来源,但具一定内在联系。不管具体的历史状况如何,结果却导致南半球得以进入社会主义世界主义的地理范围与文化地图。换言之,社会主义世界主义在1960年左右经历过颇为深刻的结构性转变。这一转变,在拙著最后一章以及结论中略做概述;六七十年代的文化想象以及社会主义世界主义的进一步演变,却要待更仔细的研究。如评论者黄琨所指出,这一课题十分重要,代表现代中国文学世界主义传统新的环节,希望将来能获得更系统、更深入的论述。

亚非世界在50年代末60年代初进入社会主义世界的视野,过程颇为渐进、缓慢。《译文》杂志(1959年改名《世界文学》)可以作为这一时期中国文学地理的指南。文学界对亚非拉区域文学的兴趣虽然渐渐增长,《译文》也常编辑相关的专号特号,但苏联文学直至1960年仍占该刊篇幅的绝大多数。中苏关系破裂之后,亚非文学翻译也无法立即代替苏联、东欧文学的位置;社会主义世界主义的机构历史长达十数年,短期内难以改制。例如,中国现有的翻译家,语言能力主要集中于俄文;对于亚非各国文化文学状况的理解,亦然主要依靠来自苏联的出版物。《世界文学》1961年第12期,印有长达30页的非洲文学特辑,包括莫桑比克、尼日利亚、刚果、突尼斯、阿尔及利亚等国家的新诗、小说、民歌等等。但是,除两首突尼斯新诗外,其他内容全都转译自俄文。国内的亚洲文学译者较多一点,但下一期的亚洲文学特辑,亦有两部作品——来自土耳其与柬埔寨——是转译文。类似情形层出不穷,《世界文学》的编译者遂不再提供原作来源与语言,以掩饰这一尴尬情况。可见,社会主义世界主义的机构本身有其稳固性,不易随着政治气候的改变而转向。

其背后原因,却是社会主义世界主义内在的特性。如上所述,社会主义世界主义的特点之一,是国家/政府的积极角色。传统世界主义以个人为主要主体(agent);社会主义世界主义却依赖国家的主动参与及推动。文化来往的庞大网络建立于国家的外交活动之上——双边的文化合作协议,两国外交官每年重新编制的文化合作计划等等。无论作家还是大型歌舞团对外访问,都依靠这些官方机制。然而,这也意味着,一国政府需要与另一个政府机构合作,才能建立社会主义世界主义的运行体系。许多新近独立的国家,尚未具有较健全的政府官僚机构;尚待独立的殖民地,或西方国家的左翼群体,更无法依赖任何政府支持与资源。狭义社会主义世界以外的这些区域与团体,在社会主义世界主义的机制中,只能处于附属地位,不能指定文化往来的方向。非国家型的团体或个人,难以配合社会主义世界主义的逻辑。如此看来,社会主义世界主义对国家/政府的依赖与兼容,也就是其主要限制之一。个人或非政府团体重新加入跨国文化关系的运行,新型的世界主义模式开始代替社会主义世界主义,要待到80年代。

国际主义

世界主义与国际主义的界限与定义,是一个关键性的议题,牵涉到世界主义传统的延续/断裂问题。1949年,就中国文学而言,是继承20世纪上半叶的历史经验,抑或是隔断、拒绝晚清、"五四"以来的发展脉络?

作为概念的世界主义与国际主义,可以从两个角度来定义。在修辞层面上,两种概念有微妙区别。世界主义(cosmopolitanism)强调世界,即宏观的大同体(cosmos),主张个人超越自身所在的临近范围,关怀及包容天下所有的他(它)者。如上文所述,传统世界主义的幼稚普世主义近二十年来屡受批判、解构;随后兴起的批判世界主义却同样承认个体对世界的兴趣、关怀,对异同的包容。[①] 国际主义(internationalism)则寻求"国"(nation)与"际"(inter-)之间的平衡,虽超越国家,但总是在国家本身的基础上。从概念史的角度,世界主义根源于(后)启蒙时代,同

[①] 可见 Kwame Anthony Appiah. *Cosmopolitanism: Ethics in a World of Strangers*. New York: W.W. Norton, 2006。

19世纪自由主义传统密切相关。国际主义则是世界共产运动的产物,跟马克思主义的思想传统无法分开。显而易见,两个概念都出自特殊的历史脉络,带有一定思想包袱,但亦并非泾渭分明。如苏联文学专家克拉克(Katerina Clark)所言,在20世纪中叶的历史条件下,民族主义(nationalism)、国际主义、世界主义等相互关联、并存。① 这是很敏锐的洞见。

  观察现代中国文学,世界主义与国际主义的重叠或并存不难看到。20年代作家难以分为"左"与"右",大多知识分子的思想体系颇为庞杂,取自不同来源,其文化观念并不固定,文学消费(阅读)范围十分多元。例如鲁迅,虽然认识到苏联文学与文学理论对中国文学的价值,并且翻译和组织翻译大量的左翼文学,但并不单一只专注来自苏联的最新文学动态。作为"革命文学"先驱的鲁迅,1929年翻译卢那卡尔斯基的《艺术论》与《文艺与批评》,在左翼文学盛行的30年代却继续翻译其他非左翼作品,如果戈里的《死魂灵》(1935)及契诃夫的《坏孩子和别的奇文》(1934—1935)。就鲁迅而言,阶级立场与关怀世界文化并不矛盾;国际主义与世界主义可以合并。二三十年代许多作家持有类似态度。拙著所分析的诗人冯至,是另一个例子。冯至30年代初留学德国,专攻德国浪漫诗人群,自身以"抒情诗人"之称而闻名。1949年后,冯至一面成为新中国的"文化使者",受官方派送到民主德国、苏联等社会主义国家,担任《译文》杂志编委,并且撰写散文集《东欧杂记》,向本国读者介绍社会主义世界。但同时,他继续翻译德国19世纪文学作品。也就是说,冯至虽然成为国际主义的倡导者,但并未放弃其世界主义关怀。像大多知识分子、作家一样,冯至是从民国时期走来的,在新中国力图建立一种新的世界主义——社会主义世界主义。

  1949年后的政治话语,强调国际主义而排斥世界主义,是一种有意识的修辞选择。新政府的合法性依赖于强调同过去的决断,以"新"与"旧"的话语在任何领域中建构这样的二元对立逻辑。这是国际主义这一概念的具体历史脉络,也是其历史包袱。当然1949年并不是纯粹的话语操作,对现代中国文学的实际效果是显见而深刻的,但并非绝对的。绝对化逻辑难免掩盖长段历史的大动向与延续性。中国文人知识分子的世界主义在1949年没有死亡:对外部世界的兴趣、关怀、包容,在新中国寻求着新的运行模式。社会主义世界主义是现代中国世界主义传统的延续与演变,同国际主义牵手与合并,但并未被国际主义取而

---

① Katerina Clark. *Moscow, the Fourth Rome: Stalinism, Cosmopolitanism, and the Evolution of Soviet Culture, 1931-1941*. Cambridge: Harvard University Press, 2011.

代之。

文学宇宙

20世纪50年代中国文学的版图到底多大？中国文学与世界文学的关系可以如何来解释？这一问题所涉甚广，在方法上关系到世界文学研究的一些核心难题。本书建议，与其从理论高度来观察，不如从读者（文学消费者）的实际经验入手：阅读文学作品时，读者一般并不严格分隔中国文学与外国文学（翻译文学），而是两种都读；就是观察自己书架，经常有鲁迅与托马斯·曼并排，或张爱玲与伍尔夫混杂，或加缪同高行健作伴。读者并不会给自己规定，夏季只读本国文学，冬天专阅翻译作品，而是同时交叉阅读不同来源与背景的书籍。换言之，文学消费的逻辑是混杂性的（promiscuous），是贯通性而不是分析性、归类性的（classificatory）。将本国与外国文学一分为二，严格规划不同专家/专业的"领土"，乃是学术分科的惯性逻辑而已。如何超越这种狭义的逻辑，构建一种能够接近文学消费实际行为的理论体系，对世界文学研究是一种挑战。

《作为世界文学的中国文学》一文颇为仔细地介绍美国学界世界文学研究的不同支流，随后指出拙著相比之下"批评想象力的缺乏"。评论者虽然自称"受过文学理论训练，"但似乎完全忽略了《社会主义世界主义》一书的理论介入与创新层面。这从评论者将书名副标题的 Chinese literary universe 误译为"中国文学世界"便可以见到。所谓 universe，不是"世界"，而是"宇宙"。文学宇宙的运行及内在结构，为世界文学提供新的研究方法与角度。

何谓"文学宇宙"？首先，文学宇宙为一切文学版本的全体（totality）。文学宇宙包含所有古今中外的一切文学作品与版本，理论上无限之大。值得注意的是，文学宇宙包括的是一种作品的原文及其各种"副文"，例如改写本、简写本、插图本、外文译本等，即凡是能独立被阅读的版本。其二，文学宇宙既无限又有限。上文中"所有"/"一切"是指各国、各语文、各时代的文学版本，因而无限。然而，实际上读者只能看到宇宙的一小部分而已——"可见宇宙"的界限决定于读者的具体视野（perspective），受限于语文能力、教育水平、对文学流通的限制等因素。例如，除受过外文培训的少数专业读者以外，一般读者的文学宇宙限于本国语文的"原创"文学与翻译文学。其三，"可见宇宙"因此可以用复数来理解。例如，当前法国文学宇宙和20世纪20年代中国文学宇宙显然不同，其读者能读到的文本亦截然不同——虽然有一小部分共通作品，但两者用不同（语文）版本去读这些作品。再譬如,20世纪20年代中国与20世纪50年代中国各自的"可见文学宇宙"相差不菲,因为新文学作品的出现、不同地域文学的中译文的出版、其他(地域)文学作品的查禁等。

文学宇宙的理论视野,对世界文学研究本身以及对本书的方法,有几方面的意义。首先,莫雷蒂(Moretti)所提倡的"远读"方法受到不少批判,其对文本的忽略以及"远读"对象选择的肆意性应属其主要缺点。"远读"方法突出研究者本身而去历史化(dehistoricize)其研究对象。文学宇宙的视野所恢复的不单是具体的历史脉络——例如20世纪50年代中国——而且是历史的文学消费者,即20世纪50年代的中国读者。在考虑世界文学时不光靠数据,而能够重新照顾文学经典(如《暴风骤雨》或《钢铁是怎样炼成的》),应属于更令人满足的结果。其二,因为历史化的角度,文学宇宙的视野不单包含"翻译文学"在内,而且也强调,研究者必须去解读其中译本,而不是原文作品。譬如绝大多数的中国读者是通过梅益的译本(转译自英文)来读《钢铁是怎样炼成的》;对社会主义中国文学/文化起重大影响的,是该书的译本,不是其原文(俄文本)。欲了解20世纪50年代中国文学/文化,因此要读原文还是译本?"自然"是后者。然而,作为学科的比较文学,长期以来都蔑视所谓"翻译文学",要求研究者阅读原文原本。从文学宇宙的角度来看,这种方法是非历史的、去历史的,可以质疑。其三,部分学者对翻译文学有很尖锐的批评,尤其是阿普特尔(Emily Apter)关于"不可翻译性"(untranslatability)的研究。[①] 他所指出的问题很有洞见;不过既然翻译过程难以传达个别词汇或文化特征,也就更进一步证实文学宇宙视野的必要性:关键不在于译者能否传达"原文"的"原意",而在译文本身不属于原文的"可见宇宙",而已加入目的语文的文学宇宙,在新范围内产生新的意义。Как закалялась сталь 属于斯大林时代苏联的文学宇宙,而《钢铁是怎样炼成的》则属于四五十年代中国文学宇宙。译文对"原文"有多"信",大多读者并不会问及,对解读该书在社会主义中国文学宇宙所起的作用也不重要。

作为方法的文学宇宙论,让世界文学研究既顾及具体的历史与文化脉络,又允许宏观的比较。从文学宇宙的视野,可以分析同时代不同区域,或者同区域不同时代"可见宇宙"的结构。如此看来,可以将所谓"世界文学"解构为不同区域/时代

---

① 例如新近出版的 *Dictionary of Untranslatables: A Philosophical Lexicon*. Princeton:Princeton University Press,2014。

的"世界文学们",即世界文学的复数化。同时,文学宇宙的视野提供时间/空间二主轴比较的可能。

现代中国的文学宇宙,在20世纪如何演变?观看不同时期中国文学宇宙的结构不难发现,无论清末民初,还是"五四"前后、50年代社会主义文化、80年代文化热,翻译文学皆是文学宇宙极其重要的成分。从19世纪末到21世纪初的长段文学史,来自国外的文学作品是文学消费不可或缺的因素。在不同时间点,消费集中于不同的外国文学作品,所谓"外国文学"的内涵也经历了几次转变。但是,外国文学并入中国文学宇宙这一宏观去向是一致的。

对于世界文学的兴趣与关怀——世界主义传统——是现代中国文学的最显著的特点。中国文学的宇宙观,在19世纪中叶以后,经历过深刻的改变。世界主义从此兴起,成为中国文学的主流:现代中国文学处于世界,是世界不可或缺的成分,并且有意识地面对世界。

现代中国文学的世界主义传统,不是定态而是过程,它不停地演变与革新,但其走向从未截断。就连文学之外环境压力最大的情况下,现代中国文学也没有忘却自己的世界性。战乱的1942年,毛泽东发表了《在延安文艺座谈会上的讲话》,但同年也出现了《钢铁是怎样炼成的》的中译本。"文革"高潮时,知青行李中带有世界文学"黄皮书",连"样板戏"中也能看到对外部世界的意识与关怀。相比之下,20世纪50年代乃是国家敞开文学的大门之时期,迎进大量的国外文学作品,丰富了文学读者的经验,改建了文学宇宙的结构。《社会主义的世界主义》一书旨在观察现代中国文学世界主义传统的这一重要环节。

作者简介

宋明炜	韦尔斯利学院（Wellesley College）
康　凌	复旦大学
刘欣玥	上海师范大学
江克平（John Crespi）	科尔盖特大学（Colgate University）
王越凡	伊利诺伊大学香槟分校（University of Illinois at Urbana-Champaign）
刘　莉	复旦大学
黄福海	上海翻译家协会
梅家玲	台湾大学
吴　航	麦吉尔大学（McGill University）
陈　莹	香港城市大学
郑熙青	中国社会科学院
钱锁桥	纽卡斯尔大学（Newcastle University）
燕　舞	中国青年报社
陈思和	复旦大学
傅光明	中国现代文学馆
张定浩	上海文化杂志社
黄　琨	康奈尔大学（Cornell University）
张德旭	东北大学
王思维	哥伦比亚大学（Columbia University）
曾健德	纽约大学（New York University）
洪　华（Benjamin Joseph Kindler）	哥伦比亚大学（Columbia University）
许大小（David Xu Borgonjon）	哥伦比亚大学（Columbia University）
宝　根	哥伦比亚大学（Columbia University）
傅　朗（Nicolai Volland）	宾州州立大学（Pennsylvania State University）

《文学·2019秋冬卷》要目

【声音】

世界文学和青年写作　　　　　　　　　　　　　　　　　　　　　　文 / 彭伦、黄昱宁等

【评论】

・现代战争经验与中国文学・　　　　　　　　　　　　　　　　　　主持 / 康凌　黄丁如

战时双城记：二战启幕前的武汉、马德里与文学"国际主义"　　　　　　　　　　文 / 曲楠

丘东平突围：战士身体、油印技术与生态视野　　　　　　　　　　　　　　文 / 黄丁如

武器与幽灵：当代科幻小说的历史经验与想象　　　　　　　　　　　　　文 / 周迪灏

【对话】

战争视野与沈从文的理性精神问题　　　　　　　　　　　　　　　　对话 / 吴晓东　唐伟

【谈艺录】

"无地王"约翰：一个并非不想成就伟业的倒霉国王　　　　　　　　　　　文 / 傅光明

【著述】

秘-逻模式与西方文化基本结构的形成及其展开态势研究续篇
——从怀特海教授关于宗教与科学的一段论述谈起　　　　　　　　　　文 / 陈中梅

【书评与回应】

舞蹈作为方法：评《革命的身体：中国舞与社会主义遗产》　　　　　　　文 / 郝宇骢

历史情结与认同意识：评《革命的身体：中国舞与社会主义遗产》　　　　　文 / 刘柳

重释中国舞：评《革命的身体：中国舞与社会主义遗产》　　　　　　　　文 / 黎韵孜

舞越学界：对三篇书评的回应　　　　　　　　　　　　　文 / 魏美玲（Emily Wilcox）

图书在版编目(CIP)数据

文学.2019春夏卷/陈思和,王德威主编. —上海：复旦大学出版社,2020.7
ISBN 978-7-309-15112-1

Ⅰ.①文… Ⅱ.①陈… ②王… Ⅲ.①中国文学-现代文学-文学研究-文集 ②中国文学-当代文学-文学研究-文集 Ⅳ.①I206.6-53

中国版本图书馆 CIP 数据核字(2020)第 101066 号

文学.2019 春夏卷
陈思和　王德威　主编
责任编辑/杜怡顺

复旦大学出版社有限公司出版发行
上海市国权路 579 号　邮编：200433
网址：fupnet@fudanpress.com　http://www.fudanpress.com
门市零售：86-21-65102580　团体订购：86-21-65104505
外埠邮购：86-21-65642846　出版部电话：86-21-65642845
常熟市华顺印刷有限公司

开本 787×1092　1/16　印张 19　字数 340 千
2020 年 7 月第 1 版第 1 次印刷

ISBN 978-7-309-15112-1/I·1232
定价：78.00 元

如有印装质量问题，请向复旦大学出版社有限公司出版部调换。
版权所有　侵权必究